모조사회

1

존재의
방식

모조사회

The Mojo Society 도선우 장편소설

1
존재의 **방식**

나무옆의자

차례

난 한 번쯤은 저 산을 넘고 싶었어
그 위에 서면 모든 게 보일 줄 알았었지
하지만 난 별다른 이유 없어
그저 걷고 있는 거지

해는 이제 곧 저물 테고
꽃다발 가득한 세상의 환상도 오래전 버렸으니

또 가끔씩은 굴러떨어지기도 하겠지만
중요한 건 난 아직 이렇게 걷고 있어

—신해철, 〈그저 걷고 있는 거지〉

어떤 경계

도시가 허물어지고 있었다. 모래 바닥으로부터 피어오르는 강렬한 열기가 신기루처럼 도시의 윤곽을 흔들어 허물고 있었다. 그러나 신기루가 아니었다. 건의 시선 속에서 분명하게 존재하는 실존의 도시였다. 도시는 거대한 사막 위에 섬처럼 박혀 있었다.

소리가 들리고서야 소리가 존재하지 않았다는 사실을 건은 깨달았다. 석막이 사라지고 나서야 적막함이 그 공간을 가득 메우고 있었다는 사실을, 건은 뒤늦게나마 알아차렸다. 모래 언덕 위로 바람의 길이 만들어졌다. 소리가 그 골을 타고 흘렀다. 비명 같은 울음이 길고 가늘게 이어졌다. 소리가 골을 뒤틀며 조금씩 몸을 일으켜 세웠다.

펄럭이는 날갯짓처럼 소리가 솟았고 솟아 펼쳐진 소리는 사막 전체로 퍼져 나갔다. 맹수가 그르렁대는 것 같은 낮은 기계음이 건의 고막을 파고들었다. 트인 고막 속으로 또 다른 소음들이 밀려들었다. 부서진 댐의 물줄기처럼 세찬 소음이, 서로 다른 음색으로 부대끼며 건의 귓속으로 소란스럽게 쏟아져 들어왔다. 그리고 진동이, 병력 수송 헬리콥터의 거대한 프로펠러 진동음이 건의 몸을 뒤흔들었다.

그러나 정작 건의 몸을 흔든 것은 헬기가 아니었다. 건이 정신을 차리고 보니 그렇다는 사실을 알 수 있었다. 진동의 진원은 지프였다. 건은 천장과 양 문이 제거된 완전 개방형 전투 지프에 올라 있었다. 머리 위로는 기관총의 검은 총신이 길게 뻗어 있었다. 건이 어리둥절한 표정으로 옆을 바라보았다. 낯선 병사가 무표정한 얼굴로 운전대를 움켜쥐고 있었다. 그의 시선은 전방 어느 지점에 못 박힌 듯 꽂혀 있었다. 건은 황급히 주변을 둘러보았다.

건이 탄 지프의 좌우로 몇 대의 무장 지프가 더 있었고 그 옆으로 장갑 부대가 늘어서 있었다. 옅은 갈색과 황토색 얼룩이 잘 어우러져, 딛고 선 모래의 색과 조화롭게 어울렸다. 장갑 부대 뒷줄로 같은 문양의 전차 부대가 포진해 있었다. 창공으로 상륙기동 헬리콥터 몇 대가 더 날아왔고 전투 부대원들이 그 아래로 부스러기처럼 떨어져 내렸다.

이것은 전투다.

건은 생각했다. 그와 동시에 이것이 꿈이라는 사실도 곧 자각했다. 그랬다. 이것은 꿈이었다. 건이 최근 몇 번이나 반복해서 꾸고 있는 꿈이었다. 꿈은 현실처럼 생생했으나 꿈이었고 꿈인 것을 알게 되었다고 해서 상황이 달라지지는 않았다. 깨지 않았다.

꿈인 것을 자각한 채로 그 공간에 남아 그곳에서의 현실을 고스란히 느꼈다. 기묘한 체험이었다.

그러나 자각몽이라고 해서 건의 뜻대로 상황을 전개할 수 있는 것은 아니었다. 건은 마치 관찰자 혹은 방관자처럼 그 세계에 머물며 그곳에서의 사건들을 체험했다. 어떤 면에서는 기록자가 된 것 같기도 했다. 꿈의 배경이 매번 조금씩 다른 각도에서 연출되었기 때문이다. 항상 같은 장소였으나 늘 다른 시점에서 꿈은 진행되었다. 꿈의 전체적인 윤곽은 그러나 한결같았다.

낯선 사막 한가운데 떨어져 정체를 알 수 없는 도시와의 결전을 앞둔 형상이었다. 건은 결기 가득한 병사들 속에 섞인 자신의 모습을 발견하곤, 외인부대 시절로 되돌아간 착각 속에 잠시 빠져들기도 했다. 그러나 이내 꿈인 것을 자각하고 호흡을 가다듬는 과정이 되풀이되었다.

부대 공격이 시작되고 정체를 알 수 없는 적들의 반격이 이어질 때까지만 해도 건은 충분히 꿀 수 있는 꿈이라고 생각했다. 배경만 다를 뿐 그것은 실제로 건이 살아왔던 삶의 일부이기도 했기 때문이다. 전우를 잃고 패닉에 빠져 부대를 이탈했던 기억이 재생되지 않은 것만으로도 건은 감사할 지경이었다. 사월의 진한 햇살이 자신의 눈물 위로 부서져 내리던 그때의 모습이 되살아나지 않은 것만으로도 모든 꿈에 감사할 수 있었다.

그러나 수세에 몰린 도시가 공중으로 떠오르는 장면은 아무리 보아도 적응되지 않았다. 눈앞에서 펼쳐지는 거대한 사물의 변화는 이제까지 봐왔던 그 어떤 세상의 법칙들과도 같지 않았다. 모래 먼지를 흩뿌리며 도시 전체가 하늘로 솟아오르는 장면은, 그 생생함으로 말미암아 이것이 꿈이므로 가능한 일이라고 여겨지지 않았다. 마법 같은 경이로움이었다. 이성이 수용할 수 있는 정도를 넘어섰다. 모든 행위를 멈추고 손을 놓은 채 바라볼 수밖에 없었다. 눈을 떼기 어려운 광경이었다.

그때의 바람과 모래와 대지가 기울어지는 것 같은 거대한 엔진 소리는, 건이 잠에서 깨어난 이후에도 귓가에 남아 쟁쟁할 만큼 생생했다. 도시는 섬처럼 떠올라 구름처럼 움직였다. 바람에 떠밀리듯 아주 서서히, 어딘가로 흘렀다. 난생처음 보는 광경에 병사들은 압도되었고, 경직된 그들의 몸이 재처럼 부서지고서야 꿈도 종료되었다.

꿈이 끝나면 잠도 끝났다. 마치 꿈을 꾸기 위해 잠을 잔 것 같은 날도 있었다. 그럴 때마다 건은 가만히 누워 천장을 바라보았다. 현실보다 더 현실감 넘치는 꿈이었으므로 새로운 공간에 적응해야 했다. 잠에서 깬 자신이 어떤 세계를 원하는지도 알 수 없어 적응은 더 필요했다.

공간은 늘 어둠 속에 잠겨 있었다. 그것은 건이 바라는 바이기도 했다. 고단한 삶이었고 그 고단함의 깊이를 어둠이 가려주었다. 건은 어둠이 편했다. 두꺼운 암막 커튼 외부에서 서성이는 빛의 존재를 느낄 수 있었지만, 건은 외면했다. 할 수만 있다면 언제까지고 그 빛의 진입을 차단해놓고 싶었다.

하지만 그럴 수 없는 게 인생이었다. 살아 있다면 일어나 움직

12   모조사회 1

여야 하는 게 삶의 규칙이었다. 가만히 누워 빛이 없는 공간을 물끄러미 바라보다 보면 건보다 먼저 일어나 움직이는 선이 있었다. 그 선을 따라 찬찬히 시선을 옮기다 보면 어느새 면도 살아나 형태를 갖추었다. 그 공간에서 형태를 갖추고 싶지 않은 것은 건 뿐인지도 몰랐다.

초여름으로 접어드는 계절이었다. 빛이 없는 공간에서도 열은 살아 움직였고 건의 몸 구석구석을 끈적하게 달구었다. 하루를 시작하기도 전에 이미 지친 느낌이었지만, 건은 두 다리를 침대 아래로 내려 세웠고 무거운 몸을 들어 올려 거실로 나왔다. 동선은 한결같았으므로 빛은 필요치 않았다. 빛도 건의 필요 따위에는 관심이 없었다. 건이 의식하지 못하는 사이 냉장고로부터 보란 듯이 빛이 쏟아져 나왔다. 외부의 벽을 뚫고 냉장고라는 차원의 문을 통해 밀려들어 온 것 같았다.

빛도, 인생도, 절대로 건이 바라는 대로 움직여주지 않았다. 이전에도 그랬고 앞으로도 그럴 거라는 걸 건은 알았다. 쏟아져 내린 빛의 잔해에 잠시 미간을 찡그린 건은 빛이 건너온 세계를 확인이라도 하려는 듯 한동안 냉장고의 안쪽을 들여다보았다. 설령 저 너머에 차원의 문이 실제로 존재한대도, 그 문은 이미 닫혀 폐쇄되었다. 미처 되돌아가지 못한 빛의 무리만이 허옇게 질려 건의 처분을 기다리고 있었다. 이미 폐쇄돼버린 미래로의 통로 혹은 차원의 입구 같은 그 공간엔, 작은 물병 하나만이 횡뎅그렁하게 버려져 있었다. 건이 그 물병을 움켜쥐었다.

물의 형태를 갖춘 냉기가 꽉 막힌 기도를 거침없이 뚫고 내려갔다. 늘어져 있던 혈관이 순간 팽팽해졌고 녹아 흐물거리던 혈액이 바짝 응고되었다. 피부 위 솜털 아래로 눅눅한 현실이 얇은 막처럼 스몄다. 빛과 물은 건의 의식을 일깨우기에 충분했다. 욕실로 향한 건은 다시 한 번 빛과 물 아래 몸을 세웠고, 지난 꿈들을 복기했다.

생전 경험해보지 못한 자각몽을 연속해서 꾸는 것도 기이했지만, 같은 내용의 꿈이 되풀이되는 현상도 괴이하기는 매한가지였다. 건은 마치 부비트랩의 존재를 확인하는 첨병처럼 지난 꿈들의 틈새를 구석구석 살폈다. 굳이 무엇을 알아내려는 의도는 아니었다. 그것은 다만 오랜 세월을 용병으로 살아왔던 자의 습관 같은 것이었다. 하지만 알아낼 수 있는 것은 아무것도 없었다. 이모든 현상이 무엇을 의미하는지 건은 알 수 없었다.

한낮의 강렬한 태양이 도시 위로 솟은 모든 물체의 한 면을 빛으로 뭉갰다. 하얗게 닳아 형태가 사라졌다. 달아오른 대지가 대기에 아지랑이를 풀어 올렸다. 도시의 풍경이 그 안에서 허물어졌다. 신기루 같은 모습이었지만, 신기루가 아니었고 건의 현실 속에서 분명하게 존재하는 실존의 도시였다.

하지만 꿈과 현실의 경계가 점점 더 흐리터분해지고 있는 것은 사실이었다. 그럴 수밖에 없었다. 매일 꿈같은 현실 혹은 현실 같은 꿈속에서 헤매다 보니 점차 모호한 것과 모호하지 않은 것의 경계가 무너지고 있었다.

그런 건에게 보안 요원이란 새로운 직업을 권한 사람이 건의

14   모조 사회 1

주치의였다. 더는 외면하지 말고 맞서야 한다는 게 그의 주장이었다. 거창한 논리치곤 용병과 보안 요원의 간극이 너무 컸지만 지금 하는 택배 일에 비하면 둘은 서로 가까웠다. 적어도 총과 비슷한 물건을 차고 일하기는 했으며, 항상 위험을 살펴야 한다는 점에서 그랬다.

건은 지금의 일이 싫지 않았다. 사람들과 부대끼며 일하는 직업은 여전히 부담스러운 데다 좀 더 강렬한 육체노동으로 하루를 소비하려는 목적에 부합했으므로, 사실 좋았다. 그러나 건의 주치의가 이제는 반대했다. 택배 일을 먼저 소개해준 사람도 주치의였는데, 최근의 꿈들로 보아 이제 더는 외면할 수 없는 시기에 온 것 같다는 게 그의 소견이었다. 그는 의지가지없는 건이 고국으로 돌아와 본의 아니게 의지하고 있는 유일한 사람이었다. 그가 그 정도로 강력하게 주장할 때는 건의 황소고집도 더는 통하지 않았다.

건이 난생 입지 않던 정장 차림으로—그조차 주치의가 마련해준 옷이었다—한낮의 강렬한 태양이 불편한 듯 낮게 신음하는 택시 안에 어색하게 앉아 있는 이유도 바로 그 때문이었다. 건이 원하든 원치 않든 어렵게 만든 자리일 것이었다. 일을 하든 하지 않든 면접이라도 성의 있게 보는 것이 건이 해야 할 최소한의 도리였다. 그런데 그 성의가 시작부터 꼬일 판이었다.

일그러진 빌딩 숲 사이에 갇힌 택시가 좀체 앞으로 나아갈 줄 몰랐다. 끈끈이에 달라붙은 한 마리의 생쥐처럼 이따금 몸을 한 번씩 부르르 떨 뿐, 오도 가도 못 하는 처지로 발이 묶였다. 건이 살고 일하는 곳은 수도권 근교의 작은 도시였으므로 아무리 휴일 오후라고 해도 이 정도로 차가 막히지는 않았다. 오히려 더 한산했다. 그러나 대도시 수도의 한복판은 그야말로 늪이었다. 하필이면 지하철 공사 구간이라 상황이 더 심했다. 도로 위에 깔린 철판이 꼭 프라이팬 같았고 모든 것이 그 위에 눌어붙어 있었다. 빛과 열과 소음과 매연이 뒤범벅되어 택시의 네 바퀴를 움켜쥐곤, 놔줄 생각이라곤 전혀 하지 않는 것 같았다. 어지간해선 조바심 따위 내지 않는 건이었지만, 상황이 상황인지라 조심스럽게나마 묻지 않을 수 없었다.

"얼마나 남았을까요?"

"거리는 얼마 안 남았는데……" 하고 운을 뗀 택시 기사도 꽤나 답답했던지 독백에 가까운 말로 중얼거렸다. "어지간히 막히네요."

건은 문득 지하철을 타지 않은 자신이 원망스러웠다. 편한 쪽으로 무심히 타협하고 말았던 자신의 게으른 신경 세포들을 죄다 꺼내 잘게 채를 쳐버리고 싶었다. 하지만 세상에서 가장 쓸모없는 행동이 뒤늦은 후회라는 것도 건은 잘 알았다. 게다가 길이 막히지 않았다면 하지 않았을 후회이고 여기 와서야 막힌 것을 확인할 수 있었으므로, 건의 선택에는 사실 아무 문제가 없었다.

그러나 건은 자책했다. 단 한 번의 강렬한 후회가 남은 생의 대부분을 자책으로 얼룩지게 했다. 누군가에게 벌어진 어떤 사건은 사건 이상의 의미로 남겨질 수 있었다. 단순히 세월이 지나면 잊히거나 해결될 하나의 사건이 아니라 남은 생의 모든 시간을 지배하는 악몽으로 각인될 수 있었다. 건에게는 그 악몽의 숨통이 자책이었고 자책은 점차 그 범위를 넓혀 모든 순간 모든 상황에 적용되었다.

그의 삶은 이미 왜곡되어 있었다. 두 번 다시 평범한 사람들의 삶으로 되돌아갈 수 없을지도 모른다는 불안감 속에서, 그래도 혹시 모를 일말의 희망을 기대한 채 지질하게 생을 연명하고 있는 것이 자신이라고 건은 생각했다. 기사가 말했다.

"차라리 그냥 여기서 내리시는 게 나을 것 같은데요? 그렇게 멀지 않으니 조금 빨리 걸으면 외려 그게 더 빠를 판이네요."

건이 잠시 머뭇거리다 대답했다.

"그럼 여기 계속 빈 차로 서 계셔야 하잖아요."

운전대에 거의 엎드리다시피 상체를 기대고 있던 기사가 과장되게 손사래를 치고 말했다.

"에이, 우린 이게 일상인데요 뭐. 저보다는 손님이 더 급해 보이는데 걸어서라도 서둘러 가시는 게 나을 겁니다."

"그럼……" 하고 머쓱하게 말을 줄인 건이 가방에서 지갑을 꺼내 지폐를 셌고, 미터기의 요금보다 조금 넉넉하게 집어 건넸다. "잔돈은 괜찮습니다."

"아이고, 감사합니다. 제가 인도 가까이 차를 대드려야 하는데 통 꼼짝을 안 하니 방법이 없네요. 조심히 살펴 들어가세요."

건은 눈인사로 감사의 뜻을 전하고 택시에서 내려 문을 닫았다.

바로 그때,

도로에 깔린 철판이 우르르릉 흔들렸다. 건은 순간 자신이 문을 너무 세게 닫아 그런가 싶어 어리둥절했다. 하지만 곧 실소가 터져 나왔다. 순간이었다고는 해도 너무 어처구니없는 상상이었다. 공사 때문에 임시로 깔아놓은 철판이다 보니 벌어진 일일 것이었다. 지하철이 지나갈 때 생기는 울림을 그대로 전달하는 진동일 확률이 높았다. 전에도 이런 울림과 진동을 느낀 적이 있었다. 분명히 그랬다고 확신할 순 없었지만 낯선 경험은 확실히 아니었다. 도로 위의 철판이 달아오른 불판처럼 후끈했다.

열기는 마치 건의 턱을 쳐올리듯 와락 치솟았다. 습한 기운마저 섞여 있어 열대 지방 공항에 발을 내디딘 것 같았다. 잠깐이었지만 여러모로 내키지 않는 일들의 연속이라는 생각이 들었다. 자동차들은 저마다의 열기를 심기 불편한 한숨처럼 토해냈고, 건도 그 사이를 헤치며 늪에 빠진 고라니처럼 저벅저벅 발걸음을 옮겼다.

그때 인도 위의 사람들이 눈에 들어왔다. 모두 약속이라도 한 듯 가던 길을 멈추고 다른 이들의 얼굴과 행동을 살피고 있었다. 하나같이 어리둥절한 표정이었다. 그제야 건도 이상하다는 생각이 들었다.

인도 위엔 철판이 없었고 지하철의 진동이 거기까지 전달될 리 만무했다. 그런데 사람들의 표정은 건이 느꼈던 그 어리둥절함과 같은 것이었다. 만약 건이 느낀 진동을 인도 위의 사람들까지 느꼈다면, 그것은 과연 이상한 일이었다. 건의 단순한 추측처럼 지하철의 진동 따위가 아닐지도 몰랐다.

하지만 그 거리와 사람 어느 쪽도 건이 기대하는 해답 혹은 정보를 알려주지 못했다. 사람들 또한 고개만 갸우뚱거릴 뿐, 그들이 원하는 해답을 얻지 못한 듯 보였다. 그러니 이제 할 일은 각자 하던 일을 마저 하는 것이었다. 인도에 올라선 건은 눈을 들어 먼발치를 바라보았다. 건이 바라보는 시선의 끝엔, 세상의 모든 빛을 온몸으로 반사하기 바쁜 고층 빌딩이 서 있었다.

오른손을 들어 시계를 확인하니 아직은 괜찮았다. 굳이 뛸 필요까지는 없어 보였지만 그래도 그냥 뛰기로 했다. 차라리 일찍 도착해서 숨을 돌리고 매무새를 가다듬는 게 더 나을 것 같았다. 건은 한 차례 깊은숨을 들이마시고 마음을 다잡은 뒤, 슈트 상의를 벗어 왼손에 들고 힘차게 발을 뻗어 인도를 내달리기 시작했다.

더운 바람이 귓가를 스치고 가슴과 등에 한지를 붙인 것 같은 가벼운 질감이 느껴졌다. 종아리와 허벅지로 피가 차올라 묵직한 느낌이 들었다. 지하도 계단을 통해 길을 건너야 할 때도 타닥타닥 요령 있게 두 다리를 놀렸고, 상류로 거슬러 오르는 연어처럼 꼬물꼬물 지하도의 행인들 사이를 잘도 빠져나갔다. 그 와중에도 착실하고 또 빠르게, 이정표들을 확인해가며 한 치의 어긋남 없이 지하로 혹은 반지하로 오르거나 내리면서 개미굴처럼 복잡하게 연결된 지하 세계를 거침없이 통과했다. 그렇게 숨통이 트여 몸이 가벼워진다 싶을 무렵 마침내, 쇼핑몰의 지하 입구에 도착했다.

건은 잠시 숨을 고르고 일 층 화장실로 올라가 옷 태를 새로 매만졌다. 어쨌든 깔끔하지 못한 용모로 소개해준 사람의 처지까지 곤란하게 하고 싶지는 않았다. 손에 물을 묻혀 머리의 결을 살리고 넥타이까지 만족스럽게 정렬한 건은 화장실을 나왔다.

그런데 안내 데스크를 찾아 나서려던 건의 시선을 사로잡는 두 명의 여자가 있었다. 정확히 말하자면 그중 한 명에게 건의 시선이 꽂혔다. 눈에 띌 정도로 새까만 머리를 짧게 쳐올린 여자였다. 목이 길었고 키도 꽤 컸다. 그가 친구인 듯 보이는 여자에게 환한 미소로 무언가를 말하고 있었다.

그 표정.

환하게 미소 짓는 그 표정을 건은 알았다. 아는 얼굴이었다.

하지만 알 리가 없었다. 전혀 연이 없는 도심 한복판의 거대 쇼핑몰이라서가 아니라, 이 땅에 건이 아는 여자라고는 존재하지 않았기 때문이다. 미친 척하고 가서 물어볼 수도 있겠지만 그럴 시간이 없었다. 그러므로 건은 알았지만 알지 못하는 여자를 계속 바라봐야 할 이유가 더는 없었고, 해서 고개를 한 번 갸우뚱하곤 발을 돌려 안내 데스크를 찾았다. 직원의 안내를 받아 도착한 곳은 몰의 안전부였다.

안전부에 들어서자마자 교통 센터를 방불케 하는 모니터들이 건의 시선을 사로잡았다. 수많은 모니터가 벌집처럼 모여 폐쇄회로 카메라의 영상들을 전달하고 있었다. 곰처럼 큰 덩치의 사내가 건에게 다가와 인사하며 손을 내밀었다. 건이 그의 손을 잡았다. 가벼운 악력이 느껴졌다. 무사히 인수인계를 마친 데스크의 직원이 가볍게 목례하고, 본래의 자리로 복귀했다. 그러는 동안 건은 곰 같은 직원을 따라나섰다. 곰 직원은 안전부 한 귀퉁이에 마련된 자신의 동굴 같은 방으로 건을 데리고 들어갔다.

곰은 건에게 묻지도 않고 믹스 커피 두 잔을 만들어 한 잔은 건에게 건넸고, 다른 한 잔은 자신의 자리로 가져갔다. 곰과 건은 책상 하나를 사이에 두고 마주 앉았다. 책상 명판에는 부장이란 직함이 적혀 있었다. 곰은 소주잔 크기만 해 보이는 종이컵을 소중하게 든 모습치고는 제법 거만한 자세로 의자를 뒤로 젖힌 채 앉았지만, 그것이 진짜 거만해서 그런 게 아니라는 걸 건은 알았다. 그는 자신의 배 때문에 똑바로 앉을 수가 없었다. 배 위에 올려놓아도 아무 문제가 없을 것 같은 종이컵을 그는 조심스럽게 책상 위에 올려놓았다. 건이 가방을 열어 주섬주섬 자기소개서를 꺼내 건네자 곰이 발 같은 손으로 봉투를 받아 책상 위에 내려놓았다. 곰이 말했다.

"탄이한테 말씀 많이 들었습니다."

저음의 공명은 위장에서 울려 나오는 소리 같았다.

"무슨 말을……"하고 건은 서두를 꺼냈으나 그런 걸 꼬치꼬치 캐물을 순 없었다. 건은 남은 말을 조용히 삼켰다.

"믹스 커피를 좋아하신다고 그러더군요." 곰이 말했다. "저도 그렇습니다. 그런데 요즘엔 전부 뭘 갈고 내리고 부글부글 끓이고 해서 저만 촌스러운 입맛인가 했는데 선생님도 그렇다고 하셔서 반가웠습니다."

"선생님이라니요, 무슨 그런……."

"아닙니다. 당연히 그런 존칭을 들으셔야죠. 탄이 동창 모임에 나올 때마다 꺼내는 레퍼토리라 가까운 친구들은 선생님을 못 뵈었어도 뵌 것 같은 친근함을 가지고 있습니다. 당연히 모두 한 번쯤은 뵈었으면 싶어 하고요. 탄이 선생님께 여러 번 청했는데 한사코 만류하신다고 들었습니다. 덕분에 저만 운 좋은 놈이 됐네요."

건은 등과 목덜미가 더워지는 것을 느꼈다. 곰의 말로 미루어 탄과 어떤 말들이 오갔을지 대충 감이 잡혔다. 처음 있는 일이 아니었다. 하지만 그가 동창 모임에서까지 그런 얘기를 할 거라고는 미처 생각지 못했다. 아니, 어쩌면 탄의 입장에선 어떤 모임에서라도 백 번이고 천 번이고 반복해서 하고 싶은 이야기일 수 있었다. 평범한 사람이라면 평생에 단 한 번, 혹은 그 이하로도 겪기 어려운 일을 겪은 것은 사실이니 말이다. 다만 거기에 건의 존재가 너무 과장되어 들어간다는 게 건의 관점에서는 부담스러울 따름이었다.

"또 쓸데없이 과장해서 말했나 보네요."

"에이, 탄이 성격을 저희가 잘 알죠. 초등학교 때부터 그놈은 정신과 전문의가 딱 맞는다고 우리가 예언할 정도였으니까 뭐, 잘 아는 정도는 분명히 넘어섭니다." 건이 뭐라고 반박하기도 어려울 만큼 곰은 확신에 차서 말했다. "이야기가 또 과장치곤 너무 디테일하잖아요. 설혹 과장이 좀 있었다 해도 선생님께서 탄이 생명의 은인인 건 사실이니까, 저는 오히려 얼마든지 과장해도 좋다고 생각합니다."

이런, 건은 생각했다. 이래놓고 일을 하라니 난감했다. 만약 건이 이곳에서 일한다고 해도 그는 신입이고 곰은 부장인데 부장이 부하 직원을 대하는 태도가 저래서는 도무지 일을 하라는 건지 말라는 건지 분간할 수 없는 상황이었다. 곰이 무슨 독심술이라도 익힌 사람인 양 말을 이었다.

"아 물론, 이런 얘기를 늘어놓으면 부담스러워하실 거라고 탄이 말하기는 했습니다. 하지만 뭐, 없는 얘기를 한 것도 아니고 저도 공과 사는 구별하는 놈이니까 걱정 안 하셔도 됩니다."

건은 눈가에 주름까지 잡아가며 웃었지만 속으로는 많이 걱정됐다. 아무래도 이 일은 거절하는 게 좋겠다고 생각하는데, 곰의 독심술이 이번에도 여지없이 발휘되었다.

"게다가 선생님께서 오늘 여기 계시는 동안 택배 회사와의 관계는 탄이 다 정리해놓을 거라고, 이 일을 하고 안 하고에 관해 선생님께선 선택의 여지가 없으시다는 말도 전해달라고 했습니다."

건은 저도 모르게 콧김을 내뿜었다. 그런 말을 저렇게 해맑게 웃으면서 전달하다니, 내심 어이가 없었다. 여기 책임자는 당신이잖아요, 라는 생각도 떠올랐지만 그런 말도 대놓고 할 순 없었다. 마지못해 건도 다시 한 번 눈가에 주름을 잡으며 환하게 웃었다. 아하하. 그래, 그랬지. 건은 자신의 주치의가 무지막지하게 주도면밀한 인간임을 다시금 깨달았다. 잘못은 그걸 잠시 잊고 있었던 자신에게 있었다. 양복까지 입혀 보낼 때 알아차렸어야 했는데. 곰의 말이 이어졌다.

"에, 또 선생님께선 오늘 여기에 신입으로 오신 게 아니라 경력 직 간부 사원으로 오신 겁니다."

아무렴, 왜 아니겠어. 건은 문득 탄이 교우 관계에서 어떤 영향력을 가졌는지 궁금해졌다. 혹시 곰이 약점이라도 잡혔나 하는 생각까지 들었지만, 그 또한 물어볼 만한 내용은 아니었다. 곰은 그러고도 한참을 자신의 어렸을 적 꿈이 다름 아닌 건이 복무했던 프랑스 외인부대에 입대하는 거였다는 얘기부터 시작해서 자신이 어떻게 이렇게 큰 기업의 보안 요원이 되었는지에 이르기까지 쉴 새 없이 늘어놓았다. 덩치만 곰이지 입은 딱따구리 같다는 생각이 들 무렵 급기야, 실례가 안 된다면 건이 탄을 대신해서 맞은 총상을 딱 한 번만 볼 수 있겠느냐고 청해왔다.

공과 사는 구별한다더니.

하지만 그건 건의 머릿속에서만 움직이는 낱말이었다. 실제로는 "아, 그러죠 뭐. 은밀한 부분도 아닌데."라며 엉거주춤 자리에서 일어나 셔츠를 걷어 올리고 옆구리를 보여주었다. 그러면서도 건은 이걸 왜 보여주고 앉았나 싶었지만 희한하게도 계속 보여주었고, "총상을 실제로 보는 건 처음이에요."라는 말을 들으면서도 자신이 왜 그러고 있는지 알 수 없어 어리둥절했다. 어쩌면 곰의 능력에 독심술만 있는 것은 아닌지도 몰랐다.

사실 총상도 그곳에만 있지 않았다. 건의 몸에는 군 복무 중에 입은 총상이 몇 군데 더 있었다. 이런 점이 어쩌면 탄과의 관점 차이를 키우는지도 몰랐다. 탄의 입장에선 난생 처음 생명이 걸린 일이었으니 엄청난 사건일 수 있었지만 건에게는 그렇지 않아서, 서로 간의 온도 차이가 분명하게 존재했다.

　프랑스 파리에서 테러가 있던 해에 탄은 그곳의 여행객이었고 건은 이제 막 출소한 탈영병이었다. 총격이 벌어지는 도심 한복판에 둘이 함께 있었던 것은 우연이었고, 두 손으로 머리를 감싼 채 죽음 앞에 웅크리고 있던 탄을 건이 구한 것은 필연이었다. 건은 탄이 아니라 누구라도 구했을 것이다. 실제로도 건은 그 사실을 수차례 탄에게 말했다.

　네가 아니었어도 그랬을 거야.

　그러나 탄도, 탄의 고집이 있었다.

　그런데 그게 저였죠.

　정의감이 넘치는 사람이어서가 아니었다. 그렇게 하지 못한 것이 건의 인생에서 가장 후회되는 일이었기 때문이다. 자신의 목숨을 지키려고 동료의 목숨을 외면하는 행동은 이미 죽은 삶을 예약하는 것이나 다름없다는 사실을 건은 겪고 나서야 깨달았다. 그리고 그것은 이제라도 깨달았으니 더 나은 자신으로 성장하면 되는 일들과는 차원이 다른 문제였다.

　건은 수많은 전장을 함께했던 전우의 생명을 외면했다. 건의 깨달음이 그들의 목숨을 되돌려놓지 않는 한, 깨달음이란 아무짝에도 쓸모없었다. 돌이킬 수 없는 일에 따라붙는 깨달음이란, 죽을 때까지 감당해야 하는 악몽에 지나지 않았다. 죽고 싶어도 스스로 죽어서는 안 되는 이유가 바로 거기 있었고, 이젠 동료가 아니어도 타인의 죽음을 외면할 수 없는 이유가 바로 그 때문이었다. 그러다가 차라리 대신 죽기라도 한다면, 오히려 건은 그러기를 바랐는지도 몰랐다. 그것이 족쇄에서 풀려나는 유일한 방법일지도 모른다고 생각하던 때에 탄을 발견했다.

그러니 어떻게든 신세를 갚겠다고 수년간 자신을 추적해온 탄이 건은 부담스럽지 않을 수 없었다. 건은 불명예제대와 더불어 십수 년간의 군 생활로 얻은 시민권까지 박탈당한 상태였다. 고국이 싫어 이국으로 떠나왔지만 더는 이국에서의 삶도 녹록지 않았다. 그때 탄이 건을 찾아냈다. 무려 삼 년 동안 이어진 추적이었다. 건의 총상을 치료한 병원 기록에서부터 시작된 추적은 건의 불법 체류자 생활로 잠시 난관에 빠지기도 했지만, 탄 특유의 집요함과 주도면밀함이 끝내 건을 찾아냈다.

그러고도 지난한 설득이 이어졌다. 추적은 탄의 생업에 영향을 미치지 않았고 당하는 건도 당하는지 몰랐으므로 오히려 괜찮았다. 그러나 설득은 달랐다. 탄이 직접 자신의 시간을 내 날아가야 했고 당하는 건도 그 사실을 알았으므로 부담스럽기가 이루 말할 수 없었다. 화도 내보고 잠적도 해보았지만 탄은 즉각 건을 찾아냈다. 정신과는 집어치우고 흥신소나 차리라고 고함을 질러대던 때가 결국 건이 포기한 시점이었다. 포기하지 않을 수 없었다. 탄을 아는 모든 사람이 그 사실에 수긍했다. 탄은 미친놈이었고 정신과 전문의란 미쳐야 할 수 있다는 풍문을 손수 증명해 보였다.

그러나 무엇보다 건의 마음을 크게 움직였던 것은 역시 탄의 정신과 전문의다운 처방이었다. 건의 악몽은 자신이 외면한 전우의 죽음에서 기인하는 게 아니라는 소견이었다. 건은 이미 그

전부터 수많은 죽음에 질려 있었다. 때로 어떤 일들은 아무리 경험이 쌓여도 익숙해지지 않을뿐더러 오히려 축적되어 영혼을 갉아먹는데, 지속적으로 죽음을 목격하는 경우가 바로 그런 사례에 해당한다고 탄은 말했다. 그것이 자신을 갉아먹지 않는 사람은 사이코패스밖에 없다는 말이었다. 그러니 동료의 죽음은 다만 이미 허물어지고 있던 건의 정신에 방아쇠를 당기는 역할만 했을 뿐, 자신의 목숨을 지키기 위해 벌인 비겁함과는 전혀 상관없는 일이라는 것이었다.

건은 스스로 낙인찍었고 자책은 옹졸한 자구책에 불과하므로, 굳이 비겁함을 논하자면 그때의 상황보다 그 사건에 대처하는 지금의 상황이 더 비겁한 거라고 탄은 단정 지었다. 그 말이 건을 흔들었다. 그런 상태의 자책감과 그것을 즐기려는 감정은 종이 한 장 차이에 지나지 않을뿐더러, 신체적인 반응으로만 보자면 같은 종류의 희열이라는 말이었다.

개소리.

자책이 실은 도피로의 희열이라니. 처음엔 그 말이 개소리라고 건은 생각했다. 그런데 진흙탕 같은 바닥에 고개를 처박고 살다가 결국 숨통이 트이는 순간을 떠올려보면, 무작정 개소리라 부정부터 하고 보는 마음에 의심이 생길 수밖에 없었다. 고꾸라질 데까지 고꾸라지다가 끝내 바닥을 찍고 올라오던 때의 상태를 돌이켜보면, 그 자리에 항상 자책이 있었기 때문이다. 마음 깊은 곳의 자책을 찾아, 굳이 찾아 그 끝을 찍고서야 다시 수면으로 올라오는 행위를 그렇다면 무엇으로 설명할 수 있을까.

그러니 어쩌면 탄의 말이 옳은지도 몰랐다. 그리고 그렇게 한 번 돋아난 의심의 생명력은 가히 화신에 가까웠다. 끝없이 확장하여 모든 사고 영역을 잠식했다. 이제껏 살아오며 진실이라고 믿었던 온갖 확신에 자신이 없어졌다. 가치관이고 뭐고 가릴 것 없이 다 그랬다. 뭐가 옳고 그른지 점점 더 알 수 없어졌고 영웅과 악당의 경계가 무너졌고 단지 상황만이 모호하게 남았는데, 그 상황을 분별할 수 있는 판단력이 점차 무뎌졌다. 급기야 자신을 둘러싸고 있는 세계의 테두리까지 희미해지기 시작했다.

이제까지 살아온 세계가 실은 내가 아는 세계가 아닐지도 모른다.

한순간에 어떤 불확실성의 불안 속으로 내던져진 것 같았다. 이미 어떤 것도 확실치 않은 삶에 속해 살았으면서도 그것이 확정되어버렸음을 느끼자, 무슨 선고라도 받은 듯한 두려움에 휩싸였다. 땅에 떨어져 산산조각 나버린 유리 파편처럼 건의 머릿속은 엉망진창이 되었다. 하지만 탄은 그게 오히려 정상이라고 말했다. 마음에 뚫린 구멍을 메우는 작업은 자신의 불완전함을 오롯이 인지하는 지점에서부터 시작하는 거라고, 산산이 부서진 조각을 하나씩 그러모아 찬찬히 맞춰가다 보면 결국 치유는 그 과정에서 일어나는 거라고 탄은 말했다. 건은 저도 모르는 사이 탄의 환자가 되어 있었다. 그리고 그것을 인지했을 무렵, 귀국행 비행기에 올라 넋을 놓고 있었다.

어차피 죽을 결심이 아니라면 제대로 살아보려는 노력 정도는 시도해봐 주는 게 주어진 삶에 대한 최소한의 예의라고 탄은 말했고, 건은 그 우스꽝스러운 표현에 나를 놀리는 거냐며 반문했지만 그 말이 사실이기는 했다. 어차피 살 인생이라면 최소한의 예의 정도는 지켜주는 게 옳았다.

그리고 이제 그 정도로 충분하다고 건은 생각했다. 이제 충분히 그런 정도의 예의는 차리고 살 만큼의 동기부여도 되었으니 그것으로 서로의 빚은 상쇄되었다고 건은 주장했다. 하지만 탄의 생각은 달랐다. 최고의 두 고집이 맞붙었지만 기본적으로 탄은 미친놈이었으므로, 이길 수가 없었다. 건의 치유를 끝까지 지켜보는 게 결국 자신의 치유라고 말하는 탄의 고집을 건은 꺾을 수 없었다.

그렇다면 그냥 지켜보기만 해도 건의 부담이 덜했을 텐데, 탄은 건의 후견인이라도 되는 양 사사건건 다 간섭했으므로 다른 트라우마가 생길 판이었다. 자신을 괴롭히는 게 탄의 치유가 아닌지 이제 서서히 의심이 갈 지경이었다. 그리고 그렇다는 사실을 증명이라도 하듯 건은 탄의 친구인지 부하인지 알 수 없는 곰에게 붙들려 안전부의 온갖 곳을 끌려다녔다.

뜻하지 않은 시찰이 마무리될 즈음 곰은, 새로운 집에 들어간 이삿짐 정리도 얼추 다 마무리되었을 거라는 말로 건의 남은 정신까지 털어 갔다. 새로운 집이라니. 건이 살던 집을 건도 모르게 내놓은 지는 이미 오래고, 그것과 상관없이 몰에서 오 분 거리에 새로운 집을, 그 또한 이미 마련해놓았다고 곰은 말했다.

수도권의 한갓진 동네 주택 이 층이 아니라, 브루나이에나 있을 법한 이름의 주상복합 아파트에서 당장 오늘부터 살아야 한다는 말이었다.

곰은 자기가 특별히 신경 써서 고른 아파트라고 덧붙였다. 건은 네가 더 신경 쓰인다고 말하고 싶었지만 참았다. 어쨌거나 이모든 일의 배후에는 탄이 도사리고 있었으니까. 곰은 죄가 없었다. 셋 중 누군가 죄를 지었다면 그건 이미 설치된 부비트랩을 피하지 못한 건이었고, 그 죗값을 치러야 한다면 그 또한 건이 이미 잘 치르고 있었다.

건은 기진맥진한 상태가 되었다. 건이 자신의 의사와 관계없이 확정된 출근 사실에 이의를 제기할 기세가 사라진 것을 확인한 곰은 그제야 건을 풀어주었다. 건은 진심으로 감사함을 전하고 안전부를 빠져나왔다. 안전부를 나오고서야 자신이 안전해졌음을 느꼈다.

건은 곰이 알려준 주소를 스마트폰에 찍고 새집을 찾아가는 중이었다. 어이없었지만 안 갈 수도 없었다. 심지어 쇼핑몰의 맵을 그려주는 앱도 있었다. 곰이 알려주었다. 대체 몰이 얼마나 크면 별도의 내비게이션 앱까지 있는 건지 건은 탄식했지만, 깔았다. 탄식은 탄식이고 할 건 해야 했다. 길을 보는 건지 스마트폰을 보는 건지 알 수 없는 상태로 건은 몰을 헤맸다. 용병 시절에 익혔던 그 우수한 독도법이 스마트폰의 내비게이션 하나로 모두 소멸해버린 것 같았다.

집에서 몰을 찾아올 땐 지도를 미리 파악해 헤맬 이유가 없었으나, 스마트폰의 맵을 따라가려니 뇌세포의 어떤 부분도 위치를 찾는 용역에 일절 관여하지 않았다. 작정하고 파업이라도 한 것 같았다. 오로지 스마트폰이 가리키는 대로 몸을 움직일 수밖에 없었는데, 문제는 내비게이션의 목적이 건에게 길을 안내하는 것이 아닌 것 같다는 데 있었다. 내비게이션의 목적은 건을 암살하는 데 있었다. 그렇지 않고서야 이렇게까지 혈압을 올릴 이유가 없었다.

건은 몰의 지하 식품 매장만 벌써 세 번째 돌고 있었다. 스마트폰을 움켜쥔 손아귀의 악력이 저도 모르게 높아졌다. 세 번째 돌아온 위치에서 맵이 가라는 길 정면엔 반찬 가게가 있었다. 거기로 가려면 반찬 가게를 부수고 지나가야 할 판이었다. 이건 뭐 맵을 믿고 반찬 가게로 돌진하면 거기에 호그와트로 가는 기차라도 있다는 건지, 정말 입술을 앙다물고 콧김을 내뿜지 않을 수 없었다.

부모님의 원수가 운영하는 반찬 가게라도 발견한 양 건은 눈을 부릅뜨고 그곳을 노려보았다. 바로 그때 그 앞을 지나는 사람이 건의 정신을 번득 들게 했다. 화장실 앞에서 봤던 여자였다. 친구는 어디로 갔는지 이번에는 혼자였고 굉장히 빠른 걸음으로 이동 중이었다. 건은 적의 움직임을 관찰하는 척후병처럼 여자의 뒤를 시선으로 쫓았다.

그런데 얼마 지나지 않아 탈색한 파마머리를 뒤로 묶은, 남자인지 여자인지 구별하기 어려운 남자가 앞서가는 여자를 불렀다. 여자는 서지 않았으나 남자의 존재를 아는 듯했다. 남자의 부름으로 여자의 발걸음이 더 빨라졌기 때문이다. 상황은 분명했다. 남자는 쫓고 여자는 쫓기고 있었다. 어떤 내막인지 알 수 없었으나 못 본 척 돌아설 수는 없었다. 상황 때문이 아니라 여자 때문이었다. 아까는 면접 때문에 어쩔 수 없었지만 이번에는 달랐다. 건은 길 하나를 사이에 두고 두 사람과 평행선을 그으며 뒤를 따랐다.

그러면서도 건은 계속 자신이 어떻게 저 여자를 아는지 머릿속을 뒤적였다. 인명 색인 카드를 모조리 꺼내 다 뒤집어엎고 얼굴을 대조해보았다. 그러는 사이 둘은 어느새 식품 매장을 지나쳐서 지하철 역사로 이어지는 에스컬레이터에 올랐다. 건도 바로 그 뒤를 쫓았다. 파마머리 꽁지가 기어이 사람들 사이를 헤치고 내려가 여자 옆에 섰다. 여자가 불쾌한 듯 미간을 잔뜩 찌푸리고 남자를 쳐다보았다.

저 표정.

미간을 잔뜩 찌푸린 저 표정을 건은 알았다. 확실하게 건이 아는 사람이었다. 도대체 어떻게 아는 얼굴인지 순간 골몰하는 사이 남자가 여자의 어깨를 잡았고 여자가 화들짝 놀라 남자의 손을 뿌리쳤다. 건이 가만히 고개를 흔들었다. 아무래도 이쯤에서 자신이 개입하는 게 나을 것 같았다. 해서 사람들에게 양해를 구하고 내려가려던 바로 그 찰나,

갑자기 우르릉하고 지축이 흔들렸다. 에스컬레이터 또한 털컥, 무엇에 걸린 듯 운행을 멈추었다. 갑작스러운 정지에 사람들이 움찔, 하강하던 관성에 밀려 몸을 움츠렸다가 가까스로 균형

을 잡아 몸을 일으켜 세웠다. 그때 다시 후두두둑, 정체 모를 소리가 머리 위로 내달렸다. 그와 동시에 천장에 박힌 형광등들이 일제히 나가버렸다. 순식간에 실내가 어두워졌고 진동은 어둠 속을 기습하듯 다시 한 번 두두두둥, 반복되었다. 그것은 마치 꽁꽁 언 호수 깊은 곳에서 울려 나오는 팀파니 소리 같았다.

우오워.

사람들의 놀란 탄성이 동굴에서 울리는 메아리처럼 퍼져 나갔다. 그러나 그것도 잠시였다. 이내 산발적으로 하나둘씩 형광등이 켜지고 우웅, 하는 전기적인 느낌이 발밑으로 한 번 흐르고는 서서히 에스컬레이터가 다시 움직이기 시작했다. 그제야 여기저기서 뭐야, 하며 웅성거리는 사람들의 볼멘소리가 이어졌다.

건은 이 진동이 더는 지하철과 관련 없다는 사실을 깨달았다. 불길함이 엄습했다. 그러는 사이 남자와 여자가 바닥으로 내려섰고, 그와 동시에 여자가 매우 짜증스러운 표정으로 남자에게 말하는 모습이 내려다보였다. 잠시 실랑이가 벌어지는 것 같았다. 이윽고 여자가 돌아섰고 남자가 여자를 다시 따라가려던 찰나, 건이 뒤에 도착했다. 건이 남자의 뒷덜미를 움켜쥐었다.

"이봐요, 그 정도 했으면 된 것 같은데."

남자는 건이 잡은 악력에 압도되어 더는 여자를 쫓지 못하고 뒤를 돌아보았다. 돌아본 남자의 동공이 고양이 눈처럼 확대되었다.

"형!"

건도 놀라기는 마찬가지였다. 오히려 남자보다 더 놀라 소리조차 내지 못했다. 남자는 탄이었다. 탄의 이목구비가 슬라이드 영상처럼 하나씩 인지되었고 그 모습이 탄이라는 것을 완전히 이해하고 나서야 건은 소리쳤다.

"뭐야 너! 머리가 왜 이래!"

오전까지만 해도 탄은 클래식한 커트 머리를 하고 있었다. 팔대 이로 가지런히 가르마를 탄 전형적인 엘리트의 모습이었고 한결같은 스타일이었다. 그런데 불과 반나절 만에 파마머리를 하고 꽁지까지 동여매고 있었다. 있을 수 없는 일이었다.

"머리가 그게 뭐야, 가발이라도 쓴 거야?"

"갑자기 뭐라는 거야. 내 머리가 뭐가 어쨌다고. 형, 아무튼 내가 좀 급해. 면접은 끝난 거지? 알았어. 일단 알았으니까 잠깐만 여기서 기다려. 나 지하 주차장에 차 세워놨으니까 어차피 다시 돌아와야 해. 그러니까 잠깐만 여기 있어. 금방 갔다 올 테니까."

건이 다시 탄의 팔을 잡았다.

"너 저 여자를 왜 쫓아가는 건데, 아는 사람이야?"

"아니, 그러니까 일단 가만있어봐. 잠깐만 여기 있어, 형. 이러다 놓친다. 알았지? 얼마 안 걸려."

"아니 그게 아니라 잠깐만,"

건이 다시 탄을 붙잡자 탄이 짜증을 냈다.

"아 참, 급해, 형. 갔다 와서 얘기하자고."

"아니 네 머리가 도대체 왜 그러냐고."

"내 머리가 도대체 뭐가 어쨌다고! 갑자기 왜 이래? 남의 머리 가지고. 하루 이틀 본 것도 아니고. 아무튼 됐고. 기다려. 나, 갔다

온다."

탄은 건의 손을 뿌리치고 재빠르게 몸을 돌려 다시 여자를 쫓아 나섰다. 건은 얼떨떨한 표정으로 그 자리에 서 있었다. 하루 이틀 본 게 아니라고? 건은 탄의 말을 이해하려고 애써보았지만 알 수 없었다. 검은 커트 머리와 탈색한 파마머리는 간극이 너무 컸다. 내가 아는 탄이 맞는 건가? 건은 문득 이것도 혹시 꿈인가 하는 생각이 들었다. 아, 이런. 건은 황급히 발걸음을 돌려 다시 몰로 향했다. 꿈에서 깨어나려면 곰을 찾아가 탄의 머리 스타일에 관해 물어봐야 했다.

악몽

잠에서 깬 수는 벌떡 일어나 다급하게 침대맡에 놓인 시계를 바라보았다. 오전 열한 시가 조금 넘은 시각이었다. 순간 식은땀이 분수처럼 솟구치는 걸 느꼈지만 이내 휴일이라는 사실을 깨달았다. 온몸에 기운이 쭉 빠졌다. 개다 만 빨래처럼 다시 침대 위로 널브러졌다. 탄식이 나오지 않을 수 없었다.

"내가 이러다가 심장마비로 먼저 죽고 말지."

출근 스트레스가 항상 있는 것은 아니었지만 지금처럼 기이한 꿈에 시달렸을 때는 그랬다. 꿈과 현실의 경계가 너무 불분명해 눈을 떠도 뜬 건지 헷갈릴 때가 있었고, 간혹 아직 꿈이라고 여겨질 때마저 있어 황당했다. 그 때문에 평생 단 한 번도 생각해보지 않았던 정신과 상담에까지 이르게 된 것이었다.

꿈은 여러 가지 면에서 예사롭지 않았다. 일단 같은 꿈이 반복

된다는 점에서부터 그랬다. 지인들에게 같은 꿈을 꿔본 적이 있는지 물어보아도 다들 고개만 갸우뚱했다. 수 자신도 처음 겪는 일이었으니 없는 게 더 당연했다. 게다가 꿈은 현실처럼 생생했다. 생생한 정도가 아니라 현실 그 자체였다. 무엇보다 특이했던 건 그럼에도 그것이 꿈이라는 사실을 또렷하게 자각할 수 있다는 점이었다. 꿈인 것을 자각한 채로 그 공간에 남아 그곳에서의 현실을 고스란히 느끼는 것이었다. 기묘한 체험이었다.

인터넷에 검색해보니 그것을 자각몽이라고 했다. 자각몽은 자신의 의지대로 상황을 이끌어갈 수 있다고 하는데 수가 꾸는 자각몽은 좀 달랐다. 수의 뜻대로 흘러가지 않았다. 수는 마치 관찰자 혹은 방관자처럼 꿈의 세계에 머물며 그곳에서의 사건들을 체험했다. 어떤 면에서는 기록자가 된 것 같기도 했다. 꿈의 배경이 매번 조금씩 다른 각도에서 연출되었기 때문이다. 항상 같은 장소였으나 늘 다른 시점에서 꿈은 진행되었다. 꿈의 전체적인 윤곽은 그러나 한결같았다. 그곳은 과연 꿈에서나 볼 수 있을 법한 도시였다.

오색의 빛이 물결처럼 흐르는 도시 한가운데 거대한 빌딩이 서 있었다. 거대하다는 수식만으론 군색할 만큼 거대한 빌딩이 도시 중앙에 우뚝 솟아 있었는데, 그 끝이 보이지 않아 마치 꿈을 꿀 때마다 계속 자라고 있는 듯한 느낌이었다.

빌딩은 직육면체의 조각들을 불규칙하게 쌓아 올린 모양이었다. 게임 중인 젠가 블록 같았다. 빌딩의 어느 부분은 직육면체 모양으로 불쑥 튀어나오고 어느 부분은 움푹 들어가 매우 형이상학적이었다. 정말 특이했던 건 모양이라기보다 그 튀어나온 부분에 심긴 수목이었다.

숲과 빌딩이 한 몸으로 이루어진 건축물을 처음 본 것은 아니었지만, 그토록 거대하고 그처럼 완벽하게 조화를 이룬 풍경은 처음이었다. 꿈이므로 가능하다는 생각이 들 만큼 완벽했고 그 거대한 숲과 빌딩의 조화가 구름 위를 넘어서까지 계속해서 이어진다는 사실이 더 신기했다. 잠에서 깨었을 때 검색해보니 그중 몇몇은 실제로 고산 지대에서나 볼 수 있는 수풀이었다.

하늘 끝까지 솟은 빌딩은 그렇게 그 자체로 하나의 거대한 도시처럼 느껴졌는데, 실은 같은 모양의 빌딩 세 동이 정삼각형을 그리며 한 몸으로 묶인 형태의 건축물이었다. 중간중간 세 빌딩이 연결된 지점이 있었고 똑같은 높이로 구름 위를 넘어갔다. 구름 위로 하늘 위로 끝없이 치솟다가 마침내 지상의 어떤 건축물도 더는 따라 오르지 못하는 지점에 이르러서야, 세 빌딩이 공유하는 중앙 공간에 붕 떠 있는 커다란 원형 구조물을 발견할 수 있었다.

완벽한 구슬 모양의 구조물이 삼각 구도 그 중간에 도대체 어떤 원리로 떠 있는 건지 수는 알 수 없었지만 아무 지지도 없이 그것은 떠 있었고, 내부는 수가 경험한 그 어떤 공간보다도 넓었다. 수의 꿈이 종종 그 내부에서 시작될 때가 있었으므로 그렇다는 것을 알았다.

내부는 매우 신비스러운 공간이었다. 둥근 천장은 거대했으므로 둥글게 느껴지지 않았고, 별이 존재하지 않는 밤하늘처럼 고요했으나 심오함이 있었다. 어둠으로 가득했으나 그 어둠이 선명하게 보인다는 사실이 매우 기이했다. 심해의 한가운데로 침잠해 온 것 같았다. 그러다가 또 어느 순간에는 무수한 별의 무리로 가득 채워졌다. 그럴 땐 천체 망원경으로 바라보는 우주, 성운의 한 단면 같기도 했다. 전자기장이 모세혈관처럼 허공을 긋고 사라지는 때도 있었고, 붉은빛이 오로라처럼 형성됐다가 옅어지는 때도 있어서, 마치 태초의 지구로 소환된 것 같은 기분도 느껴졌다.

그리고 어느 지점쯤에 이르면, 수의 발밑으로 푸른빛이 스멀거리기 시작했다. 그것이 냉기로 인한 현상이라는 것을 수는 알았다. 어떻게 아는지는 알 수 없었지만 그냥 알았고 심지어 그곳이 구슬의 내부라는 그 어떤 단서도 주어지지 않았지만 수는 알았다. 어마어마한 냉기가 바닥으로 허공으로 흘러 다녔지만 수는 전혀 추위를 느끼지 못했다. 그런데 냉기의 냄새는 맡아졌다. 희한한 일이었다. 그 또한 꿈이므로 가능한 일이라고 수는 생각했다.

그러다가 마침내 그것이 나타났다. 형체를 드러내지는 않았지만 그곳 어디쯤인가에 거대한 무엇인가가 웅크리고 있다는 것을 수는 느낄 수 있었다. 이따금 맹수가 그르렁대는 것 같은 울림이 있었고 종종 오색의 화려한 불빛들이 그것의 혈관처럼 수의 발밑에서 갈라지다가 사라지기도 했는데, 끝내 그것의 정체가 무엇인지는 알 수 없었다. 다만 그것의 존재가 인식될 때마다 수는 말로 표현하기 어려운, 마치 잃어버린 영혼의 반쪽이 그곳에 있기라도 한 것처럼 매우 강력한 이끌림을 느꼈다. 그리고 그 이끌림이 전율처럼 온몸을 훑고 지나갈 즈음 꿈이 끝났다.

꿈이 끝나면 잠도 끝났다. 잠이 끝나고도 온몸에 돋은 소름이 가시지 않을 만큼 꿈은 생생했다. 비몽사몽간 수는 누군가가 자신을 부르고 있다고도 생각했다. 자신을 부르려고 그런 꿈을 꾸게 한 것이고 그 꿈을 꾸기 위해 잠을 잔 것 같은 날도 있었다. 처음 꿈을 꾸기 시작했을 때는 그럴 때마다 가만히 누워 천장을 바라보았다. 현실보다 더 현실감 넘치는 꿈이었으므로 깬 공간에 새로 적응해야 했다. 하지만 횟수가 거듭되면서 수는 혀를 차는 일이 더 많아졌다.

적당히 하자, 적당히.

특이한 꿈이기는 했어도 그것은 다만 꿈일 뿐이었다. 꿈에서 누군가가 자신을 부른다는 건 삼류 공포 영화에서나 있을 법한 얘기였다. 게다가 수의 꿈은 무섭지 않았다. 오히려 신비스러웠다. 하지만 그런 꿈도 한 번 꾸었을 때나 신비스러운 법이었다. 비슷한 내용이 계속 반복되면 정신 이상을 의심해볼 수밖에 없었다. 스스로 정신 이상을 의심해야 한다니, 세상에서 가장 발랄한 정신이었대도 우울해지지지 않을 수 없었다. 그 와중에 또 자각몽이었다. 수는 그때까지 단 한 번도 자각몽이란 걸 꿔본 적이 없었다. 이상하지 않더라도 계속 이런 식이면 성의를 봐서라도 이상하다고 해줘야 할 상황이었다.

그렇게 이상한 날들이 자주는 아니더라도 간헐적으로 지속되었다. 수는 그나마 꿈에는 점차 익숙해졌지만, 문제는 꿈을 꿀 때마다 매번 학교에 지각한다는 사실이었다. 그게 진짜 미칠 노릇이었다. 학생도 아니고 선생이 노상 지각을 해대니, 친한 동료 선생님들마저 어디 잘못된 게 아니냐는 눈빛으로 쳐다볼 때가 있었다. 그러니 꿈을 꾸고 난 날은 잠이 깨는 것과 동시에 경기를 일으키듯 시간을 확인하는 버릇이 생길 수밖에 없었다. 꿈은 점점 원수가 되어갔다. 이젠 꿈이 아니라 지각이 문제였고 몇 번만 더 같은 실수를 되풀이하면 진짜로 학교에서 잘릴 판이었다.

　해서 같은 꿈을 한 번만 더 꾸면 꼭 상담을 받으리라 생각하면서도, 막상 또 정신과라는 데가 그렇게 쉽게 제 발로 찾아가지는 곳이 아니었다. 원체 남의 시선 따윈 신경 쓰지 않는 수였음에도 웬일인지 정신과로는 발이 잘 떨어지지 않았다. 게다가 다른 선생들에 비해 지각이 잦다 보니, 자진해서 야근 거리를 도맡아 할 때가 많아 갈 시간도 마땅치 않았다. 무슨 일이 있어도 거르지 않던 운동마저 건너뛰는 날이 많았다.

　그렇게 차일피일 미루고만 있던 차에 마침내 절친한 친구의 소개로 상담을 받을 기회가 생겼다. 정신과 전문의가 친구 남편의 동문이라고 했다. 남편과 각별한 사이였으므로 휴일 오후임에도 개인 진료를 해주겠다는 것이었다. 수는 그렇게까지 해달라고 부탁한 적이 없었지만 단짝의 오지랖이 벌인 일이었다.

　수는 영혼은 침대 위에 눕혀놓고 리모컨으로 몸만 일으켜 세워 욕실로 보내고 싶은 갈망에 휩싸여 생각했다. 그래. 계속 미루다가 학교에서 잘리느니 이렇게라도 강제로 나가는 게 옳다. 수는 누운 채 자기 이마를 손바닥으로 한 대 탁 쳤다. 정신 차립시다, 은수 씨. 리모컨 따위로는 움직여지지 않는 몸뚱이를 일으켜 수는 욕실로 향했다.

그런데 까마귀 날자 배 떨어진다고 어떻게 상담이 잡힌 날 마침맞게 딱 그 꿈을, 마치 복습이라도 하듯 다시 꾸었는지 신기했다. 바로 오늘이 상담을 위해 마련된 최적의 날이라는 증거가 온 사방에서 넘쳐흐르는 느낌이었다. 그래, 알았어. 알았다고. 씻고 있잖아.

수는 처음엔 전문가로부터 그리 특이한 경우가 아니라는 말만 들어도 큰 위안이 될 것 같았는데, 최근엔 세상에서 가장 특이하다고 해도 좋으니 꿈을 꾼 날 제시간에 일어날 방법만 알려줘도 좋겠다고 생각했다. 만약 의사가 자명종을 여러 개 둬보라는 따위의 조언이나 한다면, 이미 열두 개나 되는 자명종 중의 하나를 의사 뱃속에 넣어줄 생각이었다. 아, 해인이 남편과 각별한 사이라고 했지. 이래서 아는 사람은 불편하다니까.

시름이 있으니 입맛이라도 좀 줄면 위장이라도 편하겠는데, 식욕은 변함없었고 오히려 더 당겼다. 해서 시내에 나가는 김에 해인을 먼저 만나 점심을 먹기로 했다. 해인과 만나기로 한 쇼핑몰에서 병원까진 불과 지하철 한 정거장 거리였다. 그래도 맛있는 걸 먹을 생각을 하니 나가고 싶은 마음이 조금은 더 들었다. 역시 금강산도 식후경이었다.

해인과 둘이 만나면 늘 삼 인분 이상을 주문했고 남으면 싸 가자고 번번이 합의했지만, 희한하게 단 한 번도 남긴 적이 없었다. 둘은 매양 어제 먹은 양이 좀 부실해 오늘 보충하려는 건가 보다며 서로 대변해주었고, 배가 너무 불러 터질 것 같다고 너스레를 떨면서도 팥빙수는 또 먹어야 했다. 점심은 수가 샀다. 해인이 팥빙수를 산다고 해서 몰의 이 층 커피숍으로 이제 막 들어온 참이었다. 망고가 산산이 부서진 해처럼 빙수 위에 흩어져 있었고 아보카도가 빙설 주변으로 초원처럼 깔려 있었다. 눈 같은 얼음을 파헤치며 수가 물었다.

"그래서 남편한테도 내가 이상한 꿈이나 꾸고 다닌다고 했니?"

"다니지는 않잖아?"

"다녀. 다녀도 너무 다녀."

"나는 꿈에서라도 좀 막 다녀봤음 좋겠네. 아무튼 나도 할 말 안 할 말 정도는 구분해."

"아무렴, 왜 아니겠어. 너무 잘해서 탈이지. 그런데 그 병원, 너네 병원이라고 하지 않았어?"

해인의 남편이 성형외과 전문의이기는 했어도 병원은 해인의 집에서 해주었으므로 엄밀히 말해 그 병원의 소유주는 해인 혹은 해인의 부모님이었다. 해인은 곧 수가 만날 예정인 정신과 전문의를, 남편이 운영하는 병원의 병원장이라고 말했다.

"정확히 말하자면 우리 병원 건물주라고 할 수 있지."

"젊은 총각에다 건물주라니 불공평한 세상이로구먼. 누군 온종일 분필 가루 마셔가며 중노동을 해도 방 한 칸이 없는데."

"방 세 칸이잖아."

수가 수저로 망고를 쿵 찍었다. 해인이 웃었다.

"아무튼 그래도 있는 집 자식치곤 건실하대."

사실 해인도 있는 집 자식 중의 하나였으므로 수도 더는 그 주제를 입에 올리지 않았다. 화제를 돌렸다.

"잘생겼어?"

"좀 생겼던 것도 같고."

"같고?"

"잘 몰라. 몇 번 못 봤어. 워낙 혼자 바쁜 사람이고, 늘 실체보다 소문이 더 무성한 사람이라서."

"소문?"

"짱구 말에 따르면 약간 제정신이 아니라지."

해인은 남편을 짱구라고 불렀다.

"제정신이 아닌 사람이 어떻게 의사를 하나? 아! 그래서 할 수 있는 건가? 정신과라서?"

"완전 미친놈은 아니고 기이하다고 해야 하나. 왜 있잖아, 기이한 천재 뭐 그런 거."

"천재?"

"응. 의대 동문 역사상 가장 똑똑한 사람이라는데? 그런 거 있잖아, 한번 외운 건 절대 안 잊고 한번 해본 수술은 다 잘하고. 영화나 드라마에 나오는 사람처럼."

"그런 양반이 외과를 해야지 왜 정신과를 해?"

"본래 그런 양반이 정신과를 하는 거래, 짱구 말로는. 아무튼 본인만 그렇게 잘난 게 아니라 집안도 좋고 해서 교수들이 자기 수제자로 들여앉히고 싶어서 난리가 났었다는데, 하는 짓이 워낙 또라이라 아무도 감당할 수가 없었대."

무슨 짓을 하고 다니면 아무도 감당할 수 없는 상태가 되는지 조용히 상상하던 수가 혼잣말을 하듯 중얼거렸다.

"도대체 뭘 하고 다니면 그런 평판을 얻게 되는 거지?"

해인이 문득 생각난 듯 말했다.

"기억나? 예전에 파리에서 큰 테러 사건 있었을 때? 그때 그 사람이 그 자리에 있었나 봐. 총 맞아 죽을 뻔했다던데. 그게 남들 전부 의사 국시 준비한다고 다리를 달달 떨고 있을 때 혼자 배낭여행 한다고 갔다가 당한 일이래. 거기까지는 이상할 게 없지. 잘난 척해서 재수 없는 거랑 죽을 뻔했는데 무사해서 다행인 정도가 다지. 그런데 글쎄, 그러고도 삼 년 넘게 그 테러리스트들을 잡는다고 쫓아다녔다는 거야."

"자기가 직접?"

"사람도 쓰고 자기가 직접 가기도 하고."

"그게 사실이면 진짜 또라이네, 너보다 더하네."

해인이 망고를 뽑었다. 해인이 수에게 눈을 한 번 흘기고는 냅킨으로 입을 훔치며 말했다.

"안 그래도 내가 짱구한테 그렇게 물어봤다. 은수보다 더 또라이냐고. 그랬더니 은수 씨만큼은 아니지, 라고 하던데."

수가 수저로 아보카도를 푹 찍으며 말했다.

"네 남편, 나한테 좀 맞아야겠네."

해인이 하얀 이를 드러내며 수의 말을 받았다.

"날 잡자. 그러잖아도 요즘 좀 마음에 안 드는데."

상상만 해도 즐겁다는 듯 둘이 한동안 깔깔대고 웃었다. 해인이 말을 이었다.

"그런데 확실히 비범한 면이 있긴 한가 봐. 우리 병원 그 건물말이야, 처음 지을 때부터 메디컬 전문 빌딩이라고 주제를 정하고 올린 거거든. 각 층에 다른 과를 내줘서 서로 유기적인 협업관계를 만들고, 서비스는 특진처럼 맞춤형으로 하면서 시스템은 종합 병원을 능가하는 수준으로 만드는 게 목적이었다는데. 그양반이 글쎄, 그 건물 외벽에다 엄청나게 큰 검은 고양이를 그려넣은 거야."

"검은 고양이?"

"응, 검은 고양이. 내가 옛날에 한번 얘기했는데 얘가 기억을 못 하네."

"네 남편이 병원 한다고 할 때가 아마 내가 막 임용돼서 정신이나가 있을 때였을걸?"

"아무튼 그때 사람들이 미쳤다고 난리도 아니었어. 당연하지.나만 해도 그랬으니까. 좀 사차원이라는 건 들어 알았지만 진짜그 정도일 거라곤 상상도 못 했거든. 나만 그런 게 아니라 아무도이해를 못 했어. 병원 건물에 웬 검은 고양이? 너무 생뚱맞잖아.게다가 옛날 사람들은 검은 고양이가 불길한 동물이라고도 생각한 마당에."

수가 무심하게 대꾸했다.

"본래 미신은 무지한 사회일수록 더해."

해인이 어깨를 한 번 으쓱하곤 말을 이었다.

"아무튼 그게 그 사람이라서 가능한 기행이라고 하는 동문도 있었지만, 대체로 돈이 남아도니까 별 지랄을 다 한다는 게 중론이었어. 그런데 짱구가 굳이 그 빌딩에 들어가야 한다고 박박 우기는 거야. 아무리 친해도 그건 아니다 싶어서 나는 좀 찝찝했고 다른 사람도 다 그럴 거라고 생각했는데 웬걸, 막상 뚜껑을 여니까 입주 경쟁률이 장난이 아닌 거야. 나는 진짜 다들 돌았나 싶었어. 짱구 말로는 그 사람이 보통 사람이 아니라는 걸 알 사람들은 다 안다는 거야. 짱구가 하도 그렇다니까 나도 그런가 보다 했는데 우와, 건물 오픈하고 나서 대단했잖아."

"왜?"

"우리 병원, 피부과, 산부인과, 치과 할 것 없이 거기 입주한 병원 모두 개인 병원이 올릴 수 있는 최대 매출을 찍었다고 하더라. 완전히 정점을 찍었대. 전국의 환자가 전부 그 건물로 모여드나 싶을 정도였다고 하니까."

"왜지? 원 플러스 원이라도 했나?"

해인이 박장대소했다.

"병원에서 원 플러스 원을 하면 뭐야, 환자 한 명 데려오면 다른 환자는 공짜, 뭐 그런 거야?"

"그거야 병원 하는 사람이 알지 내가 아니."

"아 나, 얘 진짜 웃기네. 짱구한테 한번 해보라고 해야겠다. 아무튼 뭐 제일 신빙성 있는 가설은 이래. 우리나라 최고 명문 의대 동문이 한 빌딩에 모여 각자의 진료를 한다는 점도 그랬지만, 무엇보다 거기 그려진 거대한 검은 고양이가 화제였다는 거야. 건물을 오픈하자마자 사람들 관심을 한 몸에 받은 건 사실이니까. 언론에서도 난리였고. 한 번도 들어본 적 없어?"

"나야 닭병 걸린 애들 깨워가며 미적분 가르치기도 바빴는데 언제 그런 걸 들을 시간이 있었겠니."

"어쨌든 그래서 동문들이 물어봤대. 그게 진짜 의도했던 페인팅이었냐고. 그랬더니 바보처럼 웃으면서 그러더라는 거야, 그럴 리가 있겠느냐고. 너무 당연한 말이잖아? 그런 걸 누가 예상할 수 있겠어. 한 날은 짱구가 그럼 저 고양이는 뭐냐고 물으니까 씩 웃으면서 그러더래. 바스키아의 검은 고양이라고. 그게 뭐냐고 되물어도 그냥 그렇다고만 말하고 다른 설명은 당최 안 한대. 일부터 칠까지는 이상한 사람이 맞아. 팔부터 십까지만 정상이야. 하지만 실력만은 최정상급이라고 하니까 상담 한번 받아보는 게 나쁘지는 않다고 생각해. 갔더니 개소리만 하면 딱 말해. 짱구를 족치면 돼."

그때 수의 표정이 싹 변했다. 해인이 수의 달라진 얼굴을 보곤 눈을 동그랗게 뜨고 물었다.

"왜, 왜, 너 왜 그래?"

수가 말했다.

"지금 너, 바스키아의 검은 고양이라고 했어?"

해인이 여전히 놀란 눈으로 반문했다.

"응. 왜? 알아? 들어본 적 있어?"

"그 고양이가 지금도 그 건물에 그려져 있어?"

"응, 당연하지. 지금은 그게 그 건물의 상징이나 다름없는데."

"오드 아이야?"

"오드 아이? 그게 뭐죠?"

"그럼 목걸이가 있어?"

"목걸이?"

수가 자신의 앞섶을 헤치고 목에 걸린 큐브를 보여주었다. 큐브는 영 점 오 센티미터도 채 되지 않는 작은 크기였고 블랙 오팔의 빛깔이 영롱하게 반짝이고 있었다.

"어머? 그건 네 부적이잖니."

"그러니까 말이야. 이거, 이게 그려져 있어? 줄은 빼고 이 큐브만."

잠시 골똘하게 생각하던 해인이 말했다.

"와……, 어떻게 이렇게 생각이 안 나지? 애 낳고 난 다음부터는 거의 치매 수준이 됐어. 그러니까 난, 있었던 것도 같고 아닌 것도 같은데, 네 목걸이를 내가 아니까 있었으면 진작 말하지 않았을까? 아니면 말했는데 네가 까먹은 거 아냐? 고양이 얘기도 까먹고 있었잖아. 그런데 그게 왜?"

수가 해인의 수저를 빼앗았다.

"빙수 다 먹었지?"

"어? 아니 얘, 먹는 중이잖아."

"그래 다 먹었네."

수가 오른손을 들어 시계를 보았다.

"있지 해인아, 일단 상담 시간이 거의 다 됐고, 내가 그 전에 잠깐 거길 먼저 가봐야겠어. 자세한 건 오늘 상담 끝나고 다시 전화할게. 오케이?"

해인이 수를 멀뚱멀뚱 쳐다보다가 물었다.

"무슨 일 생긴 건 아니지?"

"응, 아무 일도 안 생겼어. 그냥 내가 빨리 확인해보고 싶은 게 있어서 그래. 알았지?"

수가 자리에서 일어나며 재촉하자 해인도 얼떨떨한 표정으로 수를 따라나섰다. 바스키아의 검은 고양이는 목이 아주 긴 오드 아이였다. 목에는 초커가 감겨 있고 목걸이에 블랙 오팔 빛깔의 큐브가 달려 있었다.

빌딩에 그려진 그림이 그 고양이가 맞는지 수는 빨리 확인해보고 싶었다. 왜냐하면, 그 고양이를 아는 사람이 이 세계에 있을 수는 없었기 때문이다. 존재하지 않는 고양이였다. 바스키아의 검은 고양이는 수의 꿈에서만 나오는 고양이였다. 그 꿈에서 실재하는 것은 수와 수의 목걸이밖에 없었다.

오래전 꿈에 나온 아빠가 수의 품에 고양이를 안겨주며 바스키아의 검은 고양이라고 말했을 때, 수는 꿈에서 깨자마자 그 고양이가 어떤 고양이인지 온 데를 다 검색해보고 전문가들에게도 알아보았지만, 현실에 그런 고양이는 없었다. 그러므로 그 고양이를 아는 사람도 현실에 있을 수 없었다.

수와 해인이 커피숍을 떠나자 탄도 친구에게 일방적인 작별인사를 고했다. 친구는 황당했다. 물론 이삿짐센터를 운영하는 자신에게 일을 준 것은 고마웠다. 그러나 한창 바쁜 사람을 억지로 끌고 와 앉혀놓고—내내 여자만 훔쳐보다가—한다는 짓이 그 꼴이었던지라, 어처구니가 있고 싶어도 발로 차서 내쫓는 형국이었다. 더 황당한 건 이게 처음 있는 일이 아니라는 사실이었다.

당하고 보니 탄은 종종 그런 만행을 저질렀었다. 그때마다 친구는 기분이 더러워져 다시는 보고 싶지 않다는 생각을 하다가도, 또 언제 그랬냐는 듯이 살갑게 굴며 도움을 주니 안 볼 도리가 없었다. 어렸을 때부터 그랬다. 탄은 유력자 집안의 아들인 데다가 똑똑하기까지 해서 세상 참 불공평하다는 생각을 맨 처음 갖게 한 인물이었다. 늘 제멋대로라 고까웠지만 본의 아니게 도움을 받을 때가 많아, 매우 복잡한 감정을 느끼게 하는 녀석이었다.

그러니 탄의 친구는 탄이 그런 위인이라는 사실보다 그런 위인임을 잊고 있었던 자신의 과실이 더 크다는 걸 다시금 되새길 수밖에 없었다. 대뜸 화를 내기도 뭣하고 전부 이해해줄 수만도 없는, 모호하고도 새삼스러운 난관에 또다시 봉착하고 말았다. 후회와 자탄이 밀려들었다. 그러는 사이 탄은 은박지에 싸서 버린 껌인 양 친구를 남겨두고 이미 저만치 사라지고 없었다.

그러니까 탄은 친구와 여자 중에 어느 하나를 선택해야 할 때면, 일말의 여지 혹은 찰나의 고민도 없이 여자를 선택해왔고 떳떳하게 돌아서며 또 할 말은 하는 위인이었는데, 그 말인즉슨 너는 내가 항상 보고 싶을 때 볼 수 있고 언제나 그 자리에 있어주니 고맙고 든든하지만, 그런 연유로 언제나 그 자리에 있지 않고 또 언제 볼지도 알 수 없는 여자를 따라나서는 나를 네가 이해해야 하는 것은 물론이거니와 도리어 독려까지 해주어야 한다는 것이었다. 고맙고 든든한 존재로서의 의무가 바로 그것이라는 듯이.

그게 탄이었다. 사는 게 만만하고 여유로운 자들만 가질 수 있는 궤변으로 무장한 인간이었다. 부탁할 때도 부탁하는 자세가 아니었고 얻어먹을 때도 얻어먹는 태도가 아니었다. 언제나 당당했고 너무 당당해서 오히려 정당성을 획득하는 때도 많았다. 분명히 궤변인데 하도 뻔뻔해서 다시 생각해보게 되고, 다시 생각해보면 거기에 말리고 말려 일견 일리 있는 의견처럼도 느껴지는 것이었다.

어떻게 저렇게 제멋대로 살면서도 잘 살 수 있나 싶어 녀석에게 짜증이 났지만, 없는 이삿짐도 만들어 일을 주는 사람이 또 탄이었으므로 탄의 친구는 입맛이 썼다. 자신과 비슷한 처지의 친구들은 자기 앞가림만으로도 버거워 누굴 돕고 챙길 여력 따위 없었다. 심란했다. 도대체 어디서부터 뭐가 어떻게 꼬여 돌아가는 건지 알 수 없었다. 욕이라도 퍼부어야 속이 시원할 것 같아 탄의 친구는 탄에게 평생 여자 꽁무니나 쫓아다니다가 죽으라고 저주 아닌 저주를 내심 읊조리며 자리에서 일어났다. 계산서가 탁자 위에 그대로 놓여 있었다. 웬만하면 자제하려던 욕이 끝내 입 밖으로 튀어나오고 말았다.

"계산도 안 하고 갔네, 저 새끼."

사실 그 와중에 계산까지 하고 갈 정신이 탄에게는 없었다. 탄은 다급했다. 즉흥적인 탄의 무례함이야 워낙 유구한 역사를 자랑하다 보니 새로 지적할 거리도 못 되었지만, 이번에는 경우가 달랐다. 친구의 추측처럼 여자 뒤나 쫓아가려고 그를 내동댕이친 것이 아니었다. 수가 여자이긴 했어도 탄의 입장에선 일반적인 의미에서의 여자가 아니었다. 수는 탄의 꿈에 나오는 여자였다.

아주 오래전부터 탄이 꿔왔던 꿈에 등장하는 여자였고 그 꿈은 탄이 성인이 되어서도 반복되는 자각몽이었다. 인간이 어떤 경우에 같은 내용의 자각몽을 반복해서 꾸는지 탄은 매우 오랜 시간 연구해왔고 다양한 자료들을 수집해왔다. 소년 시절 처음 꾸었던 꿈이 간헐적으로 반복되는 경험 때문에 훗날 자신의 직업으로 신경정신과 의사를 선택하게 되었다고 해도 과언이 아니었을 만큼, 수가 나오는 꿈이 탄에게는 중요했다. 그리고 반복되는 꿈들이 통상 어느 정도 실제에 기반을 둔다는 사실을 알아내고서야 탄은 자기 꿈의 종적을 추적하기 시작했다.

탄이 찾아다니는 꿈의 종적은 바스키아의 작품 전시회였다.

단의 꿈이 항상 바스키아 미술관을 찾아가는 것에서부터 시작되었기 때문이다. 꿈에서의 탄은 소년이었음에도 홀로 바스키아 미술관을 찾아갔다. 매우 먼 곳이었다. 꿈에서조차 그 거리가 실감 날 만큼 오랜 시간 비행기를 타고 날아가야 하는 곳이었음에도 탄은 혼자 갔고, 갈 수 있었고, 어떻게 그럴 수 있었는지는 알수 없었다. 미술관은 굉장히 화려한 대도시의 가장 번화한 곳에 있었다. 엄청나게 큰 건축물이었다.

오벨리스크 형상의 거대한 기둥 세 개가 하늘 끝에 닿을 듯이 높게 솟아 있었다. 탄이 뒤로 꺾일 만큼 고개를 젖힌 채 보아도 끝이 보이지 않는 탑이었고, 그 탑 혹은 기둥 세 개가 공유하는 중앙 공간에 거대한 구슬 모양의 건축물이 놓여 있었다. 내부로 들어가봐도 둥근 천장이 둥글다고 느껴지지 않을 만큼 거대했다. 전체 규모가 한눈에 다 들어오지 않았다.

미술관엔 신비스러운 공간이 많았다. 그러나 탄의 관심을 끄는 곳은 따로 있었다. 샤갈의 〈미국의 창〉 같은 작품이 공간 전체를 차지하고 있는 곳이었다. 그 근처에 이르면 벌써, 바닥부터 푸른 빛이 감돌기 시작했다. 그리고 그 공간의 한가운데 항상 소녀가 있었다.

누군가 그 소녀를 수라고 불렀다. 눈에 띌 정도로 새까만 머리를 짧게 쳐올린 소녀였고 그 모양이 아주 잘 어울린다고 탄은 볼 때마다 생각했다. 목이 길었고 또래보다 키도 컸다. 웬일인지 탄은 수가 자신과 동갑이라는 사실을 이미 알고 있었다.

수는 탄이 꿈을 꿀 때마다 매번 울고 있었다. 탄은 대체로 그 모습을 뒤에서 묵묵히 지켜보고만 있을 때가 많았다. 자각몽이었으나 일반 자각몽과는 달랐던 게, 몇 번이고 가서 말을 걸고 싶은 충동 내지는 의지가 발현되었으나 실현되지 않았다. 그러다가 자신의 의지대로 움직여지지 않는 자각몽이라는 걸 깨닫고 포기할 시점에 이르러서야 종종, 탄이 원하는 대로 꿈이 전개되곤 했다. 수가 우는 모습을 보다 못한 탄이 다가가 왜 우는지를 묻는 것이었다.

그러면 수는 항상 눈물이 그렁그렁한 눈으로 탄을 돌아보았다. 탄은 그때마다 가슴이 무너지는 것 같은 느낌을 받았다. 수의 눈물은 꼭 이 세계의 모든 슬픔 같았다. 광활한 하늘과 드넓은 대지와 그사이에 존재하는 온 인간의 영혼이 송두리째 수의 슬픔에 잠겨 곧 눈물을 흘리게 될 것만 같은 기분에 사로잡혔다. 수의 눈물을 그치게 할 수만 있다면 그 어떤 일이라도 마다하지 않을 것 같았다. 탄이 양손을 꼭 움켜쥐고 가슴에서 북받쳐 오르는 어떤 슬픔을 애써 억누르고 있을 때 수가 대답했다.

고양이 때문이야.

탄은 조용히 침을 삼키고 작게 목소리를 한 번 가다듬고는 고양이? 하고 되물었다. 그러면 수가 고개를 끄덕였다. 안타까움이 묻어나는 고갯짓이었다. 수의 작은 몸짓, 동작 하나하나에 탄은 가슴이 타들어가는 것 같았다. 수의 슬픔이 탄의 세포 사이사이로 스며드는 것만 같았다. 몸이 점점 무거워졌다. 타인의 슬픔이란 이토록 무거운 것이었나. 탄은 좀 더 힘주어 땅을 딛고 조심스럽게 물었다. 고양이가 왜? 그러면 수는 다시 슬픈 표정으로 고개를 흔들었고 탄은 망연자실한 느낌으로 그런 수를 바라보고만 있었다. 꿈은 대체로 그러다가 끝났다.

그러나 아주 적은 확률로 그 지점에서 꿈이 더 이어지는 경우가 있었다. 여전히 수는 울고 있었지만 탄은 다르게 행동할 수 있었다. 탄은 황급히 미술관 이곳저곳을 돌아다니며 온갖 고양이를 다 구해 수에게 데려다주었다. 하지만 그때마다 수는 고개를 저었고 눈물을 그치지도 않았다. 탄은 점점 더 미칠 것만 같은 기분에 휩싸였고 그러는 사이 꿈은 또 끝났다.

그러다가 그보다 더 적은 확률로 거기서 꿈이 다시 이어지는 때가 있었다. 백발의 한 아저씨가 목이 아주 긴 검은 고양이를 안고 수에게 다가오는 것이었다. 고양이는 마치 그곳에 존재하지 않는 것처럼 새까맸는데 오히려 그 때문에 눈에 더 띄었고, 두 눈은 보석처럼 빛났는데 각각의 색이 달랐다. 목에도 신비스러운 빛깔의 보석이 달려 있었다. 아저씨가 다가와 고양이를 수의 품에 안겨주며 말했다. 바스키아의 검은 고양이야. 그러면 수의 표정이 아침 햇살처럼 환하게 변했다. 탄은 수의 그 표정을 잊을 수가 없었다.

바스키아의 검은 고양이. 수의 환한 표정을 보기 위해선 그 고양이가 필요했다. 탄은 매일 그 고양이와 수의 표정을 스케치했다. 그 고양이가 등장할 때까지 꿈이 진행되는 경우가 극히 드물었으므로, 잊지 않기 위해서라도 매일매일 흔적을 남겨두어야 했다. 혹시라도 꿈이 더는 안 꿔지지 않을까 두려운 날도 많았다.

고양이는 날이 갈수록 점점 비슷하게 그려졌지만, 애석하게도 수의 표정이 잘 그려지지 않았다. 모습은 생생하게 떠올랐지만 이상하게도 그리려고만 하면 잘 그려지지 않았고 다 그리고 나면 다른 사람이었다.

그래도 고양이는 그리고 또 그리다 보니 어느 정도 꿈에서와 비슷한 모습으로 그려지는 시점에 이르렀고, 그때부터 본격적으로 그 고양이를 찾아다니기 시작했다. 온라인 오프라인 할 것 없이 팔방으로 다 알아보았다. 그러나 바스키아의 검은 고양이는 어느 곳에도 존재하지 않았다. 현실에 없는 고양이였다.

탄은 당연히 바스키아에 관한 정보도 모두 찾아보았다. 장 미셸 바스키아라는 화가가 존재한다는 사실은 알아냈지만 세계 어디에도 바스키아 미술관이라는 곳은 없었다. 당연히 그 미술관의 형상도 세상에는 존재하지 않았다. 온갖 건축 양식을 다 찾아보았는데도 그 비슷한 양식조차 없었다.

바스키아의 작품 전시회가 탄에게 남은 마지막 희망이었다.

바스키아의 전시회는 세계 곳곳에서 열렸는데 탄은 그때마다 그 모든 곳을 다 찾아다녔다. 어떤 실마리가 어떻게 잡힐지 알 수 없었으므로 단 한 곳도, 단 한 번도 빠뜨릴 수 없었다. 뉴욕, 서울, 런던, 상하이, 동경……. 그러나 그 어느 곳에서도 꿈과 관련한 실마리는 찾을 수 없었고 심지어 파리에선 총에 맞아 죽을 뻔도 했다. 건이 탄을 살렸다.

건은 탄과의 인연을 우연히 지나가다 얻어걸린 생명의 은인 정도로 생각하고 있었지만, 그것은 지극히 건의 만담 같은 농담일 뿐이었다. 그런 게 얻어걸릴 수 있다는 생각에 아무도 동의하지 않았다. 설혹 있다 해도 건이 탄을 살린 식으로는 없었다. 도대체 어떤 인간이 다른 사람을 위해 대신 총에 맞을 수 있는지 탄은 겪고도 알 수 없었다. 그러므로 탄이 건과의 인연을 소중히 여길 수밖에 없는 것은 너무도 당연한 일이었는데, 그렇다고 해서—건의 주장처럼—매사 껌처럼 붙어 다닐 필요는 없었다. 탄도 그렇게 생각했다. 그럼에도 빅브라더처럼 건을 따라다닌 까닭엔 말

못 한 다른 사정이 있었다.

자신 이외에 같은 꿈을 반복해서 꾸는 사람을 만난 것이 건이 처음이었기 때문이다. 항상 문헌으로만 사례를 접해서 연구에 깊이를 더할 수 없었는데, 건은 살아 있는 대상이었고 게다가 자각몽을 꿨다. 예사롭지 않은 우연이었다. 어쩌면 우연이 아닐 수도 있었다. 그가 다른 형태의 실마리일 수도 있다고 탄은 생각했다. 망상이 아니었다. 시간만 충분하다면 언제고 풀어낼 수 있을 거라고 탄은 믿었다. 의도적으로 자각몽을 반복해서 꾸는 사람은 드물지 않았지만, 자신이 관여할 수 없는 자각몽을 본인의 의지와 상관없이 반복해서 꾸는 사람은 건과 자신밖에 없었다.

그러다가 최근 동문 아내의 친구가 같은 현상을 겪는다는 사실을 알았다. 그 얘기를 듣자마자 당장 만나보고 싶었지만 평일 저녁은 곤란하다는 대답을 들은 터라 불가피하게 휴일 오후로 상담을 잡았는데, 공교롭게도 그날이 건의 이사를 몰래 진행해야 하는 날이었다. 신경이 온통 상담에 쏠려 있기는 했어도 이사를 탄이 직접 해야 하는 것은 아니었으므로 못 할 까닭은 없었다.

다만 상담 시간까지 손 놓고 기다릴 수가 없어 건의 이사를 말로 돕다가 현장에서 쫓겨났다. 쫓겨났지만 혼자 있으려니 또 초조한 마음이 들어 굳이 일하는 친구를 억지로 끌고 몰의 이 층 커피숍으로 올라왔다. 그리고 바로 그곳에서 수를 발견했다.

탄이 꿈속 미술관에서 보았던 바로 그 소녀가 커피숍에 앉아 있었다. 순간 소녀 이외에 모든 풍경이 아웃포커싱 되었다. 키도 덩치도 당연히 꿈에서보다 더 커졌지만, 긴 목과 짧게 친 머리와 얼굴 형태가 그대로였고 무엇보다 살아 움직이는 듯한 표정이 그 소녀임을 짐작게 했다.

하지만 확신할 순 없었다. 몹시 닮았다고는 해도 세월이 많이 흘렀고, 꿈에 나오는 공간이 머나먼 타국이었으므로 이 도시에서 우연히 만날 확률이란 매우 희박했다. 울면 확실히 알 수 있을 것 같았는데 그렇다고 일부러 울릴 수도 없었다.

커피숍에서 탄의 자리가 수의 딱 맞은편이었다. 거리가 좀 있었다고는 해도 그 덕에 틈틈이 수를 살필 수 있었음에도 좀체 확신이 들지 않던 와중에 우연히, 수가 아침 햇살처럼 환하게 웃는 모습을 목격했다. 그 순간 탄은 그가 꿈에서 본 소녀임을 명백하게 알았다. 기억 속의 모습과 완벽하게 일치했다. 온몸에 전율이 일었다. 팔뚝에 소름이 돋을 정도로 경이로웠다. 평생의 숙원이 드디어 그 모습을 드러낸 것이었다. 심장이 덩치를 쪼그라뜨려 대동맥으로 들어간 느낌이었다. 들어간 심장이 온 혈관을 마구 헤집고 다녔다.

하지만 막상 어떻게 다가가서 이야기를 꺼내야 할지 퍼뜩 생각이 떠오르지 않았다. 망설이는 사이 수가 일어섰다. 탄도 선택의 여지가 없었다. 커피숍을 나온 수의 걸음은 매우 빨랐다. 바로 따라 나왔음에도 수는 이미 저만치 앞서 걷고 있었고 동행도 온데간데없이 사라지고 없었다.

그토록 빠르리라고는 미처 예상치 못했던 탓에 탄은 급한 마음이 들어 먼저 두어 차례 수를 불렀다. 그러나 목소리의 끝이 야무지지 못했다. 당연히 수의 귀에 닿지 못했고, 닿았더라도 수가 서지 않았으니 닿지 않은 거나 다름없었다. 그러는 사이 몰의 일 층을 지나 지하로 내려갔고 그때까지도 수를 잡지 못했다. 지하 식품 매장 입구에 이르러서야 결국 탄은 수를 막아설 수 있었다. 어떻게든 수를 잡아야 했으므로 무리수를 두지 않을 수 없었다. 탄이 말했다.

"저는 의사입니다."

무슨 말을 해야 할지 전혀 준비가 안 된 상태에서 무작정 막아서긴 했어도, 막상 미친놈 보듯 자신을 쳐다보는 수의 눈빛을 보니 탄은 저도 모르게 그따위 말이 튀어나왔다. 아니나 다를까 그 말에 상대가 더욱 미친놈처럼 보는 것이 느껴졌다. 수의 눈빛이 말하고 있었다. 그래서 어쩌라고. 탄은 황급히 명함을 꺼내 내밀었다.

"정말입니다."

정말이라니. 탄은 망치로 자신의 머리를 내려치고 싶었다. 그런 탄의 명함을 수는 딱 한 번 그것도 건성으로 내려다보았을 뿐, 이내 그 짧은 시선마저도 한겨울에 담요를 걷어 가듯 냉정하게 회수해 갔다. 명함은 명문대 심벌이 금박으로 박힌 제 몸의 절반을 허공 속에 내맡겼다가, 예상치 못한 외면에 갈 곳을 잃어버렸다. 너는 미친놈이지만 그래도 나는 최소한의 예의는 갖춰주겠다는 음성으로 수가 말했다.

"무슨 일인지 모르겠지만 죄송합니다. 제가 좀 바빠서요."

수는 단호하게 돌아섰고 빠르게 지하 식품 매장을 지나쳤다. 이상한 남자의 이상한 행동에 관해 깊이 생각할 겨를이 없었다. 그런데 한 번 말하면 알아들을 줄 알았던 남자가 무슨 받을 돈이라도 있는 사람처럼 자신을 계속 쫓아오는 바람에, 수는 보폭을 두 배로 늘려 지하 식품 매장을 벗어났다.

그러나 지하철 역사로 내려가는 에스컬레이터에서까지 그럴 수는 없었다. 아니나 다를까 봄날 스웨터에 달라붙는 민들레 홀씨처럼 남자가 날아와 수의 옆쪽으로 내려섰다. 수가 미간을 잔뜩 찌푸리고 탄을 쳐다보았다. 탄이 말했다.

"저기, 저 이상한 사람 아니고요, 꼭 물어보고 싶은 게 있어서 그런 겁니다."

하지만 수는 이미 그 어떤 질문에도 대답해줄 마음이 없었다. 게다가 그는 매우 이상한 사람이었다. 수는 순간 그렇다는 사실을 문득, 깨달았다. 왜냐하면 그는 의사가 아니었기 때문이다. 왜지? 수는 한동안 탄의 얼굴을 빤히 쳐다보았다. 그가 왜 뭔지도 알 수 없는 명함까지 들고 다니며 의사를 사칭하는 거지? 그는 분명 수가 아는 얼굴이었다.

그는 수가 종종 들르는 마트의 점원…… 아니 그가 아니다. 닮았지만 그는 아닌데 그렇다면…… 그래. 그는 수가 사는 아파트 관리인 중 한 명이었다. 수도 검침 문제로 그와 몇 번 만났던 적이 있었다. 하지만 아니…… 수도 검침 문제로 만났던 사람은 아파트 관리인이 아니라 도시 공사에서 나온 사람이었는데…… 아니 그는……, 그는 어린 시절 한 번 만난 적이 있는 아빠 친구의 아들이었다.

갑자기 웬 아빠 친구의 아들?

엄마 친구 아들도 아니고 아빠 친구 아들이라니 내가 진짜 미쳐가는구나, 수는 생각하며 이내 머리를 흔들어 생각을 털어내려 했다. 그 순간 휘잉, 하고 현기증이 일며 눈앞이 잠시 작은 점들로 채워지는가 싶더니 이윽고 다시 밝아졌다. 밝아지고 보니 한 손은 에스컬레이터의 핸드레일을 잡고 있었고 반대편 어깨엔 탄의 손이 놓여 있었다. 수는 데인 것처럼 화들짝 놀라며 탄의 손을 어깨에서 쳐냈다. 탄이 당황하며 사과했다.

"죄, 죄송합니다. 갑자기 휘청거리시는 바람에."

수는 잠시 손으로 이마를 짚었다가 대답했다.

"네, 괜찮습니다."

그러면서 힐끗, 탄의 얼굴을 다시 한 번 보았는데 그는 처음 보는 얼굴이었다. 어떤 착각이 있었다고 수는 생각했다. 하지만 현실에선 처음 겪는 착각이었다. 이젠 정말 정신과 상담을 장난처럼 여길 때가 아니라는 생각이 들었다. 탄은 수가 괜찮은지를 집요하게 살폈다. 그 눈길을 모를 리 없었던 수는 더없이 불편했으나 피할 방법이 없었다. 좁은 에스컬레이터에서 옴짝달싹 못 하니 다른 도리가 없었다. 수가 괜찮다는 것을 확인한 탄이 입을 열었다.

"저기, 제가 아까 제 직업부터 말씀드렸던 이유는 웬 놈이 갑자기 앞을 막아서는 바람에 위협을 느끼셨을까 봐 그랬던 겁니다. 그것 때문에 좀 이상한 사람이라고 생각하지 않으셨으면 좋겠는

모조 사회 1

데요."

그럼 그러질 말았어야지. 수는 생각했으나 굳이 그런 생각을 이 이상한 남자한테 밝힐 필요는 없었다. 게다가 지금 수의 귀에는 그런 말들의 부스러기조차 들어올 자리가 없었다. 탄이 말을 이었다.

"사실 제가 여쭤보려는 말도 좀 이상하게 들리실 수 있는데 그래도 혹시 바……."

탄의 말은 끝을 보지 못했다. 바로 그 순간에 우르릉하고 지축이 흔들렸기 때문이다. 에스컬레이터까지 털컥 운행을 멈추었다. 사람들이 일제히 몸을 한 번 움찔하곤 가까스로 균형을 잡아 다시 몸을 일으켜 세웠다. 그때 후두두둑, 비닐 장판 위로 우박이 쏟아지는 듯한 소리가 천장에서 울렸다. 천장에 박힌 형광등들이 일제히 나갔다. 순식간에 실내가 어두워졌고 알 수 없는 진동이 어둠 속을 기습하듯 다시 한 번 반복되었다. 사람들의 공포가 탄성으로 발현되었다.

그러나 이내 형광등이 하나둘씩 돌아왔다. 발밑으로 전기 신호가 지나는 것 같더니 에스컬레이터 또한 다시 운행되었다. 사람들의 불평이 여기저기서 이어졌다. 탄 역시 하려던 말을 잊고 천장을 바라보았다. 천장은 울퉁불퉁 암벽을 본뜬 모양이었다. 형광등이 그곳에 점선처럼 박혀 있었고 무슨 일이 있었냐는 듯 태연하게 실내를 밝히고 있었다. 탄은 중얼거리듯 "방금 그게 뭐였죠?" 하고 수에게 물었다.

수는 대답하지 않았다. 방금 그게 뭐였는지 수 또한 알 리 없었고 알았다고 해도 설명해줄 정신이 없었다. 수는 다만 그런 와중에도 풀린 실밥처럼 자신에게 들러붙어 있는 탄의 존재가 몹시 짜증스러울 따름이었다. 더는 무시한다고 될 일이 아니라는 생각이 들었다. 수는 에스컬레이터에서 내리자마자 몸을 돌려 탄을 바라보았다.

"죄송한데요, 지금 이 길이 본래 가시려는 길인가요?"

"어……, 아니요. 그건 아닌데요……."

"그럼 지금 저 때문에 이러시는 거 맞죠?"

"아, 네. 그렇긴 한데,"

"그럼 이 정도로 하시죠. 제가 정말 바쁘고, 안 바빠도 저는 이런 식으로 사람 쫓아오는 거 별로 좋아하지 않습니다."

여기까지가 마지막 배려라고 생각하며 수는 돌아섰다. 끝까지 좋게 말하는데도 못 알아듣는 부류라면 더는 좋은 대접을 받을 자격이 없었다. 하지만 어찌 되었든 언성이 높아지는 일은 피하고 싶었다. 수는 발걸음을 재촉했다.

"저기 그럼 바스……"라고 말하며 발을 내딛던 탄은 이번에도 문장을 완성하지 못했다. 숨통이 막힐 만큼 강한 악력이 탄의 뒷덜미를 움켜쥐었기 때문이다. 그리고 그 주인공을 확인하고는 실소를 금치 못했다. 건이었다.

더 황당했던 건 십 년 넘게 고수해온 자신의 머리를 보고 머리가 그게 뭐냐며 캐묻는 형이었다. 그 눈빛이 정말 생판 처음 보는 것을 대하는 듯 진지해서 의아했지만, 그런 의문은 일단 할 일

모조 사회 1

을 한 후에 해결해도 늦지 않았다. 얼빠진 사람처럼 구는 형을 거기 딱 기다리라고 세워두고 탄은 재빠르게 다시 수를 쫓았다. 이번에는 거두절미하고 본론만 물을 생각이었다. 어찌 되었든 오늘 분명하게 확인을 끝내야 했다.

그런데 바로 그 앞이 지하철 역사였다. 저 앞에 선 수가 가방에서 지갑을 꺼내 단말기에 교통 카드를 대고 개찰구를 통과하는 모습이 보였다. 탄은 교통 카드가 없었다. 표를 사려고 두리번거려봐도 파는 창구가 보이지 않았다. 탄은 잠시 머뭇거리다 의뭉스러운 표정으로 주위를 한 번 둘러보고는, 재빠르게 개찰구를 뛰어넘었다.

누군가 부르면 모른 척하고 뛰리라 생각했으나 다행히 탄을 부르는 사람은 없었다. 등이 뜨뜻해지는 기분을 느끼며 잰걸음을 놀렸다. 모퉁이를 돌아서니 또 에스컬레이터가 있었다. 대체 얼마를 내려가야 하는 거야, 탄은 생각하며 그 위에 몸을 실었다. 수를 찾아 아래를 훑으며 사람들에게 양해를 구하고, 한 걸음 또 한 걸음 차례로 더 아래로 발을 내디뎠다.

그리고 마침내, 자신의 몸을 컨베이어 벨트 위에 놓인 대량생산 공산품처럼 무뚝뚝하게 세워두고 있는 사람들 사이로 낯익은 뒤통수를 발견했다. 간단한 확인 하나 하려던 것이 이토록 번거로운 일이 되리라고는 짐작조차 못 했으므로, 탄은 저도 모르게 고개를 절레절레 흔들었다. 그래도 그 오랜 의문의 실마리가 풀리려는 순간이니 무슨 일이든 흔쾌히 감수할 수 있었다. 어차피 미친놈이 된 마당에 더한 일도 못 할 이유가 없다는 생각이 들었고, 해서 그냥 그 자리에 서서 큰 소리로 외쳤다.

"혹시 바스키아의 검은 고양이라고 들어본 적 없습니까?"

사람들이 모두 탄을 쳐다보았고 당연히 수도 탄을 올려다보았다. 사람들의 시선은 신경 쓰이지 않았다. 커다랗게 확대된 수의 눈동자만 보였다. 탄은 회심의 미소를 지었다. 그래, 드디어 만났다. 저 여자가 바로 자신이 평생을 찾아온 그 소녀였다. 맙소사. 애초에 그냥 그 고양이를 말할걸. 탄은 생각하고 재빠르게 수의 곁으로 내려가려고 발을 들었다. 이제 막 바닥에 도착한 수가 제자리에 서서 자신을 올려다보고 있었다. 바로 그 찰나, 발밑으로 얕은 진동이 일었다. 순간 불길한 예감이 솟구쳤다. 허공으로 떠올랐던 탄의 발이 다시 제자리로 돌아왔다.

무언가 얕은 진동이 잔잔하게 지속되고 있었다. 몇몇은 탄과 같은 진동을 느끼는지 에스컬레이터 바닥을 내려다보는 사람도 있었다. 그러나 대부분은 못 느끼는 모양이었다. 무덤덤하게 앞만 바라보고 있었다. 그때 갑자기 탄이 미친 사람처럼 에스컬레이터를 뛰어 내려가기 시작했다.

"잠깐 지나가겠습니다! 미안합니다! 지나갑니다!"라고 말로는 양해를 구하고 있었지만 탄은 거의 사람들을 옆으로 밀치다시피 하며 에스컬레이터를 뛰어 내려갔다. 그리고 얼마 지나지 않아 에스컬레이터가 끝나는 지점 저 너머의 공간으로부터 정체 모를 거대한 생명체의 울부짖음 같은 고함이 울려왔다. 그것은 마치 공기를 밀고 터져 나오듯 아래서부터 위로 차례로 훑고 올라오더니 마침내 탄의 몸을 치고 해일처럼 뒤로 밀려 나갔다.

무지막지한 굉음이 고막을 뚫고 지나가는 것과 동시에 형광등이 일제히 터져버렸다. 모든 사람이 그 자리에 주저앉아 몸을 웅크렸고 수도 마찬가지였다. 그러나 탄은 달랐다. 본능적으로 웅크리기는 했어도 이내 무언가에 사로잡힌 사람처럼 벌떡 일어나 핸드레일을 잡고 사람들을 타고 넘다시피 에스컬레이터를 뛰어내려갔다. 그러면서 수를 향해 외쳤다.

"괜찮아요! 거기 있어요! 내가 갈게요!"

탄의 눈에는 오로지 수만 보였고 웅크린 수가 앉은 채로 고개를 들어 자신을 쳐다보는 것도 보였다. "내가 갈게요. 기다려……" 그 순간 격자로 쪼개지듯 탄이 보는 모든 장면의 마디마디가 어긋났고, 맹렬한 소음과 함께 내장이 쑤욱 빠지는 것 같은 기분이 탄을 덮쳤다. 흡, 순간적인 호흡 정지와 더불어 무슨 일이 일어났는지 인식하기도 전에 탄이 디딘 에스컬레이터가 무너지기 시작했다. 바닥이 꺼지면서 무언가가 튀어 올랐고 부서지고 무너지고 쇠가 갈리는 소리가 천지를 뒤흔들었다.

거대한 구조물이 꺾이며 내지르는 기괴한 음향이 탄의 뇌를 가르며 파고들었다. 생전 들어본 적 없는 고음과 저음의 파괴적인 음향이 기묘한 조합으로 사방에서 진동했고 사람들의 비명이 허공 속에서 뒤엉켰다. 비명이 지나간 자리로 또 다른 비명이 이어졌고 방향 없이 서로 어그러지며 겹쳤다.

그 와중에도 탄은 신들린 사람처럼 앞을 헤치며 수를 향해 달려 나갔다. 저 멀리서부터 천장이 무너져 내리며 점점 수가 앉은 자리까지 덮쳐오고 있었다. 안 돼! 안 돼! 탄은 고함을 질렀지만 그것이 제 형태의 음소를 갖춘 소리가 되고 있는지는 알 수 없었다. 탄은 이를 악물고 사람과 사물의 더미들을 딛고 헤치며 달려가 수를 덮었다.

수를 끌어안듯 덮고 넘어지자마자 바닥이 꺼지는가 싶더니, 탄은 자신의 등에 거대한 물체가 떨어져 내리는 것을 느꼈다. 엄청난 무게의 타격이 등골을 산산조각 내는 것 같았는데, 고통은 없었다. 감당할 수 없는 두려움과 난생처음 듣는 기이한 음향의 폭주로부터 영혼이 분리되는 것 같은 느낌에 이미 모든 감각이 마비되었기 때문이다. 탄의 뇌가 반응할 수 있는 통각의 끝은 진작 지나 있었다.

바스키아의 검은 고양이를 들어본 적 없냐는 소리가 천장에서 울리듯 터져 나올 시점에 수는 이제 막 에스컬레이터에서 미끄러지듯 바닥으로 발을 옮기던 찰나였다. 현실에서 울린 소리가 맞는 건지 어리둥절한 기분으로 뒤를 돌아보았을 때, 그 이상한 남자가 자신을 내려다보고 있었다. 수는 순간 그 남자가 누구인지 명확하게 생각났다. 너무 놀라 두 눈이 동그래지는 것이 스스로도 느껴질 지경이었다.

그리고 그와 거의 동시에, 남자가 갑자기 미친 듯이 자신을 향해 달려 내려오기 시작했다. 난폭하게 사람들을 밀치며 구르듯이 계단을 뛰어 내려왔다. 수는 저도 모르게 한 걸음 뒤로 물러났는데, 그 순간 난데없는 굉음이 천둥처럼 울렸고 폭풍 같은 바람이 뒤통수를 때렸다. 폭음이 밀치듯 자신의 짧은 머리칼과 옷자락을 휘갈기며 지나갈 때 수는 무의식적으로 폭음의 진원지를 향해 고개를 돌렸다. 저만치 보이는 천장의 금속이 마치 초콜릿을 감싼 은박지가 벗겨지듯 바닥을 향해 떨어지고 있었다. 수는 다리가 풀려 그 자리에 주저앉고 말았다.

수는 자신이 목격하고 있는 장면을 보면서도 믿을 수가 없었다. 쇠가 꺾이며 내는 굉음과 손톱으로 칠판을 긁는 듯한 소리가 고막이 아닌 머리를 뚫고 들어왔다. 죽음이란 단어가 풀어진 커튼처럼 눈앞으로 떨어지는 것을 보았다. 불규칙한 도형의 직선과 곡선이 원칙 없이 겹치며 부서져 내리는 전방의 풍경들은 흡사, 영원 속으로 함몰되는 그림자처럼 보였다.

다시 고개를 돌려 에스컬레이터를 보았다. 에스컬레이터 또한 속절없이 무너지고 있었다. 모든 것이 무너져 내리는 아수라장의 참상 속에서 자신을 향해 달려오는 한 남자의 모습이 보였다. 시야의 테두리가 점차 하얗게 탈색되기 시작했다. 남자의 형상 또한 빛을 향해 걸어 들어가는 외계인의 모습처럼 윤곽의 선을 잃어가고 있었다.

수는 문득 황홀한 기분에 휩싸이며 자신이 주저앉은 바닥이 사라지는 것을 느꼈다. 순간 공중에 붕 뜬 듯한 착각과 더불어 이내 아랫배가 꺼지는 듯한 기분 속에서 마치 롤러코스터라도 타는 양 가늘고 긴 비명을 지르며 두 눈을 감았다. 수는 이 모든 상황을 도저히 현실이라고 믿을 수 없었다. 새로운 형태의 자각몽이, 악몽으로 재현되고 있는 거라고 수는 생각했다.

생존자

건은 눈을 떴을 때 자신이 속한 곳의 경계를 알 수 없었다. 분명히 눈을 떴다고 생각했는데 뜨지 않았을 때와 차이를 느낄 수 없었다. 당황스러웠다. 이렇게까지 짙은 어둠을 건은 이제껏 본 적이 없었다. 압축된 듯한 밀도의 어둠이 거기 있었고, 그것이 그곳의 전부였던 까닭에 건은 자신이 죽었는지 살았는지조차 알 수 없었다.

하지만 죽었다고 생각할 순 없었다. 눈앞에 보이는 것이라곤 오로지 칠흑 같은 어둠뿐이고, 도대체 어떤 공간이 이렇게까지 깜깜할 수 있는지 알 수 없었지만, 이곳이 어디든 죽은 자가 생각을 할 순 없었다.

그러나 그런 확신도 이내 자신 없어졌다. 살아오며 확신이란 걸 잃어버린 지 오래였다. 건은 생각했다. 정말로 죽은 자는 생각할 수 없는가. 죽은 자의 세계라는 곳은 다만 인간의 상상력이 빚어낸 초자연적인 영역에 불과한가. 종교 혹은 신화 속에서만 인정되는 세상인가. 실제로는 절대로 존재할 수 없다고 확신해도 될 만큼 명백한 진실인가.

건은 다른 건 몰라도 한 가지만은 확신했다. 이 세계에 명백한 진실이란 존재하지 않았다. 오늘 명백했던 진실이 내일 어찌 될지 알 수 없었고, 한 세기 동안 진실로 취급되었던 정의가 다음 세기에 어떻게 달라질지 알 수 없었다. 인간 세계에서의 진실이란 그러므로 사회적 합의에 지나지 않았다. 전승된 사회적 합의에 권위를 세우기 위한 도구로서의 관념, 그 이상의 의미는 없는 것이다. 진실로 무엇이 진실인지는 아무도 장담할 수 없다고 건은 생각했다.

그렇다면 이곳은 사후 세계인가.

스스로 생각하면서도 믿기 어려운 사실이었지만, 그렇다고 그런 생각을 하지 않을 수도 없었다. 조각난 기억일지언정 그 일부라도 돌이켜보면 죽지 않은 것이 오히려 이상한 상황이었기 때문이다. 에스컬레이터가 무너져 내렸다. 사람들이 건의 몸 위로 쓰러졌고 그 위로 철골 구조물들이 쏟아져 내렸다. 그러고도 그 더미에 휩쓸려 얼마를 더 밑으로 떨어져 내렸는지 건은 짐작도 할 수 없었다.

느닷없었고 비현실적이었다. 그래서 두려움을 느끼지 못했다. 느낄 새가 없었다. 무언가를 제대로 인지하기도 전에 정신이 먼저 나가버렸다. 육체적인 고통도 마찬가지였다. 그리고 그때의 비현실감이 지금까지 죽 이어지고 있었다. 사후 세계라면 그럴 수도 있다고 건은 생각했다. 사후 세계 그 자체가 이미 비현실이었다.

하지만 두려움은 달랐다. 두려움을 느낄 시간이 충분해지자 건은 거짓말처럼 실체를 알 수 없는 두려움에 조금씩 휩싸이기 시작했다. 죽음 이후에 느낄 수 있는 두려움이 또 뭐가 있는지 건은 문득 궁금했지만, 두려움은 인지된 순간부터 마치 생물처럼 부피가 커졌고, 그 끝을 예감할 수 없다고 생각하니 걷잡을 수 없이 더 커졌다.

그것은 과거로부터 맹렬히 추격해온, 뒤늦은 두려움이 아니었다. 크기가 전혀 가늠되지 않는 미지의 공간으로부터 다가오는 공포였다. 무엇이 있으므로 전해지는 두려움이 아니라 아무것도 없으므로 느껴지는 공포였다. 정말 아무것도 없었고, 그토록 완전한 아무것도 없음으로부터 비롯되는 공포가 기이하리만큼 실재적이었다.

다른 차원으로 이어지는 공간 어딘가에 홀로 버려진 느낌이었다. 어둠의 중압감이 기하급수적으로 늘어났다. 차원의 미아가된 것 같은 공포가 서서히 숨통을 조여왔다. 조금씩 혀가 말려 들어가는 것도 같았다. 건은 허우적거리듯 다급하게 숨을 들이마셨다. 공기의 무게가 목구멍에서부터 느껴졌다. 무겁고 어렵게 공기가 들어왔고 쓸리듯이 기도를 지나 폐에 쌓였다. 건은 조금씩, 분말조차 미동하지 않을 만큼 아주 조금씩 쌓인 숨을 내쉬었다.

그 숨결을 통해 뇌의 전기 신호가 활성화되는 느낌이 들었다.

이미 소멸해버렸을지도 모른다고 생각했던 육신의 존재가 그곳에서 느껴졌다. 아직 죽은 게 아닐지도 모른다는 각성이 바로 뒤를 이었다. 그때 번뜩, 탄의 뒷덜미를 움켜쥐었던 기억이 떠올랐고 그게 탄이라는 사실에 아연실색했던 전율도 되살아났다.

그래.

건은 마침내 기억해냈다. 이것은 꿈이었다. 몰의 지하에서 탄을 만났을 때, 이미 그때부터 꿈이었을 거로 의심했던 사실을 건은 기억해냈다. 그것을 확인하기 위해 몰의 안전부로 되돌아가던 길이었다. 그 길에 에스컬레이터가 무너지면서 기억의 매듭도 함께 끊겼다. 그러니까 꿈이었다. 그렇지 않고서야 이렇게까지 아무 맥락도 없이 상황이 전개될 수는 없었다. 꿈이라고 생각하자 호흡이 조금씩 편안해졌다.

건은 두어 번 눈을 슴벅여보았다. 슴벅이는 시야를 빈틈없이 메우고 있는 어둠의 농도는 전혀 달라지지 않았지만 그래도 건은 자신의 눈꺼풀이 움직인다는 사실을 느낄 수 있었다. 그리고 그러한 인식이 곧 건의 전반적인 감각을 일깨우는 신호가 되었고 그렇다는 것을 등허리의 통증이 알려주었다. 심하지는 않았지만 뻐근한 느낌이 허리 쪽에 둔중하게 걸려 있었다. 이윽고 손바닥에 와 닿는 차가운 촉감도 되살아났다. 그 촉감이 너무 생생해 불쾌한 현실감이 도드라졌지만, 그것이 자각몽의 특징이었다. 너무 생생해서 도저히 꿈이라고 믿기 어려운 꿈이었다.

또 다른 형태의 자각몽.

왜인지 몰라도 이제까지와는 전혀 다른 형태의 자각몽이 시작되었다. 그러나 이전의 자각몽처럼 건의 뜻대로 무엇을 의도할 수는 없었다. 생각해보았으나 실현되지 않았다. 오히려 원치 않는 통증이 왼쪽 허벅다리로부터 전해졌다. 그럼 그렇지. 건은 생각했다. 아무리 자각몽이라고 해도 그 지경의 사태를 겪었는데 이토록 사지가 멀쩡하다는 게 오히려 이상한 일이었다. 통증을 인지하자 그 익숙함도 함께 인지되었다. 무언가가 대퇴사두 외측광근에 깊이 박혀 있었다. 실로 오래간만에 느껴보는 육체적인 고통이었다.

그런데 이상했다. 자각몽은 생생할지언정 꿈이라는 것을 인식할 수 있어야 했다. 하지만 지금은 건 스스로 꿈이라고 믿을 뿐, 실제로 그렇게 인지되고 있는 것은 아니었다. 다시 막다른 길에 부딪힌 느낌이었지만 한번 느껴진 허벅지의 통증이 만만치 않아 신경이 분산되었다. 굳이 만져보지 않아도 박힌 물체의 크기를 가늠할 수 있었지만 그래도 볼 수 있어야 처치가 가능했다. 꿈이든 아니든 더는 가만히 누워 있을 수만은 없었다.

건은 이제 막 몸의 사용법을 익힌 사람처럼 손목을 돌려보고 어깨를 들썩여보고 고개도 꺾어보았다. 근육이 조금 뻑뻑하게 땅기는 느낌을 제외하고는 움직임에 별다른 어려움이 없었다. 팔꿈치를 바닥에 대고 상반신을 찬찬히 일으켜 세웠다. 늑골 부위의 통증이 느껴졌지만 부러진 것은 아닌 듯했다. 이쯤 되면 사후 세계라고 보기도 어려웠다.

일단 허벅지의 통증이 만만치 않았는데, 고통도 경험할수록 무려지는지 정신을 놓을 만큼 심하지는 않았다. 도리어 사고에 비하면 경미하다고까지 건은 생각했다. 이를 악물고 통증 부위의 근방을 이리저리 눌러보니 뼈가 부러진 것 같지는 않았다. 목덜미에 이물감이 느껴져 더듬어보았더니 끈이 걸려 있었다. 건이 맸던 가방 끈이었다. 끈을 따라가보니 그 끝에 가방도 달려 있었다. 자기만큼이나 질긴 목숨이라고 건은 생각하며 부러지기 쉬운 몸의 다른 부분도 찬찬히 점검해보았다. 특별히 이상이 느껴지는 부위는 없었다. 상처 부위의 출혈만 멎게 하면 더는 막대기처럼 누워 있지 않아도 될 것 같았다. 그리고 마치 그 일을 위해 이제까지 버텨왔다는 듯 가방끈이 도드라졌다.

건은 망설임 없이 끈을 풀어 상처 상부를 압박했다. 무엇이 박혔는지 알 수 없었지만 빼지는 않을 작정이었다. 현재 상태로는 지혈이 불가능했고 무엇보다 아무것도 보이지 않았으므로……, 라고 생각하는 사이 기이한 일이 벌어졌다.

시야가 달라졌다. 바늘구멍만 한 틈도 보이지 않던 짙은 어둠 속에서 무언가 기하학적인 선들이 입체적으로 돋아나기 시작했다. 뚜렷하지는 않았지만 그곳에 무언가가 있다는 사실 정도는 인지할 수 있을 만큼의 선이, 캄캄한 허공 위로 새겨지고 있었다.

각막이 어둠에 적응하여 사물의 실체가 읽히는 것과는 달랐다. 오히려 잃어버렸던 시력이 되돌아온 쪽에 가까웠으나 그렇다고도 말할 수 없는 것이, 매우 괴이한 형태로 그것들이 인식되었기 때문이다. 마치 사물의 선을 새로 익히는 인공지능의 시선이 된 것 같았다. 흐릿했던 윤곽 전체가 서서히 선명해지는 형태가 아니라, 그림이 그려지는 과정처럼 선이 조금씩 순차적으로 드러났다.

기묘한 체험이었지만 사실 건에게 기묘한 체험이 특기할 만한 일은 아니었다. 그럼에도 꿈인지 현실인지를 판단하기 위한 단서로서는 유용할 수 있었는데, 이런 비현실적 현상을 눈앞에 두고도 건은 이것을 현실이라고 느꼈다. 직감이 그랬고 그것은 시간이 흐르면서 점점 더 분명해졌다. 이 모든 비현실이 실은 전부 현실이라고 직감은 말하고 있었다.

스케치가 끝난 듯 어둠 속의 선이 다 그려지자 그 안으로 밀도가 차오르는 느낌이 들었다. 면이 채워지고 있는 것 같았다. 사물은 확실히 그 형태가 분명해지고 있었다. 문제는 어둠이었다. 여전한 어둠 때문에 완연한 식별이 이루어지지 않았다.

그때 라이터가 떠올랐다.

건은 담배를 피우지 않았지만 동료 택배 기사들을 위해 들고 다니던 라이터가 있었다. 이날 아침엔 새 가방의 풀어진 올을 태우는 데 쓰고 그대로 가방 안에 넣었던 걸 건은 기억해냈다.

끈을 푼 뒤 바로 옆에 두었던 가방을 들어 지퍼를 열었다. 손을 넣어 라이터를 찾던 건은 손끝에 걸려 손바닥 안으로 말려 들어오는 라이터의 촉감을 느끼고는 잠시 주먹을 꼭 쥐었다. 이변이 없는 한 라이터는 켜질 것이고, 불을 켜면 이 어둠 속에서 갑자기 생성된 것들이 무엇인지 이제 곧 알 수 있을 터였다. 아니면 원래 그곳에 있었던 사물들의 실체를 자신이 괴상한 방식으로 각성하고 있는지도 몰랐다.

어떤 경우든 세상은 이미 정체를 알 수 없는 엄청난 변화의 소용돌이를 지나쳐왔다. 그 와중에 자신은 또 생존자로 남았다. 참으로 질긴 목숨이라고 건은 생각했다. 어쨌든 생전 겪어보지 못한 이 기이한 어둠도 곧 더는 위협이 되지 못할 터였다. 건은 가방에서 조심스럽게 라이터를 꺼냈다. 잠시 호흡을 멈추고 얼마 후면 달라질 환경을 상상하며 꼭지의 버튼을 힘주어 눌렀다.

딸깍.

그러나 불은 켜지지 않았다. 건은 순간 라이터가 망가졌으면 어쩌나 하는 생각이 들었다. 가스가 없을 수도 있었다. 하지만 켜진다면,

뭔가 태울 것이 필요해.

라이터가 단 한 번만 켜져도 재빠르게 불을 붙일 수 있는, 그리고 계속 타오를 수 있는 무엇인가가 필요했다. 건은 이윽고 그 무엇인가를 생각해냈고 라이터를 왼손으로 옮겨 꼭 감아쥔 채 오른손을 다시 가방에 넣었다. 곧, 적당한 양감의 문고 한 권이 손에 잡혔다. 소설이었다. 딱히 읽으려고 넣은 것은 아니었다. 가방에 든 게 없어 허전함을 메우는 용도였다. 가장 가까이에 있던 것을 집었는데 그게 공교롭게도 책이었다.

책은 결국 어떤 식으로든 유용하게 쓰이는구나, 하고 잠시 생각한 건은 그 어처구니없는 쓰임에 쓴웃음을 한 번 짓고, 책의 어딘지 모를 페이지를 펼쳐 종이 몇 장을 주욱 찢어냈다. 찢은 종이를 왼손에 쥐고 라이터를 오른손으로 옮긴 다음, 남은 책은 가방

위에 조심스럽게 내려놓았다. 그리고 라이터에 온 기운을 집중했다. 아무 문제가 없기를 바라며 건은 라이터의 버튼을 신중하게 다시 눌렀다.

딸깍.

불이 솟았다. 건은 잠시 불꽃에 찔린 듯 동공에 두툼하고 아릿한 통증을 느꼈지만, 이내 각막 위로 고이는 물기 덕분에 시린 기운이 점차 가셨다. 건은 가볍게 경련하는 눈꺼풀을 살며시 조금씩, 그리고 신중하게 위로 올렸다.

눈앞에서 불꽃이, 이제 막 램프에서 나온 요정처럼 빠끔히 고개를 내밀고 무언가 불안한 듯 라이터 위를 서성이고 있었다. 불꽃은 그러면서 물끄러미 건을 바라보았다. 건은 잠시 넋을 잃은 표정으로 좌우로 위로 아래로 몸을 흔들며 넘실거리는 불의 안무를 지켜보았다. 불꽃은 마치 아름다운 밸리 댄서의 실루엣처럼 고혹적이었다.

그러다가 건은 어, 하는 작은 깨달음과 동시에 번뜩 정신을 차리고 황급히 종이에 불을 붙였다. 불은 눈치를 보듯 슬금슬금 종이의 모서리를 한번 핥아보고는 이윽고 아무 문제가 없다는 걸 알았다는 듯 허겁지겁 종이를 집어삼켰다. 불꽃은 수직으로 치솟았다. 건은 불붙은 종이를 조심스럽게 바닥에 내려놓았다.

재빠르게 책을 집어 다시 몇 장을 더 찢어 불 위에 올렸다. 불꽃은 점점 커지며 주변을 밝혔다. 불꽃은 북쪽 어딘가에 있을 눈꽃 도시의 밤하늘에 드리운 오로라처럼 아름답게 펄럭거렸다. 열

모조 사회 1

기가 건의 얼굴을 감싸 안았다. 열기는 건의 얼굴뿐만 아니라 마음속 깊은 곳까지 내려앉았다. 떨리던 손끝이 점차 진정되었다. 건은 그제야 고개를 들어 주변을 살폈다.

예측할 수 없었던 검은 공간은 여전히 이해할 수 없는 추상적인 선과 도형 들로 가득했다. 그곳은 마치 난해한 해체주의 조각들로 가득 찬 불 꺼진 화랑처럼 보이기도 했고, 해설 없이는 이해하기 어려운 어느 현대 작가의 전위예술 무대 같기도 했다. 비대칭과 불균형, 무질서와 왜곡으로 가득한 세상. 그 너머로는 불꽃의 거대한 그림자가 흡사 자동차 극장 스크린에 비친 영상처럼 일렁거렸다. 그림자는 꺾이고 뒤틀리며 탈춤을 추듯 불꽃의 움직임에 맞추어 몸을 흔들었다. 기괴한 광경이었다.

건은 서서히, 처절하게 부서진 지하철의 잔해를 구조적으로 이해하기 시작했다. 마치 네모난 깡통을 연달아 이어놓은 것처럼 뒤틀리고 찢긴 열차는 이를테면 인간이 창조해낸 작품이란 것이 그토록 하잘것없는 쇳덩이에 불과하다는 사실을 알려주기라도 하듯, 냉정하게 버려져 있었다. 어둠은 열차의 사이사이를 메우고 다시 이어져 또 다른 철제 구조물과 콘크리트 덤불들 뒤편으로 스며 있었다. 전체적인 광경은 참상 그 자체였다.

건은 그런데 그것이 어떤 과정의 결과를 말하는 것인지 퍼뜩 알아차리지 못했다. 한동안 멍한 눈으로 꿈을 꾸듯 부서진 열차를 바라보던 건은 불현듯, 이것이 가능하지 않은 일이라는 사실을 깨달았다.

건은 황급히 지옥의 소용돌이 속으로 빨려 들어가던 그때의 순간을 되새겨보았다. 그곳은 지하 일 층으로 올라가는 에스컬레이터 위였다. 지하철이 지나는 곳은 그 지점으로부터 최소 세 개 층이상은 내려가야 했고 한 층의 층고는 여느 건물의 두세 층을 합친 것보다 더 높았다.

건은 지하철이 부서진 터널에 있을 수 없었다. 한껏 양보해 몇개의 층이 동시에 뚫려 추락했다고 해도 살아 있을 수 없었다. 그것은 운이 좋아 살아남았다고 말할 수 있는 수준을 넘어선 일이었다. 오 층에서 떨어졌으나 우연히 나뭇가지에 걸려 살았다는식의 사례와는 성질이 다른 문제였다.

다른 모든 문제를 차치하고라도 그런 일이 절대로 일어날 수없다고 건이 확신한 까닭은, 천장에 있었다. 건은 고개를 젖히고 터널 천장을 바라보았다. 건이 앉은 곳의 천장은 막혀 있었다. 설령 떨어질 수 있었다고 해도 막힌 천장으로는 떨어질 수없었다. 다른 곳에서 떨어졌다고 해도 홍수에 떠밀려 내려오지않은 이상, 있을 수 없는 일이었다. 홍수는 없었다. 건의 옷은젖지 않았다.

하지만 꿈이 아니었다. 더는 꿈과 현실의 경계가 혼동되지 않았다. 이유는 알 수 없었다. 이 모든 게 꿈이 아니라 현실이라는확신이 어느 시점에서부터인가 확연하게 들었고, 신기하게도 그런 사실을 스스로 설득하고 있었다. 마치 머릿속에 또 하나의 자아가 들어선 느낌이었다.

이 세계에는 애초부터 이성적 논리만으로 이해할 수 없는 영

모조 사회 1

역이 존재했다고, 낯선 건이 말했다. 아니, 생각했다. 이성이 수용하지 못한다고 해서 그것들을 모두 꿈이거나 환상이거나 착각이라고 치부한다면, 삶 자체가 이미 꿈이거나 환상이라고 낯선 건은 말했다. 아니, 생각했다. 이 세계엔 이미 이해할 수 없는 일들이 이해할 수 있는 일들보다 훨씬 더 많기 때문이라고 낯선 건의 말이 아니라 생각으로 떠올랐다. 이전에는 별로 생각해보지 않은 문제였다.

존재의 방식을 전혀 이해할 수 없다고 해도 엄연히 현실에 실재하는 일들이 왕왕 있었고, 그러므로 때로 어떤 일들은 그냥 그 자체로 받아들여야만 한다는 것이 낯선 건의 생각이었다.

존재의 방식이라니.

이제껏 살아오며 그다지 사용해보지 않은 말이었고 사고의 영역을 벗어난 말이었다. 내가 이렇게까지 유식했던가. 건은 낯선 자신의 모습에 어리둥절했지만 분명 자기 머릿속에서 생성된 생각이기는 했다. 이견을 달기 어려웠다. 그런데 그것이 대체로 탄이 말하는 방식과 유사하다는 점을 고려해보면, 은연중에 탄을 따라 하는 것인지도 몰랐다. 어쨌거나 멍청한 것보다는 똑똑한 게 나을 테지. 그러니 처음부터 차근차근 생각을 정리해볼 필요가 있었다.

이 불가사의한 재난의 원인은 아마 지진이었을 것이다. 건은 추측했다. 생각해보면 전조가 없었던 것도 아니었다. 땅이 울렸다. 사람들이 함께 그 진동을 느꼈다. 그들의 어리둥절해하던 표정을…… 그러고 보니 그래, 사람들도 있었다. 건은 천장에서 시선을 거두고 죽어가는 불에 종이를 더 보태고 다시 터널을 살폈다. 아무도 없었다. 살아 있는 사람은 물론이고 이미 죽었을지 모를 사람조차 전혀 보이지 않았다.

분명 자기 몸의 앞뒤를 포개며 함께 추락하던 사람들이 있었는데. 어쩌면 아직 회복되지 않은 감각이 있어 그럴지도 모른다고 건은 생각했다. 모든 감각이 사라졌다가 시각과 촉각이 돌아왔고 청각과 후각은 돌아오지 않았다. 건은 황급히 손을 들어 손등을 핥아보았다. 짠맛이 귓불 아래를 찌르듯이 훑고 지나갔다. 천천히 공기도 들이마셔보았다. 쇳내와 흙내가 났다. 미각과 후각은 이미 돌아와 있던 모양이었다. 그러나 소리는 여전히 들리지 않았다. 시간이 멈춘 것처럼 괴괴한 정적만이 흘렀다. 짐작할 수 없는 어떤 이유로 자신만 홀로 이곳으로 떨어지게 된 거라면, 그렇다면 어딘가에 다른 사람들의 존재가 어떤 형태로든 실재할 것이었다.

그 많던 사람들은 모두 어디에 있는 걸까.

건은 문득 혼자 살아남았을지도 모른다는 생각에 모골이 송연해졌다. 두려움이 혓바닥 아래로 침과 함께 고였다. 다 죽었는데 혼자만 살아남아 이 차가운 어둠 속에 덩그러니 버려져 있는 것은 죽느니만 못한 일이었다. 그렇다고 건은 생각했다. 부지불식간에 숨이 끊어져버리는 건 하나도 두렵지 않았다. 차라리 고마운 일일 수도 있었다. 죽는 순간 죽는지도 모르고 고통도 느낄 수 없다는 건 오히려 행운이었다. 혼자 남아 지리멸렬한 삶을 이어나가야 하는 게 훨씬 더 혹독한 형벌이라는 걸, 건은 이미 지칠

만큼 겪고 깨달아 모르고 싶어도 모를 수가 없었다.

갑자기 온몸에 오한이 일었다. 한기가 살갗을 벗겨내듯 얇게 층층이 파고들어 싸늘하게 깊이를 더했으며, 참을 수 없는 북받침이 가슴 저 깊은 곳으로부터 걷잡을 수 없이 솟구쳐 올랐다.

조짐도 없이 갑작스럽게 덮쳐온 외로움이었다.

건은 두 팔로 자신의 양어깨를 감싸 쥐고 몸을 웅크린 채 고개를 떨어뜨리고는, 오열하기 시작했다. 느닷없이 살을 저미며 파고드는 외로움을 도저히 견딜 수가 없었다. 건은 눈물과 콧물을 바닥으로 떨어뜨리며 끄억끄억 울었다. 돌이켜보면 언젠가도 지금처럼 발작적으로 찾아든 외로움을 감당하지 못해 어둠 속에서 몸을 웅크리고 떨었던 기억이 있었다.

중학생 시절, 부모님이 사고로 돌아가신 뒤 학교를 중퇴하고 나와 맨 처음 구한 반지하 사글셋방에 물이 가득 찼을 때였다. 장마에 도로 하수가 더는 수량을 이기지 못해 토해낸 빗물과 오·폐수가 방으로 밀물처럼 쏠려 들어왔던 그 새벽, 건은 어리둥절한 표정으로 발목으로 무릎으로 서서히 차오르는 수위를 멀뚱멀뚱 지켜보고만 있었고, 주인아주머니가 내려와 아이고 아이고 곡을 하고 나서야 정신이 깨어 물을 퍼내고, 짐을 옮기고, 쏠려 들어온 흙을 담아 버렸다.

그 지옥 같았던 하루를 정신없이 보내고 어느덧 밤이 되어 주인아주머니가 내준 삼 층 쪽방에 간신히 몸을 누이고서야 건은 마침내, 봇물처럼 터지는 울음을 가슴으로 온몸으로 떨며 울었다. 그렇게 습격하듯이 덮쳐오는 강렬한 외로움이 그 어떤 공포보다 더한 두려움을 느끼게 한다는 걸 건은 그때 처음 알았다.

마치 시꺼먼 어둠이 온몸을 조여드는 것처럼 사방이 좁아지고 순식간에 이 세상에 혼자, 그 누구 아는 이 하나 없이 버려진 것 같은 기분이 들면서 바닥으로부터 시작되는 한기에 등골이 어는 느낌이었다. 웅크리고 앉아서 팔로 온몸을 감싸도 내장까지 차가워지는 그 느낌은, 겪어보지 않고선 알 수 없는 두려움이었다.

이가 덜덜 떨리고 머리카락이 한 올 한 올 얼어붙는 느낌. 그 냉기가 서서히 피부의 표면을 얼려 나가는 기분을 아무런 저항 없이 고스란히 받아들여야 하는 상황이란 실로 고통스러운 시간이었다. 저도 모르게 살려달라고 소리 지르고 싶을 만큼 극도의 공포를 느끼게 하는 외로움이었고, 그것은 사람들이 흔히 말하는 외로움과는 차원이 다른 무게의 소외감이었다.

이후 건은 나는 외로움 같은 거 잘 못 느껴, 라고 말하는 사람을 볼 때면 늘 정말 외로운 게 뭔지 모르는 사람이라고 생각하곤 했는데, 지금 이 순간 건을 덮쳐 정신을 무너뜨리고 있는 감정은 그때의 외로움을 능가했다.

건은 한동안 차가운 바닥에 이마를 대고 기진맥진할 만큼 오열했다. 용병이 되기로 마음먹은 이후 단 한 번도 겪지 않았던 격렬한 감정의 파고가 건의 몸을 정통으로 관통했다. 가슴뼈가 부러지는 것은 아닐까 싶을 만큼 맹렬한 격동이 오랜 응어리를 뚫고 남김없이 쏟아졌다.

모든 것을 토해내고 나니 속은 시원했으나 머리가 약간 아팠다. 너무 울어 그런 거로 건은 생각했는데, 잠깐이나마 그렇게 울었다는 사실이 자못 부끄러웠다. 아무렴, 왜 아니겠어. 한심하다는 생각에 헛웃음을 짓다가 문득, 자신의 울음소리가 들렸다는 사실을 깨달았다. 생각해보니 이미 끈을 풀 때도, 라이터를 켤 때도 소리는 났었다. 모든 감각이 진작 돌아와 있었고 돌아오지 않은 것은 오로지 지각 능력뿐이었던 것이다.

이젠 정말 몸을 움직여야 할 때였다. 두통이 지속됐으나 생각은 오히려 선명해졌다. 잠시 잊고 있었던 허벅지의 통증도 돌아왔지만 그 정도는 충분히 견딜 수 있었다.

그보다는 공간이었다. 불가해한 곳이었지만 어차피 논리적인 세계가 아니었으므로 건도 굳이 사리를 따져 생각할 마음이 없었다. 이성적 논리가 지배하지 않는 곳에서 애써 골몰한들 얻을 수 있는 해답은 없었다. 게다가 건은 머리보다 몸의 운용에 더 익숙한 사람이었다. 몸을 움직이다 보면 길도 보이는 법이라고 늘 생각해왔다. 지금이라고 달라질 이유는 없었다.

하지만 누군가를 찾아 도움을 요청하는 바보짓은 하지 않을 예정이었다. 이곳이 아직 어떤 공간인지 건은 파악하지 못했고 그런 상황에서 자신을 드러내는 것은……. 현재로선 별로 의미 없는 짓 같았지만 어쨌거나 그것은 건의 오랜 습관이었다. 안전이 완전히 확보되지 않은 상황에서 자신을 숨기는 것은 기본 중에 기본이었으나…… 이동을 위해서는 빛이 필요했다. 빛을 감출 수는 없었다. 더구나 빛은 감추는 문제보다 확보하는 문제가 더 컸다. 계속 책을 태우며 이동할 순 없었다.

그때 스마트폰이 떠올랐다.

뒤늦게 돌아온 지각 능력이 조금씩 향상되는 모양이었다. 건의 스마트폰에는 손전등 기능이 있었다. 터널 전체를 다 밝힐 정도야 당연히 안 되었지만 눈앞을 비추는 데는 충분하고도 남았고, 그것은 오히려 건이 바라는 바였다. 건에게 필요한 빛은 딱 자신에게 필요한 만큼의 광원을 가진 것이었다.

건은 책을 한 움큼 찢어 불꽃을 더 크게 살리고 가방에서 스마트폰을 꺼냈다. 재빠르게 조작해 손전등 기능 이외에 배터리가 소진될 수 있는 기능을 모두 제거했다. 그러고는 잠시 숨을 돌리며 이보다 더 좋은 징조는 없을 거라고 자기 암시를 되뇌었다. 그때,

쿵.

어디선가 난데없는 소음이 울렸다. 더불어 공간이 한 번 흔들렸고 건의 어깨 위로 무엇인가가 떨어져 붙었다. 건은 소스라치게 놀랐지만 몸에 밴 습관대로 비명을 지르지는 않았다. 대신 가만히 손전등을 켜 어깨에 떨어진 것을 확인했다. 진흙이었다.

진흙?

웬 진흙이……라는 생각을 하자마자 갑자기 숟가락으로 눈알을 파내는 듯한 고통이 엄습했다. 건은 외마디 비명을 내지르며 손바닥으로 두 눈을 감쌌다. 통증은 찰나로 지나갔다. 건은 천천히 손을 내리고 서서히 눈을 뜨고 가만히 손바닥을 내려다보았다. 다행히 눈알은 없었다. 잠깐이었지만 혹시라도 눈알이 빠진

것은 아닐까 싶을 만큼 강렬한 통증이었으므로 헛된 망상이 아니었다. 하지만 눈알은커녕 통증조차 있었는지도 모르게 사라지고 없었다. 시야도 괜찮았다. 건은 떨어뜨린 스마트폰을 집어 어깨에 붙었던 진흙을 비췄다.

진흙이 없었다.

있을 수 없는 일이었다. 건은 자신의 어깨 여기저기를 거칠게 더듬었다. 진흙은 확실하게 없었고 떨어진 흔적조차 보이지 않았다.

빌어먹을.

믿을 수 없는 일이었는데도 건은 이것이 여전히 현실이라고 믿겼고, 그렇게 믿는 자신을 다른 인격처럼 바라보는 또 하나의 자아를 느꼈다. 미쳐가고 있다고밖에 생각할 수 없었다. 건의 머릿속은 마치 폭풍 뒤 팬 도로 같았다. 생각이 앞으로 나아갈 것 같다가 진창에 빠진 바퀴처럼 헛돌았고, 다른 쪽으로 다시 튀어 나갈 것 같다가 재차 끊어지기를 반복했다. 또 얼마간은 빠르게 지나가는 필름 같기도 했다. 맥락 없는 영상이 쉴 새 없이 지나갔지만 그 속도가 너무 빠르고 다양해서 정체를 확인할 수 없었다. 두통이 조금씩 심해졌다.

그때 다시 한 번 쿵 하는 소리가 울렸고 터널 벽체가 흔들리는 느낌이 들었다. 건의 신경이 날카롭게 곤두섰다. 신경이 벼려지자 사람들의 목소리가 들리는 것도 같았다. 건은 허벅지가 아픈 줄도 모르고 자리에서 벌떡 일어섰다. 벽 너머에 분명 사람들이 있었다. 그들의 짧은 비명이 점점 더 명징해졌고 심지어 단속적이기까지 했다. 단말마 같았다. 절대로 환청이 아니었다.

건은 절뚝거리며 벽 쪽으로 바짝 다가섰다. 귀를 대고 더 확실한 소리를 들을 요량이었는데, 다가갈수록 두통이 심해졌다. 시각에도 문제가 생겼다. 수명이 다된 전구처럼 시야가 좁아졌다가 밝아지기를 반복했고 백색 소음이 생성되었고 전자기장이 형상화되었다가 사라졌다. 사물의 선이 분리되었다가 겹쳐졌고 멀어졌다가 가까워졌다. 어지러움을 느낀 건은 저도 모르게 손을 들어 벽을 짚었다.

그러나 그곳에 벽은 존재하지 않았다.

손이 닿기 직전까지만 해도 있던 벽이 사라지고 없었다. 건은 중심을 잃고 허물어지듯 쓰러졌다. 어이없었지만 무슨 일인지는 확인해야 했다. 재빠르게 몸을 추슬러 다시 고개를 들었는데,

그곳은 터널이 아니었다. 터널은 없었다. 완전히 새로운 공간이었다. 차원의 문이라도 통과한 것 같았다. 차원을 이동해 새로 도착한 곳은 지구도 아닌 것처럼 보였다.

그럴 리 없었지만 그렇게밖에 이해할 수 없는 공간이었다. 다른 행성이었다. 다른 행성에 끝이 보이지 않는 대지의 균열이 있었고 그 한가운데 건이 놓여 있었다. 온통 갈라진 대지 곳곳에서 연기와 불이 치솟아 시야가 제대로 확보되지 않았지만, 이곳이 불모의 행성 어디쯤이라고 해도 믿지 못할 광경은 아니었다.

검은 연기가 대기를 뒤덮어 하늘이 보이지 않았다. 처음엔 이곳저곳에서 보이는 거대한 암벽을 산맥의 일부라고 생각했는

데, 차츰 그것이 붕괴한 지반의 단층이라는 사실을 알 수 있었다. 행성의 표면이 아니라 거대한 지반 일부가 무너져 내린 것 같았고 무너진 단층 어디쯤인가에 건이 놓인 것이었다. 진흙 구덩이도 곳곳에서 보였다. 심지어 어깨에 떨어진 진흙도 되돌아와 있었다.

그리고 비명.

어디선가 여전히 사람들의 비명이 들렸다. 다른 행성이라면 있을 수 없는 일이었다. 아주 먼 미래로 이동해 행성 이주가 일어난 것이라면 가능했지만 눈앞에 보이는 풍경은 사람이 살 수 있는 환경이 아니었다. 그렇다면 여긴 어딘가. 사후 세계. 정말 사후 세계라면 이곳은 지옥이었다. 지옥의 불구덩이라고밖에 설명할 수 없는 장면들이 눈앞을 가득 메우고 있었다. 진짜 지옥이라면 사람들의 비명이 단말마처럼 들리는 까닭도 이해할 수 있었다.

이곳이 어디든 건은 일단 몸을 숨겨야 한다고 생각했다. 습관을 떠나 이번에는 정말 그래야 한다고 느꼈다. 본능이었다. 충격에 의해 파괴된 게 분명한 기암괴석들이 곳곳에 있었으므로 엄폐물은 충분했다. 건은 재빠르게 엄폐물을 중심으로 이동 경로를 계산하며 몸을 움직였다. 불과 연기와 진흙 구덩이 사이를 헤치며 바삐 발을 놀렸다. 허벅지의 통증은 잊은 지 오래였다.

건이 이동하는 방향은 사람들의 비명이 들리는 곳이었다. 두려웠지만 그곳에서 무슨 일이 일어나고 있는지 알아야 했다. 그래야 이후의 일을 계획할 수 있었다. 몇 개의 암석과 몇 개의 구덩이를 지나자 낮은 언덕이 나왔고 비명은 언덕 너머에서 크게 들려왔다.

몸을 낮추고 발을 재게 놀리며 언덕을 올랐다. 정상에 거의 다다른 건은 아무것도 박히지 않은 허벅지 쪽으로 몸을 누였고 포복으로 남은 거리를 기어갔다. 끝에 이를수록 사람들의 비명이 점점 더 커졌는데, 무엇보다 그 처절함이 말로 표현하기 어려울 정도였다. 거대한 낫을 든 사신에게 난도질이라도 당하는 것 같았다. 마침내 정상에 이른 건은 몸을 엎드린 채 숨을 죽이고, 깃털조차 날리지 않을 만큼 아주 천천히 언덕 너머로 고개를 내밀었다. 언덕 아래는 가파르게 비탈져 있었다.

그리고 그곳에는 정말로 사신이 존재했다.

급류처럼 휘몰아치는 혈관 속의 피를 건은 느꼈다. 심장이 알을 깨고 나올 것만 같았다. 믿을 수 없는 광경이었지만 연이어 믿을 수 없는 것들만 계속 보게 되니 건은 이제 그 말의 정의조차 혼란스러웠다. 무엇을 믿어야 하고 무엇을 믿지 말아야 한단 말인가. 더는 믿고 안 믿고의 정의가 의미 없었다. 이것이 현재 눈앞에서 펼쳐지는 현실이라면 있는 그대로 받아들이는 것밖에 달리할 수 있는 일이 없었다.

인간보다 세 배는 더 커 보이는 사신은 괴이한 형상이었다. 수많은 사신이 복잡기괴하게 관절을 꺾어가며 그보다 더 많은 사람을 주워 담고 있었는데, 그 지점에서 건은 어떤 기시감을 느꼈다. 기괴하다고 생각했던 사신의 모습이 실은 어디선가 본 듯한 형상이었던 것이다.

사신은 로봇이었다.

눈을 부릅뜨고 가만히 노려보니 로봇이었고 로봇의 가슴께에 사람이 있었다. 헬멧을 착용한 사람의 얼굴이 보였다. 인간이 타고 조종하는 로봇이었다. 로봇임을 인지하니 기계음이 들리기 시작했다. 로봇은 기다란 팔과 다리를 부자연스럽게 꺾어가며 마치 넝마주이처럼 사람들의 육신을 찍어 올렸는데, 그중에는 아무런 미동도 없는 사람도 있었으나 매우 고통스러운 비명을 지르며 발버둥치는 사람도 있었다.

로봇은 그러나 산 자와 죽은 자를 구분하지 않았다. 기계로 된 손아귀에 넣고 힘주어 한 번 움켜쥐고는 몸통 뒤편에 걸린 상자 속으로 구겨 넣었다. 자세히 보니 상자 아래로 아주 미세한 분말이 연기처럼 풀려 나오고 있었고 그 뒤에 바싹 붙어 연기를 흡입하는 물체가 또 있었다. 건은 그 연기가 무엇일지 알 것 같았다.

어딘지도 알 수 없는 공간 속에서 로봇의 형상을 한 인간들에 의해 대량 학살이 일어나고 있었다.

그 많은 전장을 돌아다니며 수많은 만행을 목격한 건이었지만, 그 어떤 것도 지금의 찬상과는 비교가 되지 않았다. 일방적인 학살이었고 피해자들은 심지어 무장조차 하지 않은 사람들이었다. 부상자가 태반이었고 이미 숨이 끊어진 사람도 많았다. 소문이나 지어낸 이야기로조차 들어본 적 없는 잔악한 대학살이었다. 도대체 어떤 세상이라야 이런 일들이 가능하단 말인가.

이미 셀 수 없이 많은 괴물이 있었는데 또 어디선가 한 무리의 로봇이 쿵 하고 떨어져 내렸고 학살은 아무 거리낌 없이 자행되었다. 비통함이 공포조차 잊게 했지만 건이 할 수 있는 일은 없었다. 바르르 떨리는 입술과 타는 듯한 가슴으로 대학살을 지켜보는 일 말고는 할 수 있는 일이 아무것도 없었다.

분노와 두려움이 뒤엉켜 정체를 알 수 없는 심란함으로 눈가가 홧홧했는데, 학살을 자행하던 로봇 한 대가 그런 건이 있는 곳을 올려다보았다. 건은 미처 로봇의 시선을 피하지 못했다. 정확히 말하자면 로봇을 조종하는 헬멧 쓴 인간의 시선을 피하지 못했다. 눈이 마주쳤다. 피하지 못한 건지 피할 생각이 없었던 건지 건은 알 수 없었지만, 어쨌거나 눈은 마주쳤고 로봇이 쿵쿵거리며 언덕을 오르기 시작했다.

두려움보다 분노가 앞서는 것을 건은 느꼈다. 생각 같아서는 로봇의 가슴을 짓뜯어내 발기발기 찢어버리고, 그 속에 든 인간을 꺼내 정체를 묻고 싶었다. 하지만 그럴 수 없었다. 방법이 없었다. 무기도 없었고 다른 도구도 아무것도 없었다. 속수무책이었다. 건은 재빠르게 몸을 일으켜 올라온 언덕을 다시 뛰어 내려갔다. 구르듯이 뛰면서도 뛰는 자신이 혐오스러워 눈물이 흘렀다. 역시 나란 놈은 제 몸 하나 건사하기 바쁜 인간 나부랭이에 불과하구나, 건은 생각했다.

그래, 이렇게 뛰어 도망가고 나면 그다음엔 또 어떤 모습으로 살아갈 건데.

건은 뛰던 걸음을 멈추었다. 우뚝 멈춰 선 건은 강하게 턱관절을 다물고 뒤돌아섰다. 로봇 한 대가 기어이 언덕을 다 올라와 건을 향해 다가오고 있었다. 건은 몰아치는 호흡을 가다듬으며 제

자리에 서 있었다. 더는 도망가지 않겠다. 이제 이 의미 없는 도피를 끝낼 시점이었다. 건은 그 자리에서 단 한 발짝도 물러서지 않고, 꼿꼿하게 선 채로 죽음을 맞이할 생각이었다. 아니 오히려 적당한 거리가 되면 달려가 들이받아버릴 작정이었다. 어차피 개같은 인생이었다. 살아오며 단 한 번도 행복한 적 없었고 사람답게 살아본 적도 없었다. 죽을 때만이라도 자신에게 떳떳한 모습으로 남고 싶었다.

그러니까 오너라, 이 괴물아. 기다리고 있다.

존재의 방식

홀로그램 속의 건이 로봇을 향해 돌아서자 대회의장을 메운 사람들이 웅성거리기 시작했다. 곳곳에서 "뭘 하려는 거지?" 혹은 "지금, 맞서려는 건 아니지?"와 같은 대화 또는 "설마."와 같은 독백이 낮은 음성으로 이어졌다. 로봇이 쿵쿵거리며 건과의 거리를 좁혀갈수록 사람들의 웅성거림이 더 커졌고, 마침내 건이 로봇을 향해 달려들기 시작했을 땐 마치 약속이라도 한 듯 우려의 탄성이 한목소리로 터져 나왔다.

로봇의 보폭이 훨씬 컸으므로 성큼성큼 거리를 좁혀가는 쪽은 로봇이었지만, 보는 이들의 시선은 거의 건의 움직임에 못 박혀 있었다. 알 수 없는 절박감이 건을 휘감고 있었지만 자포자기라고 보기엔 그 기세가 너무 맹렬했다. 게다가 사람들은 적어도 그런 식으로 자기 삶을 포기하는 경우에 관해 들어본 적이 없었다.

사람들은 건의 행동을 이해하지 못했다.

건은 이를 악물고 로봇을 향해 달려가는 중이었다. 붉은 눈가를 따라 눈물길이 생겼고 그 길을 따라 굵은 눈물방울들이 줄지어 밀려나고 있었다. 그 눈물의 의미를 사람들은 이해하지 못했지만 건이 겪는 슬픔의 깊이는 느껴지는 모양이었다. 일제히 손을 들어 입을 가리고 로봇을 향해 달려가는 건의 행위를 숨죽여 바라보고 있었다. 건과 로봇 어느 쪽도 중도에 멈추거나 물러설 기색이 없어 보였다.

그때 달려가던 로봇의 오른쪽 무릎 관절에서 불꽃이 일었다. 불꽃이 인 다리가 허공으로 떠오르자 무릎 아래가 바닥으로 떨어졌다. 다음 걸음을 디딜 다리를 잃은 로봇은 곧 균형도 잃었다. 앞으로 고꾸라지기 시작했다. 로봇의 이상 현상은 그러나 그것으로 끝이 아니었다. 오른쪽 다리가 신호라는 듯 다른 쪽 고관절 부분에서도 불꽃이 튀더니 이내 다리가 잘렸고 뒤이어 오른팔과 왼팔도 잘려 나갔다. 사람들의 놀란 탄성이 파도타기처럼 띠를 이루며 장내를 한 바퀴 돌았다.

순식간에 사지가 잘려 나간 로봇의 몸뚱이가 바닥으로 내동댕이쳐지기 직전, 어떤 타격에 의해 본체가 한 번 뒤집히더니 이내 가슴께의 부속이 뜯겨 나갔다. 그리고 그 속에서 헬멧을 쓴 사람이 뽑혀 나왔다. 로봇의 몸뚱이가 고철처럼 바닥에 나뒹굴었고, 바로 그때 홀로그램 속에서 한 사람의 고함이 크게 울려 나왔다.

자하비! 기다려!

그와 동시에 헬멧 쓴 사람의 목에 무언가 박혀 들었고 핏물이 튀었고 그 반발력에 의해 몸이 튕겨 나갔다. 튕겨 나동그라진 사람 앞쪽에서 서서히 자하비의 모습이 드러나기 시작했다.

그것은 건이 터널에서 최초로 사물을 인식했던 방식과 매우 비슷했다. 먼저 땅을 디딘 부츠가 나타났고 이어 종아리와 무릎이 드러나는가 싶더니 차츰 허리와 가슴, 머리에 이르기까지 하나씩 선이 그려지듯 모습이 드러났다. 건이 인식했던 방식과 다른 점이라면 선과 면이 동시에 차오른다는 사실이었다. 마치 허공에서 형태가 돋아나는 것 같았다.

검은색 강화 슈트 차림의 자하비가 모습을 드러내자 자하비와 조금 떨어진 거리에서 똑같은 복장의 한 무리가 똑같은 방식으로 돋아났다. 유려한 곡선으로 이루어진 자하비의 헬멧에서 반사광이 사라지며 안면 글라스가 제거되었다. 자하비의 음성이 흘러나왔다.

여기서 이렇게 외부 통신으로 전환해도 돼요?

맞은편에서 기다란 라이플을 들고 있던 랭이 등 뒤로 총신을 꽂으며 대답했다.

어차피 우리가 여기 개입한 순간부터 비밀 임무 수행은 종료된 거야.

거기서 홀로그램이 멈추었다. 메인 홀로그램은 팔각형 모양의 대회의장 중앙에서 재생되었고, 삼백사 명의 대의원들이 앉은 뒤쪽 배경에서도 거대한 규모의 홀로그램들이 재생되었다. 대회의장을 두른 여덟 개의 벽면은 전부 가상의 벽체였는데, 그 본체가 모두 홀로그램으로 이루어져 있었다. 어떤 자리 어느 각도에서도 홀로그램을 볼 수 있었고 심지어 대회의장 외부에서도 홀로그램을 보는 것이 가능했다.

홀로그램은 이미 그 자체가 현실이라고 해도 믿길 만큼 완벽하게 영상을 재생했다. 양감이 뚜렷하고 색도 선명해 현장감이 그대로 전달되었다. 무엇보다 재생 과정에서의 노이즈가 전혀 없었으므로, 홀로그램은 실제 눈앞에서 벌어지는 현장이라고 해도 믿길 지경이었다. 최고위원석 앞에 사선으로 마련된 자리에서 한 사내가 일어나며 말했다.

"저는 공동체 안보동 소속 대외 안보 책임자 카이입니다. 모두 들으셨지요? 저들은 '비밀' 임무 수행 중이었습니다. 다시 말해 저들이 저곳에 침투한 것을 아무도 몰랐어야 한다는 말이죠. 그런데 방금 보신 바와 같이 비밀은커녕 오히려 저쪽 사회의 강화 골격 머신을 '보란 듯이' 산산조각 내고 있습니다. 도대체 왜 그랬는지 당사자의 말을 한번 들어볼까요?"

카이는 그러면서 대회의장 군사동 증인석에 참석해 있는 자하비를 가리켰다. 벽면 홀로그램에 자하비의 모습이 잡혔다. 평상복 차림의 자하비는 등허리까지 흑발을 늘어뜨린 근육질의 여자였다. 홀로그램에 잡힌 자하비의 입매가 다부졌다. 자하비가 입을 열었다.

"타깃을……."

카이가 자하비의 말을 잘랐다.

"자리에서 일어나서 말씀해주시죠."

자하비가 엉거주춤 자리에서 일어났다.

"타깃을 구······."

카이가 다시 자하비의 말을 잘랐다.

"소속을 먼저 밝혀주시겠습니까?"

자하비가 작게 한숨을 내쉬고 잠시 팀원들이 앉은 곳을 차례로 한 번씩 바라보고는 말을 이었다.

"저는 공동체 군사동 소속 특수 임무 현장 요원 자하비입니다. 제가 강화 골격 머신을 제거하지 않았다면 타깃을 구출할 수 없었으므로 불가피한 상황이었습니다."

카이가 말했다.

"당신이 말하는 타깃이라는 자가, 우리 공동체 안보에 치명적인 위협이 되는 상황을 감수하고라도 구출해야 할 만큼 중요한 사람이었습니까?"

자하비가 대답했다.

"그건 제가 판단할 사안이 아닙니다."

"그럼 그건 누가 판단합니까?"

그때 팔각의 다른 증인석에 앉아 있던 여자가 일어섰다.

"제가 판단합니다."

여자의 모습이 벽면 홀로그램에 잡혔고 사람들의 시선이 집중되었다. 여자는 키가 매우 크고 어깨가 다부졌다. 머리 스타일도 인상적이었다. 옆과 뒷머리는 깎아지른 듯 쳐올린 반면 위와 앞머리는 제법 긴 스타일로, 머리칼이 두서없이 뻗쳐 있었다. 미간으로부터 조금의 망설임도 없이 한 획으로 그어 내린 듯한 여자의 콧등 위로 두 가닥의 앞머리가 활처럼 휘어 지나가고 있었다.

"저는 공동체 본부동 소속 작전 지휘 책임자 진입니다. 타깃 구출 명령은 제가 내린 사항입니다. 최고위원회에서 타깃 구출 작전 승인이 떨어졌을 때, 우리 공동체가 노출될 경우의 수도 계산되어 있었습니다. 최대한 흔적 없이 임무를 수행하는 게 기본 방침이었지만, 불가피한 상황에서는 공동체의 노출을 감수하고라도 타깃을 구출하는 것이 이번 임무 최우선의 목적이었습니다."

진의 눈매는 날카로웠다. 그 아래로 오뚝한 콧날과 날렵한 입술이 작은 얼굴 안에 정교하게 배치되어 있었는데, 자로 잰 듯한 정교함 속에는 겨울 호수처럼 맑고 찬 기운이 서려 있었다. 그리고 그 맑고 차가운 분위기가 진의 인상을 완성했다. 단호하고 위엄이 느껴지는 얼굴이었다. 존재 자체로 무게감이 생성되었으므로, 누가 봐도 진을 예사로운 사람이라고 보기는 어려웠다. 카이가 그런 진을 한동안 노려보듯 쳐다보다가 대의원들에게 시선을 돌렸다.

"들으셨죠? 이게 우리 여덟 공동체의 실질적인 리더나 다름없는 사람이 하는 말입니다. 불가피했다, 그게 이유 전부예요. 오히려 그 이상 뭐가 더 필요하냐고 반문하는 듯한 느낌은 제가 예민한 탓이라고 해두죠."

카이는 자신의 말이 대의원들에게 스며들기라도 바라는 듯 잠시 틈을 두었다가 얘기를 이었다.

"좋습니다. 독단적이기는 하지만 그의 판단을 우리가 전적으로 신뢰한다고 치죠. 그러니까 그의 말대로라면 저 타깃이라는 자가 우리 공동체 안보와 맞바꿀 만큼 중요한 인물이라는 얘기가 되는데……, 그런데도 우리는 저자가 왜 중요한지 얼마나 중요한지 아는 바가 전혀 없습니다. 아무것도 없어요. 그러면서 저쪽 사회에 우리 존재는 고스란히 노출하고 말았죠."

진이 말했다.

"우리의 존재가 노출되었는지는 아직 확인된 바 없습니다."

카이가 손을 들어 중앙에 멈춰 있는 홀로그램의 일정 부분을 되돌렸다. 로봇의 사지가 잘려 나가는 장면이 나왔다.

"저게 저렇게 산산조각이 났는데 저쪽 사회에선 그럼 자기들끼리 싸우다가 저런 일이 벌어졌다고 판단할까요?"

과학동 증인석에 앉아 있던 랭이 벌떡 일어서려다가, 랭의 움직임을 미리 눈치챈 진이 눈빛으로 제지하자 답답하다는 표정으로 다시 자리에 앉았다. 랭은 카이의 뒤쪽에 있었으므로 카이는 아무것도 눈치채지 못했다. 카이의 말이 이어졌다.

"좋아요. 이제까지 그래왔듯 유능하다 못해 거의 우리 공동체의 구세주 수준인 현장 사후 처리조가 잘 조처한다고 칩시다. 그러니까 불가피했다는 말 한마디로 이 모든 과정이 합리화되는 상황에서 우리가 알고 싶은 건 단 한 가지입니다. 도대체 저자가 얼마나 중요한 인물이기에 우리가 이렇게까지 위험을 감수해야 하는가, 그거예요. 무리한 요구입니까?"

진이 무덤덤한 표정으로 말했다.

"아직은 기밀 취급 인가 사항으로 분류되어 있습니다."

카이가 자기 가슴을 손바닥으로 몇 차례 두드렸다.

"제가 일급 기밀 취급권자입니다. 그런데 저도 볼 수 없어요. 이걸 어떻게 이해해야 하는 거죠?"

"한시적 특수 기밀 사항이라 그렇습니다."

카이가 그것 보라는 듯이 과장되게 두 팔을 추켜올리며 말했다.

"저 보세요. 바로 이게 문제입니다. 우리는 이 공동체를 이끌어가는 대의원임에도 공동체의 안보를 위협하면서까지 작전을 수행하는 이유도 알 수 없어요. 우리 공동체 역사에서 이랬던 적이 있습니까? 우리 공동체가 도대체 언제부터 이렇게 일부 세력의 폐쇄적인 정책에 휘둘렸습니까? 본부동 작전 지휘 책임자로 진이⋯⋯."

그때 최고위원회의 의석에서 말이 나왔다.

"카이, 일부 세력이란 어떤 세력을 말하는 겁니까?"

예상치 못한 최고위원의 질문에 카이가 당황하자 행정동 대의원석에서 한 사람이 말했다.

"그래요, 카이. 근거가 불분명한 추측성 발언은 삼가는 게 좋겠어요."

카이의 얼굴 위로 짧은 경련이 지나갔지만 그는 이내 과장되게 두 손바닥을 들어 보이고는, 자신이 경솔했다는 사실을 시인하는 듯 고개를 끄덕이며 말했다.

"죄송합니다. 제가 대외 안보 담당 책임자다 보니 이런 일에 좀 과민해지는 경향이 있는 것 같습니다. 불필요하고 불편한 발언이었음을 시인합니다. 의회 기록에서 삭제해주시기 바랍니다. 하지만 저도 우리 공동체의 안보를 책임지고 있는 사람으로서, 그 특수 기밀이라는 것에 관해 어느 정도 알 권리가 있다고 주장하는 건, 월권 행위입니까?"

진이 대답했다.

"현재 수집한 자료를 분석 중입니다. 일부 자료로 섣부른 판단을 하지 않기 위해 기밀로 분류되었을 뿐, 내용의 비공개를 목적으로 하는 것이 아닙니다. 필요한 만큼의 분석이 완료되면 정식 안건으로 상정할 예정입니다. 오래 걸리지 않을 테니 그때까지만 기다려주시면 될 거라고 봅니다."

진의 발언은 설득력이 있었고 대의원 다수가 진의 말에 공감하는 분위기였다. 상황이 생각했던 것과 다른 방향으로 흘러가자 카이는 이리저리 굴러다니기 바쁜 동공만큼이나 재빠르게 화제를 돌렸다.

"자하비 씨. 자신의 실력을 뽐내고 싶었습니까?"

카이의 난데없는 질문에 자하비가 어이없다는 표정을 지어 보였다. 카이가 말했다.

"굳이 저렇게까지 난도질했어야 할 필요를 저는 잘 모르겠고, 게다가 강화 골격 머신 운용자를 살해했어야 할 이유도 납득되질 않는군요."

랭이 중얼거렸다.

"아는 게 없으니까 말도 아무 말이나 막 하는구먼."

이번에는 카이도 랭의 말을 들었다. 진이 작게 한숨을 내쉬었다. 카이가 뒤를 돌아보며 신경질적으로 물었다.

"뭐라고요?"

그러나 랭은 상대가 성을 낸다고 한 발 물러서고 하는 성향이
아니었다.

"이봐요, 카이 대장. 당신이 이번 작전에서 제외되었다고 지금
이 많은 사람을 모아놓고 투정부리는 거 말고 도대체 오늘 이 자
리의 목적이 뭡니까? 게다가 트집을 잡으려면 제대로 공부나 좀
하고 나오시든가, 누가 누구를 살해했다는 거예요?"

카이의 언성이 높아졌다.

"증인은 자기 이름이 호명되면 그때 발언하시죠!"

"아니, 나도 그러려고 했는데 자꾸 개소리를 하시니까 나설 수
밖에 없는 거잖아요."

"뭐? 개소리? 여긴 대회의장입니다. 예의를 지켜요! 여기 당신
발언이 죄다 기록되고 있어!"

"기록하든가 말든가. 그딴 기록 누가 신경이나 쓴다고."

그러자 최고위원회 의석에서 의장이 말했다.

"과학동 소속 뇌 과학 연구 책임자 랭. 맞죠? 여기가 동네 놀이
터는 아니니까 익숙하지 않더라도 예의를 지켜주세요."

랭은 열이 나는지 어디선가 고무줄을 꺼내 어깨까지 내려오는
빨간 곱슬머리를 뒤로 묶었다. 카이도 벌게진 얼굴로 씩씩거리며
홀로그램을 재생했다. 랭이 긴 라이플의 총신을 등 뒤로 꽂는 지
점부터 재생되었다. 이 일에 개입한 순간부터 비밀 임무 수행은
종료된 거라는 랭의 말이 끝나는 것과 동시에 자하비를 닦아세우
는 장면이 이어졌다.

그리고 좀 적당히 해라, 무슨 채소 깍둑썰기도 아니고 강화 골격 머신 따위를 그렇게 산산조각 낼 건 뭐야?

자하비가 대꾸했다.

제 스타일이 그런걸요.

랭이 말했다.

스타일 같은 소리 하고 앉았네. 그리고 저 머신 운용자는 인간이야. 기계가 아니라. 저들이 도살자라고 해서 네 손으로 막 처형해도 되고 그런 게 아니야. 지금이 전투 중이야? 아니잖아. 그런데도 그렇게 쉽게 행동하면 너도 똑같은 인간이 되는 거라고 내가 이미 여러 차례 얘기하지 않았어?

카이가 홀로그램을 정지시켰다.

"여기 이렇게 당신들이 이미 상황을 시인하고 있잖아! 이런데도 내가 당신들 트집이나 잡고 있다고?"

랭이 대답했다.

"네, 바로 이런 상황을 트집이라고 하는 겁니다. 일단 머신 운용자를 자빠뜨린 건 자하비가 아니라 접니다. 제 라이플로 쏜 거고요, 목에 박힌 건 신경 탄환입니다. 살상용이 아니라 실신용이고요, 탄환에 장착된 나노 입자가 신경 회로를 타고 들어가 애초에 하달받은 명령대로 자신이 임무를 수행한 것처럼 기억을 조작합니다. 그리고 저 양반은 반나절만 지나면 아주 팔팔하게 다시 깨어나고요. 아시겠습니까?"

"아니, 그런 걸 저것만 보고 누가 어떻게 알아?"

"아니, 우리 과학동에서 이 최첨단 신경 탄환 홍보를 얼마나 오랫동안 코피 터지게 해왔는데, 다른 동도 아니고 안보동 대외 안보 대장이라는 분이 아직도 모르시다니, 이거야말로 코피가 분수를 뿜을 노릇 아닙니까? 그리고 여기가 대회의장이라고 할 때는 언제고 계속 그렇게 반말로 말씀하실 것 같으면 저도 사석에서 대하듯 오빠라고 부를까요, 카이 오빠?"

"말장난하지 말아요! 누가 당신 오빠야! 현장에서도 사태의 심각성 따위 전혀 안중에도 없고 말장난이나 하더니, 당신 정말 너무 제멋대로 아니야?"

"현장에선 긴장감을 풀기 위해서라도 일부러 더 진지하게 대화 안 합니다. 카이 대장 팀에서는 진지하게 염불이라도 외면서 작전 수행하십니까?"

대의원석 몇 군데에서 킥, 하고 웃음소리가 터져 나왔다.

카이의 얼굴이 붉으락푸르락했다. 랭의 말이 이어졌다.

"그리고 참 이상합니다. 카이 대장은 본래 주전론자가 아니셨습니까? 전쟁을 벌여서라도 모조 사회를 우리 공동체로 편입시켜야 한다고 평소 목소리를 높이던 분인 걸로 저는 기억하는데, 오늘은 어떤 분이 나오셨기에 공동체의 노출을 염려하십니까? 모조 사회에 우리 공동체가 알려져서 전쟁 나면 제일 좋아하실 분이시잖아요?"

카이가 발끈했다.

"멋대로 지껄이지 마!"

랭이 중얼거렸다.

"언젠 나더러 예의를 갖추라더니. 기록에 남으면 어쩌시려고.

그렇게 자기 감정 통제가 안 되니까 맨날 작전 지휘 최고 책임자에서 미끄러지는 거잖아요."

카이의 얼굴이 폭발 직전의 초거성처럼 이글이글 타올랐다. 그 모습을 보고 건 옆에 앉아 있던 파로가 속삭였다.

"우리 대장이 사람 돌아버리게 하는 데는 타고났다니까요. 내가 저 기분을 잘 알지. 일부러 그러는 거예요, 저거. 열 받아 죽어버리라고. 저기 한번 말리면 정신이 나가버려요. 내가 입에 거품 무는 사람 여럿 봤지."

건이 파로를 바라보자 파로가 어깨를 으쓱했다.

"오늘 의회 종 쳤네요. 우리 대장이 대회의장에 나오면 늘 이래요. 문제가 많은 사람이라니까요. 도무지 조직 사회에 어울리는 사람이 아니야."

파로가 고개를 절레절레 흔드는 동안 아니나 다를까 의장의 중재 발언이 나왔다.

"안보동 카이, 진정하시고. 과학동 랭도 이제 그만하도록 해요. 랭, 매번 이런 식인데 다음에 또 이러면 그땐 대의원 자격 정지 심사에 들어가겠습니다."

랭이 대꾸했다.

"저는 오늘 대의원이 아니라 증인 자격으로 발언한 건데요?"

성성한 백발을 올림머리로 틀어 올린 의장이 형형한 눈빛으로 랭을 노려보자 랭이 먼 산을 바라보았다. 의장의 말이 이어졌다.

"각별히 주의하세요. 그리고 모조 사회에서 벌어진 일에 관해서는 본부동 진의 말처럼, 수집된 자료의 분석이 완전히 끝나면 그때 다시 거론하는 게 좋겠습니다. 이견이 있으신 분은 발언해 주세요."

카이가 발언했다.

"저들이 답변해야 할 내용이 아직 많다고 생각하는데요."

"글쎄, 그러니까 진의 말대로 자료 분석이 끝나면 그때 해도 늦지 않을 것 같아요. 우리가 보기엔 카이도 질의 연구가 충분하지 않은 것 같은데요?"

그 말에 카이가 더는 할 말이 없는 듯 입술을 앙다물고 코로 숨을 내쉬었다. 파로가 건의 어깨를 툭 치곤, 거보라는 듯이 턱을 까딱해 보였다. 건이 그런 파로를 가만히 바라보다가 마침내 입을 열었다.

"저기, 그런데 누구⋯⋯."

대의원들이 하나둘씩 자리에서 일어나 각자 인사를 나누고 대회의장을 떠나기 시작했다. 그런데 그 광경이 건의 시각에선 여전히 낯설었다. 사람이 일어나는 것과 동시에 좌석의 형태가 변하더니 등 뒤로 말려 올라갔고, 원래 있던 모양대로 달라붙었다. 일시적이나마 사무용 백팩이라도 맨 것 같았는데, 달라붙는 것과 동시에 부피가 점점 줄어 애초부터 그 의상의 디자인이었던 것처럼 일체화되었다.

당연히 건의 등 뒤에도 그 괴상한 물체가 달려 있었다. 다만 사람들의 등에 달린 것과는 다른 형태였고 사용법 또한 달라 보였지만, 기본적으로 건은 아무것도 몰랐다. 대회의장으로 오는 길에 이미 랭으로부터 한 차례 설명을 들었는데도 뭘 들었는지조차 알지 못했다. 랭은 그것이 과학이라고 말했지만 어떤 과학이 이런 일들을 가능하게 하는지 건은 알 수 없었다. 과학의 '기역'에서부터 귀가 닫혔다. 그저 랭이 떠먹여주는 대로, 이유식을 받아먹는 애처럼 앉아 있다가 이 거대한 숲속의 공터에까지 오게 된 것이었다.

그리고 이 널따란 공터에서 한 편의 마술을 보았다. 조금 전까지 대회의장을 두르고 있던 팔각의 단이 그 시작이었다. 공터엔 단이 없었다. 단은 사람들이 모여 만든 일시적인 구조물이었는데, 그 구축 과정이 매우 신기했다. 맨 앞 열의 사람들이 팔각으로 대형을 맞춰—자기 등 뒤의 물체가 만든 의자에—앉고 나면 그들 뒤로 한 단 높게 다음 사람들이 열을 맞춰 공간을 메웠는데, 거기엔 단이 없었다. 말하자면 두 번째 열부터 사람들은 허공에 의자를 놓고 앉아 있는 셈이었다.

마치 보이지 않는 계단이라도 존재하는 것처럼 그들 아니면 그들의 의자가 자연스럽게 한 단씩 층을 쌓아가며 열을 갖추었으므로, 그들이 떠난 자리에 남은 허공과 빈터의 바닥을 살뜰히 채운 잔디를 보고 건은 두 눈을 끔벅거릴 수밖에 없었다. 무엇이 그들을 그 허공에 앉아 있을 수 있게 한 건지, 실로 진기한 마술 한 편을 본 것 같은 느낌이 들지 않을 수 없었다.

그리고 그들의 뒷면으로 찬연하게 번쩍거리던 홀로그램 벽체 또한 존재하지도 않았던 신기루처럼 사라지고 없었다. 숲속 공기만이 그 자리를 메우고 있었다. 중앙의 홀로그램마저 사라지자

　　　　　　　　　　　　　　모조 사회 1

대회의장엔 정말 아무것도 남지 않았다. 대단한 마술가의 엄청난 설치 공연 한 편을 보고 난 기분이었다. 홀로그램 속의 주인공이 자신이었다는 사실 같은 건 눈에 들어오지도 않았다. 랭이 의자를 접고 파로와 건의 자리를 지나칠 때 파로가 놓칠세라 랭에게 말했다.

"대장, 오늘도 한 건 했네요."

랭이 걸음을 늦추지 않고 말했다.

"너보고 누구냐고 묻는 거나 대답해 바보야."

파로가 응? 다 들었나? 하는 표정으로 눈을 동그랗게 떴다. 그러더니 "하여튼 무슨 안테나도 아니고."라 중얼거리곤, 아무럼 어떠냐는 표정을 지으며 자신의 풍성한 아프로 헤어를 쓸어 올렸다.

"제가 그때 슈트를 입고 있어서 류건 씨가 절 못 알아보시는 거구나. 아, 글라스가 없으셨으니까. 그렇지, 그렇지." 파로는 혼잣말인지 건에게 하는 말인지 알 수 없는 말을 하고 건을 보았다. "제가 바로 류건 씨를 여기까지 데려온 사람이거든요. 거기 불구덩이에서." 파로가 건을 둘러업는 자세를 취했다. "이렇게."

그제야 건은 그때의 상황을 떠올릴 수 있었다.

"아, 저를 업고 뛰셨던 분!"

파로가 검지로 허공을 한 번 찍으며 대답했다.

"빙고!"

"어, 그런데……."

건은 신기했다. 기괴한 로봇 앞에서 죽음의 공포를 한차례 겪고 나자 긴장이 풀려 거의 실신 상태가 되기는 했었지만, 누군가에게 업혀 이동한 것은 기억했다. 누군가 건을 업고 거의 나는 듯이 뛰었는데, 이 사람이 그 사람이라고 하기엔 덩치가 너무 작았다. 한껏 부풀린 머리카락의 끝이 간신히 건의 턱 정도에 올라오는 신장이었다. 파로가 건의 말을 받았다.

"어, 그런데 뭐요. 제가 류건 씨를 업고 뛰기엔 덩치가 너무 왜소하지 않으냐고요?"

건이 딱히 대답하지 못하고 어, 뭐, 하는 분절음만 더듬거리자 파로가 낄낄 웃고 말했다.

"강화 슈트가 뭔지 모르니까 당연히 그렇게 생각하실 수 있어요. 하지만 이제 곧 류건 씨도 교육을 받을 테니까 알게 되겠죠. 이거저거 뭔가 신기한 게 많겠지만, 차차 다 아시게 될 겁니다."

그러고는 자기 뒤에 한 걸음 물러서 사람들을 구경하고 있던 소년을 불러 소개했다.

"얘는 룬이라고 합니다."

소년이 꾸벅 인사했다.

"안녕하십니까, 저는 군사동 소속 특수 임무 현장 요원 룬이라고 합니다."

앳돼 보였지만 소년은 아닌 모양이었다. 파로가 건을 보며 말했다.

"오늘부터는 얘만 잘 따라다니시면 돼요. 얘가 앞으로 류건 씨를 돌보는 임무를 맡았거든요."

건이 중얼거렸다.

"저를 돌보는……."

룬이 대답했다.

"네. 제가 돌봐야 합니다. 장비 사용이 충분히 익숙해지실 때까지. 여기가 보기엔 이렇게 평화로워 보여도 매우 위험한 곳입니다. 아무 생각 없이 돌아다니다간 순식간에 몸이 녹아버립니다."

"몸이 녹……."

파로가 깜빡 있었다는 듯 껴들었다.

"아, 저는 과학동 소속 뇌 과학 연구원 파로라고 해요. 본래는 현장에 안 나가는데 이번 임무는 약간 특수성이 있어서 제가 나간 건데요, 나가 보니 의외로 저하고 잘 맞아서 이게 뭔가 싶다니까요. 나는 현장 체질이었던가. 나는 과학동이 아니라 군사동으로 배정을 받았어야 하는 게 아닌가. 복잡계 알고리즘이 너무 다양한 나의 재능 중 하나를 딱 골라잡을 수 없어 그냥 과학동에 처박은 건가. 뭐 그런 존재론적 가치에 관해 요즘 새롭게 생각하는 중이라니까요."

존재론적 가치라니……. 그러고 보니 그 지옥 같았던 곳에서 느꼈던 자아 분열이 사라지고 없었다. 그때도 존재의 방식이니 뭐니 평소 자신 같았으면 전혀 생각하지 않았을 단어들이 머릿속을 떠돌았는데 지금은 다시 말끔해진 느낌이었다.

어쨌거나 건은 파로가 무슨 말을 하는지 알 수 없었으나 그가 말이 많은 사람이라는 건 알 수 있었고, 덕분에 마음이 편해지는 것도 사실이었다. 랭은 건에게 잘해줬지만 왠지 어려웠고 진은 외인부대 시절 사령관 같은 느낌이 있어 그 앞에 서면 저도 모르게 각을 잡게 되었다. 반면 룬은 너무 앳돼 보였다. 건이 물었다.

"그런데 저기……, 도대체 여기가 어딘가요?"

당신은 당신의 세계를 살고 있습니까?

수는 눈을 떴을 때 자신이 속한 공간이 어디인지 분간할 수 없었다. 꿈인지 현실인지 인지하기 어려웠고 살아 있다는 느낌이 드는 한편으로 살아 있을 수 없다는 생각이 들기도 했다. 자신이 마지막으로 기억하는 장면 때문에 더욱 그랬다. 그 기억이 사실이라면 나는 살아 있을 수 없다, 고 수는 생각했다. 또 꿈을 꾸었나.

하지만 꿈이라고 생각하기엔 너무나도 사실적인 감각들이 신경 곳곳을 자극했다. 빛과 향과 부드러운 감촉이 느껴졌고, 포근한 분위기가 수의 몸과 그 공간 전체를 감싸고 있었다. 잘고 고운 빛의 입자 속에 온몸이 녹아 있는 듯한 느낌도 들었다. 몸의 형태가 남아 있긴 한 건지 문득 확인하고 싶은 충동이 들 정도였다.

너무나도 편안했으므로, 그래서 이것이 꿈인지 생시인지 수로서는 확인하고 싶었다. 죽어 보는 세상인지 살아 느끼는 감각인지 분명하게 알고 싶었다. 수는 크게 숨을 한 번 들이마셨다가 내쉬었다. 초점이 맞추어지듯 시야가 조금씩 또렷해졌고 공간의 윤곽 또한 점차 살아났다. 연한 올리브빛의 둥근 공간.

일단은 그렇게 인식되었다. 하지만 자신의 인식에 무언가 문제가 있다는 생각은 여전히 남아 있었다. 빛이 있었으나 빛이 어디로부터 비롯되는지 알 수 없었고 향이 있었으나 무슨 향인지 알 수 없었으며 부드러운 촉감은…… 촉감? 수는 자신의 오른손을 조심스럽게 움켜쥐어보았다. 약한 자력에 밀리는 것처럼 미세한 저항감이 들어 저도 모르게 고개를 들어 손을 보았고, 보는 순간 소스라치게 놀랐다. 수의 비명이 메아리처럼 울렸다.

어딘가에 누워 있다고 생각했던 자신의 몸이 허공에 붕 떠 있었던 것이다. 수는 순간 몸의 균형을 잃고 휘청거렸다. 휘청거렸다고 생각했지만, 그것은 생각일 뿐이었다. 수의 몸은 마치 무중력 상태에서 움직이는 사람처럼 천천히 그리고 부드럽게 방향을 바꾸었을 뿐, 몸의 균형을 잃었다거나 휘청거렸다는 표현을 쓰기에는 적합하지 않았다.

수의 몸 가운데 실제로 움직인 것은 팔과 다리였는데, 그마저도 유영하듯 서서히 동작했고 이격이 적었다. 다만 그 약간의 운동 에너지로 몸의 방향만 살짝 달라졌을 따름이었다. 그러나 수는 그 차이도 느끼기 어려웠다. 방향을 구분할 수 있는 기준이 뚜렷하지 않았고, 분명히 몸을 움직였음에도—의식하지 못하는 사이—움직이지 않았을 때와 같은 자세로 되돌아와 있었기 때문이다. 부자연스럽게나마 몸을 움직인 뒤, 가장 편안한 자세를 취하고자 해도 이윽고 최초의 상태로 되돌아왔다. 몸은 자유로우나 탄성을 지닌 물체 같았다. 자신이 알몸이라는 사실을 깨달은 것도 그즈음이었다.

하지만 이후 알 수 있는 것은 아무것도 없었다. 그 어떤 상상력으로도 현재 자신이 처한 상황을 파악할 수 없을 거라고 생각하게 될 즈음 몸의 감각이 달라졌다. 변화는 내부가 아니라 외부에서 일어났다. 자신의 몸을 둘러싸고 있던 공기가 빠져나가는 듯한 느낌이 들었다. 빠져나간 자리를 중력이 채우는 것 같았다. 몸의 무게가 서서히 차올랐다. 동시에 가라앉는 것처럼도 느껴졌다.

불안과 두려움 속에서 고개를 두리번거리던 수는 마침내 자신의 발바닥이 어떤 지면 혹은 그 비슷한 무엇인가와 맞닿는 것을 느꼈다. 무의식적으로 다리에 힘을 주자 드디어 섰다, 라는 감각이 살아났고 그와 동시에 부드럽게 몸을 감싸고 있던 느낌도 사라졌다. 손을 움켜쥐자 그 사이에서 느껴지던 저항감도 없어졌다. 자신의 몸을 둘러싸고 있던 어떤 물질들이 순식간에 소멸해 버린 것 같았다.

어딘가에 발을 디디고 나서야 수는 자신이 떠 있던 공간이 둥글지 않다는 것을 깨달았다. 그곳은 불규칙하게 내면이 꺾인 기이한 형태의 다면체 공간이었다. 그러고 보니 자신의 몸이 천천히 바닥으로 내려서는 사이 공간 전체가 일정한 방향으로 회전한 것도 같았다. 전혀 익숙하지 않은 감각들의 연속이었던 터라, 수는 어떤 것이 변했다고 분명하게 자각하기가 어려웠다.

지속되는 혼란 속에서 엷은 올리브빛이 아주 미세하게 점멸하고 있다는 것을 느끼게 될 즈음, 방 한 면의 중앙이 위에서 아래로 미끄러지듯이 열렸다. 마치 세포막이 벗겨지는 것 같은 느낌이었다. 수의 정면이었다. 커다랗게 확장된 수의 동공 안쪽으로 한 사람의 상이 맺혔다. 라인이 예쁘게 떨어진 민소매 랩 원피스라고 정확히 명명할 순 없었지만, 그와 유사한 옷을 입은 여자가 문 앞에 서 있었다. 실크처럼 부드러운 윤기가 여자의 갈색 피부 위로 흘렀다. 빨간색 곱슬머리가 아주 잘 어울렸다. 여자가 수를 보고 환하게 웃으며 말했다.

"은수 씨, 무사히 회복한 걸 축하해요."

꿈인지 생시인지 더욱 알 수 없는 기분 속에서 수는 "네?" 하고 반문했다.

여자가 미소 지으며 수에게 다가왔고 오른손에 들고 있던 옷을 건넸다. 수의 옷이 아니었다. 여자가 입은 옷과 비슷한 디자인이었다. 옷감은 실크처럼 부드러웠지만 실크는 아닌 것 같았다. 맞춤복처럼 잘 맞았고 입지 않은 것처럼 가벼웠다.

"역시 잘 어울리네요." 여자가 말하고 웃고 다시 말했다. "저를 따라오세요. 궁금한 게 많으실 테지만 가면서 얘기 나눠요."

돌아서는 여자를 따라 오른발을 든 수는 멈칫하며, 그대로 내디뎌도 되는지 잠시 망설였다. 디뎌도 되는 바닥인지 알 수 없다는 생각이 불현듯 들었으나 이내 망상임을 알아차렸다. 곧 여자를 따라나섰다. 막 걸음마를 배웠으나 불과 서너 걸음 만에 그 기능을 숙련한 사람처럼 자신감이 붙었다. 자신의 걸음걸이에서 살아 있음이 느껴졌다.

길은 미로처럼 연결되어 있었고 공간은 처음 보는 형태로 이어져 있었다. 그래서 또, 살아 있는 게 아닐지도 모른다는 생각이 들었다. 미래의 어느 가상공간을 걷고 있는 것 같았기 때문이다. 수는 혀를 내밀어 입술을 한 번 적시고 입을 열었다.

"저기, 좀 바보 같은 소리처럼 들리시겠지만…… 제가 지금 살아 있는 게 맞나요?"

앞서 걷던 여자가 살짝 걸음을 늦추며 대답했다.

"그럼요. 무려 열여섯 군데가 부러지고 찢긴 상처도 적지 않았지만 이젠 모두 회복되었어요. 그것도 아주 완벽하게. 어쩌면 사고를 당하기 이전보다 훨씬 더 건강한 상태일지도 몰라요."

여자의 입가에는 가벼운 미소가 걸려 있었다.

사고. 수는 생각했다. 그러니까 내가 사고를 당한 것은 현실이었어.

"제가 사고를 당한 게 꿈이 아니었군요……. 그럼 그게, 지진이었나요? 땅이 꺼진 건가요? 건물이 무너졌나요?"

"음……. 어떤 면에서 보자면, 셋 다라고 할 수 있겠네요."

셋 다, 하고 수가 여자의 말을 속으로 음미하는 사이 여자가 걸음을 멈추었고, 이내 전면의 벽이 또 위에서 아래로 미끄러지듯 열렸다. 그와 동시에 수의 시야를 가득 채운 풍경은 비현실 그 자체였다. 저도 모르게 떡 벌어진 입을 수는 손으로 막으며, 그 어떤 탄성이나 그 비슷한 소리도 내지 못했다. 대자연이 수를 압도했다. 그곳엔 빛으로 빚은 세계가 있었다.

수많은 빛기둥이 직선과 사선을 그리며 하늘에서 내리꽂히듯 쏟아지고 있었다. 그 거대한 빛기둥들에 압도되어 잠시 정신을 놓았던 수는 다시 눈을 부릅떴다. 살아 있다고 했는데. 수는 생각했다. 꿈이 아니라며. 여자가 분명히 그렇게 말했다. 그러나 수가 지금 보고 있는 광경은 살아서는 볼 수 없는 장관이었다.

별처럼 반짝이는 빛의 조각과 기둥과 그 뒤로 펼쳐지는 거대한 수목들이, 마치 신선들이나 살 법한 대자연의 형상을 그리고 있었다. 계곡이 있었고 폭포가 있었고 저 멀리로 굽이굽이 흐르는 물길이 있었다. 인간의 손길이라고는 전혀 느껴지지 않는 미지의 세계처럼 보이는가 하면 인간의 손길이 닿지 않고선 만들어질 수 없는 어떤 질서들이 존재했다.

미묘했다. 수없이 뻗어 나간 가지와 잎을 보면 분명 저 거대한 물체들이 나무일 것임에도 그 둘레가 어마어마했다. 몸통과 높이가 대도시 고층 빌딩과 견주어도 뒤지지 않았다. 눈앞에서 보면서도 믿기지가 않았다. 그 거대한 나무들이 하늘까지 치솟아 광활한 잎을 뻗고 있었으므로 빛은, 마치 우주선처럼 나무 꼭대기에서 반짝이며 광선 같은 기둥을 지상으로 내리꽂고 있었다. 신비로웠다. 그리고 그 신비로움 안에 또 경이로움이 있었다.

사람들이 존재했던 것이다. 수많은 사람이 그곳에 공존했다.

기둥과 잎과 가지와 정체를 알 수 없는 구조물 들 속에 사람들이 있었다. 나무 하나만을 두고 보자면 그것은 흡사 자연으로 빚은 거대한 타워 같았다. 타워와 타워 사이로 셀 수 없이 많은 덩굴이 늘어져 있었는데, 그 불규칙한 선 위로도 사람들이 있었다. 어쩌면 불규칙한 것이 아닌지도 몰랐다.

빛과 초록의 장막 뒤로 또 광활하고 거대한 숲과 계곡과 암벽들이 형성되어 있었는데, 그 사이사이로 마치 착시현상처럼, 인간이 만든 혹은 인간이 만든 것처럼 보이는 구조물들이 어우러져 있었다. 거대한 산천초목과 인간의 흔적이 조화롭게 잘 섞여 애초부터 한 몸이었던 것처럼 자연스러웠는데, 보면서도 도저히 믿을 수 없었던 것은 조금 전까지 수가 보았던 어떤 구조물이 바로 눈앞에서 사라졌다는 사실이었다.

나비의 날개처럼 활짝 펼쳐져 있던 건축물이 순식간에 세로로 접히면서 하나의 선이 되더니 이내 점처럼 축소되어 사라졌다. 분명 사람들이 있던 커다란 구조물이었는데. 언젠가 티브이에서 보았던 환상 마술 같은 걸 보고 있는 기분이었다. 여자의 목소리가 꿈처럼 들렸다.

"지금은 조금 혼란스러울 수 있는데 곧 괜찮아질 거예요."

수는 겁먹은 표정으로 한동안 여자를 바라보다가 마침내 입을 열었다.

"이건 도저히 현실에 있을 수 없는……. 여, 여기가 대체 어디죠?"

여자가 미소 지으며 문 옆에 손을 가져다 댔다. 여자의 손이 벽에 닿자 그 면 전체가 올리브빛으로 한 번 점멸하고는 이윽고 정육각형의 무늬들이 벌집처럼 돋아났다. 여자가 말했다.

"이곳은 지구상에 유일하게 남은 복지 자본 공동체이고 인간이 살고 있는 단 두 개의 대지 가운데 한 곳이에요."

그러더니 벌집무늬 속에서 두 개의 정육각형 물체를 떼어냈다. 물체에는 끈으로 보이는 선이 두 개 달려 있었다. 아니나 다를까 여자는 그 선을 어깨에 걸쳐 배낭처럼 등에 멨다. 물건의 색이 옷과 같게 변했다. 여자는 남은 하나를 수에게 건넸다. 수는 무의식적으로 물건을 받아 여자와 같이 등에 멨다. 수가 멘 물건도 옷과 같은 색으로 변했다.

하지만 수는 느끼지 못했다. 수의 머릿속은 이제 막 들은 이야기를 이해하기에도 바빴다. 무슨 복지 공동체라는 말은 차치하고라도, 지구상에 남은 유일한 대륙이니 하는 말은 역시 허무맹랑하게 들릴 뿐이었다. 여자가 말했다.

"그 끈이 안전벨트예요."

수가 "네?" 하고 여자를 보자 여자가 멘 물건이 의자 모양으로 바뀌고 있었다. 수의 동공이 또다시 확대되었다. 의자는 여자의 어깨를 감싸고 등을 따라 내려오다 이윽고 엉덩이까지 감쌌다. 여자가 편안한 표정으로 다리를 들자 그대로 그 위에 앉은 모습이 되었다. 여자가 수를 보며 자기처럼 양 어깨끈을 잡으라는 몸짓을 보였다.

여자의 말대로 하자 수에게도 자신만의 의자가 만들어졌다. 그후, 의자 주변으로 작은 물방울 같은 것들이 분출되어 허공에 선을 그렸고 의자를 중심으로 하나의 구를 형성했다. 커다란 비눗방울 속에 들어앉은 느낌이었다. 이윽고 여자의 구와 수의 구가 합쳐지며 좀 더 큰 크기의 구를 만들었다. 여자 혹은 여자의 의자가 수 옆에 나란히 배치되었다. 여자가 수의 손을 잡았다.

"놀라지 말아요."

그 말과 동시에 구가 문을 지나 구르기 시작했다. 수와 여자의 몸은 의자에 앉은 그대로였는데, 구는 굴렀다. 놀라지 않을 수 없었다. 그러나 놀란 와중에도 수는 이끌리듯 구의 내벽으로 손을 뻗었다. 손끝으로 약한 자력의 저항감 같은 것이 느껴졌다. 수는 이윽고 그 느낌이 무엇이었는지 기억해냈다. 좀 전까지 자신이 누워 있던 방에서 느껴지던 촉감이었다. 수의 생각을 읽었는지 여자가 말했다.

"맞아요. 같은 아이들이에요. 회복실에 있던 나노 메디와 지금 이 구체를 만들고 있는 나노 휠은 각각 다른 기능을 가진 나노 로봇의 군집이지만, 수행하는 임무만 다를 뿐 원칙적으로는 같은 아이들이에요. 집단 지성으로 협업해서 임무를 수행하죠. 우리는 얘들을 나노믹스라고 불러요."

"로, 로봇이요?"

"네, 백만 분의 일 밀리미터 크기의 초미세 입자 로봇이에요. 그래서 당연히 우리 눈엔 안 보이는 거고요. 우리가 간혹 볼 수 있는 건 이 아이들이 굳이 우리를 배려해서, 빛을 이용해 어떤 색 또는 형태를 보여주기 때문이에요."

여자는 그게 참 기특하지 않으냐는 듯이 웃고 말을 이었다.

"오래전 선조들이 나노 봇이라는 이름으로 개발을 시도했다는
걸 배운 적이 있어요. 하지만 그들의 기술로는 한계가 있었죠. 특
히 질병 치료나 회복을 목적으로 인체에 투입되는 나노 로봇은
더욱 어려웠을 거예요."

구는 투명했으나 빛과 구가 만나는 지점 곳곳에서 무지갯빛 반
사광이 생성되어, 구가 거기 있음을 알려주었다. 구는 좁은 도로
위를 달리고 있었는데, 자세히 보니 길은 도로가 아니라 나무 덩
굴 위였다.

"입자가 나노 크기로 줄면 중력의 영향을 받지 않고 진동 현상
brownian motion이 일어나 움직임이 불규칙해져버려요. 그래서
인위적인 통제가 쉽지 않죠. 아주 적은 에너지에도 흡착되거나
쓸려 가버리고 스스로 추동력을 얻기도 어렵고, 무엇보다 그걸
몸속에 주입하면 인간의 면역 체계가 가만 놔두질 않으니까요.
그 모든 걸 하나의 나노 봇이 감당하기란 쉬운 일이 아니죠."

구는 오르락내리락 빨랐다가 느렸다가 마치 생물처럼 속도를
조절하며 비포장 정글 속을 쉼 없이 내달렸다.

"하지만 나노 메디는 달라요. 이 아이들은 각자에게 주어진 몇
가지 규칙을 통해 집단 지성으로 움직이거든요. 회복실에서 은
수 씨가 느꼈던 감각과 실제 치료는 모두 이 아이들의 기계 학습
machine learning 과정이 축적된 결과물이라고 할 수 있어요. 가령
일부는 은수 씨의 몸속에 들어가 부러진 뼈를 붙이고, 일부는 세
포 재생을 돕고, 일부는 면역계의 움직임을 감시하죠. 몇몇은 에

너지 공급에 치중하고 몇몇은 전체의 움직임을 관장합니다. 면역 체계를 속이면서, 말하자면 치고 빠지는 지휘가 쉴 새 없이 이어져야 하니까요. 외부에서도 마찬가지예요. 은수 씨의 피부 변화와 체온과 혈액 순환에 따른 평형 조정 등 내·외부가 끊임없이 상호작용하며 정보를 분석합니다. 그렇게 각자의 영역에서 추출한 데이터를 나노믹스 전체가 공유하여 학습하고, 집단 지성으로 최적의 임무 완수 방법을 찾는 거예요."

구는 덩굴 길을 달리다가 나무껍질의 결을 향해 내닫기도 했고, 커다란 잎의 줄기를 따라 흐르다가 다시 거대한 바위 위를 구르기도 했다. 그러나 신기하게도, 그 어떤 진동도 느껴지지 않았다.

발밑으로 끊임없이 바뀌는 노면의 상태만큼이나 변화무쌍한 얘기를 수는 최대한 집중해서 들으려고 했지만, 너무나도 실제적이고 화려하게 펼쳐지는 환경 변화의 파노라마 때문에 좀체 집중이 되지 않았다. 깎아지른 절벽 위를 굴러내려 갈 땐 시각적인 위협에 동공이 팽창되었지만, 낙하할 때 일어나는 복부 쏠림이라든가 그와 유시한 신체 증상이 전혀 없었다.

"전체적으로 보면 상당히 복잡한 과정처럼 느껴질 수 있지만 이들 각자에게 주어진 규칙은 사실 몇 가지 없어요. 우린 각 개체에게 최소한의 규칙만을 적용시키죠. 그래서 개체의 역량만 따로 떼어놓고 보면 큰 기능이 없어요. 하지만 이들이 군집으로 활동하면 얘기가 달라집니다. 연대함으로써 새로운 패턴을 창발 emergence해내는 건데요, 우리가 하는 일은 그 패턴을 읽고 알고

리즘을 파악해서 현상을 예측하고 기능을 통제·운용하는 거예요."

여자가 쉴 새 없이 굴러가는 구체의 여기저기를 손가락으로 가리켰다.

"우리가 타고 있는 이 나노 휠도 같은 원리고요. 각 개체가 구체를 형성해서 우리 몸과 환경 정보를 쉴 새 없이 수집하고 분석해서 상호작용하고, 그 변화에 피코초picosecond(일조 분의 일 초) 단위로 대응하는 거예요. 그래서 이 거친 노면을 달리는데도 우리가 아무런 진동도 느끼지 못하는 거죠. 쉽게 말해 각개의 나노 로봇은 기능이 미비하고 적은 규칙으로 운동하지만, 전체가 모여 의미 있는 지식을 함께 학습하고 그렇게 만들어진 집단 지성으로 몇 가지 유의미한 결과를 도출하는 거예요. 우리는 그 결과를 통제해서 우리에게 유용한 방식으로 이끌어가는 거고요."

얘길 하다가 문득 수를 돌아본 여자가 수의 끔벅이는 두 눈을 보고는 살짝, 멋쩍은 미소를 지었다.

"아, 미안해요. 이게 제가 하는 일이다 보니, 저도 모르게 말이 많았네요. 무슨 소리인가 하셨죠? 미안해요."

그러나 수는 의외로 여자의 이야기 상당 부분을 알아들을 수 있었다.

"아니에요. 얼핏 이해하기로는 자기 조직화self-organization에 관해서 말씀하시는 것 같았는데……."

그러자 여자가 반색했다.

"어머, 맞다! 은수 씨도 수치해석 전문가셨죠?"

"제가요? 아니 저는, 고등학교 수학 선생인데요."

"아, 모듈에선 수학 교사셨지."

"모듈이요?"

"아 그게, 진이 아직 말하지 말라고 했는데……."

진? 수는 뭔가 망설이는 여자의 눈을 잠시 바라보다가 조심스럽게 입을 열었다.

"저기 혹시……, 제가 차원 이동을 한 건가요?"

"네?"

"아니 아까 말씀하실 때, 오래전 선조들이 나노 봇을 연구했다고 하셨는데 그 오래전이란 시기가 제겐 좀 다르게 느껴져서요. 제가 혹시 미래로 이동한 건가 싶어서……. 좀 이상하게 들리시겠지만."

여자가 장난기 어린 눈빛으로 입을 가린 채 소리 죽여 웃더니 말했다.

"아니요. 설마요. 이 세계에서도 시간 여행 같은 건 존재하지 않아요. 하지만 은수 씨가 그렇게 오해하실 수도 있을 것 같아요. 충분히 이해합니다. 그런데 은수 씨……."

여자는 말을 끊고 잠시 수를 바라보다가 신중하게 다시 말을 이었다.

"당신은 지금까지 당신의 세계를 살아왔다고 생각해요?"

수는 여자의 말을 퍼뜩 이해하지 못해 눈만 끔뻑거렸다. 그런 수를 충분히 이해한다는 듯 한 차례 고개를 주억거린 여자가 말했다.

"그러니까 제 말은, 은수 씨가 지금까지 살아온 세계가 진짜라고 믿느냐는 거예요."

"제가 지금까지 살아온 세계요?"

"네. 은수 씨가 수학 교사로 살던 그 세계요."

"그게 무슨, 그건 너무나도 당연한……."

여자가 수의 손을 살며시 잡았다.

"은수 씨. 믿기지 않겠지만 우리는 은수 씨가 살던 세계를 모듈이라고 불러요. 모듈화된 세계. 진짜가 아니에요. 필요에 의해 설계된 세상이에요. 그곳에서 은수 씨는 수학 교사란 명령어를 입력받아 가상의 직업을 수행하고 살았지만, 은수 씨의 실제 직업은 모조 사회라고 부르는 지상 도시에 동력을 공급하는 동력 수치해석 전문가였어요."

그때 구의 전면에 도착을 알리는 사인이 떴다. 매우 정교하게 조각된 삼차원 홀로그램이었다. 홀로그램은 이내 형태를 바꿔 수와 여자의 몸을 한 차례씩 입사하더니, 이윽고 이름과 코드와 목적지를 입력하라는 사인을 띄웠다. 여자가 말했다.

"랭. 바이오 이공일사 공사일류. 소회의실."

여자가 수를 돌아보며 덧붙였다.

"아, 그러고 보니 제가 은수 씨한테 제 소개를 안 했네요. 저는 여기 공동체 과학동 소속 뇌 과학 연구 책임자 랭이라고 합니다."

수도 반사적으로 자기소개를 하려다가 문득, 이 랭이라는 여자가 이미 자신을 자신이 아는 것보다 더 많이 알고 있을지도 모

모조 사회 1

른다는 생각이 들었다. 어떻게 그럴 수 있는지 알 수 없었지만 알 수 없는 거로 치자면 다른 것들이 더했으므로 수는 결국 아무 대꾸도 하지 못했다. 다만 저도 모르게 "뇌 과학." 하고 혼잣말을 했을 뿐이었다. 그 또한 어떤 의도가 있었던 것은 아니었다. 그저 그 단어가 저절로 혀에 감겼다. 그러나 그것이 랭에게는 다른 의미로 느껴진 모양이었다. 랭이 예리한 눈초리로 수를 살피다가 물었다.

"왜요? 뇌 과학이라고 하니까 뭔가 떠오르는 게 있어요?"

수가 황급히 손사래를 쳤다.

"아니, 아니요."

그때 홀로그램이 반짝 점멸하고 승인 사인을 표시하고는 사라졌다. 그리고 보니 구는 한쪽에서 폭포가 흘러내리는 거대한 암벽 앞에 떠 있었다. 물결이 수정 알갱이처럼 부서져 내리는 모습이 비현실적이라고 수는 느꼈는데, 이내 그보다 더 비현실적인 일들이 눈앞에서 펼쳐졌다.

암벽 표면이 갈라지며 정육각형의 도형들이 만들어졌다. 도형들이 완전한 형태를 갖추자 암벽은 꼭 벌집처럼 변했다. 그리고 그 벌집을 이루는 도형들이 곧 살아 있는 생물처럼 움직이기 시작했다. 몇 개의 육각형은 튀어나오고 다른 몇몇은 반대로 들어가며 양각과 음각이 뚜렷한 입체 형상을 이루었는데, 곧이어 어떤 규칙에 의해 그것들이 회전했다. 각 도형이 시차를 두고 회전하며 마치 시계의 톱니바퀴처럼 연쇄적으로 이어졌는데, 모든 도형이 제자리에서 회전한 후에는 세포의 흐름처럼 줄지어 자리를 이동하며 위치가 뒤섞였다. 수의 시각에서 이런 식의 광경들은 아무리 반복되어도 익숙해지지 않았다. 랭이 말했다.

"본래는 게이트가 바로 열리는데 오늘은 공간 회로를 재구성하나 보네요. 오늘이 날인가?"

이윽고 도형들의 역동적인 움직임이 서서히 잦아들면서 자리를 잡는 듯한 느낌이 들었고 실제로 몇몇 도형은 회전을 멈추고 원래의 형태대로 들어가거나 나오면서 암벽의 모습을 다시 갖추었다. 수와 랭이 앉은 구의 전면에 다시 홀로그램이 떴고 그것은 바뀐 입구의 위치를 나타내는 것으로 보였다. 랭이 위치 지정을 재조정하자 구가 이동했고 이동한 위치의 암벽이 돌출하며 문이 열렸다. 랭이 허공에 대고 말했다.

"수신 확인. 소회의실 좌표 다시 찍어주세요. 오늘 갑자기 무슨 일이래?"

그러는 사이 구가 도형 내부로 들어가 조용히 자리를 잡았고 그와 동시에 수와 랭의 구가 처음처럼 다시 분리되었다. 수의 발이 땅에 닿도록 의자가 서서히 내려앉았다. 수가 랭을 따라 의자에서 일어서자, 의자가 접히며 본래의 형태로 되돌아갔다. 내부 벽 어느 지점에 랭이 손을 대자 벽 전체가 이번에는 자줏빛으로 점멸했다. 그러나 이전 공간에서 본 것처럼 정육각형의 무늬들은 그대로 돋아났다. 랭이 등에 멘 물건을 벗어 무늬 중 하나에 끼워 맞췄다. 그리고 수의 물건을 받아 끼우며 말했다.

"아무튼 우리 대장은 은수 씨가 진실을 아는 게 과연 좋은 일일지 고민하고 있어요. 하지만 저는 무지로부터 비롯되는 행복은 의미 없다고 생각하는 사람이라서, 은수 씨가 진실을 알아야 한다고 생각해요."

랭이 다시 허공에 대고 중얼거렸다.

"왜 좌표 안 줘? 지금 은수 씨랑 같이 이동할 거예요."

랭은 자신을 멀뚱히 쳐다보는 수를 돌아보며 검지로 귀를 두드렸다.

"아 이거, 통신이에요. 혼자 떠드는 게 아니라. 이상하게 보셨겠네."

그러더니 한 차례 씩 웃었다. 그러나 수의 입장에선 오늘 본 것 중에 가장 안 이상한 장면이었다. 그 사실을 증명이라도 하듯 또 신기한 일이 벌어졌다. 랭이 옷의 어깨 부분을 두드리자 조그마한 홀로그램 화면이 생성되었다. 홀로그램의 한 부분을 터치하자 랭의 얼굴 위로 고글이 생성되었다. 마법과 마술의 연속이었다. 랭이 수를 보며 말했다.

"아, 이건 우리한테 필요한 시각 자료를 송수신해줄 거예요. 대개는 각막에 삽입하는데 저는 아무래도 이게 편해서."

랭은 멋쩍은 듯 또 웃고 고글을 조정하더니 다시 어딘가에 대고 말했다.

"공간 회로를 왜 또 재구성해? 조금 전 이동은 자동 안정화 작업이 아니었어?"

그러고는 잔뜩 집중한 표정으로 무언가를 듣다가 "무인 군사 크래프트 여섯 편대."라고 무거운 목소리로 말했다. 그 말을 내뱉는 것과 동시에 표정이 매우 심각해졌다.

"그럼 결국, 저들이 우릴 발견한 건가?"

랭이 한동안 무슨 말인가를 계속 들었다. 잠시 후 랭이 말했다.

"만약 그게 사실이면 당장은 아니어도 이제 우릴 찾는 건 시간 문제겠네. 아무튼 알았어. 가서 얘기해요. 이동 끝나면 좌표 다시 받아서 갈게요."

그리고 혼잣말로 "골치 아프게 됐네."라고 중얼거리고는 잠시 허공을 쳐다보다가, 문득 수의 존재가 떠올랐다는 듯 움찔하더니 수를 바라보며 말했다.

"아, 우리! 조금 기다려야 할 것 같아요. 공간 회로 재구성이 한 번 더 있을 거라고 하니까."

랭이 벽 한 면에 다가가 무언가를 조작하자 두 개의 소파가 생성되었다.

"이리 와서 앉아요. 이번 이동은 이 방 자체가 움직이는 거니까 서 있으면 중심 잡기 어려워요."

수가 랭을 따라 소파에 앉자 소파가 수의 몸의 곡선에 맞춰 형태를 바꾸었다. 랭이 웃으며 말했다.

"방이 아무리 움직여도 아까처럼 이 소파는 안 움직이거든요. 꼭 마법 같죠? 과학이 발전하면 마법처럼도 보이는 것 같아요."

랭은 잠시 무언가를 생각하는 듯싶다가 이내 수에게 하는 말인지 자신에게 하는 말인지 알 수 없는 어조로 중얼거렸다.

"뭔가 막 정신이 없으시겠다. 오늘 유난히 더 정신없는 게 사실이기도 하고."

그때 약간의 진동이 가해지며 공간 이동이 시작된 것 같았다. 육각의 내부가 회전하는 모습이 분명하게 보였는데, 소파에 앉아 있으니 랭의 말처럼 실질적인 움직임은 느낄 수 없었다. 랭이 방을 한 번 휘 둘러보고 말했다.

"여기 본부동은 전부 육각의 층상 격자layer lattice로 이루어져 있어요. 그게 기본 구조예요. 은수 씨가 살았던 세계와 좀 다른 점이라면 이 탄소 층상 격자의 구조가 주변 환경 변화에 따라 유기적으로 이동한다는 사실이죠."

"환경 변화에 따라 이동한다고요?"

"네. 우리는 세 개가 아니라 여섯 개의 축으로 복잡한 환경 변화complex system를 분석하고 그 양상을 예측해요. 그렇게 측정된 값을 토대로 공간의 방향 또는 위치를 결정해서 이동하고, 그런 방법으로 전체 환경의 안정성을 유지해요. 이 본부동만 해도 돌과 물과 흙과 나무와 우리가 만든 공간들이 조화롭게 섞여 있는데, 그중 한 요소만 바뀌어도 변화가 생기니까 그 변화에 우리가 유기적으로 반응해서 최적의 공생 조건을 다시 구성하는 거예요."

수는 알 듯 말 듯한 표정으로, 그러나 미심쩍다는 듯 고개를 갸우뚱하며 되물었다.

"환경 변화의 결과를 예측한다는 말씀인가요?"

"네. 정확히 말씀드리자면 예측이 아니라 결과 값을 산출해내는 거예요. 우리가 산출해내는 결과는 거의 구십구 퍼센트 적확하다고 해도 과언이 아니니까요. 우리의 선조, 그러니까 은수 씨가 살던 모듈의 실제 모델 과학자들이 아마 이걸 이루기 위해 부단히도 노력했을 텐데, 그건 양자 컴퓨터가 어느 정도 수준에 이른 시점에서야 가능해진 기술이에요. 물론 그걸 가졌다고 누구나 다 할 수 있는 건 당연히 아니지만요."

"믿어지지가 않아요. 지금 하신 말씀은 생태계의 비선형 상호작용nonlinear interaction을 계산해낸다는 얘기처럼 들리는데……."

랭이 매우 놀랍다는 듯 눈을 동그랗게 뜨고 눈빛을 반짝였다. 그리고 아주 흡족한 표정으로 미소 지으며 말했다.

"모조 사회 인간들이 왜 은수 씨를 수학 교사로 설정했는지 이해가 가네요. 은수 씨의 물리학적 본능이 제어가 안 되었나 본데요?"

랭은 재미있다는 듯 깔깔 웃으며 "남자분들은 아무리 설명해줘도 정보처럼 눈만 끔벅거려서 뭘 설명해주는 재미가 하나도 없었는데."라고 하더니 목소리를 가다듬고 이어 말했다.

"맞아요. 현재 우리 공동체의 과학 수준은 그 지점까지 이르렀습니다. 우리 선조들이 이 세계를 처음 설계했을 때 그런 원칙을 세웠어요. 함께 사는 공동체 그 사회 속엔 인간만 속해 있는 게 아니다, 뭐 그런. 일종의 철학 같은 거죠. 그래서 우린 돌, 물, 불, 풀, 흙과 나무와 공기와 인간 그 외에도 수많은 생명과 조화롭게 공생할 방법을 찾기 위해 오랜 시간 노력했고, 어느 정도는 거기에 도달하고 있어요. 이 공간도 그 결과의 산물 중 하나고요."

랭의 말이 끝나자 때맞춰 내부의 회전도 멈췄다. 어딘가로 이동하던 공간의 움직임도 멎은 모양이었다. 수의 시각에선 랭의 고글 내부가 보이지 않았지만, 랭이 소회의실 좌표가 나왔다며 자리에서 일어났다. 소파를 원위치로 돌렸다. 수가 느끼기에 이 공동체라는 곳은 무언가를 사용하고 나면 흔적도 없이 원래대로 돌려놓는 것이 원칙인 것 같았다. 쓰고 난 자리엔 늘, 아무것도 남지 않았다. 곧이어 방의 정면 중앙이 좌우로 열렸다. 아까와는 달랐다. 랭이 발걸음을 내디디며 말했다.

"우리 세계에서 가장 중요시하는 요소 가운데 하나가 바로 자연스러운 흐름이에요. 그게 뭐든 우리가 의도하는 결과를 강제적으로 유도하지 않고, 자연스럽게 창발하는 결과를 미리 읽어 대비하자는 주의죠. 나노 휠을 충분히 날게 할 수 있는데 날게 하지 않는 이유도 그런 작업의 일환입니다. 길을 따라 자연스럽게 흐르면서 그 맞닿은 흐름 속에서 다양한 생태계 정보를 수집하고 공유하기 위해서죠."

이해하겠느냐는 듯 랭이 수를 잠시 쳐다보고는 덧붙였다.

"말하자면 우리는 인간뿐만 아니라 이 세계에 존재하는 모든 물질의 건강을 항상 염려하고 점검하는 셈이에요."

그렇게 말하는 랭의 표정엔 무언가 자긍심 같은 것이 깃들어 있었다. 만약 그 낙원 같은 이야기가 상상이 아니라 사실이라면, 그것은 자긍심 아니라 그 이상의 무엇이어도 칭송받을 만한 일이라고 수는 생각했다. 랭이 말했다.

"아무튼 본래는 그렇게 생태계 안정을 위해서 아주 가끔 공간 회로가 자동 재구성되는데……, 오늘은 좀 다른 이유가 생긴 것 같아요. 그래서 어쩔 수 없이 인위적인 변화를 가하는 것 같습니다."

자연스러운 흐름이든 인위적인 변화든 랭이 말하는 내용이 구체적으로 어떤 방식에 의해 어떤 형태로 실현되고 있는지 수는 아직 완연히 이해하지 못했다. 그저 여전히 신비한 마법 세계에 떨어진 것만 같은 느낌이었다.

랭을 따라 걷는 길도 예사롭지 않기는 매한가지였다. 과연 좌표 같은 것이 없다면 어디가 어딘지 도저히 알 수 없을 법한 미로의 공간이었는데, 걷는 와중에도 구석구석이 쉴 새 없이 변화하는 빛의 향연으로 가득했다. 벽면과 길이 이어지는 부분 혹은 끝자락으로 빛이 번지듯이 투사되었는데, 그 빛이 어디서부터 비롯되는지 알 수 없었으나 빛은 다양한 색을 입었고 생명을 가진 것처럼 흘렀고 때론 점멸하며 퍼졌다. 현란한 조명 예술을 보는 것 같았다. 그 변화를 유심히 바라보는 수를 돌아보며 랭이 말했다.

"저 신비스러운 푸른빛도 자연스러운 흐름이죠. 물론 구조에는 우리가 관여했지만 빛과 색은 우리가 만든 게 아니에요. 벽면 구조 때문에 빛의 간섭 효과가 일어나서 보이는 현상인데, 이곳에 존재하는 다양한 생체에너지와 벽면의 각도가 반응해서 색이 변화하는 거예요. 아름답지 않나요? 물질들이 유기적으로 반응해서 만들어내는 자연 현상은 그게 뭐든 참 아름다워요."

아름다운 정도가 아니라 가히 환상적이라고 수는 생각했고 그런 감상이 비현실적 체감으로 침잠하려던 순간, 목적지에 도착했다. 이번에도 도착한 곳의 전면 중앙이 좌우로 미끄러지듯이 열렸다. 수가 떠 있었던 공간이나 조금 전 이동한 장소보다 훨씬 큰 방이었다.

특이하게도 방 중앙에 커다란 나무둥치가 박혀 있었다. 둥치임을 알 수 있었던 것은 바닥을 뚫고 치솟은 부분에서 잔뿌리들이 보였기 때문이다. 잘다고는 하나 기둥에 비해 잔 것처럼 보일 뿐, 뿌리 자체의 굵기가 가는 것은 아니었다. 이제 막 승천하려는 용의 등 근육처럼 울뚝불뚝한 뿌리들이 기둥 주변을 에워싸고 있었고, 그 가운데 선 기둥은 그대로 곧게 치솟아 천장을 뚫고 어딘가로 이어져 있었다.

그 본새로 보아 나무둥치는 그 공간의 어떤 쓰임에 의해 거기 있는 것이 아니라 그냥 거기 있으므로 존재하는 형상이었다. 탁 트인 공간도 많았을 텐데 군이 이런 곳을 소회의실로 지정한 것은 아마도 랭이 말한 공생의 원리 때문인 것 같았다.

그런데 아무리 그래도 이게 무슨 마법의 입체 퍼즐도 아니고 어떻게 저 큰 나무둥치가 이렇게 넓은 공간에 어떤 이음새나 이동 작업의 흔적조차 없이 주인처럼 박혀 있을 수 있는지, 수는 그저 놀라울 따름이었다. 솔직히 이젠 놀라움을 넘어 이 다채로운 경이로움에 지치는 감마저 들었다.

수는 그렇게 경이로움에 짓눌려 지치는 감정을 느끼는 와중에도 그 방을 가득 메운 다른 사람들에게 눈이 갔다. 그럴 수밖에 없었던 이유는, 수가 깨어난 뒤 랭 이외에 이렇게 가까운 거리에서 그 많은 사람을 보는 것이 처음이었기 때문이다.

사람들 대부분은 둥치를 중심으로 삼삼오오 짝을 이뤄 담소를 나누느라 수와 랭이 그 방에 들어온 사실도 몰랐다. 몇몇 사람만이 그들이 온 것을 눈치챘는데 그중 한 명이 매우 환한 얼굴로 웃으며 그들에게—정확히는 수를 바라보며—다가왔다. 매우 큰 키와 딱 벌어진 어깨를 가진 여자였다. 굳이 수를 향해 다가오지 않았더라도 가장 눈에 띄는 사람 가운데 한 명이었다. 하지만 정작 수의 시선을 집중시킨 것은 그 여자가 아니었다. 걸어오는 여자의 뒤로 보이는 남자였다.

그는 쇼핑몰에서 수가 걷던 앞길을 막아서고 자신이 의사라고 주장하던 남자였고 에스컬레이터 위에서 바스키아의 검은 고양이에 대해 들어본 적 없느냐고 소리치던 남자였으며, 모든 것이 무너져 내리던 그 악몽의 순간에 자신을 향해 달려오던 남자였다.

수는 저도 모르게 한 걸음 뒤로 물러섰다. 수에게 다가오던 진이 수의 행동을 보곤 걸음을 멈추고 뒤를 돌아보았다. 수는 남자가 누군지 알았다. 기억하지 못했는데 바스키아의 검은 고양이를 들어본 적 없느냐는 말에 기억이 났다. 진이 수를 돌아보며 물었다.

"은수 씨, 괜찮아요?"

그 말과 동시에 남자도 수를 보았고 수와 눈이 마주쳤으며 얼굴이 전구가 켜진 것처럼 환해졌다. 남자는 곧바로 자리에서 일어나 수에게 다가오려고 했다. 그 순간, 수가 소리쳤다.

"가까이 오지 마!"

그 말에 남자의 얼굴이 물기가 바싹 마른 진흙처럼 굳었다. 빛도 나갔다. 그리고 수의 말이 주술이라도 되는 양 바로 그 자리에 못 박힌 듯 우뚝 섰다. 그와 동시에 수의 동공이 이루 말할 수 없이 크게 확대되었다. 그 남자 앞에서 밝은 얼굴로 대화를 나누던 또 다른 남자의 얼굴이 눈에 들어왔기 때문이다. 남자도 수를 보고 있었다. 수가 뭔가에 홀린 듯한 목소리로 중얼거렸다.

"오빠?"

그 한마디에 랭과 진이 그 자리에 붙박인 듯 얼어붙었다. 수가 다시 그 남자에게 말했다.

"오빠, 오빠가 어떻게 여기……."

상기된 표정의 진이 랭에게 황급히 다가와 속삭였다.

"은수 씨 지상 도시 기억을 업로딩했어?"

랭이 격렬하게 고개를 흔들었다.

"아니, 무슨 말도 안 되는 소리야!"

다급하게 묻긴 했지만 말도 안 되는 소리이긴 했다. 진이 무의식적으로 고개를 끄덕이며 중얼거렸다.

"그런데 어떻게 은수 씨가 저 두 사람을 알아볼 수 있는 거지?"

그 말과 동시에 수가 허물어지듯 쓰러지며 정신을 잃었다.

뭐가 진짜고 가짜인지도 모르면서

수는 자신의 눈꺼풀 사이로 스며드는 푸른빛을 느꼈다. 익숙한 빛이었으나 수의 자각몽 속에서 스멀거렸던 냉기의 푸른빛과는 달랐다. 온화한 색조의 푸른색이었고 엷고 짙은 두 개의 명암이 하나의 가는 선을 중심으로 갈라져 있었다. 마치 하늘과 바다의 경계 같았다. 수는 의식적으로 눈꺼풀을 들어 올리려고 애썼다. 푸른색 사이의 경계가 점차 굵어졌다. 그 틈으로 사람의 얼굴이 흐릿하게 나타났다. 수는 그제야 자신이 현실로 되돌아왔다는 사실을 깨달았다. 이곳이 진짜 현실이라고 수의 직감은 말하고 있었다.

수는 파란빛이 은은하게 퍼지는 방 안에 누워 있었다. 침대맡에 열두 개나 되는 자명종이 늘어선 곳도 아니었고 미래 도시의 어느 연구실도 아니었고 발밑으로 푸른 냉기가 흐르던 꿈속 공간도 당연히 아니었다. 이곳에서 처음 깨어났을 때 보고 느꼈던 빛과 향이 은은하게 떠다니는 그런 방이었다. 차이라면 그땐 올리브색이었고 지금은 파란색이라는 점이었고 그땐 허공에 떠 있었지만 지금은 푹신한 침대 위에 누워 있다는 사실뿐이었다. 그때처럼 별다른 조명 없이도 방은 충분히 밝았다. 랭이 말했다.

"깨어났어요?"

수는 두 눈을 끔벅거렸다. 가만히 누워 랭의 얼굴이 또렷해질 때까지 바라보았다. 수는 랭이 누구보다 반가웠다. 생각 같아서는 벌떡 일어나 손이라도 잡고 싶은 심정이었다. 그러나 갑작스러운 행동으로 랭을 놀라게 할 순 없었다. 격한 감정이 치밀어 올랐지만 수의 그런 감정 변화를 랭이 알 순 없었다. 억눌러야 할 필요가 있었다. 어떤 믿기지 않는 이야기나 설명도 차분히 수용할 수 있을 만큼 지극히 정상이라는 사실을 보여줘야 했다. 수는 진실을 알아야 했다.

수가 실제로 랭과 보낸 시간은 불과 반나절도 되지 않았다. 아주 짧은 기간이었다. 하지만 그 짧은 동안 랭에게서 보았던 진실성을 수는 기억했다. 특별히 많은 것을 보여주지 않았다고 해도 수는 느낄 수 있었다. 랭이 얼마나 진심으로 자신을 대했는지. 그러므로 어느 날 갑자기 태풍의 눈 속으로 들어와버린 듯한 이 고요와 혼돈의 교차 선상에서 수가 의지할 수 있는 유일한 희망은 랭뿐이었다. 적어도 지금은 그렇다는 걸 수는 알았다. 수는 랭의 말을 기억했다. 랭은 수가 진실을 알아야 한다고 말했다.

수는 이제 막 또 다른 여행을 마치고 돌아온 참이었다. 혼돈의 시간이었다. 소회의실에서 오빠를 본 순간 누군가 수의 머릿속에 있는 스위치를 내려버렸다. 수는 암흑 속으로 빨려 들어갔고 혼돈의 통로를 지나 다른 차원의 세계로 내던져졌다. 아마도 그랬을 거라고 수는 추측했다. 왜냐하면 그 세계엔 또 다른 자신이 있었기 때문이다.

평행우주는 아니었다. 그 정도는 수도 분간할 수 있었다. 수가 도착한 세계에는 과거의 자신이 있었다. 그러므로 그것은 아마도 시간의 왜곡이었을 거라고 수는 추측했다. 아니면 자신의 기억 속이었을 수도 있었다. 그러니 그곳에는 당연히 아빠도 있었고 오빠도 있었다. 하지만 아빠와 오빠를 제외하고는 대부분이 낯설었다. 그랬던 걸 보면 기억이 아니었을 수도 있었다. 아빠와 오빠가 왜 그런 곳에 있었는지 수는 알 수 없었다. 수가 물었다.

"제가 정신을 잃었던 건가요?"

랭이 대답했다.

"여기서는 그랬어요."

여기서는 그랬다. 수는 랭의 말을 곱씹었다. 그 말은 곧 다른 곳에서는 아니었다는 말일 수도 있었다. 과연 랭은 수가 다른 곳에 다녀왔다는 사실을 이미 알고 있는 것 같았다.

"제가 여기 얼마나 누워 있었나요?"

"이틀 정도예요."

이틀. 겨우 이틀이라니. 불과 이틀 만에 수는 그 엄청난 세계를 경험하고 돌아왔다. 하지만 꿈이 아니었다. 꿈이 아니라는 사실은 분명하게 알았다. 멀쩡하게 서 있다가 느닷없이 쓰러져서 꿈이나 꾸고 있을 이유가 전혀 없었다. 그렇다면 그것은 무엇이었을까. 그곳은 어디였을까.

무엇보다 중요한 건 그때의 감정들이었다. 수는 어딘지도 알 수 없는 그 세계에서 이제까지 잊고 지냈던 감정들을 되새기거나 새롭게 인식하다가 되돌아왔다. 수의 행복과 관련된 수많은 기억이 파편처럼 흩어져 있었다. 하지만 돌아오고 나니 그게 모두 진실일지 의문이 들었다. 왜냐하면 전혀 새롭거나, 새롭지는 않아도 이미 가지고 있던 기억과 상당히 엇갈리는 상황들이 산재해 있었기 때문이다.

그러므로 그곳이 어떤 세계인지 알지 못하면 그때의 감정들은 아무짝에도 쓸모없었다. 그것이 진실인지 알지 못하면 거짓 행복감이나 불러일으키는 한낱 호르몬에 불과할 뿐이었다. 수는 그렇다는 걸 눈을 뜨자마자 알았다. 랭의 말이 옳았다. 무지로부터 비롯되는 행복은 아무 의미 없었다. 진실이 필요했다. 그리고 그 진실을 수에게 말해줄 수 있는 사람이 바로 눈앞에 있었다. 자신을 걱정스럽게 바라보고 있는 이 사람만이 자신을 구원해줄 수 있었다. 수가 조심스럽게 물었다.

"랭 씨는……, 제가 어딜 다녀왔는지 알고 계시죠?"

랭이 물끄러미 수를 내려다보다가 가만히 고개를 끄덕였다. 수는 가슴 한편에 볕이 드는 느낌을 받았다. 그때 수의 침대가 갑자기 움직이더니 조금씩 형태를 바꾸었다. 천천히 상반신이 세워지면서 자연스럽게 앉는 자세가 되었다. 소회의실로 가는 길에 이미 한 번 경험했던 소파와 비슷했다. 몸의 곡선을 따라 형태가 변형되면서 침대는 곧 소파가 되었다. 황제의 소파처럼 등받이가 높았고 몸에 맞춘 것처럼 사지가 편안했다. 수가 조금이라도 몸을 움직이면 소파도 즉각 그에 맞게 형태를 바꾸며 수의 몸을 지지했다.

앉고 나서야 그곳에 다른 사람들도 있었다는 사실을 수는 알았다. 큰 키의 여자와 작은 키의 남자가 자신을 바라보고 있었다. 여자는 수가 소회의실에서 봤던 사람이었다. 그때와는 다르게 간편한 복장이었다. 민소매 티에 군복처럼 주머니가 많은 바지를 입고 있었다. 운동이라도 하다가 갑작스럽게 불려온 것 같았다. 이마 위로 송골송골 맺힌 땀방울이 보였다. 여자가 손을 내밀며 말했다.

"그젠 인사도 제대로 못 했네요. 회복 축하해요, 은수 씨. 그리고 반갑습니다. 저는 공동체 본부동 소속 진이라고 합니다."

수도 손을 내밀어 진의 손을 잡았다. 진의 따뜻한 체온이 전달되었는데 그 느낌이 왠지 낯설지 않았다. 갈색 눈동자를 가진 진의 시선은 어느 한 곳으로도 새는 틈 없이 곧고 단단했다. 마주하고 있자니 속내를 읽히는 것 같았다. 실제로 수의 속내를 읽은 것도 같았다. 진이 말했다.

"두 분은 아직 모시지 않았습니다. 먼저 은수 씨하고 끝마쳐야 할 이야기가 있어서."

생각해보면 굳이 속내를 읽지 않아도 수가 무엇을 원하는지 충분히 추측할 수 있기는 했다. 그때 머리를 잔뜩 부풀린 남자가 말했다.

"우리 대장보다 더 대장이에요."

랭이 실없는 소리 좀 하지 말라는 눈빛으로 남자를 쳐다보았다. 남자는 아랑곳하지 않고 말을 이었다.

"그리고 거기 알파 구역에서 은수 씨를 업고 뛴 사람이기도 하고요. 굳이 그럴 필요까지 없었는데 큰 대장이 왜 자기가 업고 뛰겠다고 했는지 저는 아직도 잘 모르겠는데, 아무튼 큰 대장한테 은수 씨는 솜털이었을 거예요. 기왕 업을 거였으면 나랑 바꿨어야 하는데 왜……."

"쯤!"

랭이 남자의 말을 끊었다. 그러나 남자는 다시 말했다.

"아, 그래도 제 소개는 해야죠. 저는 여기 과학동 소속 뇌 과학 연구원 파로라고 해요. 여기 이 성질 더러운 사람 직속 노예입니다."

랭이 주먹을 들어 파로를 한 대 치려고 하자 파로가 재빠르게 뒤로 물러나며 수더러 저거 보라는 듯 혀로 랭을 가리켰다. 수는 저도 모르게 미소를 지었지만 파로의 말을 완전히 이해한 것은 아니었다. 그러나 사고가 난 것은 분명했으니 누군가 자신을 옮겨야 했던 상황은 이해할 수 있었다. 그 사람이 진이라니. 그의 체온이 낯설지 않은 것은 아마도 그런 이유가 아니었을까. 수는 생각했다. 생명의 은인이었다. 자세를 다시 갖춰 앉으려니 이번에도 진이 수의 속내를 읽은 것처럼 말했다.

"아니요, 그냥 편하게 계시면 됩니다. 저는 신경 쓰실 필요 없어요. 그보다는 지금부터 랭이 은수 씨에게 할 얘기가 더 중요합니다."

랭이 나섰다.

"은수 씨가 어딜 다녀왔는지 이제부터 우리가 보여드릴 거예요. 정신을 잃은 상태에서 은수 씨가 본 것은 편린인데, 지금부터 보실 내용은 전체의 맥락입니다. 그런데 이걸 보고 나면 몇 가지 결정을 하셔야 해요. 그 결정이 어떤 것은 다소 위험하고 또 어떤 것은 알았지만 모르는 것으로 해야 하는 것도 있을 거예요. 물론 그 모든 걸 알고 싶지 않다고 하셔도 상관없습니다. 그러면 여기서 더 진행하지 않을 수 있어요."

"아니요, 알고 싶어요." 랭의 말이 끝나기 무섭게 수는 대답하고 황급히 덧붙였다. "그리고 어떤 결정이든 하겠습니다. 뭐가 얼마나 위험하든."

랭이 진을 쳐다보자 진이 고개를 끄덕였다. 랭이 다시 파로를 쳐다보자 파로가 수 앞의 공간을 열었다.

공간을 열었다는 표현이 적확했다. 그것은 홀로그램이었지만 영상 자체가 너무 생생해서 마치 시공의 세계를 뚫고 다른 공간을 들여다보는 것 같았다.

그곳에는 어린 수가 있었다. 예나 지금이나 수는 아주 짧은 머리 모양을 하고 있었는데, 그런 모습은 현실의 수도 기억했다. 어려서부터 지금까지 단 한 번도 큰 변화가 없었기 때문이다. 아마도 수의 긴 목이 예뻐 부모님이 정한 스타일이었을 텐데, 수 자신도 큰 불만이 없어 특별히 다른 변화를 원치 않았던 걸 기억했다.

그러나 어린 수가 있는 공간은 전혀 알 수 없는 곳이었다. 꽤 넓은 공간이었는데 책상과 침대가 있는 걸로 보아 아마도 수의 방인 듯했다. 하지만 현실의 수에겐 그런 방에서 살았던 기억이 전혀 없었다. 어린 수의 몸집으로 보아 그것을 기억하지 못할 나이 때도 아니었다. 그러나 기억나지 않았다. 자신의 짧은 헤어스타일과, 어렸으므로 더 까맸던 피부색을 제외하고는 모든 것이 이질적이었다.

어린 수는 책상에 앉아 어떤 홀로그램을 보고 있었는데, 창밖에서 무언가가 어른거리자 집중이 깨졌다. 고양이 한 마리가 수의 방 창틀을 마치 발레리나처럼 사뿐히 딛고 지나가는 중이었다. 현실의 수는 한눈에 그 고양이를 알아보았다. 바스키아의 검은 고양이였다.

어린 수가 의자에서 벌떡 일어나 황급히 창가로 달려갔다. 창을 열고 싶어 하는 눈치였지만 열 수 없는 구조라고 현실의 수는 생각했다. 벽체의 팔 할이 통유리였기 때문이다. 수가 창틀에 매달려 어딘가로 어슬렁거리며 걸어가는 고양이를 눈으로 뒤쫓았다. 그때 창문 위로 어떤 메시지가 새겨졌다.

발코니를 생성하시겠습니까?

소파에 앉은 수의 눈이 약간 커졌다. 어린 수가 그러겠다고 대답했다. 대답과 동시에 변화가 일어났다. 수가 선 자리에서 어른 키 높이 정도의 공간이 허공으로 밀려 나가기 시작했다. 방바닥이 슬라이드처럼 외부로 연장되었는데 놀랍게도, 통유리조차 중간 부분이 직각으로 꺾여 나가며 방과 같이 연결되고 있었다. 마법 같았다. 유리가 어떻게 그런 식으로 이어질 수 있는지 현실의 수는 보면서도 믿기지 않았다. 직사각형의 유리 박스가 허공에서 생성되는 느낌이었는데, 어린 수가 그 안에서 양어깨를 실룩거리며 걸어가는 고양이를 태연하게 바라보고 있었다.

현실의 수가 결정적으로 몸을 움찔거리게 되었던 건, 밀려 나간 유리 발코니 밖의 풍경 때문이었다. 발코니는 비행기보다도 더 높은 곳에 있었다. 실제로 비행기인지 자동차인지 알 수 없는 물체들이 발코니 아래의 창공 속을 지나다니고 있었다. 드문드문 흘러가는 구름 또한 발코니가 놓인 곳의 높이를 가늠케 해주었다. 그리고 그 아래로 그만큼이나 높은 빌딩들이 산재해 있었다. 빌딩들의 사이 공간은 바닥이 보이지 않을 만큼 끝이 없었다. 그러나 검진 않았다. 대낮이었음에도 그 아래쪽의 더 아래쪽에서 오색의 불빛들이 번쩍거리는 것이 보였다. 오색 불빛이 띠를 이루며 어딘가로 흘렀다. 색채의 물결 같았다. 아름다웠다.

어린 수가 허공으로 돌출된 유리 발코니 안에 기대어 서서 서서히 멀어져가는 고양이를 바라보고 있으니 고양이도 수의 시선을 느낀 모양이었다. 그 좁은 난간 위를 사뿐사뿐 걷다 말고 뒤를 돌아보았다. 수와 눈이 마주쳤다. 수가 반갑게 손을 흔들자 고양이는 그 모습이 마뜩잖다는 듯 꼬리로 난간을 두어 차례 탁탁 치곤 다시 제 갈 길을 갔다.

고양이가 저 높은 곳의 그 좁은 틀을 밟고 다니는 것 자체가 이미 비현실적이고 아찔한 풍경이었지만, 현실의 수가 몸에 마비를 느낀 건 그 때문이 아니었다. 파로가 랭을 향해 손을 들었고 랭이 쳐다보자 모니터링 홀로그램을 랭에게 밀어주었다. 랭이 파로가 준 홀로그램을 받아 그래프들을 가만히 살펴보더니, 메인 홀로그램을 멈췄다. 랭이 물었다.

"괜찮아요? 은수 씨?"

수에게는 괜찮은 것이 더 이상하게 느껴지는 상황이었다. 왜냐하면 수는 아주 어렸을 때부터 고소공포증이 있었기 때문이다. 그것도 아주 심했다. 그러나 어린 수는 전혀 거리낌이 없었고 그 모습을 지켜보는 어른 수도 별로 두렵지 않았다. 그런데 몸은 굳었다. 몸과 마음이 달랐다. 조건반사적인 느낌이었다. 본능이 아니라 학습된 태도 같았다. 수가 애써 대답했다.

"괜찮아요. 괜찮습니다."

랭이 말했다.

"은수 씨가 지금 느끼는 신체 반응은 가짜예요. 입력된 신호입니다. 그러니까 긴장하지 않으셔도 돼요. 홀로그램의 은수 씨가 실제 은수 씨의 생체 리듬입니다."

수는 무슨 말인지 몰랐지만 그냥 고개를 끄덕였다. 홀로그램이 다시 시작되었다.

장소가 바뀌었다. 집이 아니었다. 연구실의 형태였으나 수가 이제껏 보았던 그 어떤 연구실과도 달랐다. 실험 장비일 것으로 추측되는 수많은 장치가 전부 처음 보는 것이었다. 학교 선생님들과 종종 보았던 사이파이 영화의 한 장면 같기도 했다. 도표와 도면과 모니터링 화면들이 모두 허공에 홀로그램으로 떠 있었다. 몇몇 사람이 그 홀로그램들을 이리 옮기고 저리 주고받으며 바삐 일하는 가운데, 어린 수가 다시 나타났다.

그 뒤로 수의 아빠가 있었다. 얼굴은 분명히 수의 아빠가 맞는데 머리가 백발인 게 달랐다. 그리고 연구실 가운을 입은 아빠의 모습을, 현실의 수는 처음 보았다. 수의 아빠는 보석상이었다. 보석 가게를 운영하다 강도 사고로 돌아가셨다. 그러나 홀로그램에 보이는 수의 아빠는 과학자의 모습이었다. 홀로그램은 마치 수의 생각을 읽은 것처럼 화면의 각도를 틀어 연구실의 명패를 비쳐주었다. 그곳에는 뇌 과학 관련 업무가 명시되어 있었고 아빠의 이름이 새겨져 있었다. 아빠는 그 연구실의 수장이었다.

어린 수가 아빠에게 자신이 보았던 고양이에 관해 매우 열심히 설명하고 있었다. 목이 아주 길고 굉장히 검은 고양이라고 말했더니 아빠가 대답했다.

우리 토끼랑 닮은 고양이구나.

보석상 아빠도 수를 토끼라고 불렀다. 닮았다는 말에 어린 수는 한껏 기분이 좋아진 표정이었다. 이윽고 신이 난 듯 다른 점도 분주하게 설명하기 시작했다.

왼쪽 눈은 노란색이고 오른쪽 눈은 초록색이야.

그러더니 잠시 생각하다가 다시 말했다.

아니다. 그 반대다.

아빠가 대꾸했다.

오드 아이구나.

오드 아이?

응. 그런 걸 오드 아이라고 그래. 두 눈의 색이 다른 걸.

새로운 지식에 입을 벌리고 고개를 끄덕이던 수가 또 물었다.

그럼 목이 그렇게 긴 건?

이번에는 아빠도 고개를 갸우뚱했다.

그건 집에 가서 아빠가 직접 한번 볼까?

여기서 봐도 되는데?

지금은 바쁘니까, 이따가 집에 가서 보자.

장소가 다시 바뀌었다. 이전 장면에서 집이라고 했으니 집의
거실로 추정되는 공간이었다. 현실의 수가 그 공간을 명확히 이
해하기 어려웠던 이유는, 가정집이라 추측되는 인테리어였음에
도 그곳을 가득 메운 수많은 집기가 모두 낯설었기 때문이다. 그
냥 단순히 미래의 어느 가정집이라고 하면 이해하기 쉬웠지만,
거기에 자신도 모르는 자신의 어린 시절이 들어 있다고 생각하니
혼란이 이는 것이었다.

어린 수와 아빠가 거실 소파에 앉아 홀로그램을 보고 있었다.
수가 고양이를 목격한 홀로그램이었다. 현실의 수가 살았던 시대
에도 폐쇄회로 카메라나 블랙박스 카메라가 넘쳐났으므로 다양
한 각도에서 녹화된 영상이 특이할 건 없었다. 홀로그램이 신기
했던 건, 고양이가 어린 수의 시각을 완전히 벗어난 이후에도 계
속해서 이어진다는 사실이었다.

고양이는 수의 방 창틀을 지나 빌딩의 좁은 난간 위로 한참 걸어가다가, 갑자기 훌쩍 뛰어내려 아래층 난간으로 이동했다. 순간 아찔했는데, 현실의 수는 그 장면도 황당했다. 난간이 좁다는 사실은 차치하고라도 어떻게 그런 식의 수직 하강이 이루어질 수 있는지 상식적으로 이해가 되지 않았다. 아니나 다를까 어린 수도 그 점이 의아했는지 아빠에게 물었다. 해답은 간단했다.

두 명의 수가 보기엔 그 빌딩이 수직으로 서 있었지만, 실은 곡면으로 이루어진 건물이었던 것이다. 수의 아빠가 그 점을 다른 홀로그램 도면까지 띄워가며 어린 수에게 친절하게 설명해주었다. 백발이든 아니든 과학자든 보석상이든 수는 아빠의 그런 친절함을 기억했다. 수의 가슴 한편이 아릿하게 저며져왔다.

고양이를 추적하는 홀로그램은 그것으로 끝이 아니었다. 몇 개의 난간을 더 뛰어 내려간 고양이는 조금 전에 보았던 비행기인지 자동차인지 알 수 없는 물체들을 연달아 밟고 뛰어 다른 건물 옥상으로 이동했다. 땅보다 하늘에 가까운 고층 난간을 어슬렁거리며 걷는 것도 어이없었지만, 공중을 나는 물체를 밟고 뛰는 행동은 거의 신기에 가까웠다.

저곳엔 바람도 없나? 수는 생각했지만 입 밖으로 내진 않았다. 사실 저 상황에서 바람을 궁금해하는 것도 우스웠다. 어차피 논리적으로는 어떤 식으로도 이해가 되지 않는 광경이었다. 마법이 아닌 다음에야. 랭의 말처럼 과학이라면 모를까. 과학? 수는 잠시 제 생각에 머물렀다가 이내 홀로그램으로 주의를 기울였다.

고양이의 믿기지 않는 배짱과 더 믿기지 않는 점프력도 놀랄 일이었지만, 그 고양이를 찍고 있는 홀로그램도 대단하기는 매한 가지였다. 그토록 현란한 고양이의 움직임을 한 점 흔들림 없이 깨끗하게 화면에 담고 있었는데, 마치 뒤따르는 전담 카메라라도 있는 것 같았다. 설혹 있다고 해도 그 기술에 관해서는 가히 장인 이라고 봐도 좋을 수준이었다. 옥상으로 이동한 고양이는 그 멀 고 높은 위치에서 연이어 점프한 때문인지, 잠시 멈추어 자기 발 바닥의 젤리를 한동안 핥았다. 랭이 말했다.

"참 끔찍하죠. 저게 모조 사회의 가장 큰 특징이에요. 도시 곳 곳은 물론이고 하늘에까지 띄워놓은 카메라의 영상을 한곳으로 모아 편집하면 저런 화면이 나옵니다. 마치 처음부터 끝까지 따 라다니면서 찍은 것처럼 말이죠. 개인 가정을 제외하고 끊기거나 사라질 수 있는 사각이 전혀 없어요. 개인 가정도 일정 시간이 지 나 외부 활동이 이어지지 않으면 곧바로 도시 보안 감시대가 지 정 감시 대상으로 전환합니다. 그러면 일급 시민 이하의 경우엔, 예외였던 개인 공간마저도 모두 도시 보안 총관에서 감시 관찰하 게 돼요. 인류 역사에서 단 한 번도 존재하지 않았던 초유의 감시 시스템이죠. 저곳에서는 개미 한 마리가 아니라 먼지 한 톨의 이 동 경로까지도 낱낱이 추적할 수 있어요."

수는 랭의 분노 어린 말을 들으면서도 그중 한 단어를 속으로 되뇌었다.

모조 사회.

옥상 난간에서 지그시 눈을 감은 채 발톱 사이사이까지 꼼꼼 하게 핥고 있는 고양이를 수의 아빠가 말없이 바라보다가 중얼거렸다.

보통 고양이가 아닌 건 확실하구나.

그러나 어린 수는 아빠의 말을 조금 다르게 이해한 모양이었다. 굉장히 신난 표정으로 맞지? 그렇지? 라며 아빠의 손을 잡고 흔들었다. 고양이는 그러고도 계속 이동하며 신비스러운 기술을 내리 선보이다가 마침내 어떤 건물에 도착해서야 종적을 감추었다. 그런데 그곳은 현실의 수도 알 것 같았다. 오래전 꿈에서 보았던 바로 그 공간이었다. 수의 아빠가 중얼거렸다.

바스키아 미술관이네.

그랬구나. 수는 생각했다. 저곳이 바스키아 미술관인지는 현실의 수도 처음 알았다. 그래서 아빠가 바스키아의 검은 고양이라고 말했던 거구나. 단 한 번이었지만 아빠가 돌아가신 뒤 처음 꾸는 아빠 꿈이었고 무엇보다 저 고양이의 모습이 너무 생생했으므로 잊을 수 없었다. 어린 수가 아빠에게 물었다.

바스키아 미술관?

그래, 우리 토끼 어렸을 때 간 적이 있는데 기억 안 나?

응. 기억 안 나.

일 초의 고민도 없이 대답하는 딸의 정직함에 아빠가 피식 웃고 말했다.

저기 사는 고양이인 것 같은데?

그럼 저기 가면 볼 수 있어?

글쎄. 항상 저기 있는지는 모르겠지만 진짜 거기 산다면 볼 수 있지 않을까?

그럼 지금 당장 가자며 거실을 방방 뛰어다니는 어린 수를 아빠는 간신히 달랬다. 폐관 시간이었다. 그리고 다시 장면이 바뀌었다.

이번에도 가정집이었는데 수의 집은 아니었다. 전혀 다른 분위기였다. 거실이라고 볼 수 있을 법한 공간 한복판엔 수목이 조성되어 있었다. 마치 현실의 수가 공동체에서 처음 보았던 자연 풍광을 그대로 축소해놓은 것 같은 미니 정원이었다. 그리고 그 가장자리로 소파가 둘려 있었고 다시 그 주위를 넓은 복도가 감싸고 있었다. 복도 벽면에는 현실의 수도 알아볼 수 있는 그림 몇 점이 일정한 간격으로 걸려 있었다. 자연 친화적으로 설계된 갤러리 같은 느낌으로, 그곳이 사무실이거나 다른 용도의 공간일 것 같지는 않았다.

어린 수가 벽면에 걸린 장 미셸 바스키아의 그림 아래 서 있었다. 고개를 한껏 뒤로 젖히고 미동도 없이 바스키아의 그림을 샅샅이 살피고 있었다. 옆으로 공룡이 지나가도 모를 것 같았다. 놀라운 집중력이었다. 거실 중앙 소파에 수의 아빠가 앉아 있었고 조금 떨어진 곳에 다른 사람이 앉아 있었다. 그 집의 주인인 듯싶었다.

그 장면에서 랭이 숨을 잠시 들이마셨다가, 진의 눈치를 살짝 살피곤 다시 내쉬었다. 진의 표정엔 아무런 변화도 없었다. 이윽고 두 사람의 대화가 들리기 시작했는데 어린 수에겐 들리지 않는 모양이었다. 둘의 대화만 증폭했다고 랭이 설명했다. 수의 아빠가 말했다.

제 아이를 감시하고 계셨습니까.

집주인은 대답하지 않았다. 대답 대신 입가에 미소를 걸고, 탁자 위에 놓인 찻잔을 들어 입술을 축였다.

수의 아빠가 다시 물었다.

총수님이 만든 고양이입니까.

총수가 대답했다.

정확히 말하자면 퀸이 한 건데, 만들었다는 표현은 좀 맞지 않는 것 같네요. 저 고양이는 실제 생명체니까요. 다만 약간의 유전자 변형을 거치고 그 외에 몇 가지 기능을 조금 추가했을 뿐입니다.

거기엔 감시 기능도 있겠군요.

총수는 대답하지 않았다.

왜 제 아이를 총수님이 별도로 감시하시는 겁니까?

찻잔을 가만히 내려다보던 총수가 고개를 들어 수의 아빠를 바라보았다.

따님이 박사님 연구 분야에서 천재적인 재능을 보이더군요.

수의 아빠는 상당히 놀란 눈치였으나 짐짓 아무렇지도 않은 척 애를 쓰는 모습이 확연했다. 총수의 말이 이어졌다.

의장은 아직 모르고 있습니다. 하지만 곧 알게 되겠죠. 모든 건 다 시간문제니까. 그리고 그 시간이 곧 저 아이를 그 분야의 최고 권위자로 만들 겁니다. 물론 지금 같은 환경이 계속 유지될 때 얘기지만.

저는, 저는 제 아이를 특별히 가르치고 있지 않은데요.

총수가 부드럽게 미소 지었다. 한눈에 봐도 이미 모든 걸 알고 있는 사람 특유의 미소였다.

박사님, 세상에는 특별히 가르치지 않아도 스스로 깨치는 사람들이 있습니다. 그런 사람들을 우리가 천재라고 하는 거 아니겠습니까? 따님은 이미 박사님 연구실에 있는 모든 수식을 다 외우고 있어요. 아마도 현재 박사님과 함께 연구하는 팀원들을 다 합쳐도 저 아이에는 못 미칠 겁니다.

그럴 리가, 아직 그렇게까지는……, 그걸 어떻게 그리 장담하시죠?

제가 아니라 퀸이 장담합니다.

그런 다음 총수는 수의 아빠가 아닌 다른 곳에 대고 말했다.

퀸, 데이터를 보여줄 수 있겠어?

허공에서 알겠다는 대답이 흘러나왔다. 여성과 남성의 음성이 혼합된 기묘한 목소리였다. 그리고 바로 그 목소리가 나온 자리에서 커다란 홀로그램 차트가 생성되었다. 수의 아빠가 그 차트를 꼼꼼하게 살폈고, 놀랐다가 심각했다가 실로 다채로운 표정 변화를 보이다가 마침내 깊은 침묵 속에 잠겼다. 먼저 침묵을 깨뜨린 것은 총수였다.

저는 박사님의 두뇌 업로딩 기술을 원치 않습니다. 박사님도 제가 왜 그렇게 생각하는지 잘 아실 테고, 제가 우려하는 부분을 아마 박사님도 똑같이 고민하고 계실 거라고 봅니다. 하지만 의장은 다르죠. 의장은 그런 걸 고민하는 사람이 아닙니다. 그런데 의장이 지금 박사님을 그렇게까지 닦달하지 않는 이유는, 박사님의 기술만으론 성공 여부가 확실치 않다는 걸 알기 때문입니다. 하지만 저는 박사님의 연구가 어느 정도 완성 단계에 이르렀다는 걸 알고 있습니다. 의장도 그 사실을 알면 태도가 달라지겠죠. 게다가 따님의 재능마저 알게 되면, 아마도 알고만 있는 거로 끝내지는 않을 겁니다. 그러니 저로서는 따님이 어떻게 성장하고 있는지 면밀하게 살펴볼 수밖에 없습니다.

제 딸이 저것을 완성하리라고 보시는 겁니까?

제가 아니라 퀸이 그렇다고 하네요.

수의 아빠가 홀로그램 차트를 잠시 바라보고는 다시 말했다.

하지만 제 딸은 이제 고작 열 살밖에 되지 않았습니다.

총수가 웃었다.

박사님, 재능에 나이는 그리 중요치 않다는 걸 누구보다 잘 아시지 않습니까?

수의 아빠가 다시 침묵을 지키다가 두려움이 어린 눈빛으로 물었다.

의장이 알게 되면 제 아이에게 무슨 짓이라도 하겠죠?

총수는 대답 대신 짧게 미소를 지어 보였다. 수의 아빠도 의장에 관해 잘 아는 눈치였다.

제가 어떻게 해야 할까요?

일단 아내분의 큐브를 어디에도 업로딩하지 마세요. 아내를 사랑하는 박사님의 심정은 충분히 이해합니다만, 그 연구는 더는 진행해선 안 됩니다. 박사님이야 그 기술을 항상 좋은 곳에만 사용하실 수 있겠지만, 모든 사람이 다 박사님 같지는 않습니다. 잘 아시는 내용일 테니, 그 점에 관해서는 더 말씀드리지 않겠습니다.

수의 아빠는 매우 놀랐지만 태연을 가장한 목소리로 물었다.

제 아내의 큐브를 알고 계셨습니까?

박사님이 아무리 최상급 시민이라고 해도 모든 것을 숨길 수는 없는 법입니다. 박사님은 그 기술을 극비리에 진행하고 싶어 하셨지만, 보시다시피 이미 제가 알고 있지 않습니까? 박사님이 그 기술을 완성하면 제아무리 비밀로 취급해도 결국에는 누군가의 손에 의해 빠져나가게 되어 있습니다.

의장도 제 아내의 큐브를 알고 있습니까?

총수가 다시 찻잔을 들어 목을 축였다.

그랬으면 가만히 있었을까요?

수의 아빠가 안도의 한숨을 내쉬며 소파로 등을 묻었다. 총수가 말했다.

그리고 따님의 관심을 다른 방향으로 이끌어주세요. 지금 보니 그림도 과학 못지않게 좋아하는 모양인데, 예술 방면이나 정 안 되면 수학 분야로라도 관심을 돌리는 게 좋겠습니다.

가만히 고개를 주억거리던 수의 아빠가 말했다.

저는 다만 수가 자기를 낳다 죽은 엄마를 단 한 번도 본 적이 없어서……, 그런 엄마와 단 한 번만이라도 만나게 해주려고…… 제 아내도 단 한 번만 딸을 품에 안아보면 소원이 없을 테니…….

제게 변명하실 필요 없습니다. 저는 박사님을 충분히 이해합니다. 하지만 앞으로는 따님에게 그런 얘기는 물론 그와 비슷한 얘기도 하지 않는 게 좋겠습니다.

수의 아빠가 침통한 표정으로 찻잔을 가만히 내려다보다가 말했다.

만에 하나, 제게 무슨 일이라도 생기면……, 제 딸을 지켜주시겠습니까?

총수가 가만히 수의 아빠를 바라보았다.

제 말대로 하시면 무슨 일이 생기지야 않겠지만, 혹여 그런 일이 벌어지더라도 따님을 지키는 건 약속드리겠습니다. 하지만 그렇게 되면 더는 지상 도시에 둘 수 없다는 건 감안하셔야 합니다. 지상 도시에서는 숨기는 데 한계가 있어요.

수의 아빠가 거칠게 두어 차례 얼굴을 문지르고 중얼거렸다.

하지만 제 딸을 식민 구역으로 보낼 수는…….

그러니까, 제가 시키는 대로만 하시면 됩니다. 모든 연구 자료를 폐기하세요. 자연스럽게 의장이 눈치채지 못하도록. 그리고 의장이 지시한 지휘관 업로딩 프로젝트도 결과를 실패로 만드세요. 아무도 의심하지 않도록. 마지막으로 아내분의 큐브를 제게 넘겨주십시오. 그것을 우리의 약속으로 하면, 저와 박사님 사이의 신뢰에도 틈이 생기지 않을 것 같습니다. 그러면 고양이도 따님에게 선물로 드리도록 하지요.

그리고 장면이 바뀌었다. 이번에는 미술관이었다. 푸른빛이 어른거리는 미술관 한가운데서 어린 수가 울고 있었다. 그런 수를 애써서 달래는 아빠와의 대화를 들어보니 이미 여러 차례 미술관을 방문했음에도 아직 그 고양이를 한 번도 보지 못한 모양이었다. 여태까지 잘 참았으니까 조금만 더 기다려보자는 말로 미루어 보아, 참다 참다 끝내 못 참고 울음을 터뜨린 모양새였다. 수의 아빠가 수의 손을 잡고 미술관을 나오며 말했다.

내일 다시 오자.

장면은 또 바뀌었다. 어린 수가 거실 한편에서 뭔지 알 수 없는 물건을 타고 노는 중이었고, 수의 아빠와 수염을 기른 남자가 소파에 앉아 대화를 나누고 있었다. 수의 아빠가 말했다.

아무리 생각해봐도 내 평생을 바친 연구를 이대로 폐기할 순 없어. 아니, 폐기하더라도 그게 성공한 연구인지는 알고 폐기하고 싶네. 이제 다 왔는데……. 자네도 이게 그저 내 욕심이라고 생각하나?

남자가 말했다.

천만에. 나야 같은 과학자인데 왜 모르겠나, 충분히 이해하지. 하지만 총수 말대로 언제까지고 의장에게 숨길 순 없잖은가. 그게 문제인 거지. 게다가 총수와 한 약속마저 저버리면 어쩌려고 그러나.

약속을 저버리겠다는 게 아니라……, 조금 미루고 결과만 확인해보고 싶다는 거지.

남자가 얼음이 담긴 갈색 잔을 두어 번 휘휘 젓고는 가볍게 목을 축이고 물었다.

그런데, 성공 확률이 얼마나 되는데?

수의 아빠가 다시 한 번 감청 보안 시스템을 확인하고 대답했다.

자네도 알다시피 이제 디지털 업로딩은 완벽하네. 페리도트 큐브가 그 증거야. 다른 생명체에 이차 업로딩하는 과정만 성공하면 모든 연구가 완벽해지는데, 그것도 알고리즘은 완성했네. 실험만 남았어.

남자는 굉장히 놀란 눈치였지만, 그것을 수의 아빠에게 들키지 않으려고 애쓰는 모습이었다.

결국 수의 엄……, 까지 말한 남자가 황급히 어린 수를 돌아보더니 여전히 놀이에 열중하고 있는 수를 확인하고는 다시 말했다. 결국 페리도트 큐브를 생체 업로딩 하겠다고? 아직 불완전한데 그랬다가 실패하면 어쩌려고.

아니, 페리도트 큐브가 아니야. 그 큐브는 총수에게 넘겨주기로 약속했네. 그건 총수가 이미 알고 있어서 방법이 없어.

수의 아빠는 너무 안타깝다는 듯 머리를 한 번 움켜쥐었다.

그럼 누구……, 남자가 말을 멈추고 잠시 생각하더니 이윽고 무릎을 탁 치며 말했다. 대항군 지휘관!

그 소리에 어린 수가 남자를 돌아보았다.

수의 아빠가 얼음이 담긴 갈색 잔을 들어 한입에 죽 들이켜고 말했다.

그래. 현재로선 그자가 유일한 소스네. 디지털 업로딩을 마치고 안정화되기까지 최소 십 년은 걸리니까 인제 와서 다른 사람을 만들 수도 없어. 그런데 아이러니하게도 문제는, 그자를 성공시켰을 때 생겨. 나만 알고 끝낼 수가 없으니까 말이야. 실패하면 어차피 의장이 시킨 일이니 그대로 보고하면 그만인데, 성공하면 그 이후에 벌어질 일들을 감당할 수가 없어. 페리도트 큐브야 성 공하든 못 하든 나 혼자만 알고 있으면 그만이었는데, 그자는 평 의회에서 이미 알고 있으니 성공했을 때 그 사실을 숨길 수가 없 어. 그러면 평의회 노인네들이 가만히 있을 리 없지. 영생을 누리 려고 할 거야. 내가 이 인류를 또 망가뜨려버릴 수도 있어. 그래서 그 실험은 실패하기로 총수와도 이미 약속했는데…….

그때 어린 수가 말했다.

바꾸면 되지.

수의 아빠와 남자가 동시에 수를 돌아보았다. 수가 해맑은 표 정으로 웃으며 말했다.

대항군 지휘관이면 아빠 실험실에 있는 그 아저씨 말하는 거 아니야? 아빠한테 맨날 뭐라 그러는 사람들이 그 아저씨를 싫어 하면 그 아저씨하고 다른 동물하고 바꾸면 되지. 동물은 소스 안 정화가 그렇게 오래 안 걸려. 죽어가는 고양이도 그렇고 개도 그 렇고 불쌍한 애들 많아. 걔네들 살려줘 아빠. 그 아저씨는 빼주고.

수의 아빠는 대단히 놀란 표정이었다. 남자 또한 입을 벌린 채 다물지 못했다. 아빠가 물었다.

네가 그 두뇌 수용체가 아저씨인지 어떻게 알아?

나 그 아저씨랑 몇 번 얘기했는데. 아저씨 맞아. 자기가 무슨 지휘관이라고도 했었고. 그런데 지금 얘기를 들어보니 그게 대항 군 지휘관이었네. 아무튼 소스 코드가 엄청 원시적이기는 했어도, 대체로 잘 완성돼 있던데? 그 아저씨도 나오고 싶어 해. 내 말을 도무지 안 믿어서 문제지. 내 말을 안 믿는 건 좀 마음에 안 들지만, 그래도 그 아저씨 불쌍해. 그 상태로 몇 백 년을 살았으니까, 아빠가 꺼내주면 좋지.

남자가 어떻게 그런 일이 가능하냐는 눈빛으로 수의 아빠를 바라보았다.

쟤가 그걸 어떻게 활성화했지?

수의 아빠도 얼떨떨한 표정으로 고개를 저었다. 남자가 수에게 물었다.

그거랑…… 아니, 그 사람이랑 어떻게 대화를 나누었니?

수가 대답했다.

제 머리랑 연결해서 했는데요?

남자가 다급하게 다시 물었다.

그런데도 아무런 이상한 일이 없었어?

네, 제가 제 의식하고 잘 맞춰서 코딩했어요.

네가 그런 걸 할 수 있어? 그럼 다른 사람도 네가 잘 맞출 수 있어?

그때 수의 아빠가 당황한 표정으로 황급히 자리에서 일어나며 말했다.

저기 자네, 미안한데 오늘 이 얘기는 못 들은 걸로 해주면 안 되겠나? 내가 나중에 결과를 보고 알려주겠네. 응? 미안해. 오늘은 이만 돌아가고, 내가 나중에 다시 결과를 보고 알려주겠네. 응?

남자가 수의 아빠 손에 강제로 팔이 들려 자리에서 엉거주춤 일어섰다. 수의 아빠가 다시 말했다.

이건 나와 내 딸의 목숨이 걸린 일이니 꼭 비밀로 해주게. 부탁하네. 응? 꼭이야. 내가 나중에 다 설명해줄 테니까. 응?

그리고 다시 장면이 바뀌었다. 현실의 수는 그곳이 어딘지 알 것 같았다. 한 번도 본 적은 없었지만 직감적으로 그곳이 어디인지 알 수 있었다. 어린 수의 발코니에서 내려다보았던 저 아래의 아래, 오색의 불빛들이 물결처럼 흐르던 바로 그곳이었다.

추적추적 비가 내리는 밤이었음에도 휘황찬란한 불빛들이 전혀 숨을 죽이지 않았다. 오히려 물기와 어우러져 더 화려한 색채를 아롱아롱 그려냈다. 수의 아빠가 카울 후드를 쓰고, 똑같이 카울 후드를 씌운 수의 손을 잡고 황급히 어디론가 걷고 있었다. 수의 아빠나 총수가 살던 곳과는 전혀 다른 분위기의 도시였지만, 떠다니는 자동차나 인간 모양의 로봇들이 활보하는 것으로 보아 그곳 역시도 미래의 어느 한 곳이라는 걸 현실의 수는 금방 알 수 있었다.

수는 이제 그런 것들이 별로 신기하지도 않았다. 예전에 사이파이 영화에서 보았던 도시들과 너무 비슷해서 오히려 그게 더 신기할 지경이었다. 마치 영화에 먼저 등장한 도시의 디자인을 그대로 따라 한 느낌이었다. 수의 아빠는 고글을 쓰고 있었는데 가만히 보니 그 고글이 내비게이션 역할을 하는 것 같았다. 랭이 말했다.

"맞아요. 저 고글이 내비게이션 역할을 하는 건 맞는데, 우리 거하고는 차원이 달라요. 성능이 지하 세계와 우주 차이라고 보시면 됩니다."

수가 놀란 눈으로 랭을 쳐다보았다. 자기 속을 읽고 있느냐는 눈빛이었다. 그러자 랭이 아, 하고 짧게 탄성을 내뱉고는 손에 들고 있는 홀로그램을 보여주었다. 홀로그램 일부에 수의 뇌로 보이는 영상이 떠 있었다. 랭이 그중 한 부분을 가리키며 말했다.

"여기 의식 영역을 제가 지금 보고 있거든요. 이 영역에서 은수 씨가 말하고 싶어 하거나 언어적으로 이해하고 있는 부분들을 통제하는데, 그걸 이 폼에서 기호로 변환해서 제게 알려줍니다. 음……, 생각해보니 기분 나쁘실 수도 있을 것 같은데 어쩔 수 없네요. 지금은 특수한 상황이라 은수 씨가 양해하시는 수밖에 없어요. 이 홀로그램의 내용과 현재 은수 씨의 두뇌 영역이 얼마나 매치되는지 추적 관찰해야, 나중에 은수 씨가 어떤 결정을 내릴 때 그게 가능한지를 가늠해볼 수 있어요."

수는 무슨 말인지 퍼뜩 이해되지 않았지만 랭의 말이 옳다는 건 알았다. 뭐가 됐든 수가 이해하는 수밖에 없었다. 게다가 이미 뭐라도 감수하겠다는 의사도 분명하게 밝혔다. 기분 나쁘고 아니고 생각할 여력도 없었다. 그러는 와중에도 홀로그램 속의 아빠와 어린 수는 여러 골목과 각종 건물을 지나 부지런히 걷고 있었다. 그들은 어느 막다른 골목의 나무 대문 앞에서 걸음을 멈추었다.

온갖 기계와 알 수 없는 재질의 건축물들이 넘쳐나는 공간 한 귀퉁이에 나무로 만든 대문이 있다는 게 꽤 신선했다. 수의 아빠가 뒤를 한 번 살피고 문을 두드렸다. 잠시 후 문이 열리고 작달막한 노파가 나왔다. 노파가 딱, 하고 핑거 스냅 소리를 내자 수의 아빠와 수가 선 자리에만 조명이 꽂혔다가 곧 사라졌다. 노파 옆에 작은 홀로그램이 하나 떴고 재빠르게 그것을 훑은 노파가 말했다.

애는 왜 달고 다녀.

수의 아빠가 대답했다.

우리 애가 직접 판단해야 합니다.

노파는 눈이 휘둥그레지더니 이잉? 하고 괴상한 소리를 내고는, 알 수 없다는 듯 고개를 절레절레 흔든 다음 뒤돌아 건물 안으로 들어갔다. 수의 아빠가 따라 들어가려다가 머리를 쿵 박았다. 그곳에는 보이지 않는 무언가가 있었다. 수의 아빠가 수를 뒤로 밀며 머리를 움켜쥐자 노파가 말했다.

언제나 성질 급한 놈이 먼저 매를 맞는 법이지. 안 그러냐? 얘야, 넌 들어와도 좋다.

수가 아빠를 한 번 보곤 손을 뻗어 앞의 공간을 더듬었다. 아무 것도 없었다. 노파가 말했다.

네가 훨씬 똑똑하구나. 널 데리고 다니는 이유를 알겠어.

수와 아빠가 안으로 들어서자 곧 문이 닫혔다. 수와 아빠가 들어서자마자 두 사람의 머리 위로 빛이 내려왔다. 둥근 원 모양의 빛이 생성되더니 재빠르게 수와 아빠의 몸을 훑고 올라갔다. 노파가 말했다.

총은 거기 빼놔. 쓸 줄도 모르는 놈이 그런 건 왜 들고 다녀? 총기 관련 근육이 하나도 활성화가 안 되어 있구먼. 총이 무슨 장식도 아니고. 허가받고 한 번도 안 썼네? 하여간 있는 놈들은 물건 아까운 줄을 몰라. 필요한 물건만 딱딱 구해 써야지, 요즘 젊은것들은 있는 놈이나 없는 놈이나 개념이 없어, 개념이. 언제부터 우리가 풍족하게 살았다고 말이야.

수의 아빠가 엉거주춤 허리춤에서 총일 것으로 추정되는 물체를 하나 꺼내 옆의 탁자 위에 올려놓았다. 그러고는 수를 데리고 노파를 따라 지하로 미로로 알 수 없는 공간으로 들어갔다. 몇 개의 문을 열고, 이젠 내려가는지 올라가는지도 잘 구분되지 않는 공간을 계속 따라가다가 마침내, 작은 방에 도착하고서야 걸음을 멈추었다.

약간의 냉기가 흐르는 방이었다. 노파가 핑거 스냅으로 불을 켜고 수의 아빠를 돌아보며 말했다.

내가 이 옛날 기술을 복원하려고 얼마나 돈을 들였는지 알아?

노파가 핑거 스냅으로 다시 불을 껐다가, 도로 켰다.

어때, 클래식하지?

필요한 것만 딱딱 구해 쓰신다면서요, 수의 아빠가 말하자 노파가 혀를 차면서 하여튼 요즘 젊은것들은 입만 살아서……, 라며 허공에 뜬 서류를 잠시 살피더니, 벽면을 가득 메운 정사각형의 도형들을 올려다보았다. 이윽고 정사각형의 도형 내부가 밝아지더니 사람들의 발이 보였다. 어린 수의 눈이 동그래졌다.

이 사람들은 뭐야? 다 죽은 거야?

노파가 수를 힐긋 보곤 다시 수의 아빠를 보았다.

뭐 해? 애가 죽었냐고 묻잖아.

잠시 넋을 빼고 있던 수의 아빠가 이제 막 전원이 들어온 로봇처럼 화들짝 정신을 차리더니 말했다.

아니야, 수야. 이 사람들은 아직 살아 있어.

수가 다시 물었다.

그런데 왜 여기 누워 있어?

이 사람들은 그러니까……, 식민 구…… 가 아니라 여기서, 뭔가 하지 말라는…….

노파가 수를 보고 말했다.

저런 머저리 아비한테서도 너 같은 애가 나오는구나. 그렇지?

수가 물었다.

머저리가 뭔데요?

노파가 수의 아빠를 가리켰다.

네 아비 같은 사람을 머저리라고 한단다.

수의 아빠가 노파에게 말했다.

이상한 소리 그만하시고 뭐라고 설명을 좀…….

노파가 혀를 끌끌 차더니 수를 보고 말했다.

애야, 여기 있는 것들은 죄 범죄자 놈들이야. 살아 있긴 한데 의식이 없어. 보안대가 죄다 잡아다가 머리통을 싹 비운 다음에 식민 구역에다가 갖다 처박는 거야. 그럼 이 등신 같은 것들은 자기들이 뭘 하고 사는지도 모르면서 좋다고 거기서 그러고 살 거든. 그것도 아주 열심히 살아. 뭐가 진짜고 가짜인지도 모르면서. 그런데 그중에는 좀 억울한 놈도 있기 마련이거든. 그걸 이 할미가 약간 빼돌리는 거야. 그러면 그놈들도 좋고, 이 할미도 좋고, 그런 거거든.

어린 수가 중얼거렸다.

식민 구역?

수의 아빠가 당황한 듯 말했다

아니, 그런 황당한 말씀을 하시라는 게 아니라…….

노파가 그의 말을 싹둑 잘랐다.

이놈아, 넌 어디서 교육을 받고 자랐기에 아직도 그 수백 년 전 부모가 애들한테 하던 행동을 고대로 따라 하니? 이젠 그런 거짓 말은 안 통해. 그냥 있는 사실대로 말해주고 판단은 애들이 하게 하는 거지. 꼭 지들 입맛대로 가르치려고 들어. 하여간 윗것들은 뭘 속이는 게 습관이 돼가지고, 문제야 문제.

그게 뭐가 있는 사실 그대로예요, 무슨 전설의 기담처럼 꾸며서 말씀하셨으면서.

노파가 수의 아빠를 바라보며 의미심장하게 피식 웃고 말했다.

닥치고 물건이나 확인해.

노파가 홀로그램 서류에서 어떤 버튼을 누르자 현실의 수가 어릴 때 가지고 놀았던 퍼즐처럼 사각의 도형들이 이리저리 움직이며 위치를 바꾸었고, 노파가 원하는 도형이 세 사람 앞으로 내려왔다. 이윽고 그것이 군고구마 통처럼 앞으로 튀어나왔다. 그곳에는 어린 수 또래의 남자아이가 누워 있었다. 수의 아빠가 놀란 눈으로 물었다.

제가 조건을 매우 상세하게 말씀드렸을 텐데요?

노파가 대답했다.

그래. 얘가 거기에 딱 맞아. 타고난 신체 능력이 아주 탁월해. 이런 애는 잘 안 나오는데 엄청난 행운이야. 무엇보다 머리가 아주 맑아. 슬레이브를 심으려는 거지? 이런 맑은 머리를 가진 애들이 아무 부작용 없이 딱 좋아.

노파가 수의 아빠를 힐긋 보더니 말을 이었다.

왜, 나이가 안 맞아서? 그러니까 네놈들은 그게 문제야. 네놈이 준 조건대로 구하면 대번에 걸려. 로봇 안 쓰고 사람 구해서 쓰려는 놈들을 내가 몰라? 왜 하고 많은 로봇 놔두고 굳이 질 떨어지는 인간을 쓰려는 건지 거참 거지 같은 취향이지만, 아무튼 원하는 나이대로 해주면 보안 감시대에 딱 걸려. 도시 활동 기록이 깨끗할수록 안전해. 변태 짓 하려는 게 아니면 내 말대로 해. 내가 이걸 쟤 나이 때부터 백이십 년째 하고 있어. 전문가 말을 들어.

랭의 말이 오버랩 되었다.

"슬레이브란 불법 가사 노동 프로그램이에요. 그런 기능을 수행하는 로봇이 있지만, 저기도 로봇을 안 쓰고 굳이 저걸 살아 있는 사람 머리에 심어서 쓰는 인간들이 있어요."

어린 수가 중얼거렸다.

슬레이브?

노파가 말했다.

그래, 들어본 적 있니? 네 아비는 그걸 어른한테 심고 싶은가 본데, 이 할미는 생각이 다르다. 네 생각은 어떠냐.

수가 대답했다.

그게 뭔지는 모르겠는데요, 아무튼 저희는 뭘 심으려는 게 아니에요. 저희는 지휘관 아저씨를 업로딩…….

그때 수의 아빠가 황급히 수의 입을 막았다.

알았어요, 알았어. 대신 몇 가지 테스트만 좀 해볼 테니까. 시간을 좀 줘요.

노파가 눈을 가늘게 뜨고 수의 아빠를 가만히 쳐다보다가, 불쑥 수를 가리키며 물었다.

애가 할 건가?

수의 아빠가 고개를 끄덕이자 노파가 뒤로 물러났다.

어린 수가 사각 도형에 매달려 소년의 머리와 몸 몇 군데에 장치를 설치하고, 목에 걸린 목걸이에서 홀로그램 키보드를 열어 무언가를 타이핑하기 시작했는데, 그 속도가 가히 빛과 같았다. 손가락이 보이지 않을 지경이었다. 문간에 서서 그 모습을 지켜보던 노파의 눈이 반짝 빛났다. 그렇게 얼마간의 시간을 보낸 수가 아빠를 보고 말했다.

아빠, 좋아. 너무 좋아. 할머니 말씀이 딱 맞아, 아빠.

노파가 성큼 앞으로 다가오며 말했다.

역시 애가 네놈보다 열 배는 똑똑해.

수가 장비를 철수하는 동안 수의 아빠가 비용을 지불하려고 하자 노파가 말했다.

어, 잠깐. 금액은 두 배로 해야겠어.

네?

말했잖아, 이런 애는 못 구한다고. 네놈이 생각했던 성인보다

얘 신체 능력이 백배는 더 좋을걸? 유전자 조작이 된 애도 아니고, 이런 애는 안 나와. 백 년이 지나도.

아니, 그래도 갑자기 이러시는 건 경우가 아니죠. 한두 푼도 아니고 두 배라니요.

경우가 아니면 말든가. 네놈은 뭔가, 뒤가 두 배로 구려. 예감이 좋지 않아. 그래서 가격도 두 배로 해야겠어.

수의 아빠가 입술을 앙다물고 콧김을 길게 내뿜자 노파가 느닷없이 으르댔다.

너, 슬레이브 심으려는 게 아니지. 너, 신경회로 컨트롤러를 아는 거 아니야?

그러자 그가 신경 뭐요? 라며 신경질을 부리더니 곧바로 두 배를 지불했다.

됐죠? 이제 다른 말 없는 겁니다.

노파가 씩 웃으며 말했다.

다른 말은 무슨. 네놈이나 나중에 딴소리하지 마.

아, 그리고 애 앞에서 이놈 저놈 좀 하지 마세요.

아이고, 알겠습니다. 고객님.

어린 수가 노파를 보고 물었다.

그런데 얘는 무슨 잘못을 한 거예요?

걔는 잘못한 거 없다. 걔 아비가 범죄자야. 그런데 그것도 뭐, 보안대가 범죄라고 하니까 범죄인 거지. 여하간 이 할미는 네 아비가 범죄자가 아닌 게 더 신기하다.

수의 아빠가 벌컥 화를 냈다.

또!

노파가 바락 대꾸했다.

왜! 생각지도 않았던 돈이 나가니까 벌컥벌컥 막 화가 나? 하여간 있는 놈들이 더하다니까.

수가 말했다.

우리 아빠는 착해요.

그럼 그럼. 여긴 안 착한 사람은 못 들어와요.

수의 아빠가 구시렁거렸다.

거짓말은 안 통한다더니. 하여튼 요즘 노인네들은 도무지 말과 행동이 일치가 안 돼.

노파가 못 들은 척 물었다.

그래서 얘는 어떻게 데려갈 거야?

수의 아빠가 품 안에서 무언가를 꺼내 펼쳤다. 처음엔 볼펜 크기의 작은 막대기였는데 잡아 빼니 점점 늘어났고 늘어난 막대기를 다시 조작하니 기다란 직사각형 보드가 만들어졌다. 보드는 허공에 떠 있었다. 그가 소년을 박스에서 꺼내 보드 위로 옮기니 이내 보드가 소년의 키에 맞춰 줄었다. 수의 아빠가 보드 한쪽 옆에서 검은 천을 뽑아 소년의 몸을 덮고 이어 반대쪽에 걸쳐 고정했다. 천이 곧 투명해졌고 보드도 따라 사라졌다. 아무것도 보이지 않았다.

어찌 된 일인지 수가 궁금해하자 랭이 말했다.

"메타패널로 이루어진 몸통과 메타물질metamaterial로 직조된 천이에요. 메타 보드라고 하는 건데, 모조 사회 전·현직 평의회

의원 이상에게만 사용 면허가 주어진 도구예요. 아무나 사용할수 없어요. 무단으로 사용하다가 적발되면 다른 운송 수단까지이용이 정지되거든요. 하지만 아버님은 최상급 시민이시니 걸려도 어느 정도 감안이 될지 모르겠네요."

홀로그램에서 노파가 말했다.

얼씨구. 최상급 시민님이시라 쓰는 물건 자체가 다르구먼? 그러니까 나를 못 믿어서 이런 것까지 다 준비해 왔다 그 말이지?

수의 아빠가 불퉁거렸다.

그럼 뭐, 배달이라도 해주시든가.

어른한테 하는 말본새 봐라, 노파가 내뱉고는 품에서 조그만칩 하나를 꺼냈다. 이 칩을 고글에 꽂아. 크래프트에 가서도 꽂고. 그래야 두 사람의 경로가 전부 수정될 거야. 집에 가서도 마찬가지고. 저녁을 먹었으니까 자빠져 자는 게 최고야. 그렇게 바뀔 거야.

수의 아빠가 칩을 받으려고 하자 노파가 어딜, 하고 수에게 건네주었다.

네가 받아라. 아주 중요한 거라서 네가 가져가는 게 좋겠다. 이거 잊어버리면 할미도 곤란해. 알았지?

수가 말했다.

하지만 고글은 아빠한테만 있는걸요.

노파가 대답했다.

아이고 그러네? 이 할미가 까먹었다. 좋은 건 네 아비가 혼자다 하고 있네?

노파는 칩을 도로 수의 아빠에게 주었다.

뭘 또 내가 혼자 다 하고 있다고, 수의 아빠가 입술을 비죽거리다가 문득 생각난 듯 말했다. 아 참, 개도 있잖아요. 개도 줘요.

아, 개? 내가 살다 살다 죽어가는 개를 사러 온 놈은 처음이야. 찾아보면 동네에 널린 게 죽은 개일 텐데. 하여간 있는 놈들은 뭐든 돈으로 해결하려고 하니 원.

노파가 어딘가로 사라졌다가 잠시 후에 나타났다.

자, 개.

강아지가 상자에 실려 있었는데 의식이 희미했다. 어린 수가 안타까운 눈빛으로 바라보았다. 수의 아빠가 상자를 받아 메타 보드의 천을 풀고 그 위에 올린 다음 다시 채웠다. 노파가 앞장서서 왔던 길을 되돌아갔다. 두 사람도 뒤를 따랐다. 메타 보드도 아마 뒤따르고 있을 거라고 랭이 말했다. 다시 처음 들어왔던 문 앞에 도착했을 때, 어린 수가 노파에게 물었다.

할머니, 그런데 얘는 몇 살이에요?

노파가 대답했다.

열세 살. 너보다 세 살 많다. 나중에 깨어나면 오빠라고 불러.

그때 소파에 앉은 수의 심장 박동이 빨라지기 시작했다.

아니다 다를까 파로가 말했다.

"은수 씨 뇌에 과부하가 걸리기 시작하는데요?"

랭이 홀로그램을 멈추고 진을 바라보았다. 진이 말했다.

"괜찮아요? 은수 씨?"

수가 벌겋게 상기된 얼굴로 고개를 끄덕였다. 진이 말했다.

"은수 씨가 지금 각성 상태라 피곤을 느끼지 못하는데, 오늘은 첫날이니까 이 정도로 마치고 내일 몰아서 진행하는 게 좋을 것 같아요."

"하지만 저는……."

"네. 압니다, 은수 씨. 하지만 우리도 은수 씨 컨디션을 잘 조절하지 않으면 나중에 어려움을 겪을 수 있어서 어쩔 수가 없네요. 은수 씨가 좀 이해해주셨으면 합니다."

수의 시선이 홀로그램 소년에게 머물렀다.

인생의 패러다임

이튿날도 같은 과정을 거쳐야 했으므로, 수는 다른 숙소로 장소를 옮기지 않았다. 과학동 내에 더 나은 숙소가 있으니까 장소를 옮기자고 랭이 말했지만, 수는 괜찮다면 그냥 이곳에 있고 싶다고 대답했다. 식사도 권유했지만 사양했다. 먹고 싶지 않았다. 그러자 랭이 조그마한 알약 하나를 꺼내 수에게 주었다. 포만감을 주는 건 물론이고 필요한 영양 공급과 대사를 돕는다고 말했다.

"아무것도 드시고 싶지 않은 마음이야 이해하지만, 그래도 컨디션은 유지하셔야 하니까요."

진이 알약을 먹는 수를 바라보다가 고개를 끄덕여 인사하고 랭과 함께 떠났다. 파로도 장비를 접고 떠나 모든 것이 원래대로 돌아왔다. 돌아오지 않은 것은 수의 마음뿐이었다. 수의 마음은 여전히 홀로그램 소년에게 있었다. 수는 오빠의 어렸을 때 모습을 몰랐으므로 그를 알아보지 못했다. 그러나 그가 오빠라는 것을 인지한 순간 터져 나오는 북받침을, 자신도 어쩔 수가 없었다.

이 모든 일이 도대체 어떻게 된 건지 궁금해 미칠 것만 같았다. 이제까지 자신이 살아온 삶은 도대체 뭔지 알 수 없었다. 거기에는 오빠라는 존재가 아예 없었다. 그런데 이곳에서는 자신의 오빠가 명확하게 인지되었다. 기가 막혔다. 뭐가 진짜고 뭐가 가짜인지 도무지 분간이 안 되었다. 불현듯 홀로그램 속의 노파가 어린 수에게 했던 말이 떠올랐다.

자기들이 뭘 하고 사는지도 모르면서 좋다고 거기서 그러고 살거든. 그것도 아주 열심히 살아. 뭐가 진짜고 가짜인지도 모르면서.

식민 구역. 그곳을 식민 구역이라고 노파는 말했다. 그렇다면 그 홀로그램의 정체는 무엇인가. 소파에 앉은 수의 몸에 마비가 일었을 때, 랭은 오히려 홀로그램 속의 수가 실제 자신의 생체 리듬이라고 말했다. 현실의 마비를 입력된 신호라고 했다. 홀로그램이 진실이고 현실은 입력된 신호다? 수는 숨을 깊이 들이마셨다가 내쉬었다. 어서 내일이 되기를 기다리는 수밖에 없었다.

수가 침대에 누워 이리저리 몸을 뒤척이자, 침대가 수의 몸의 곡선에 맞춰 수시로 형태를 바꾸었다. 그때, 푸른빛이 도는 허공 중간에서 어떤 메시지가 생성되었다.

델타파를 조정해서 숙면 모드를 조성해드릴까요?

"네?" 하고 수가 저도 모르게 허공에다 대고 되물었다. 메시지가 바뀌었다.

뇌파를 조정하면 곧바로 숙면을 취하실 수 있습니다.

그래. 수는 생각했다. 왜 아니겠어. 뭐든 다 해줄 수 있겠지. 여긴 마법의 왕국인데. 수는 그러나 억지로 잠들고 싶지 않았다. 복잡하긴 했어도 지금 자신이 느끼는 이 혼돈을 그냥 흘려보내고 싶지 않았다. 더 정확히 말하자면 이 감정들을 그대로 보내버리고 싶지 않았다. 수가 말했다.

"괜찮습니다. 제가 알아서 할게요."

메시지가 사라졌다. 수가 허공에 대고 다시 말했다.

"혹시 나를 관찰하고 있는 겁니까?"

그러나 어디에서도 대꾸가 없었다. 수가 베개를 팡팡 치고 한 번 뒤집은 다음 다시 누웠다. 침대는 물론 베개도 다시 수의 몸을 따라 변형되었다. 수가 중얼거렸다. "나 때문에 바쁘시구먼." 그리고 언제인지 모르는 사이 잠이 들었다.

잠에서 깨자 전날과 같은 상황이 벌어져 있었다. 랭과 진과 파로가 이미 방으로 와 무언가를 분주하게 만지고 보고 조정하고 있었다. 달라진 것은 그들의 옷차림과……, 어제보다 장비가 좀 더 많아진 것 같았다. 자신이 잠든 사이에 와서 자기도 모르게 뭔가를 하고 있었다고 생각하니 수는 순간 기분이 언짢기도 했지만, 그런 걸 가릴 계제가 아니었다. 기분이 문제가 아니라 묻고 싶은 질문이 백만 가지쯤 되었다. 랭이 오기만을 자면서도 기다렸다. 진과 랭이 깨어난 수를 돌아보며 인사했다.

"잘 잤어요?"

수는 잘 잤다고 대답했다. 파로와도 인사를 나누었다. 그리고 묻고 싶은 백만 가지 질문 중에 하나를 꺼내 포문을 열려는데, 막상 그들을 보니 뭐부터 물어봐야 할지 생각이 나지 않았다. 병목 현상에 걸린 자동차 떼처럼 머리 한구석이 움찔거리기만 할 뿐, 어느 질문 하나 양보할 생각이 없어 보였다. 랭이 말했다.

"은수 씨가 궁금해하는 많은 부분을 서서히 자연적으로 이해하실 수 있게 될 거예요."

아, 그래. 벌써 시작한 건가? 수는 생각했다. 내 생각을 읽는다고 했지. 그때 이제 막 호수 속으로 가라앉으려는 찌를 잡아채듯, 수가 질문 하나를 낚아 올렸다.

"저기, 그러면 이거 한 가지만 여쭤보고 싶어요. 제가 어제 본 홀로그램의 정체는 뭐죠?"

랭이 대답했다.

"디지털 업로딩된 은수 씨의 두뇌예요."

"제, 제 두뇌요?"

"네. 은수 씨 아버지께서 은수 씨가 어렸을 때, 은수 씨 뇌 깊은 곳에 심어놓았습니다. 은수 씨의 삶과 의식 등을 기록하는, 일종의 메모리 같은 거라고 보시면 되는데 특별히 따로 업로딩하지 않아도 바로바로 그 자리에서 기록되는 장치예요. 그때의 기술로 보면 굉장히 혁신적이죠. 아버님도 진짜 대단한 분이세요."

"그러니까 그 홀로그램이 전부……, 제 머릿속에 있던 거라는 거죠?"

"네, 아주 극비리에. 그게 아주 기가 막혀요. 의식과 무의식으로 나눠 두 단계로 심어놓았습니다. 첫 번째 건 알았는데, 두 번째 건 진짜 아무도 몰랐어요. 심지어 우리도 은수 씨가 쓰러진 다음에야 알았으니까요. 나노 메디가 몰랐던 게 제일 신기합니다. 최초 회복 치료 때, 나노 메디는 아마도 그게 은수 씨의 신체 일부라고 판단했던 모양이에요. 정말 놀라운 일이죠. 그러면 신경회로 컨트롤러도 그렇게 판단했을 확률이 높거든요."

수가 중얼거렸다.

"신경회로 컨트롤러."

그리고 고개를 갸우뚱했다.

"하지만 제 의식이라고 하기엔……, 제가 직접 못 봤거나 관여하지 않은 부분도 꽤 있었던 것 같은데……."

랭이 활짝 웃었다.

"역시 은수 씨 이해력은. 꽤 혼란스러우셨을 텐데 그 와중에도 뭐 하나 놓치는 게 없네요. 네, 맞습니다. 그게 바로 제가 좀 전에 말씀드렸던 두 번째 단계, 무의식의 영역이에요. 은수 씨의 무의식에서 기억하고 있는 장면들입니다."

"무의식."

"네. 쉽게 말해 은수 씨가 직접 본 것만 업로딩하는 게 아니라는 얘기예요. 물론 본 것 중에서도 잊은 것은 무의식으로 넘어가지만 대체로는 스친 것, 들은 것, 자세히 보지 못했지만 맥락으로 연결되는 배경의 조합, 기억의 상호 연관성을 추론해서 판단하는 이야기의 파악, 기타 여러 가지 조건들이 있는데 은수 씨는 초특급 뇌를 지니셔서, 무의식의 영역도 장난이 아니거든요."

수가 두어 번 눈을 끔벅이고 물었다.

"그러니까 결론적으로 홀로그램의 이야기가 전부 제가 실제로 겪었던 일이라는 거네요?"

랭이 대답했다.

"네, 그렇습니다. 그게 은수 씨의 '진짜' 과거예요."

랭이 힘주어 말한 진짜라는 단어 하나에 수는 순간 마음이 편안해지는 것을 느꼈다. 의식하지 못하는 사이 침대 또한 어느새 소파로 변형되어 있었고, 파로도 모든 준비를 마친 모양이었다. 수가 말했다.

"고맙습니다."

랭이 눈인사를 건네고 "그럼 시작할까요?"라고 말하고는 파로를 쳐다보았다. 파로가 전날처럼 수의 업로딩된 두뇌의 공간을 열었다.

장면은 소형 비행물체에서 시작되었다. 랭이 최상급 시민 전용 멀티 크래프트라고 설명했다. 멀티 크래프트는 모조 사회에서 사용하는 비행물체들의 총칭이라고도 했다. 개인용은 등급으로 분류되어 모양이 약간씩 달랐고, 어떤 멀티 크래프트를 타느냐에 따라 신분을 확인할 수 있다고 했다. 그 외에도 공무용, 보안용, 화물용, 상업용, 무인 등속이 있으며, 당연히 군사용도 있었다.

최상급 시민 크래프트 안에서 수의 아빠는 홀로 깊은 생각에 잠겨 있었고, 어린 수는 홀로그램 키보드를 펼치고 무언가를 열심히 타이핑 중이었다. 수가 보는 홀로그램엔 복잡한 수식이 가득 떠 있었다. 그것들을 밀고 붙이고 행을 바꾸고 키보드로 다시 수정하며 재미난 장난감을 가지고 놀 듯 한동안 꼼지락거리던 수가 말했다.

아빠, 이거 되게 재미있어.

수의 아빠가 약간은 넋이 빠진 표정으로 응? 하고 대꾸했다.

할머니가 준 이 칩 말이야. 이거 되게 신기해. 우리가 지나가는 길에 있는 카메라를 모두 찾아내서 바로바로 동기화하고 있어. 그러면서 영상 데이터 소스를 원격으로 전부 교체하는 중이야. 우와, 이런 건 처음 보는데. 우리가 할머니네 갈 때 찍혔던 소스도 전부 바꾸고 있어. 와, 우리 크래프트가 다녔던 데를 다 추적하는가 본데?

수의 아빠가 수만큼 신기해하지 않는 거로 보아 그런 기술이 있다는 걸, 그는 이미 알고 있는 모양이었다. 아니나 다를까 수의 아빠가 그래? 하고 대답하긴 했지만 그 표정은 마치 네가 할 수 있는 일들에 비하면 그런 것들은 거의 토요일 밤에 잠들어 일요일 오후에 일어나는 것만큼이나 쉬운 일이라고 말하는 느낌이었다.

그런데 어린 수도 아빠의 그런 무심한 대답에 별로 관심이 없어 보였다. 심지어 아빠가 무슨 대꾸를 했는지조차 모르는 눈치였다. 오로지 자신이 보는 화면에만 몰두하고 있었다. 어린 수가 다시 말했다.

이거 이러면 있지 아빠, 우리 바로 집으로 가지 말고 아빠 연구실에 들렀다 가도 되겠다.

그제야 수의 아빠가 응? 뭐라고? 하고 약간 정신을 차린 듯 되물었다.

수는 그러나 딱히 아빠의 반문을 들어서가 아니라 그냥 자기가 하려던 말을 계속하는 것처럼 얘기를 이었다.

어차피 우린 지휘관 아저씨랑 강아지를 바꿀 거였잖아. 그런데 그거 몰래 해야 한다며. 그러니까 복잡하게 나중에 뭘 다시 하고 그럴 필요 없이 이 칩이 있을 때 바꾸면 딱 좋아. 이 칩이 있지 아빠, 크래프트 다니는 길만 바꾸는 게 아니라 장소 영상도 바꾸게 코딩돼 있어. 용량도 많이 남았어. 그런데 다음에는 못 써. 오늘까지야. 오늘이 지나면 자동 소멸해. 아빠 졸려?

그제야 수가 옆을 돌아보며 눈을 끔벅거리고 있는 아빠에게 물었다. 수의 아빠가 반사적으로 대답했다.

아니, 안 졸려.

어차피 오늘 집에 가서 할 것도 없잖아. 이거 하자. 응? 나 잘 시간도 많이 남았어. 잘 시간 전에는 집에 도착할 수 있게 내가 도와줄게. 응? 오늘 하자.

거기까지는 수의 아빠도 미처 생각지 못한 모양이었다. 그는 수의 말을 잠시 곱씹는 듯한 표정이더니 이윽고 그래, 하고 대답했다. 그리고 덧붙였다. 그래도 밥은 먹어야지. 그러자 어린 수가 정색하고 말했다.

안 돼. 아빠는 밥 먹으면 자잖아.

수의 아빠가 어쩔 수 없다는 듯이 알았다고 대답하자 어린 수가 신난다는 듯이 크래프트 안을 방방 뛰어다녔다. 그러면서 또 말했다.

물론 아빠가 정 배고파서 밥을 먹고 자겠다면 그래도 돼. 나 혼자도 할 수 있긴 해. 그러면 잘 시간을 미뤄줘야 해.

수의 아빠가 말했다.

아니야, 아니야. 우리 토끼가 안 먹는데 아빠 혼자 먹을 순 없지. 그리고 아빠도 밥 먹는다고 매번 자고 그러지는 않아.

어린 수는 못 믿겠다는 듯 잠시 아빠를 쳐다보았다. 아빠가 다시 말했다.

그리고 시간도 괜찮아. 이 일은 빨리하는 것보다 적확하게 하는 게 더 중요하니까, 시간은 신경 쓰지 않아도 돼.

그러자 수가 와, 진짜? 하고 다시 크래프트 안을 방방 뛰었다. 참 잘도 뛴다고 현실의 수는 생각했다. 그러고 보니 어른이 되어서도 딱히 안 뛰었던 건 아닌 듯싶었다.

장면이 바뀌었다. 어린 수의 요구대로라면 그곳이 연구실이어야 할 텐데, 현실의 수가 전날 보았던 연구실과는 달랐다. 연구실 안에 따로 마련된 기밀 공간인 것 같다고 랭이 말했다. 수가 느끼기에도 여느 연구실과는 다르게 좀 더 삼엄해 보이는 면이 있었다.

한쪽에서는 수의 아빠가 두뇌 수용체 탱크 앞에 앉아 복잡한 홀로그램 수식을 이리저리 옮기거나 키보드로 수정하고 있었고, 다른 쪽에서는 어린 수가 아빠와 유사한 작업을 하고 있었다. 다만 어린 수의 옆에는 노파에게 받아 온 강아지가 누워 있었다. 강아지의 몸과 머리에 몇 가지 장치들이 설치되어 있었다. 어린 수가 홀로그램을 통해 강아지의 변화를 면밀하게 살피며 바삐 키보드를 두드려댔다. 그러나 아빠 쪽에서도 수에게서도 키보드 소리는 나지 않았다. 고요한 공간 속에서 두 사람의 숨소리만이 나직하게 교차했다. 간혹 강아지의 신음이 울렸는데, 그럴 때마다 수가 강아지의 목덜미를 쓰다듬었다.

작업은 수가 먼저 끝냈다. 수가 추출한 강아지의 두뇌 소스는 직경 십 센티미터 정도 크기의 둥근 원통에 담겨 있었다. 수의 아빠가 분주하게 작업하는 동안 랭이 말했다.

"대항군 지휘관의 업로딩은, 세상에 그런 기술이 실재하는지조차 몰랐던 시기에 시도되었습니다. 당연히 소스 코드가 매우 원시적일 수밖에 없었을 텐데, 원시적이건 아니건 그 시대에 그게 성공했다는 사실 자체가 매우 경이로운 일이었다고 해요. 그래서 처음엔 몸의 형태가 그대로 액체 질소 탱크에 보관되어 있었고 소스 코드도 그와 연결되어 있었습니다. 물론 나중에는 그렇게 한 다른 이유가 있다는 사실을 알았지만."

수의 아빠의 작업이 계속 이어졌고 랭의 말도 계속되었다.

"그런데 도시 과학이 점차 발전하면서 실물 없이 뇌 영역만 따로 뽑아내는 작업이 가능해졌고 그걸 가능하게 한 최초의 과학자가 바로 아버님이십니다. 의장이 이 일에 지대한 관심을 갖게 된 계기도 그것이고요. 하지만 아버님이 초기에 성공했을 때만 해도 몇몇 영역에서는 여전히 수용체와 결합시켜놓아야 소멸하지 않는 부분이 있어서, 두뇌 수용체를 만들어 탱크에 보관해야 했습니다."

랭이 잠시 말을 끊었다. 자신이 말하는 내용을 수가 이해할 때까지 기다리는 눈치였다. 수가 물었다.

"뇌 영역을 따로 뽑는 게 가능할 정도면 육체를 같이 살리는 것도 가능할 것 같은데, 왜 굳이 분리를……."

랭이 대답했다.

"저때나 지금이나 권력자들에게 육체는 아무 의미 없어요. 소모품 정도로 여겨진다고 보시면 됩니다. 중요한 건 정신이지 육체는 얼마든지 대체할 수 있으니까요."

수가 무슨 말인지 알겠다는 듯 고개를 끄떡이자 랭이 말을 이었다.

"이후 수용체마저 필요치 않은 큐브를 아버님께서 개발하셨는데, 거기서부터 아무에게도 알리지 않은 겁니다. 당연히 의장도 몰랐고요. 그런데 은수 씨 머릿속에 장착된 게 그보다 더 높은 완성도를 가진 거로 보아, 큐브도 이미 오래전에 개발했는데 그 공개를 두고 꽤 오랫동안 고민하셨던가 봐요. 그러다가 처음이자 마지막으로 얘길 한 사람이 어제 보았던 아버님의 친구분입니다. 아버님처럼 뇌 과학계의 권위자죠. 어떻게 보면 경쟁 관계인데, 그러기엔 두 분이 워낙 친밀했어요. 아버님이 믿었던 유일한 사람이거든요. 그래서 그분에게만 상의를 하고 대외적으로는 여전히 수용체 결합 형태가 최종 모델인 것처럼 행동하셨습니다. 그걸 총수가 어떻게 알았는지 모르겠습니다만, 예전부터 그 사람은 뭐든 자기가 다 알아야 직성이 풀리는……."

랭이 말하다 말고 흠칫 놀라 입을 다물었다. 진의 눈길이 아주 짧게 랭에게 닿았다가 다시 홀로그램으로 돌아갔다. 진이 말했다.

"내 신경 쓸 필요 없어."

그 말에 랭이 잠시 머뭇거리는 동안 수의 아빠도 작업을 끝냈다. 그의 손에는 사방 오 센티미터 크기의 정사각형 큐브가 들려 있었다. 큐브엔 붉은 루비 빛깔이 영롱하게 감돌았다. 어린 수가 감탄했다.

와, 예쁘다.

곧바로 아빠와 수가 자리를 바꾸었다. 수가 두뇌 수용체 탱크에 자신의 원통을 연결하고 다시 작업에 열중하기 시작했다. 평소 방방거릴 때와는 너무 다른 모습이었다. 현실의 수가 보기에도 매우 낯설었다. 랭이 말했다.

"사실 총수의 판단이 잘못되었다고 할 수 없는 게 저 기술은 정말 위험합니다. 이제 곧 아시게 될 테지만……, 아버님이 놀아가신 이후에 저 사회에서 반란이 일어났거든요. 권력자들과 예술가, 종교 지도자 들이 영생을 얻으려고 폭주한 거예요. 그때까지도 여전히 생체 업로딩은 불완전한 기술이었는데 말이죠. 그런데 그들 모두 싹 다……."

랭은 자기 검열이라도 하는 듯 잠시 뜸을 들이고 말을 이었다.

"피바람이 불었습니다. 같은 계통의 경쟁자들이 그 꼴을 볼 수 없었던 거예요. 그래서 그에 대해 암묵적인 합의가 이루어졌습니다. 텔로미어 재생으로 어느 정도의 삶을 연장하는 건 몰라도 영원히 사는 건 서로 용납하지 않기로. 죽음을 극복할 수 있다는 데서 오는 삶에 대한 가치 변화가, 인생의 패러다임 자체를 완전히 바꿔버리니까 그 공포를 모두 인정하게 된 겁니다."

현실의 수가 중얼거렸다.

"공포."

"아무도 죽지 않는 세상을 상상해보세요. 지금 이 생태계를 구성하는 원리원칙이 뭐 하나도 제대로 지켜지는 게 없을 겁니다. 죽음을 두려워하지 않는 인간처럼 무서운 생명체도 없을 거고요. 완전히 혼돈 그 자체가 되겠죠. 그런 점에선 총수의 선견지명을 인정할 수밖에 없습니다."

그러나 수는 총수의 선견지명보다 아버지의 죽음에 더 관심이 가 있었다. 수가 물었다.

"제가 기억하기로⋯⋯, 그러니까 이제까지 제가 알고 있던 기억에서는 아버지가 보석상을 하셨습니다. 강도 사고로 돌아가셨고요. 그런데 조금 전의 말씀으로는 저의 진짜 기억에서도 아버지가 돌아가신 건데, 무슨 일⋯⋯ 생긴 건가요?"

"그것도 이제 곧 보실 겁니다. 말 나온 김에 미리 말씀드리면, 막상 그 지점이 이르면 충격이 좀 있을 거예요. 어제처럼 급격한 신체 변화가 따를 거로 예상됩니다. 하지만 오늘은 멈추지 않고 진행할 거예요. 어제도 말씀드렸다시피 업로딩된 구간과 현재 은

수 씨의 두뇌 영역이 어느 정도 매치되는지 맞춰보려면, 그런 격동의 구간을 추적하는 게 필수라서 어쩔 수가 없습니다. 어제야 처음이었으니 적응 관계로 중단했지만, 오늘은 좀 더 강하게 진행할 예정이에요."

어차피 어제도 수가 멈추기를 원해서 중단한 것은 아니었다. 수가 고개를 끄덕였다. 마침맞게 어린 수의 작업이 끝났다. 어린 수가 방방 뛰며 말했다.

좋아, 잘됐어. 아빠! 강아지는 이제 살릴 수 있어.

수는 양팔을 벌리고 연구실의 구석구석을 뛰어다녔다. 수의 아빠가 말했다.

다쳐, 다쳐.

장면이 바뀌었다.

낯선 장소였다. 수의 아빠와 어린 수가 함께 있는 것만 눈에 익을 뿐, 뭘 하는 공간인지 정확한 특징이 드러나지 않았다. 그때 랭이 수의 집이라고 말해주었다. 최상급 시민이 사는 집엔 지극히 개인적인 활동이 보장되는 비밀공간이 몇 군데 있는데, 그중 한 곳이라고 했다. 그 비밀의 보안 수준은 쿠데타 같은 반란 모의, 혹은 그에 준하는 일급 범죄 용의가 아니고서야 누구도 감시 감찰할 수 없으며, 일급에 해당하는 범죄 용의가 의심되어도 보안 감시대에서는 접근조차 불가능하다는 것이었다. 최상급 시민의 범죄 혐의는 전적으로 도시 보안 총관에서 관리 감독하는데, 그조차도 평의회의 승인을 받아야 모종의 조처가 가능해진다는 말이었다. 수가 말했다.

"대단한 사람들이군요."

랭이 대답했다.

"저 도시의 최상류층이니까요. 하지만 그리 많지는 않아요."

수가 고개를 끄덕였다.

"아무렴, 왜 아니겠어요. 그러니까 특권층이겠죠."

랭이 그런 수를 저도 모르게 잠시 쳐다보았는데, 그 표정은 마치 네가 그 특권층이었잖아, 라고 말하는 것 같았다. 그러나 이내 그것은 현실의 수에게는 없는 기억이라는 사실을 상기한 듯, 다시 홀로그램을 바라보았다. 랭의 눈길을 전혀 눈치채지 못한 수가 말했다.

"옷이 다르네요."

아빠와 어린 수의 복장이 바뀐 것으로 보아 좀 전의 홀로그램에서와는 다른 날인 모양이었다. 수의 아빠가 루비 빛깔의 큐브와 노파에게서 데려온 소년을 몇 가지 장비들로 연결해놓았다. 대항군 지휘관이라는 자의 생체 업로딩을 시도하는 중인 것 같았다. 현실의 수는 문득, 이 작업이 성공하면 그가 얼마 만에 세상에 나오는 것인지 궁금했다. 아니나 다를까 이번에도 랭이 말했다.

"대략 삼백 년이 약간 넘습니다."

"하." 하고 짧은 탄성을 내뱉은 수의 눈은 여전히 홀로그램에 못 박혀 있었다. 방 안 허공을 가득 메운 복잡한 수식과 도표들을 이리저리 옮겨가며 수의 아빠는 작업에 몰두 중이었다. 어린 수도 그런 수식을 같이 맞추기라도 하는 것처럼 몸을 움찔거리며 아빠를 따라 하고 있었다. 조그만 목울대가 수시로 꼴딱거리는 거로 봐서, 어린 수도 꽤 긴장한 모양이었다.

"같은 화면으로 적지 않은 시간이 걸린 작업이라 여기서는 좀 이동하겠습니다."

랭에 말에 따라 파로가 무언가를 조정했고, 이어 화면이 달라졌다. 공간은 그대로였으나 아빠의 모습이 좀 더 초췌해진 듯 보였다. 어린 수는 여전했다. 수의 아빠가 긴 숨을 한 번 내쉬었다. 다 했어? 다 됐어? 라며 어린 수가 방방 뛰자, 그가 나직하게 고개를 끄덕였다. 소년의 몸에 설치된 장치들을 모두 제거했다. 수의 아빠가 말했다.

이제 가만히 지켜보자. 어떻게 될지.

이윽고 소년의 몸을 나타내고 있는 홀로그램이 차례차례 구석구석 밝아지는 모습이 보였다. 근육 활성화가 일어나는 과정이 하나씩 표시되고 있었다. 그리고 얼마 지나지 않아, 소년이 눈을 떴다. 특별히 눈이 부시거나 통증을 느끼거나 하는 표정이 아니었다. 누운 채로 무덤덤하게 허공 혹은 천장을 바라보다가 천천히 몸을 일으켰다. 상반신을 일으켜 세우고 두 손을 쥐었다 폈다 했다. 소년의 바지 부분에서 약간의 변화가 일어나자 아빠의 눈이 반짝 빛났다. 소년도 변화를 느꼈던지 느긋하던 태도가 갑자기 확 달라지며 황급히 자신의 바지 앞섶을 손으로 가렸다. 어린 수가 말했다.

이 오빠 얼굴이 빨개졌어! 얼굴에 피가 돌기 시작했나 봐!

랭이 말했다.

"남자 몸의 경우 업로딩이 성공적으로 활성화되면 최종적으로 발기 현상이 일어납니다. 가장 원초적이고 말초적이며 혈액 순환 상태를 직관적으로 확인하기에 제일 좋은 도구거든요. 생물학적으로는 여전히 원시적이어서 매우 중요한 신체 기관임에도 아무런 보호 장치 없이 밖으로 노출되어 있다는 게 좀 안타까운 일이지만요."

파로가 저쪽에서 뭔가 말하려고 하자 랭이 영상에나 집중하라는 듯 홀로그램을 가리켰다. 파로의 입맛 다시는 소리가 들렸고, 곧이어 홀로그램 속에서 소년의 목소리도 들렸다. 소년이 어린 수에게 말했다.

야, 왜 그렇게 남의 얼굴을 빤히 쳐다봐. 다른 데 봐, 다른 데. 남의 얼굴을 그렇게 보면 실례야, 실례.

어린 수가 대꾸했다.

오오, 말도 해. 말도 잘해. 오빠, 나 누군지 알겠어? 이제 내 말이 믿겨?

그러더니 어? 오빠가 아닌데. 아저씨인데, 하고 중얼거렸다.

소년이 말했다.

아무렴, 이 꼬맹아. 왜 아니겠어. 내가 너보다 천 살은 더 많을 텐데.

어린 수가 비웃었다.

에이, 뭐래.

현실의 수가 저도 모르게 중얼거렸다.

"나, 저 말투가 기억 나."

순간 수의 눈가가 눈물로 그렁그렁해졌다. 그러고는 점점 감정이 북받치는지 떨리는 손을 가슴에 얹었다가, 끝내 더는 홀로그램에 집중하지 못하고 소리 내어 울기 시작했다. 랭과 진이 조용히 다른 곳을 바라보았다. 파로도 애꿎은 프로그램만 이리저리 만지작거렸다. 아무도, 아무 말도 하지 않았다. 홀로그램도 멈춰 있었다. 푸른빛이 은은하게 감도는 공간 속에서 한동안 수의 울음소리만이 나직하게 공명했다.

얼마의 시간이 흐르고 수의 흐느낌이 조금 잦아들자 랭이 흠흠, 하고 헛기침을 하곤 눈물을 닦을 만한 천을 건네주었다. 수가 황급히 눈물을 닦으며 알겠다는 듯 고개를 끄덕였다. 랭이 말했다.

"아무래도……, 좀 쉬어 갈까요?"

수가 눈물을 계속 닦아내며 고개를 저었다.

"아니요, 괜찮아요. 괜찮습니다. 괜찮아질 거예요. 너무 갑작스러워서 놀랐나 봐요. 미안합니다. 어머, 저 어지간해서는 정말 잘 안 우는데. 진짜 놀랐나 보네요."

진이 말했다.

"그럼 감정이 조금 추슬러지시면 그때 다음 장면으로 이동하겠습니다."

수가 고개를 끄덕였다. 잠시 후 파로가 진을 보았고 진이 수를 보았다. 수가 입매를 야무지게 다물고 고개를 끄덕였다. 달라진 장면이 이어졌다.

어린 수의 방이었다. 수가 자기 방 한구석에 앉아 잔뜩 심통 난 얼굴로 홀로그램을 들여다보고 있었다. 홀로그램 공간은 모조 사회의 평의회 판결실이라고 랭이 말했다. 어린 수가 심통이 난 이유는 아빠가 저곳에 자기를 데려가지 않아서였고, 지금 저 홀로그램은 그러므로 어린 수가 그곳을 해킹해서 보는 장면이었다. 파로가 말했다.

"저 판결실은 진짜 철통 보안인데, 저걸 도대체 어떻게 해킹했는지 진짜 대단한 꼬마라니까요." 그러더니 현실의 수를 힐끗 보고 "아, 꼬마는 아니고."라 덧붙이고는 또 중얼거렸다. "아, 쟤는 꼬만가?"

평의회 판결실에는 많지 않은 사람들이 앉아 있었는데, 그런 공간치고는 과하게 컸다. 평의회 의원일 것으로 보이는 열세 명의 노인이 거의 벽의 중간이라고 봐도 무리가 아닐 만큼 높은 단상 위에 착석해 있었다. 그런데 그들의 의자가 가관이었다. 크고 화려하기가 이루 말로 표현하기 어려울 정도였다. 가히 신전에서나 볼 수 있을 법한 모양새였다. 그들은 정말 자신들이 신이라도 되는 양, 아치형으로 나란히 앉아 판결실의 중앙 공간을 내려다보고 있었다.

오각형 모양을 한 중앙 공간의 둘레로, 오각에 맞춰 계단 형태의 단이 있었다. 사람들 대부분이 그 단 위에 앉아 중앙을 바라보고 있었다. 판결실의 중앙엔 두뇌 수용체 탱크가 놓여 있었고, 그 옆에는 알몸의 청년이 허공에 뜬 보드 위에 누워 있었다. 그들 앞쪽으로 수의 아빠가 서 있었다. 그가 말했다.

　대항군 지휘관의 나이와 신체 조건이 가장 유사한 청년을 골랐습니다.

　수의 아빠가 선 공간 주변으로 다양한 수식과 도표가 떠 있었고, 좀 전에 본 홀로그램처럼 그가 그것들을 분주하게 이리저리 끼워 맞추기 시작했다. 현실의 수가 눈을 돌려 아빠를 바라보는 사람들의 면면을 살폈다. 그중에는 그새 눈에 익은 사람도 있었다. 총수는 당연히 있었고, 어린 수의 집에서 보았던 수염 기른 남자도 있었다.

　현실의 수가 생각했다. 아빠 친구. 그리고 그 옆에 앉아 있는 어린 수 또래의 소년이 보였다. 어린 수도 그 소년을 발견했는지 방방 뛰며 분노했다. 쟤도 간 데를 자기가 왜 못 갔냐며 분통을 터뜨리는 모습이었다. 실제로 그 비슷한 소리를 내며 방 안을 뛰어다녔다.

　파로가 화면을 이동했다. 수의 아빠가 한동안 작업을 이어가다가 이윽고, 청년의 몸을 나타내는 홀로그램 하나만을 남겨놓고 모두 닫았다. 알몸의 청년에게 다가가 설치된 장치들을 모두 제거했다. 평의회의 높은 단상 중간에, 화려한 의자 중에서도 가장 화려한 의자에 앉은 노인이 물었다. 끝났니?

　수의 아빠가 가만히 고개를 끄덕이고 말했다.

　이제 지켜보시는 일만 남았습니다.

　수의 아빠가 공손히 두 손을 모으고 뒷걸음으로 물러났다. 청년의 홀로그램이 차례차례 구석구석 밝아지는 모습이 보였다. 근육 활성화가 일어나는 과정이 하나씩 표시되고 있었다. 얼마 후 청년이 눈을 떴다. 청년은 눈을 뜨고 가만히 천장을 바라보다가 문득 생각난 듯 좌우를 둘러보았다. 그때 청년의 성기가 불쑥 솟았다. 단에 앉아 있던 수염 기른 남자가 청년의 성기를 가리키며 소리쳤다.

성공한 것 같습니다!

사람들이 수염 기른 남자를 쳐다보았다. 남자가 다시 말했다.

성기가 발기하면 성공적으로 활성화가 된 겁니다! 이런 놀라운 일이 있나. 결국 성공했어!

사람들의 탄성이 오, 하고 이어질 무렵 청년이 갑자기 몸을 벌떡 일으키더니, 보드 위에 네 발로 섰다. 청년이 두려운 듯 사방을 한 번 둘러보고 큰 소리로 짖었다.

멍!

판결실에 있는 모든 사람의 동공이 확대되었다. 알몸의 청년은 자신의 목소리가 들린다는 것을 인지한 듯 더 큰 소리로 짖었다.

멍멍!

그때 판결실 한구석에 소리 없이 서 있던 박스형 로봇 한 대가, 한 발 나서며 말했다.

언어를 번역할까요?

그러나 일순 충격에 휩싸여 판결실의 그 누구도 로봇의 말에 대꾸하지 못했다. 알몸의 청년이 또 짖었다.

멍멍! 멍멍멍!

로봇이 번역했다.

야, 이놈들아! 네놈들이 나를 도대체 어떻게 한 거냐!

청년이 짖었다.

멍멍멍! 멍멍멍멍!

로봇이 번역했다.

이 개만도 못한 놈들아! 내 몸을 도대체 어떻게 한 거냐고!

청년이 짖었다.

멍멍멍멍, 멍멍멍멍멍!

로봇이 번역했다.

이 물어뜯어 죽일 놈들! 내가 네놈들을 다 물어뜯어 죽이고 나도 죽겠다!

알몸의 청년이 보드 위에서 펄쩍 뛰어내렸다. 사람들이 모두 몸을 움찔했다. 단상 위의 의장이 깊은 탄식을 내뱉었다. 단에 있던 사람 가운데 한 명이 벌떡 일어나 단을 내려오더니, 허리춤에서 총을 꺼내 한 방에 청년을 쏴 죽였다. 붉은 광선이 짧게 번쩍이더니 청년의 머리 한구석에 구멍을 내놓았다. 사람들이 화들짝 놀라며 다들 뒤로 물러섰다.

의장이 소리를 질렀다.

야 이놈아, 여긴 무기를 못 가지고 들어오는 곳인데 지금 뭐 하는 짓이니!

남자가 태평하게 대답했다.

아버지, 내가 이런 일이 벌어질 줄 알고 오늘만 특별히 가지고 들어온 거예요. 내가 지금 안 나섰으면 뭐, 저 개소리나 번역해대는 로봇이 저놈을 막기라도……, 아니, 저놈이 아니라 저게 뭐야?

놈이야 뭐야, 개야?

그러더니 수염 기른 남자를 돌아보고 말했다.

잘도 성공했네요.

남자는 비아냥거리듯 수염 기른 남자의 말투를 따라 했다.

성기가 발기하면 성공적으로 활성화가 된 겁니돠아! 이런 놀라운 일이 있놔아. 결국 성공해쒀어!

수염 기른 남자의 얼굴이 붉으락푸르락했다. 남자가 좌중을 돌아보며 말했다.

진짜, 놀랍다, 놀라워. 개새끼를 대항군 지휘관이니 뭐니……, 나 참. 어이가 없어서. 뭐 정신 업로딩? 하여튼 노인네들이 적당히 살다 편안히 갈 생각들이나 하시지, 욕심들은 많아서…….

의장이 다시 고함을 질렀다.

노박 너 이놈, 닥치지 못하겠니?

노박이라는 남자가 아랑곳하지 않고 말했다.

솔직히 그렇잖아요! 저게 대항군 지휘관이라는 기록만 있었을 뿐이지 실제로 그게 뭐였는지 우리가 알았습니까? 그저 냉동 탱크에 있는 몸뚱이 하나만 보고 철석같이 믿었지. 거기 있던 소스가 인간인지 개인지 알 게 뭐야. 과학자 놈들이란 하여튼. 그때의 과학자 놈들도 매한가지였던 거지. 아마 저 개새끼는 그 과학자 새끼가 기르던 개새끼일 겁니다. 그 과학자 놈이 여태껏 살아 있었으면 박장대소하면서 아마 그랬을 거야. 봐라, 온 천하를 지배한다는 놈들이 하는 꼴을 봐. 어때요, 과학자 나부랭이들한테 농락당한 기분들이 어떠십니까? 시원들 하십니까?

그때 평의회 의원 중의 한 명이 중얼거렸다.

무사가 길렀던 개새끼인지도 모르지.

의장이 벌떡 일어섰다.

뭐? 무사? 무사가 길렀던 개새끼? 이게 지금……, 너 미쳤니? 이 노인네가 지금 돌았나?

그 말을 중얼거렸던 노인이 당황한 얼굴로 의석에서 벌떡 일어나 의장에게 머리를 조아렸다.

아이고 이런, 맙소사. 죄송합니다. 제가 속으로 생각한다는 게 그만, 아니 그게 아니고 감히 제가 무사 님을……, 제가 지금 충격이 너무 커서 정신이 잠깐 나갔었나 봅니다.

의장이 일갈했다.

정신이 나갔으면 평의회도 나가야지!

의장은 손을 뻗어 어딘지 모를 곳을 가리키며 누군지 명확지 않은 사람에 대고 말했다.

여기 들어올 때 무기 검사하는 놈들 죄 잡아서 지하로 내쫓아.

입구 앞에 서 있던 한 남자가 큰 소리로 말했다.

전부 로봇인데요, 의장님.

의장이 그 남자를 노려보며 말했다.

로봇이면 부수면 되잖아! 이 멍청한 놈아. 어떻게 하나같이……

그러더니 다른 사람에게 말했다.

야, 저 말대꾸한 놈도 지하로 내쫓아.

남자가 정강이가 깨지도록 판결실 바닥에 무릎을 꿇었다.

의장님! 죄송합니다! 제발 목숨만 살려주세요!

의장은 뒤도 돌아보지 않고 판결실을 박차고 나갔다. 총수가 그 혼란스러운 좌중을, 약간은 걱정스러운 눈빛으로 묵묵히 바라보고 있었다. 수염 기른 남자는 턱관절이 부서질 것처럼 일그러져 있었다. 장면이 바뀌었다.

어린 수의 집이었다. 어린 수가 아빠를 앞에 두고 울고불고 온 거실을 뒹굴고 있었다. 소년이 그런 수를 거실 한 귀퉁이에 서서 가만히 내려다보고 있었다. 아빠가 어떻게 해서든 수를 달래보려고 했지만, 수를 붙잡지도 못했다. 보는 사람마저 기가 질릴 만큼 한참을 그렇게 굴러다니던 수에게 마침내 소년이 다가서며 물었다.

나 때문에 그런 일이 벌어진 거지?

거실을 뒹굴던 수가 순간 몸을 멈췄다. 소년이 중얼거렸다.

나 때문에 개가 죽은 거야.

수가 멀뚱멀뚱 소년을 바라보다가 대답했다.

아니야, 오빠 때문이 아니야. 아빠 때문이지. 아빠가 이상한 짓을 하는 바람에 개가 죽었어.

수가 다시 뒹굴려는 찰나 아빠가 말했다.

대신에!

수가 아빠를 돌아보았다.

대신에, 아빠가 그 고양이를 꼭 구해다 줄게. 검은 고양이. 걔, 미술관에 사는 애. 이번에는 그냥 거기 가서 찾아보기만 하는 게 아니라 아예 구해다가 너랑 같이 살 수 있게 해줄게.

어린 수가 멀뚱멀뚱 아빠를 바라보았다. 표정으로 봐서 매우 구미가 당기는 것 같았지만, 개 때문에 여태까지 그렇게 울다가 고양이 때문에 다시 웃는 게 어색해서 갈등하는 눈치였다. 어린 수가 조그만 목소리로 물었다.

같이 살게 해준다고?

아빠가 강하게 고개를 끄덕였다.

진짜! 진짜 약속.

진짜지?

진짜! 이번에도 아빠가 약속을 못 지키면 진짜 아빠가 대신 개 몸에 들어갈게.

수가 새침한 표정으로 눈물을 훔치면서 말했다.

그렇다고 아무 말이나 막 하라는 건 아니었어.

장면이 바뀌었다.

이번에도 바스키아 미술관이었다. 이 홀로그램이 자신의 어렸을 적 정신의 총체라더니, 왜 이렇게 비슷한 공간만 계속 오가는 건지 수는 문득 궁금했다. 아니나 다를까 랭이 나섰다.

"아직까지는 그렇죠. 우리가 은수 씨 쓰러져 계시는 동안 편집한 결과라서 그렇습니다. 그 긴 삶을 전부 다시 보는 건 아무래도 어렵고, 매칭 결과를 살펴야 하는 구간만 추출한 거예요."

수는 무슨 말인지 몰랐지만 안 거로 쳤다. 알게 되겠지. 생각해 보니 살아온 인생을 다시 똑같이 되돌려 보는 건 시간상 거의 불가능한 일이었고, 가능해도 미련하기 이를 데 없는 짓이었다. 홀로그램에 다시 주의를 기울였다. 푸른빛이 어른거리는 미술관 한가운데서 어린 수가 또 울고 있었다. 울기도 잘 울고 까불기도 잘 까불고, 좀 전에 자기가 어지간해선 안 운다고 했던 말이 무안할 지경이었다. 모른 척 홀로그램에 집중했다. 이번에는 아빠가 보이지 않았다.

아빠 대신 처음 보는 소년이 어린 수의 뒤에서 수를 안타까운 눈빛으로 바라보고 있었다. 다시 보니 처음 보는 소년이 아니었다. 평의회 판결실에서 수염 기른 남자 옆에 앉아 있던 소년이었다. 얼마간을 그렇게 수를 바라보며 머뭇거리던 소년이 마침내 수에게 다가와 왜 우는지를 물었다. 어린 수가 그렁그렁한 눈으로 소년을 돌아보며 대답했다.

고양이 때문이야.

어린 수는 소년을 알아보지 못한 모양이었다. 소년이 어린 수의 말을 따라 고양이? 하고 되묻자 수가 고개를 끄덕였다. 잠시 후에 소년이 고양이가 왜? 하고 또 물었지만 수는 고개만 저을 뿐, 더는 대답하지 않았다. 소년은 무슨 소리인지 이해하지 못한 표정으로 가만히 서 있었다. 떠나지도 않았다. 다만 양손을 꼭 움켜쥐고 주머니 양옆에 나란히 붙인 채 울고 있는 수를 안타까운 표정으로 지켜볼 뿐이었다.

수의 울음이 계속해서 이어지자 소년은 더는 못 견디겠는지 어디론가 사라졌고 이내 고양이 한 마리를 안고 나타났다. 현실의 수가 저도 모르게 피식 웃었다. 소년의 모습이 너무 귀여웠다.

소년의 마음도 알 것 같았다. 그 마음이 보이니 더욱 미소가 지어졌다.

그러나 어린 수는 호락호락하지 않았다. 소년이 몇 번을 거듭해서 다른 고양이를 데려다줘도 울기만 할 뿐, 단 한 번도 소년의 고양이를 받아들이지 않았다. 소년의 표정이 점점 더 난처해졌다. 똥 싼 바지를 부모에게 숨기고 있는 듯한 표정이었다. 어린 수는 여전히 소년에게 관심을 주지 않았다. 현실의 수가 어린 게 참 모질다고 생각할 무렵, 먼발치에서 수의 아빠가 나타났다.

아빠의 품에는 목이 아주 긴 검은 고양이가 안겨 있었다. 현실의 수가 생각했다. 바스키아의 검은 고양이. 가까이서 다시 보니 고양이는 마치 그곳에 존재하지 않는 것처럼 새까맸다. 그래서 오히려 눈에 더 띄었고 두 눈도 보석처럼 빛났다. 역시 각각의 색이 달랐다. 아빠가 다가와 수의 품에 고양이를 안겨주며 말했다. 바스키아의 검은 고양이야. 그제야 수의 표정이 폭풍 속에서 점등된 등대처럼 밝아졌다.

흐뭇한 미소로 홀로그램을 바라보던 현실의 수가 갑자기 뭔가 떠오른 듯 "어?" 하고 놀랐다. 황급히 손을 들어 자신의 목을 더듬었다. 목에는 아무것도 없었다. 수가 말했다.

"목걸이!"

수의 맥박이 빨라지자 파로가 손을 들었고 랭이 물었다.

"왜 그래요, 은수 씨? 여긴 놀랄 구간이 아닌데?"

현실의 수가 홀로그램을 가리키며 횡설수설했다.

"저기 고양이, 저 목걸이가 제 목에 있었는데 지금 없어요. 있어야 하는데……. 저 고양이의 목걸이를 제가 가지고 있었거든요. 어렸을 때 아버지가 주신 건데 꿈에서 저 고양이가 하고 나와서 무척 신기했었는데. 그런데 지금 목에 없어요. 생각해보니까 이곳에 왔을 때부터 없었어. 사고가 나기 직전까지만 해도 있었는데. 제가 저 목걸이를 해인이한테 보여줬었거든요. 그래서 기억해요. 분명히 제 목에 있었는데. 혹시 저를 구해주실 때 못 보셨어요?"

수가 가리키는 고양이의 목에는 초커목걸이가 감겨 있었고 상당히 작은, 블랙 오팔 빛깔의 큐브가 달려 있었다. 어떤 사실을 번뜩 깨달은 듯 진의 눈이 반짝 빛났다. 진이 말했다.

"은수 씨. 일단 진정하시고, 차근차근 찾아봅시다."

진이 파로에게 말했다.

"은수 씨 신경회로 컨트롤러 모듈 영상부터 확인해보자."

파로가 전혀 다른 홀로그램을 열었다. 수의 업로딩 홀로그램에서 고양이의 목걸이를 떼어 와 집어넣었다. 화면이 빠르게 지나가다가 어느 지점에 이르러 딱 멈췄다. 그 장면은 현실의 수도 기억하는 모습이었다. 아빠가 수에게 목걸이를 걸어주는 장면이었다. 파로가 고양이 목걸이를 홀로그램에서 빼내고, 이번에는 수의 아빠가 준 목걸이를 다시 그 자리에 집어넣었다. 그러자 블랙 오팔 큐브가 등장하는 모든 장면이 파노라마처럼 펼쳐졌다.

큐브는 영 점 오 센티미터도 채 되지 않는 작은 크기였고 블랙 오팔의 빛깔이 영롱하게 반짝였다. 다만 고양이의 목에 걸려 있

모조 사회 1

던 초커는 아니었다. 큐브만 같을 뿐 줄이 달랐다. 진이 파로에게 말했다.

"특별한 의미가 없어 보이는 건 다 지우자."

파로가 홀로그램 키보드를 두드리자 대개의 영상이 다 사라졌다. 몇 가지 핵심적인 의미가 담긴 장면만이 허공에 남았다. 고등학교 교복을 입은 수가 단짝인 해인에게 목걸이를 꺼내 보여주는 부분이 제일 앞에 있었다. 수가 해인에게 아빠가 남긴 행운의 부적이라고 말하는 장면이었다. 그 맨 끝 영상에 쇼핑몰 커피숍에 앉아 해인에게 목걸이를 보여주는 수의 모습이 담겨 있었다.

진이 말했다.

"이제 신경회로 컨트롤러 원본 영상을 한번 열어보자."

파로가 블랙 오팔 큐브를 다시 떼어내 다른 홀로그램에 집어넣었다. 이번에도 수많은 장면이 벌집처럼 허공에 떴다. 마찬가지로 큰 의미 없어 보이는 장면을 파로가 모두 삭제했다. 그런데 그 장면들을 전혀 이해하지 못하고 있는 사람은 수뿐이었다. 왜냐하면 그곳은 거의 황폐한 지하 동굴이나 다름없어 보였기 때문이다. 그곳에서 수는 죄수복과 별반 차이가 없는 노란색 점프슈트를 입고 있었다. 무엇보다 놀라웠던 건, 수의 머리가 반삭발 상태라는 점이었다. 현실의 수가 저도 모르게 손으로 입을 막았다. 너무 이상해서 저게 뭐냐고 묻지도 못했다. 목걸이는 수의 노란색 점프슈트 안쪽에서 반짝거리고 있었다. 진이 중얼거렸다.

"저 목걸이가 구역에서 허용되었네."

그러더니 수를 보고 말했다.

"신경회로 컨트롤러가 실물 목걸이를 모듈에서 똑같이 구현하고 있네요. 저 목걸이가 은수 씨한테 특별한 의미가 있는 건 확실한 것 같습니다."

진이 다시 파로에게 말했다.

"우리가 알파 구역에 출동했을 때 영상을 올려봐."

진이 멈칫하며 수를 돌아보았다.

"이 영상은 우리만 볼게요. 은수 씨 사고 현장이라 모습이 좀 좋지 않습니다."

수가 약간 넋이 나간 상태로 고개를 끄덕였다. 세 사람이 모여 어떤 영상을 한동안 살펴보았다. 그러는 동안 수는 생각했다. 일단 정신을 차리자. 삭발은 잊어. 이해가 안 되는 것도 결국에는 다 알게 될 거야. 랭의 목소리가 들렸다.

"없어."

세 사람이 다시 자리로 돌아왔다. 진이 수에게 말했다.

"은수 씨의 기억대로 사고 순간 직전까지는 목걸이가 있었습니다. 그런데 우리가 구출할 때는 없는 거로 보아, 아마도 사고 당시 그곳 어딘가에 떨어진 것 같습니다."

자기 말이 맞는지 확인하듯 랭과 파로를 한 번 돌아본 진이 말을 이었다.

"그런데 중요한 건, 저 큐브가 그냥 예사 물건으로 보이지 않는다는 겁니다. 저것 또한 누군가의 두뇌가 업로딩된 큐브일지도 모르겠는데……."

수가 진의 말을 받았다.

"크기와 색이 다르죠."

진과 랭이 약속이라도 한 듯 고개를 끄덕였다. 수가 말했다.

"저건 블랙 오팔이고, 오빠는 루비였어요. 그리고 엄마는 페리
도트……." 말하던 수의 눈이 커졌다. 잠시 후 수와 랭이 동시에
말했다. "탄생석!"

랭이 말을 이었다.

"그렇죠. 페리도트는 보통 보석으로 잘 쓰지 않으니까. 탄생석
의 의미가 아니고서야."

진이 파로에게 말했다.

"지금 이분들, 태어난 달을 알아볼 수 있겠어?"

"물론이죠."

파로가 고개를 끄덕이고 즉시 작업에 들어갔다. 얼마 후에 파
로가 말했다.

"어머니는 팔월, 아버지는 시월, 은수 씨는 사월, 그리고 오빠
는 칠월……. 팔월의 탄생석은 페리도트, 시월의 탄생석은 오팔,
사월의 탄생석은 다이아몬드, 칠월의 탄생석은 루비. 페리도트
가 상징하는 의미는 부부의 화합, 오팔이 상징하는 의미는 희망,
순……."

"파로, 됐어 그만하면."

랭의 말에 파로가 대꾸했다.

"다른 것도 의미가 좋은데……. 알았어요."

진이 말했다.

"시월 오팔. 저 큐브는 은수 씨 아버님의 두뇌 업로딩 큐브로군

요."

파로가 말했다.

"크기가 많이 차이 나는데."

랭이 중얼거렸다.

"어쩌면 일부만 업로딩한 걸 수도 있어."

진이 물었다.

"일부?"

"응. 완전 복원이 목적이 아니라 어떤 특정한 사실만 복원하려는 거면 크기도 아퀴가 맞아."

수가 물었다.

"하지만 제 머릿속에 들어 있었다고 하신 건, 더 작아야 하지 않나요?"

랭이 대답했다.

"아, 신경 회로와 연결되어서 작용하는 것과는 조금 다릅니다."

진이 말했다.

"하지만 그런 거면 군이 업로딩까지 할 필요가 있어? 다른 저장 도구를 사용해도 되잖아."

랭이 말했다.

"그런 거랑 업로딩은 영상 자체가 완전 달라."

"어쨌든 저기에 뭔가 있긴 한 거구나. 그러면 저기서 누군가가 저 큐브를 발견해도 문제가 생길 수 있겠는데."

"알까? 저 사람들이. 저게 뭔지?"

진이 잠시 생각하더니 말했다.

"모조가 알잖아. 모조는 저게 뭔지 한눈에 알아볼 거야."

랭이 말했다.

"하지만 저 고양이 목에 있었던 걸 대장도 못 알아봤잖아. 나도 몰랐고. 모듈이야 모두 가짜니까 관심이 없었다고 해도, 은수 씨 업로딩에선 우리도 알아봤어야 했는데 못 알아봤으니까 모조도 알아보기 어려울 거라고 봐. 실제로 모조가 알아보는 부분도 없었고."

진이 그 말에 동의하는 것도 같고 아닌 것도 같은 표정으로 가만히 생각에 잠겼다. 파로가 물었다.

"하지만 어차피 업로딩 기술은 은수 씨도 알고 있었잖아요."

랭이 대답했다.

"은수 씨가 했던 것도 전부 디지털 업로딩이지, 생체 업로딩을 직접 해본 적은 없어. 수용체를 활성화해서 대화를 하는 것과 그것을 생체 업로딩 하는 건 차원이 다른 문제니까."

진이 확신이 든 듯 말했다.

"하지만 박사님은 지휘관 프로젝트를 성공했지. 아무튼 저 큐브는 박사님이 은수 씨에게 남기려고 만든 게 확실한 것 같다."

랭이 중얼거렸다.

"저게 정말 박사님의 업로딩 큐브가 확실하다면 이건 정말 보통 발견이 아니야. 엄청난 수확이야. 우리가 우려했던 문제점들을 한 번에 빡, 완전 다 해결할 수 있어. 그럼 이 고생을 하고 앉아 있을 필요도 없는데."

파로가 말했다.

"어이, 대장. 혼잣말 솜씨가 거의 제 경지에 이르겠는데요?"

랭은 들은 척도 안 했다. 진이 말했다.

"알아보자. 아직 확실하진 않으니까. 사실 우리가 아직 못 알아낸 게 그것만이 아니잖아. 갈 길이 머네. 하지만 저건 좀 사안이 급하니까, 나는 일단 저 문제부터 조사해봐야 할 것 같아. 현장 사후 처리조가 못 찾으면 우리가 다시 나가든가, 방법을 찾아봐야지."

랭이 말했다.

"나가든가가 아니라 꼭 나가야 해, 대장."

진이 고개를 끄덕였다.

"알았으니까, 두 사람은 계속 진행하도록 해."

랭과 파로가 고개를 끄덕였다. 어리둥절한 표정으로 그들의 대화를 듣고 있던 수를 보고 진이 말했다.

"은수 씨, 저는 은수 씨 목걸이의 행방을 좀 알아봐야 할 것 같아요. 저 큐브가 아버님의 업로딩인 게 확실하다면, 현재 우리에게도 매우 중요한 자료라서요. 하지만 지금 하는 작업도 그에 못지않게 중요하니까, 피곤하더라도 잘 견디시기를 바랄게요."

수가 얼떨떨한 얼굴로 고개를 끄덕이자 진이 나갔다. 파로가 또 무슨 말인가 하려고 하자 랭이 말했다.

"싫어."

파로가 "무슨 말도 안 했는데 싫대."라며 구시렁거리자 랭이 수에게 살짝 속삭였다.

"쟤는 받아주면 한도 끝도 없어요. 아무 일도 진행을 못 합니다. 귀에서 피 나고 싶으시면 받아주셔도 되는데, 대신 저 없을 때 하세요."

수가 파로를 힐끗 보자, 파로도 별로 무안한 기색이 없어 보였다. 다시 하려고도 하지 않았다. 랭의 말처럼 정말 아무 말도 아니었던가 보았다. 랭이 말했다.

"자, 그럼 계속 진행하겠습니다."

소녀와 소년

　수가 바스키아의 검은 고양이를 안고 흡족한 표정으로 미술관
에 서 있는 동안, 수의 아빠가 수염 기른 친구와 한쪽에서 대화를
나누고 있었다. 현실의 수가 중얼거렸다.

　"아빠 친구."

　수염 기른 친구가 말했다.

　그래서 결국 바꾼 건가?

　수의 아빠가 가만히 고개를 끄덕였다.

　친구가 하, 하고 상당히 언짢은 표정으로 허공 어딘가를 쳐다
보다가 말했다.

　나한테 언질이라도 해줄 수 있었잖은가.

　미안하네. 그러기 어려웠어. 혹시 어디서 무슨 말이 새어 나갈
지 몰라서. 게다가 저 고양이가 상시로 우리 주변을 어슬렁거리

는데, 아무리 보안이 좋아도 불안한 마음을 지울 수 없었네. 어차피 자네에게도 일이 끝난 후에는 말을 할 생각이었네. 그래서 지금 여기로 이렇게 불렀잖은가.

친구가 말했다.

내가 거기서 개망신을 당했잖은가! 그 망나니 놈한테.

그건 정말이지 미안하게 생각하네.

그럼 바꾼 건 누구랑 바꾼 건가. 바꿔서 어떻게 한 거야?

친구는 수가 안고 있는 고양이를 돌아보았다. 수의 아빠가 말했다.

아, 이젠 괜찮아. 그냥 고양이야. 이번에 넘겨받을 때 감시 감청 기능이 전부 확실히 제거되었는지 확인하고 받았네.

친구는 수의 아빠를 쳐다보며 그의 말이 더 이어지기를 기다렸지만, 아빠는 꿀 먹은 벙어리처럼 앞만 바라보고 있었다. 친구가 다시 물었다.

그래서, 바꿔서 어떻게 한 건데.

수의 아빠가 머뭇거리자 친구가 말했다.

끝내 나한테도 말을 안 하겠다, 그건가?

아니, 그건 아니고……

자네가 나한테 이럴 줄은 몰랐는데? 솔직히 그 연구에는 내 지분도 어느 정도 들어가 있지 않은가? 그런데 나한테 어떻게 이럴 수가 있지? 내가 내 아들놈이 보는 앞에서 개망신을 당한 것도 모자라서 이젠 나도 알 필요 없다, 그냥 모르는 척 몰랐던 것처럼 입 닥치고 살아라, 그건가?

친구가 갑자기 화를 내자 어린 수 곁에 서 있던 소년이 제 아비에게 다가가 손을 잡았다.

아빠, 왜 그래. 화내지 마.

어린 수가 그런 두 사람의 모습을 가만히 지켜보고 있었다. 친구의 말이 이어졌다.

지금 나를 집이 아니라 이 미술관으로 부른 게 그 업로딩이랑 관련이 있나?

수의 아빠가 머뭇거렸다.

그건…….

친구의 턱관절이 일그러졌다.

그래, 알았어. 자네가 그동안 나를 뭐로 생각했는지, 이제 충분히 알겠군.

친구는 소년의 손을 잡고 획 뒤돌아서 갔다. 수의 아빠가 손을 들어 만류하려다 말고 멈추었다. 소년이 뒤를 돌아보며 마치 끌려 나가는 것처럼 발걸음을 종종거렸다. 갈등 어린 눈빛으로 친구의 뒷모습을 물끄러미 바라보던 수의 아빠가 고개를 떨어뜨렸고, 손을 들어 두 뺨을 몇 차례 문질렀다. 어린 수가 다가가 물었다.

아빠, 왜 그래? 아저씨 왜 저래?

장면이 바뀌었다.

어린 수의 방이었다. 침대에 잠들어 있던 수가 눈을 반짝 뜨고 자리에서 발딱 일어났다. 수가 일어서자 방 전체에 연한 불빛이

드리웠다. 검은 고양이가 수의 머리맡에서 동그랗게 몸을 말고 자다가 같이 발딱 일어섰다. 네 다리를 길게 쭉 뽑아내며 등허리를 활처럼 휘었다. 몸을 부르르 떨었다. 긴 다리를 다시 앞으로 쫙 빼고 등허리를 수려한 곡선의 산둥성이처럼 휘었다. 뒷다리도 번갈아가며 한 번씩 늘어뜨렸다. 이윽고 고양이는 몸을 세우더니, 얼굴 가죽을 뒤집기라도 할 기세로 크게 하품했다.

빨간 혀를 내밀어 콧잔등을 두어 차례 핥은 고양이가 살금살금 방문으로 다가가는 수의 뒷모습을 물끄러미 바라보았다. 앞발을 들어 혀로 서너 차례 침을 바르고 곧바로 오른쪽 눈두덩을 두어 차례 문질렀다. 어린 수가 문 앞에 다가서서 귀를 대려는 찰나, 오빠가 살짝 문을 열었다. 오빠가 검지를 입술 위에 세우더니 나오려던 수를 다시 안으로 밀었다. 고양이가 눈두덩을 문지르다 말고 그대로 정지한 채 그 장면을 바라보았다. 오빠가 방으로 들어오자 고양이가 앞발을 내려 가지런히 모으고 두 귀를 안테나처럼 쫑긋쫑긋 움직였다. 오빠가 말했다.

가만히 있어. 조용히 있어야 해.

왜, 오빠?

오빠가 다시 검지를 입술 위에 세웠다.

그때 밖에서 무슨 소리가 들렸다. 살금살금 발소리인 것도 같았고, 소곤소곤 말소리인 것도 같았다. 귀를 기울이니 누군가의 목소리가 들렸다.

집이 넓어서 이렇게는 못 찾겠는데요.

어린 수가 오빠를 쳐다보았다. 모르는 사람 목소리잖아? 하고 동그래진 눈으로 말하고 있었다. 오빠가 그런 수의 생각을 읽었는지 가만히 고개를 끄덕였다. 수가 번뜩 무언가가 생각난 듯 오빠의 손을 잡고 황급히 어딘가로 걸어가더니 작게 딱, 하고 핑거스냅 소리를 냈다. 그러자 벽체 한쪽에서 수의 책상이 생성되었다. 수가 그곳에서 뭔가를 꺼내 목에 걸면서 말했다.

오빤 이거 모르지. 오빠네 할머니가 보여줬던 건데 멋있어서 내가 따라 했어.

그런 다음 다시 핑거 스냅 소리를 내자 책상이 도로 들어갔다. 침대에 앉아 가만히 수를 바라보고 있는 고양이를 향해 수가 소리 죽여 말했다.

반타, 반타 이리 와.

검은 고양이가 펄쩍 뛰어 수에게로 왔다. 수가 반타를 들어 한 손으로 어깨에 걸치고, 다른 손으로 오빠의 손을 잡고 수의 방에서 연결된 또 다른 방으로 들어갔다. 용도를 알 수 없는 방이었지만, 현실의 수는 랭의 말을 기억했다. 수의 집엔 그렇게 용도를 알 수 없는 비밀공간이 여러 군데 있다고 했다.

방으로 들어간 수가 목걸이에서 홀로그램 키보드를 열었다. 반타가 펄쩍 뛰어내려 꽈배기처럼 목을 꼬고 자기 등허리를 핥았다. 수가 바쁘게 키보드를 두드리자 수의 눈앞에 거실 모습이 홀로그램으로 떴다. 검은 옷을 입은 괴한 두어 명이 거실과 복도를 서성이고 있었다. 수가 다시 키보드를 두드렸다. 괴한의 얼굴이 확대되더니 재빠르게 좌우로 스캔이 됐다. 어린 수가 말했다.

자기들 얼굴이 아니네. 저 얼굴은 가짜야. 그래픽이야.

수가 다시 바쁘게 키보드를 두드렸다. 이번에는 두 개의 음성 파일이 나란히 떴다. 위쪽 음성 파일의 파동이 율동했다.

방이 너무 많아서 이거 다 하나하나 열어봐야 하는데, 그러려면 들키지 않을 수가 없겠는데요?

이번에는 아래쪽 음성 파일의 파동이 움직였다.

그러니까 안 들키게 하라고 내가 니들을 고용한 거잖아, 이 멍청한 놈들아. 그럴 거 같으면 내가 직접 가서 찾지 왜 니들을 고용해!

어린 수가 잠시 허공을 바라보다가 중얼거렸다.

아빠 친구 목소린데?

오빠가 되물었다.

아빠 친구?

응, 그 수염 기른 아저씨. 며칠 전에 아빠랑 미술관에서 싸웠어.

왜?

어린 수가 키보드를 계속 조작하며 무심하게 대답했다.

오빠 때문인 거 같은데.

나? 왜지?

그 아저씨가 오빠가 어디 있는지를 알고 싶어 하는 거 같았어. 아빠는 알려주고 싶지 않은 것 같았고.

나를 왜?

수가 그것까지는 아직 생각해보지 않았다는 듯 가만히 오빠를 바라보다가 대답했다.

오빠는 사실⋯⋯, 오빠가 아니라 아저씨니까?

오빠가 잠시 어리둥절한 표정으로 있다가 말했다.

아무렴, 아저씨라고만 해줘도 황송하지. 왜 아니겠어. 그런데 저 사람들은 단순히 그 친구라는 사람 부하가 아닌 것 같은데?

그럼 뭔데?

내가 보기엔 청부업자처럼 보이는데.

청부업자?

응, 그냥 심부름꾼이 아니야. 하는 행동이나 말하는 거로 봐서.

그럼 어떡해? 이 방은 밖에서 보면 그냥 벽이라서 못 찾겠지만, 아빠한테는 말해줘야 하잖아.

오빠가 중얼거렸다.

하지만…… 움직이는 걸 보면 프로는 아닌 것 같아.

수가 다시 키보드를 두드리자 거실 홀로그램 옆에 아빠 방의 홀로그램이 떴다. 아빠도 인기척을 느꼈는지 침대에서 일어나 방 안을 서성이고 있었다. 그러다가 아, 총! 하고 황급히 침대로 가 어딘가를 뒤지더니 맙소사, 라고 혼잣말을 했다.

수가 중얼거렸다.

그러네. 아빠가 할머니네에 광선총을 두고 왔네. 나도 까맣게 잊고 있었네.

오빠가 물었다.

광선총이라는 게 진짜 있어?

응, 실제로도 광선이 나가.

쐈봤어?

아니. 안 쐈봤는데 다른 사람이 쏘는 건 봤어. 오빠 그 업로딩……, 수가 말하다 깊은 한숨을 한 번 내쉬더니 그 얘긴 별로 하고 싶지 않다, 라며 입을 닫았다.

오빠도 그제야 수가 무엇을 얘기하는지 깨달은 듯 가만히 고개를 주억거렸다. 수가 말했다.

어쨌든 아빠한테 알려주고 그다음에 어떡할지 생각해보자.

수가 다시 키보드를 열심히 두드리자 아빠 방의 침대 언저리에서 홀로그램이 떴다. 거기 수와 오빠의 모습이 비쳤다. 수가 조용히 말했다.

아빠!

아빠가 홀로그램을 보곤 눈이 휘둥그레져 물었다.

오빠랑 있어? 피해 있어? 거기 가만히 있어. 그리고 어서 음성 통신은 끊어.

수가 왜? 하고 묻자 뒤에 있던 오빠가 말했다.

박사님 말씀대로 하는 게 좋겠다. 음성 통신은 추적되나 본데.

아니나 다를까 수 옆의 음성 파일이 율동했다.

이 층, 통신 신호가 하나 잡혔습니다.

어린 수가 화들짝 놀라며 홀로그램을 내렸다.

다른 음성이 물었다.

어디? 몇 시 방향?

그게……, 젠장 사라졌어요.

다른 음성이 말했다.

일단 일 조 두 명은 일 층에 그대로 있고 나머지는 모두 이 층으로 모여.

오빠가 말했다.

도대체 몇 명이 들어온 거야?

가만히 허공을 바라보던 수가 갑자기 중얼거렸다.

아, 내가 왜 그 생각을 못 했지?

그러더니 황급히 다시 홀로그램을 열고 빛의 속도로 키보드를
두드렸다. 동시에 여러 가지 홀로그램이 겹쳐 떴고 수가 이리저
리 움직이며 그것들을 모두 조작했다. 어떤 홀로그램에서는 도시
보안 감시대입니다, 라는 말이 나왔고 또 어떤 홀로그램에선 일
층 주방이 벽면에서 돌출되었으며, 다른 홀로그램에선 샤워실의
물줄기가 쏟아져 나왔다. 수가 이 층 거실과 일 층에 있는 괴한들
의 홀로그램을 따 도시 보안 감시대라고 한 홀로그램 속에 집어
넣고 무언가를 빠르게 타이핑했고, 닫고, 다른 홀로그램을 열었
다. 순간, 위쪽 음성 파동이 움직였다.

어? 이런, 보안 감시대가 이리로 출동 준비를 하는데요?

이번에는 아래쪽 음성 파동이 크게 율동했다.

아이고, 이 멍청한 놈들아. 내가 미쳐. 여자애 하나랑 백발 남자
말고 또 다른 사람이 있는지만 확인하고 오랬더니, 그거 하나를
못해서 이 사달을 내? 돌아버리겠네. 당장 철수해 이 머저리들아.

그런데 그때,

쿵.

일 층에서 뭔가 떨어지는 소리가 났다. 그러나 그렇게 들렸을
뿐, 정확한 실체는 알 수 없었다. 분명한 건 소리 이후에 차차 진

모조 사회 1

동이 시작되었다는 점이었다. 진동은 점차 강도를 더해갔고 마침내 엄청난 굉음과 함께 무언가가 터져 나가는 소리가 들렸다. 반타가 제자리에서 펄쩍 뛰어올랐다. 수와 오빠도 그 자리에서 얼어붙었다. 잠시 후, 오빠가 중얼거렸다.

뭐였지, 방금 그게?

수가 황급히 키보드를 조작했다. 아빠의 방이었다. 아빠가 머리를 감싸고 바닥에 쓰러져 있었다. 수가 놀라 소리쳤다. 아빠! 그러나 음성 통신으로 연결된 것은 아니었으므로 아빠는 수의 목소리를 듣지 못했다. 아빠가 머리를 감싸 쥐고 있었으나, 몸의 움직임으로 봐서 특별한 사고를 당한 것 같지는 않았다. 방 안에 별다른 사고 흔적이 없었다.

수가 미친 듯이 다른 공간을 다 열었다. 일 층 거실의 유리가 횅하니 뚫려 있었다. 창밖엔 희부옇게 동이 터오고 있었다. 이번에도 검은 복장의 사람들이 그곳을 통해 들어오고 있었는데, 자세히 보니 그들의 옷은 군복이었다.

그들은 일 층 거실로 진입하자마자 그곳에서 우왕좌왕하는 괴한 두 명을 그 자리에서 사살했다. 거침없었고 망설임도 없었다. 맨 앞에 선 자가 손을 들어 뒤따르는 인원들을 곳곳으로 분산시켰다. 이번에는 현실의 수가 보기에도 프로였다. 어린 수의 이가 덜덜 떨리기 시작했다. 반타가 폴짝 뛰어 수의 품 안으로 들어왔다. 수가 반타를 꼭 안고 더는 홀로그램을 조작하지 않았다. 오빠가 심각한 표정으로 이미 열린 홀로그램들을 바라보았다.

군복을 입은 자들이 마침내 아빠 방까지 진입했고 항복하는 자

세를 취한 아빠를 총으로 두어 차례 내리쳤다. 어린 수의 비명이
터졌다. 수는 눈을 질끈 감았다가 뜨고 다시 고함을 질렀다.

아빠!

군인들은 이 층으로도 진입해 그곳에 있던 괴한들을 순식간에
다 해치웠다. 아빠가 소리쳤다.

건아! 듣고 있니?

오빠가 그 홀로그램으로 바싹 다가섰다.

건아, 알고 있지? 내가 널 살렸다. 건아! 알고 있지?

오빠가 강하게 고개를 끄덕였다. 그러나 아빠에게는 보이지 않
을 것이었다. 아빠의 고함이 이어졌다.

그러니까 네가 이제 우리 수 곁에 있어야 한다! 알아듣겠지?
혼자 두지 마라. 건아! 보고 있지? 듣고 있지?

군인이 다시 아빠의 머리를 내려찍었다.

어린 수가 울부짖기 시작했다.

안 돼, 아빠, 안 돼 아빠!

어린 수가 소리를 지르며 밖으로 나가려고 하자 건이 수를 붙
잡았다.

소파에 앉은 수의 맥박이 빨라지기 시작했다. 파로가 랭을 한
번 쳐다보았고 랭이 괜찮다는 듯 고개를 끄덕였다. 현실의 수는
두 눈이 빠질 것처럼 홀로그램 속에 빨려 들어가 있었다. 흰자위
도 벌겠다.

그때 보안대의 크래프트가 수의 집에 도착했다. 어린 수가 보
안대! 보안대! 라고 외치며 키보드를 두드렸다. 보안대의 홀로그

램이 확대되고 그들과의 통신이 연결되었다. 수가 그들에게 말하려는 찰나, 건이 수의 입을 막았다. 그리고 재빠르게 통신을 끊었다. 하지만 보안대의 말소리는 들렸다.

보안대 한 명이 군인들을 보고 중얼거렸다.

어이고.

다른 보안대가 말했다.

어이, 씨. 뭐야, 이거. 뭐가 저렇게 많아. 신고에는 여섯이라더니. 저건 뭐야, 거의 부대 하나가 다 몰려왔잖아.

또 다른 보안대가 말했다.

이거 지원 요청해야 되는 거 아니냐? 우리로는 턱도 없을 것 같은데?

맨 처음 실내를 봤던 보안대가 말했다.

야, 지금 그게 중요한 게 아니야. 인마.

뭐, 왜?

야, 크래프트 돌려. 본부로 돌아가자.

뭐? 왜 인마. 지원 요청하고 기다리면 되지, 돌아갈 건 뭐야?

야 인마, 쟤네 평의회 의장 개인 경호원이잖아. 복장 보면 몰라? 죽고 싶어 환장했어?

그 말을 들은 몇몇 보안대의 눈이 휘둥그레졌다.

응? 쟤들이 왜 여기 와 있어?

아무튼, 그건 우리가 알 바 아니고 빨리 뜨자. 까딱하면 우리한테 무슨 불똥이 튈지 몰라.

건이 막은 손아귀 안에서 미처 소리가 되지 못한 수의 음성이 새어 나왔다.

안 돼, 안 돼.

아빠가 무릎을 꿇고 두 손을 머리에 올리고 있었다. 머리 한쪽이 피범벅이었다. 군인 한 명이 그런 아빠의 머리에 총을 겨누고 있었고 다른 한 명이 아빠 앞에 홀로그램을 열었다. 홀로그램은 의장이었다. 의장은 크고 화려한 소파에 앉아 있었으나, 판결실에서 보았던 의자와는 다른 모양이었다. 요란한 무늬가 새겨진 실내 가운을 입은 거로 보아, 자택인 것 같았다. 의장이 말했다.

어라? 은 박사. 몰골이 왜 그래.

아빠가 말했다.

의장님, 의장님.

그러나 의장은 아빠의 말은 듣지 않고 옆에 선 남자를 돌아보았다.

너 지금 쟤 머리 때렸니?

의장 옆에 선 남자가 황급히 어딘가로 연락했고, 아빠 옆에 서 있던 군인이 총을 내리고 다급하게 무릎을 꿇었다. 의장이 말했다.

쟤 좀 봐, 미쳤나 봐. 머리를 때렸대. 그러더니 옆에 선 남자에게 말했다. 너도 이리 와. 머리 대.

남자가 의장 앞으로 고개를 숙였다. 의장이 말했다. 더 내려. 남자가 더 내렸다. 의장이 남자의 뒤통수를 한 번씩 내리치며 말을 이었다. 내가! 그렇게! 머리는! 건드리지 말라고! 누차! 얘길 했는데도! 머리를! 때렸대!

고개 숙인 남자가 바닥으로 고꾸라졌다가 다시 벌떡 일어났다. 의장이 숨을 몰아쉬며 아이, 새끼. 힘들어 죽겠네. 아하하, 이씨, 손 아파. 하고는 남자에게 물었다. 쟤가 어디 소속이라고?

남자가 고개를 숙인 채 대답했다.

제 일 경비대입니다!

의장이 여전히 숨을 몰아쉬며 말했다.

고개 들고 말해, 이 새끼야. 뭔 소린지 잘 안 들려.

남자가 번쩍 고개를 쳐들고 다시 말했다.

제 일 경비대 소속입니다!

의장이 물었다.

거기 대장도 저기 있어?

네!

둘 다 지하로 내쫓아.

지금 말입니까?

의장이 남자를 쳐다보았다. 남자가 황급히 말했다.

네, 알겠습니다.

아빠 옆에 무릎을 꿇고 있던 군인이 다른 군인에 의해 말 그대로 치워졌다. 의장이 아빠를 보고 다시 말했다.

이런, 은 박사. 몰골이 그게 뭐니.

아빠가 말했다.

의장님, 의장님.

아빠의 입가로 핏줄기가 주르륵 흘렀다.

그래, 나 여기 있어.

의장이 옆에 선 남자를 팔꿈치로 한 대 후려치고 말했다.

저 봐라, 피 흘리는 거. 빨리 안 닦아?

남자가 다시 황급히 지시했고 옆의 군인이 다급히 아빠의 얼굴을 닦았다. 의장이 아빠에게 말했다.

그래, 은 박사. 나 여기 잘 있어.

의장님, 제가 다 잘못했습니다. 제가 다, 모든 걸 책임지겠습니다.

뭘?

뭐든 제가 다 책임질 테니까 제 딸만은 살려주십시오.

딸? 아하하 나 원 참. 내가 언제 자기 딸을 죽인다고 그래, 무섭게. 왜 이래 자꾸 나한테. 남들이 들으면 내가 무슨 살인마인지 알겠어.

아빠가 머리를 조아렸다.

의장님, 제발 부탁드립니다. 제발.

의장이 옆의 탁자에 놓인 찻잔을 들어 차를 한 모금 마시고는, 소파에 깊이 몸을 묻고 가만히 어딘가를 바라보다가, 갑자기 숨도 쉬지 않고 연이어 말하기 시작했다.

그러니까 자기가 평의회 판결실에서 개로 장난을 친 건 거기 있는 사람들을 다 바보라고 생각해서 그런 게 아니다, 그 말이지?

아빠가 목이 부러져라 거듭 고개를 끄덕였다.

그래, 자기처럼 똑똑한 사람이 나를 그렇게 바보 취급하면 곤란하지. 하지만 나머지는 죄다 바보가 맞아. 의장은 기이한 웃음소리를 내며 한 차례 웃었다.

그러니까 그때 짖은 건 개지만, 개도 어쨌든 생체 업로딩이 되긴 한 거야. 그렇지? 사람이 나오길 바랐는데 개가 나왔다 뿐이지, 뭐가 나왔든 나오긴 나온 거야. 맞지? 개가 아주 잘 짖던데. 말도 아주 또박또박 잘하고. 응?

아빠가 다시 고개를 끄덕였다. 의장이 중얼거렸다.

아니지, 말은 개가 한 게 아니구나. 아무튼. 그러니까 거기 있는 머저리들은 다 그걸 실패라고 생각하는 모양이던데, 난 생각이 달라. 자기 생각은 어때?

아빠가 머리를 조아리며 말했다.

의장님 생각이 맞습니다. 실패한 게 아닙니다.

의장이 말했다.

머리 숙이지 말고 말해. 잘 안 들려.

아빠가 고개를 들고 다시 같은 말을 반복했다. 의장이 늑대처럼 기이한 소리를 내며 길게 웃었다. 그러더니 정 박사도 불러, 라고 말했다. 남자가 의장 옆에 홀로그램을 하나 더 열었다. 아빠 앞에도 같은 홀로그램이 열렸다. 그곳에는 수염 기른 아빠 친구가 수의 아빠와 똑같은 자세로 무릎을 꿇고 있었다. 의장이 아빠 친구에게 말했다.

정, 들었어?

정 박사가 머리를 조아리며 대답했다.

네, 들었습니다, 의장님. 하지만 저랑 같이 모의한 일이 아닙니다, 의장님. 저도 정말 몰랐습니다. 그렇지 않아도 그것 때문에 저번에 저자와 대판 싸웠습니다. 의장님, 오늘 제가 저자의 집에 간

건 그래서, 저자가 거짓말한 증거를 찾아내서 의장님께 보고를 드리려고 그랬던 겁니다. 진짭니다, 의장님. 공모하기 위해서 간 게 절대 아닙니다, 의장님. 그랬으면 제가 직접 갔지 왜 사람을 보냈겠습니까, 의장님.

의장이 옆의 남자를 돌아보며 말했다.

쟤 좀 봐. 내가 들었냐고 한마디 물어봤는데, 쟤는 지금 도대체 몇 마디를 씨불이는……, 끊어라. 짜증 난다.

의장님, 하고 외마디 소리가 들리고 곧 홀로그램이 사라졌다. 의장이 아빠에게 물었다.

쟤가 하는 말이 맞긴 맞아?

아빠가 대답했다.

네, 맞습니다. 정 박사는 전혀 모르고 있었습니다.

둘이 뭐, 의리 그런 거 따지고 그러는 사이는 아니지?

네, 정말입니다. 정 박사는 몰랐습니다.

그래. 의리 같은 거 따지고 그러지 마. 그거 따지다가 골로 가는 애들 내가 진짜 많이 봤어. 그리고 대체로 의리 따지는 애들이 제일 의리가 없어.

네, 네.

사실 내가 오늘 새벽 댓바람부터 자기를 보러 온 것도, 쟤가 오늘 자기 집에 사람을 보내길래 따라온 것뿐이거든? 가만 보면 일 등은 안 그런데 이 등이 늘 저런 식이야. 너무 일찍 일어나. 아침형 인간들. 아우 짜증 나. 하여튼 쟤도 부지런하긴 한데, 부지런하니까 늘 이 등이잖아. 게다가 자기랑 달라서 너무 질질 흘리고 다니더라. 그래도 뭐, 그렇게 짜고 친 건 아니라고 하니까 내가 거기다 대고 막 화내고 그러면 좀 좀스러워 보일 것 같긴 해.

그때 옆에 선 남자가 의장에게 뭐라고 속삭였다. 의장이 말했다.

아이코, 우리 애들이 자기 딸을 찾았나 봐. 그런데 뭐가 하나 더 있나 보네?

건이 수를 등 뒤에 앉혀놓고 가만히 홀로그램을 들여다보다가 마침내 수의 방으로 들이닥친 군인들을 확인하고는, 턱을 꽉 물었다. 수를 돌아보았다. 어린 수가 반타를 안고 그렁그렁한 눈으로 가만히 건을 바라보고 있었다. 건이 홀로그램을 다시 보았다. 수의 방에 들어온 군인들이 무언가를 들고 방 구석구석을 샅샅이 뒤지면서 건과 수가 있는 비밀공간 쪽으로 다가왔다. 어떤 신호를 찾는 듯 한동안 공간 앞에서 서성거리던 군인 한 명이 손을 들었다. 나머지 군인들도 벽 쪽으로 다가왔다. 그리고 벽에 작은 폭탄을 설치하려고 할 때,

건이 이를 악물고, 문을 박차고 나갔다.

문 바로 앞에 서 있던 군인 한 명이 쓰러졌고 그 뒤에 있던 군인 세 명이 놀라며 뒤로 펄쩍 물러났다. 그들은 다급히 총을 겨눴으나 쏘지는 않았다. 그 잠깐 사이 건의 몸이 공중으로 날아올랐다. 뒤로 물러났던 첫 번째 군인을 향해 날아갔다. 그러나 건의 발은 군인의 아랫배 언저리에 맞고 튕겨 나왔다. 군인이 아랫배를 움켜쥐고 뒤로 한 걸음 물러나며 말했다.

아, 배야. 이 씨, 뭐야, 이 꼬마.

그제야 건도 자신의 몸이 아직은 소년이라는 사실을 깨달은 모양이었다. 스스로도 적잖이 당황한 듯했다. 첫 번째 군인이 딸과 웬 꼬마를 찾았다고 통신했다. 문에 맞고 쓰러진 군인이 짜증을 내며 일어나 방으로 들어가려고 하자, 반타가 수의 앞을 막아섰다. 등을 활처럼 휘며 털을 곤두세우고는 송곳니를 드러냈다.

하악!

아이 깜짝이야. 여기 뭐가 이렇게 많아?

군인이 총을 들어 반타를 겨누자 어린 수가 소리쳤다.

안 돼!

반타가 펄쩍 뛰어 벽을 한 번 딛고 다시 뛰더니 군인의 어깨 위로 올라섰다. 살이 드러난 목 부분을 강하게 할퀴고 가볍게 뛰어내려 재차 수의 앞쪽으로 막아섰다. 군인이 비명을 지르며 뒤로 나자빠졌다. 건이 재빠르게 다가가 그 군인이 떨어뜨린 총을 주웠다. 그리고 나머지 군인들을 겨누자 맨 앞에 선 군인이 피식 웃으며 뒤를 돌아보았다.

얘 봐. 진짜 용기가 가상하지 않냐? 배도 진짜 아팠어. 장난이 아니라.

그러더니 손으로 목을 움켜쥐고 나자빠진 군인을 발로 툭 차며 말했다.

이 머저리보다 낫잖아. 안 그래?

뒤에 선 군인들이 낄낄거리고 웃었다.

맨 앞의 군인이 쓰러진 군인을 내려다보며 말했다.

너 어떻게 경비대 들어왔냐? 군인이 총을 떨어뜨려? 어이가 없네. 네가 떨어뜨린 총을 지금 적군이 들고 있잖아, 저기 저렇게. 눈을 부라리고. 어떡할 거야 이제. 너 때문에 우리가 다 죽게 생겼는데. 이 머저리 같은 놈아.

뒤에 선 군인들이 또 낄낄거리고 웃었다.

군인들이 그러는 동안 수가 건이 든 총을 목걸이로 찍고, 홀로그램을 열어 미친 듯이 키보드를 두드려댔다. 수가 소리쳤다.

오빠! 이제 쏴도 돼! 생체 인식 풀었어!

건이 응? 하고 저도 모르게 방아쇠를 당겼고, 붉은 광선이 길게 나갔다. 광선은 끊어지지 않고 계속 뻗어 나가며 걸리는 물체들을 모조리 자르고 지나갔는데, 그중에는 건 앞에 서 있던 군인과 그 뒤에서 낄낄거리던 군인들까지 포함되어 있었다. 건이 화들짝 놀라며 총을 떨어뜨렸다. 광선이 멎었다. 수가 소리쳤다.

뭐야, 총도 못 쏴? 지휘관이라더니 거짓말이었어?

이 총은 안 쏴봤지! 뭐야 이게. 어떻게 해야 하는 거야.

방아쇠를 그렇게 당기고 있으면 계속 나가지 바보야. 나도 아는 걸 지휘관이 몰라?

이 총은 안 쏴봤다니까!

그러는 사이 목을 할퀴였던 군인이 슬금슬금 뒤로 물러나다가 황급히 일어나 도망쳤다. 수가 말했다.

빨리 총 들어. 아빠 구하러 가야 해.

건이 답삭 총을 들었다. 제법 군인 같은 발걸음으로 총총 문 앞으로 달려갔다가 고개를 빼꼼 내밀더니 다시 숨었다. 수가 반타를 어깨에 걸치고 건에게 물었다.

왜?

숫자가 너무 많은데?

수가 한 손으론 반타를 받치고, 다른 손으로 황급히 키보드를 두드렸다. 한 손으로 타이핑을 하는데도 속도가 느리지 않았다. 이 층 거실과 복도 홀로그램이 떴다.

열 명도 넘어 보이는 군인들이 건과 수가 있는 방 쪽으로 총을 겨누고 있었다. 뭐라도 발견하면 즉각 사격할 태세였다. 수가 다시 키보드를 두드리자 아빠 방이 열렸다. 아빠는 여전히 무릎을 꿇고 있었고 양옆으로 두 명의 군인이 서 있었으며, 홀로그램 의장은 뭐라고 고래고래 소리를 지르고 있었다. 건이 물었다.

다른 길은 없는 거야?

수가 대답했다.

응.

그리고 다시 단호하게 말했다.

저기를 뚫고 가야 해.

건이 중얼거렸다.

하지만······.

수가 발을 쿵 구르며 소리쳤다.

가야 해! 어떻게든!

건이 그런 수를 잠시 쳐다보다가 고개를 끄덕였다. 기를 모아 숨을 한 번 깊이 들이마시고 총을 고쳐 잡았다. 수가 말했다.

내가 반대쪽 복도 끝에 있는 방문을 열 거야, 오빠.

건이 알았다는 듯 다시 고개를 끄덕였다. 곧 반대쪽 복도에서 털컹하는 소리가 들렸다. 건이 재빠르게 몸을 굴려 복도로 나갔다. 나가자마자 낮은 포복 자세를 취하고 사격을 하려던 찰나, 기이한 풍경이 벌어졌다.

복도와 거실을 가득 메우고 있던 군인들이 뒤쪽에서부터 차례로 나자빠지는 것이었다. 광선이 보인 것도 아니었는데 전부 목에 피를 흘리며 쓰러졌다. 십 수 명의 군인이 한순간에 다 무너져 내렸다. 모두 다 쓰러지자 쓰러진 군인들 사이에서 바닥을 디딘 부츠가 하나 나타났다.

처음에는 딱 발만 나타나더니, 이어 종아리와 무릎이 드러났다. 그리고 차츰 허리와 가슴, 머리에 이르기까지 하나씩 선이 그려지듯 모습을 드러냈다. 소파에 앉은 수의 눈이 커졌다. 검은색의, 군복도 아니고 뭔지 알 수 없는 차림의 사내인지 여자인지 성별 또한 알 수 없는 사람이, 복장과 일체형으로 매끈하게 이어진 헬멧을 쓰고 잠시 기척도 없이 서 있었다. 랭이 말했다.

"총수기 운용하는 새도입니다. 명목상으로는 경호·조사팀으로 운영되는데, 그건 말 그대로 명목일 뿐이에요. 보셨다시피 저들은 근접 암살에도 특화되어 있으니까요. 저들은 인간이 아닙니다. 필요에 따라 자신의 몸을 주변 사물로 위장할 수 있는 안드로이드입니다. 외피에 장착된 메타패널로 몸을 투명하게 할 수 있는 것은 물론이고, 전파 왜곡 및 흡수가 가능해서 은신 임무와 암살 수행에 특화된 팀이에요. 에너지 충전 때문에 필요한 주기마다 저렇게 모습을 드러내고 대기 중에 존재하는 모든 광 에너지를 흡수합니다. 당연히 저들이 움직인 동선에 있는 카메라는 전부 원격으로 영상 데이터 소스가 교체되고요. 대개 두 대가 한 조로 움직이는데, 그런 조가 몇 개나 운용되는지 우리도 아직 모릅니다. 총수만이 가동할 수 있는 비공개 조직이라서, 베일에 싸여 있어요."

파로가 말했다.

"우리도 저거랑 비슷한 강화 슈트가 있는데, 아무래도 몸통 자체가 안드로이드인 애들하고 비교하기는 좀 무리죠. 하지만 지금 과학동에서 밤낮으로 연구 중이니까 머지않아 따라잡을 거예요. 제가 우리 강화 슈트를 입고 저번에 알파 구역에 나가보니까 문제가 뭔지 딱 알겠던데 도무지 시간이 안 나서 슈트 팀을 만날 수가 없……."

랭이 파로의 말을 잘랐다.

"섀도는 아마 지금 총수와 통신 중일 겁니다. 지시를 받고 있겠죠. 저들은 일반 통신을 사용하지 않습니다. 신경망을 통해서 총수와 독립 채널로 보고 라인을 가동해요. 그 누구도, 총수 본인 이외에는 아무도 저들의 대화를 들을 수 없어요. 총수와 바로 마주보고 있어도, 총수가 그들과 얘기를 나누고 있는지조차 알 수 없습니다. 머릿속에서만 대화가 오가거든요."

파로가 끼어들었다.

"대장, 퀸은 들어."

랭이 "아, 퀸?" 하고 파로를 바라보았다. 모처럼 쓸모 있는 말을 했다는 표정이었다.

"퀸은, 모조 사회를 운영하는 핵심축이라고 할 수 있습니다. 메인 컴퓨터예요. 모조 사회에 존재하는 모든 전자적 네트워킹이 퀸과 연결되어 있습니다. 정확히 말하자면 퀸이 통제해요. 모조가 만들었습니다. 모조가 그것 때문에 저 사회의 총수가 될 수 있었다고 해도 과언이 아닐 만큼 유능하지만……, 유능이란 단어는 기계보다 사람에게 어울리니까 유용하다는 표현이 더 적확하겠군요. 그래봐야 인공지능이니까요."

현실의 수가 느끼기에 랭은 퀸이라고 하는 메인 컴퓨터에 약간 냉소적인 감정을 품고 있는 것 같았다. 랭이 말을 이었다.

"퀸이 만들어지기 이전에도 지금 퀸의 역할을 하는 메인 컴퓨터는 있었습니다. 차이점이라면 퀸이 신경회로 컨트롤러를 만들었다는 사실뿐이죠. 물론 그게 어마어마하게 끔찍하고 큰 차이이기는 하지만. 그 때문에 식민 구역의 새 시대가 열렸으니까요. 그 초기 소스 코드는 모조가 만들었지만, 완성은 퀸이 했어요. 솔직히 엄밀하게 말하자면 저 퀸 자체도 우리 나노믹스처럼 스스로 학습해서 판단하는 인공지능이어서, 모조가 처음 제작했다 뿐이지 완성은 스스로 했다고 봐도 틀린 말은 아니에요."

수는 문득, 랭의 냉소가 퀸이 아니라 모조를 향한 건지도 모르겠다는 생각이 들었다. 수가 물었다.

"그러니까 모조 사회라는 그 모조가 거기 총수 이름이었군요?"

랭이 대답했다.

"네. 유치하죠? 오래전 몇몇 고대 국가에서 사용하던 연호를 따라 하는 식이에요. 총수가 바뀔 때마다 저 도시 이름을 총수 이름으로 바꾸죠. 모조 이전에는 다인Dyne 사회였습니다. 의장 이름이 다인이었거든요."

"다인. 꼭 여자 이름 같네요."

"지금은 남자 이름, 여자 이름 그렇게 구시대적으로 구분 짓지 않아요. 불필요한 구분들은 사라지는 게 역사의 흐름이죠. 퇴보하지 않는 이상."

수가 "아." 하고 약간 무안해하자 랭이 곧바로 부연했다.

"아 물론, 은수 씨의 모듈 시대에는 그런 구분이 통상적인 일이었으니까 이해합니다. 하지만 어쨌거나 모듈은 가짜고, 실재했던 그 시대도 삼백 년은 더 지난 이야기니까, 그다지 의미 있다고 볼 순 없겠네요."

수는 이제까지 그래왔듯 랭의 말을 다 이해하진 못했지만, 그래도 일단 "네." 하고 동의했다. 뭔지 몰랐지만 직감적으로 랭의 말이 옳을 거라는 생각이 들었다. 랭이 파로에게 말했다.

"홀로그램 왜 멈췄어. 빨리 진행해."

"아, 대장이 너무 신나게 얘기하니까 그랬죠. 은수 씨도 대장 얼굴만 보고 있고. 그럼 다시 갑니다."

랭이 중얼거렸다.

"신나긴……."

동상처럼 기척도 없이 서 있던 섀도가 짧게 고개를 끄덕였다. 랭의 말대로라면 총수와 통신 중인 것 같았다. 한 번 더 짧게 고개를 끄덕인 섀도의 몸이 다시 투명해지기 시작했다. 그리고 순식간에 건이 있는 곳으로 이동하더니 건에게서 총을 빼앗고—그랬으므로 섀도가 건이 있는 곳으로 이동한 것을 현실의 수는 알았다—건의 몸통을 안아 들고는 곧바로 수에게도 달려들어 반대쪽에 안아 들었다. 둘 다, 뭘 저항하고 자시고 할 틈조차 없었다.

너무 순식간에 일어난 일이었는데, 어린 수는 그 와중에도 반타를 놓치지 않았다. 반타도 수를 놓치지 않으려는 듯, 어깨에 걸쳐 수의 등 뒤로 뻗어 있는 앞발의 발톱을 잔뜩 뽑아내고 있었다. 바로 그 때문에 어린 수가 고통스러운 듯 얼굴을 찡그렸다. 그리고 놀라운 일이 벌어졌다.

섀도가 그대로 창을 뚫고 밖으로 뛰어내렸다. 건과 수의 비명이 길게 이어졌다. 정말이지 너무 다 한순간에 벌어진 일이라 현실의 수는 다시 돌려 보자고까지 말하고 싶은 심정이었다. 얼마간 길게 허공을 떨어져 내리던 섀도가 안 보이는 상태로 무슨 짓을 한 건지, 문득 낙하 속도가 줄었다는 느낌이 들었다. 아이들이 휘어지며 낙하하는 각도로 보아 활공 상태가 된 것 같았다.

정작 아이들을 안고 있는 섀도는 보이지 않았으므로, 그 모습은 마치 두 명의 아이가 일정한 간격을 두고—보이지 않는 와이어에 매달린 것처럼 어정쩡한 자세로—하늘을 날고 있는 것 같았다. 아나나 다를까 마침맞게 그 공간을 지나가던 멀티 크래프트들이 급정거를 하거나 서행하며 두 아이의 비행을 바라보았다. 그들의 눈엔 한 소녀와 소년이, 자기들도 모자라 검은 고양이까지 한 마리 안고 유유하게 창공을 나는 것처럼 보였을 것이다. 그들이 어떻게 나는지 알고 있는 수의 눈에도 그렇게 보였으니까.

커다란 공기 매트리스 같은 비행물체가 허공 저 아래에서 섀도를 기다리고 있었다. 섀도가 수와 건을 안고 매트리스에 안착하자 곧바로 비행물체의 형태가 바뀌었다. 그 모습을 지켜보던 같은 공간의 모든 멀티 크래프트들이, 아무 일도 없었다는 듯 각자 제 갈 길을 갔다.

변형이 완료되자 앞자리에서 섀도의 모습이 다시 생성되었다. 건과 수는 뒷자리에 앉아 있었다. 수가 소리를 질렀다.

돌아가야 해! 돌아가! 돌아가라고!

그러나 섀도는 아무 소리도 들리지 않는 듯 미동도 하지 않았다.

수가 다시 소리를 질렀다.

아빠 데려와! 아빠도 데려와!

역시 섀도는 아무 반응이 없었다. 수가 벌떡 일어나 섀도의 머리통을 발로 탕탕 찼다. 그런데도 섀도는 마치 전원이 나간 깡통처럼 그 어떤 반응도 보이지 않았다. 그제야 건도 섀도가 인간이 아닌지도 모르겠다는 생각을 하는 것 같았다. 건은 고개를 살짝 기울이고, 의심스러운 눈빛으로 섀도를 바라보았다. 그렇다면 어린 수도 그 사실을 눈치채지 못했을 리 없었다. 어린 수가 씩씩거리며 뒷자리에 다시 앉고는 한동안 앞자리를 노려보더니, 홀로그램 키보드를 열었다. 분주하게 키보드를 두드렸다. 그제야 앞자리의 섀도가—만약 표정이 있다면 이해할 수 없다는 표정으로—뒷자리의 수를 바라보았다. 그러더니 말했다.

이곳에서는 홀로그램을 열 수 없는데 어떻게 하신 겁니까?

이번에는 수가 복수라도 하듯 섀도의 말에 아무 대꾸도 하지 않았다. 부지런히 키보드만 두들겨댈 뿐이었다. 섀도가 다시 말했다.

홀로그램 사용을 중지해주십시오. 이곳에서는 그 어떤 전자 기기도 이용할 수 없습니다.

건이 섀도의 말투를 듣고 뭔가 확신한 듯 물었다.

당신은……, 넌 인간이 아니지?

수가 대신 대답했다.

맞아, 저건 인간이 아니야. 전자 기기가 여기선 전자 기기를 사용하지 말래. 어이가 없네. 더 상대할 필요 없어.

그때 수를 바라보고 있던 섀도 앞에 보란 듯이 홀로그램 하나가 떴다. 앞자리와 뒷자리 사이에 칸막이라도 친 것 같았다. 아빠 방의 홀로그램이었다. 섀도는 당황해서 뭐가 엉킨 건지, 아니면 총수에게 보고라도 하는 중인지 별다른 반응이 없었다.

"저 장면은 다시 봐도 믿기지 않네요. 저때까지 섀도를 해킹한 사람이 있었다는 얘기는 들어본 적도 없거든요. 섀도는 총수 예하 조직이지만 퀸의 직할이라, 저런 게 가능할 거라고 우리 과학동 사람 누구도 생각지 못했습니다. 워낙 강력하고 베일에 싸인 물건이라서. 은수 씨는 진짜……, 저 사실 하나만으로도 우리 공동체 첩보 활동의 판도가 달라질 수 있거든요. 섀도 때문에, 정확히 말하면 퀸 때문에 무산된 작전이 한둘이 아니어서요. 죽거나 다친 요원도 한둘이 아니고. 우리 작전을 모조가 아는 건 고사하고, 이미 그전에 퀸의 손에서 막힌 것만 해도 헤아릴 수가 없어요."

랭이 다시 생각해봐도 어처구니없다는 듯 혀를 한 번 찼다. 수가 물었다.

"어, 그러니까 지금 저 애가 저 섀도라는 걸 멈췄다는 말씀이신가요?"

랭이 약간은 경이로운 눈빛으로 수를 바라보며 고개를 끄덕였다.

"은수 씨가 멈춘 거죠. 저건 어떻게 보면 퀸을 무용화했다고도 볼 수 있는 거라, 상식적으로 이해하기 어려운 게 사실입니다. 인간이 인공지능과의 단독 대결에서 이긴 사례는 아주아주 오래전 인공지능 초장기 시절에, 바둑 같은 게임에서나 있었던 일이거든요. 그 이후로 저런 일은 거의 불가능한 거나 다름없었는데, 이 고도 문명 시대에 저 꼬마 은수 씨가 그걸 해낸 거예요. 그것도 퀸을 상대로."

랭이 잠깐 뭔가를 망설이다가 파로에게 손짓해 홀로그램을 멈추었다. 랭이 수를 보며 말했다.

"저게 우리가 은수 씨의 디지털 업로딩을 다시 생체 업로딩으로 바꿔야 하는 중요한 이유 중의 하나입니다. 보통은 디지털 업로딩만으로도 기술을 다운 받을 수 있는데, 섀도를 해킹하는 코딩은 아쉽게도 디지털 업로딩과 현재 은수 씨의 두뇌 양쪽으로 나뉘어 있습니다. 어느 한쪽만으로는 기술을 구현할 수 없어요.

완전체를 만들어야 합니다. 저것들을 해킹해서 조종하는 것까지는 안 된다고 해도, 지금처럼 저렇게 기능만 정지시켜도 판도가 달라지거든요."

수가 멀뚱멀뚱 랭을 바라보고만 있자 랭이 다시 말했다.

"쉽게 말해, 은수 씨가 동의만 하신다면 은수 씨의 두뇌를 복원해야 한다는 얘기입니다."

수가 중얼거렸다.

"제 머리를 복원……."

"그 때문에 류건 씨가 우리에게 절대적으로 중요한 존재이지만, 사실 류건 씨만으로는 아직 불안정한 상황이거든요. 그런데 블랙 오팔 큐브가 은수 씨 아버님의 업로딩인 게 확실하다면, 그 일 자체가 완벽해집니다. 아직 우리 기술력으로도 자가 생체 업로딩을 백 퍼센트 보장한다고 하긴 무리인데, 아버님의 업로딩만 있으면 완전무결해지거든요. 모든 위험 요소를 다 배제할 수 있습니다. 그러면 무엇보다 은수 씨가 자기 자신을 완전히 되찾게 되고, 그 과정에서 어떤 위험도 감수하지 않아도 되니까, 목걸이가 정말 중요합니다. 은수 씨가 우리가 놓쳤던 부분을 잘 찾아내신 거예요."

랭이 말하고 파로를 쳐다보았다. 파로가 모호한 표정을 짓고 있자 다시 뭔가를 결심한 듯 말을 이었다.

"사실 이 문제는 은수 씨에게만 중요한 것이 아닙니다. 왜냐하면, 은수 씨의 그 두뇌가 우리에게 모조 사회에 대한 해법을 알려줄 수 있거든요. 그러면 저 도시의 파렴치한 사회 구조, 저기 저 식민 구역, 그곳을 해방할 수 있게 됩니다. 말하자면 은수 씨는 저들에게 구세주나 다름없는 존재가 되는 거예요."

수가 어리둥절한 표정으로 가슴에 손을 얹으면서 물었다.

"제, 제가요?"

랭이 진지했던 표정을 풀고, 마치 조금 전에 무슨 중요한 얘기라도 했냐는 듯 미소를 지으며 고개를 끄덕였다.

"일단 홀로그램부터 계속 보시죠. 그 얘긴 이 작업이 모두 끝난 다음에 다시 하겠습니다. 사실 진이 결정한 다음에 말씀드렸어야 했는데, 제가 성질이 급하다 보니 먼저 얘기하고 말았네요."

파로가 말했다.

"대장은 늘 그 입이 문제야."

랭이 파로를 노려보자 파로가 황급히 홀로그램을 재생했다.

랭의 말대로라면 어린 수에 의해 정지된 섀도 앞에, 보란 듯이 홀로그램이 펼쳐져 있었다. 랭을 말을 듣고 봐서 그런지 과연, 섀도는 전원이 나간 로봇 그 자체였다. 수의 아빠는 다행히 침대에 앉아 있었다. 아빠의 양 옆을 지키던 군인들은 바닥에 나자빠져 있었다. 의장의 홀로그램도 어디로 갔는지 안 보였다. 대신 그곳엔 건과 수의 앞자리에 전원이 나간 것처럼 정지해 있는 섀도와 똑같은 모양의 안드로이드가 서 있었고, 그 안드로이드 옆으로 총수의 홀로그램이 떠 있었다. 수가 키보드를 두드려 총수의 음성을 증폭했다.

그러니까 애초부터 저와의 약속을 지키……

전파 방해가 일어나는지 총수의 소리가 끊겼다. 어린 수가 입술을 앙다물고 키보드를 두들겼다. 장애 때문인지 쌍방 통신까지는 연결되지 않는 모양이었다. 총수의 목소리가 다시 이어졌다.

의장은 이제 박사님의 머리를 원하겠지요. 어떻게 하시겠습니까? 남은 방법은 하나밖에 없습니다.

수의 아빠가 침통한 표정으로 침대에 앉아 피범벅이 된 머리를 두 손으로 감쌌다. 아빠의 눈에서 쉴 새 없이 눈물이 흘러내렸다. 그는 한동안 서럽게 울었고 그 모습을 바라보는 어린 수도 울었다. 홀로그램에 노이즈가 일며 흐릿해졌다. 어린 수가 소리를 질렀다.

하지 마! 하지 마!

수가 이를 악물고 키보드를 두드리자 홀로그램이 다시 살아났다. 아빠가 말했다.

그러면 일전에 약속하신 대로 제 딸은 지켜주시는 겁니까?

총수가 가만히 고개를 끄덕이고 말했다.

하지만 이곳에서는 어렵겠지요.

수의 아빠가 다시 서럽게 울었다. 안 돼, 안 돼, 라는 말을 되풀이하며 바닥에 눈물과 콧물과 침을 떨어뜨렸다.

총수가 그런 그를 안타깝다는 듯 바라보다가 말했다.

그마저도 지휘관은 어렵습니다.

건이 아무런 느낌도 없는 듯 그런 총수를 바라보았다. 건도 마치 전원이 나간 것 같았다. 수의 아빠가 말했다.

안 됩니다. 안 돼요. 그러면 수 옆에는 아무도 남지 않아요. 그러면 안 됩니다…….

총수가 말했다.

수는……, 어차피 식민 구역으로 내려가면 모든 걸 다 잊게 될 겁니다.

아빠가 오열했다.

안 됩니다, 안 되겠습니다. 아무래도 제가 수 옆에 있어야 할 것 같습니다. 총수님. 제발 어떻게 좀 해주십시오, 총수님. 앞으로는 뭐든 시키는 대로 할 테니까, 제발 이번 한 번만 봐주세요!

총수가 길게 한숨을 내쉬었다.

그 마지막 기회를 저버리신 분이 박사님 아닙니까. 제가 그렇게 말씀을 드렸는데……. 지금 제가 할 수 있는 게 뭐가 있다고 이러십니까. 의장이랑 전쟁이라도 일으킬까요? 아니면 저 노인네들한테 생체 업로딩 기술을 그대로 넘기실 겁니까? 이 인류를 다시 아수라장으로 만들고 싶으세요? 다 망가진 세상을 이렇게까지 다시 일으켜 세우는 데 얼마나 오랜 시간과 피나는 노력이 들어갔는지 잘 아시잖습니까. 이번에 또 망가지면 회생할 기회조차 없어요. 이 지구가 영원한 게 아닙니다, 박사님. 저도 박사님 마음을 이해하지 못하는 건 아닙니다만, 이 일은 이제 돌이킬 수 없게 되었어요. 스스로 결단을 내리셔야 합니다. 조금 있으면 의장의 경비대들이 다시 들이닥칠 거예요. 이것이 제가 박사님께 해드릴 수 있는 마지막 호의입니다.

총수의 홀로그램이 사라졌다. 수의 아빠가 소리를 질렀다.

그럼 제 딸과 마지막 인사만이라도 하게 해주십시오! 우리 수

하고 인사도 못 했습니다. 총수님! 인사만이라도! 내 딸하고 인사
도 못 했단 말이다! 제대로 보지도 못했어! 내가 홀로그램을 끊
으라고 해서 제대로 보지도 못했단 말이야! 제발…….

수의 아빠가 바닥으로 쓰러져 오열했다. 그의 앞에 동상처럼
서 있던 섀도가 어디선가 광선총을 꺼내서 조용히 아빠 앞에 내
려놓았다. 어린 수가 잡히지 않는 홀로그램을 휘저으며 소리를
질렀다.

아빠! 아빠! 나 여기 있어, 아빠! 아빠!

건은, 마치 죽은 사람처럼 고요히 그런 수를 바라보고만 있었
다. 동공이 비어 무슨 생각을 하는지 알 수 없었다. 홀로그램 속
섀도가 말했다.

어려우시면 제가 도와드릴까요?

수의 아빠가 하염없이 눈물을 흘리며 고개를 흔들었다. 수
야……, 그리고 총을 들었다. 수야, 미안하다……, 아빠가 미안해.

안 돼, 아빠, 뭐 하려는 거야! 안 돼, 아빠! 하지 마, 아빠. 하
지 마!

수의 몸부림이 거의 발악에 이르렀다. 건은 총수 공관 크래프
트 구석에 마치 영혼이 나간 사람처럼 웅크리고 있었다. 반타도
수가 안타까운지 여러 번 다리에 매달렸지만 수의 몸부림 때문에
매번 튕겨 나오고 말았다. 홀로그램 속에서 붉은 광선이 짧게 번
쩍였다.

섀도가 바닥에 떨어진 총을 들고 사라졌다. 순간 정적이 흘렀
다. 수도 건도 반타도 모두 전원이 나간 것처럼 제자리에서 꼼짝

도 하지 않았다. 쓰러진 아빠의 머리에서 핏물이 조금씩 배어 나와 바닥을 적셨다. 홀로그램이 사라졌다.

한동안 정적이 계속되었다. 공관 크래프트 옆으로 간간이 구름이 지나갔다. 높은 곳에서 오랫동안 떨어졌는데도 여전히 높은 곳이었다. 어쩌면 크래프트에 탄 다음에 다시 높은 곳으로 올랐는지도 몰랐다. 구름 사이로 이따금 빌딩이 보였다. 빌딩에 부딪혀 부서지는 아침 햇살도 보였다. 그 너머로 아침 해를 문지른 듯한 오렌지색 하늘이 펼쳐져 있었다. 빛이 죽어 속이 빈 눈동자로 그 풍경들을 바라보던 수가 말했다.

오빠.

공관 크래프트 한쪽에 웅크리고 앉아 수를 가만히 쳐다보고 있던 건의 동공에 초점이 맞춰졌다.

오빠, 나 여기서 나가고 싶어. 답답해.

건이 물었다.

지금?

수가 고개를 끄덕였다. 건이 자리에서 일어나더니 앞좌석으로 옮겨갔다. 낑낑거리며 꿈쩍도 하지 않는 섀도를 밀어 옆으로 치우고 계기반을 들여다보았다. 하지만 뭐가 뭔지 알지 못하는 눈치였다. 심지어 크래프트를 조작할 수 있는 조종간이라든가 그 비슷한 무엇도 보이지 않았으므로, 건은 그저 황망한 표정으로 계기반의 여기저기를 기웃거리기만 했다. 건으로서는 그것이 그때 할 수 있는 최선으로 보였다.

수가 그런 건을 잠시 멍한 눈으로 바라보다가 차분하게 홀로그램 키보드를 열었다. 천천히 키보드를 조작했다. 잠시 후 수가 앉은 자리 쪽의 문이 열렸다. 크래프트 내부에 경고 사인이 떴고 세찬 바람이 불어 닥쳤다. 크래프트가 재빠르게 실내 공기압을 조정해 균형을 맞추었다. 건이 당황한 눈빛으로 뒤를 돌아보았다. 반타가 폴짝 뛰어 수의 품에 안겼다. 수가 말했다.

아니 반타야. 너는 여기 오빠랑 있어. 너는 여기 있어야 해.

반타가 수의 말을 알아들은 건지 아닌 건지 냐아아, 하고 길게 울었다. 수가 반타를 내려놓고 건을 바라보았다. 건은 뭐라 말하지 못하고 커다래진 눈으로 입을 벌린 채, 수를 바라보고만 있었다. 수가 말했다.

오빠 미안해. 나는 너무 답답해서 여기 더는 못 있겠어.

그리고 그 짧은, 건이 다시 뒤로 건너가기에도 짧은 아주 찰나의 순간에, 수가 뛰어내렸다. 반타 또한 망설임 없이 수를 따라 뛰었다. 수가 놀라며 안 돼! 하고 소리쳤지만 반타의 몸은 이미 수의 품 가까이 있었다. 수는 반타를 놓칠세라 황급히 팔을 뻗어 잡고 가슴에 품었다.

건이 수를 불렀다. 수를 부르며 안간힘을 다해 자기 앞에 놓인 섀도를 치우고는 이윽고, 수를 따라 뛰어내렸다. 머리카락을 흩날리며 허공으로 떨어져 내리는 수가 놀란 눈으로 뒤따라 뛰어내린 건을 바라보았다. 수의 눈에서 눈물이 방울방울 아롱져 하늘로 솟아올랐다. 건이 팔을 옆구리에 붙이고 고개를 좀 더 깊게 숙이자 속도가 빨라졌다. 이내 수를 따라잡았고 울고 있는 수를 가슴에 안았다. 건이 소리쳤다.

내가 살아 있는 한! 거기가 어디든! 너를 혼자 두지 않겠다고! 박사님과 약속했다.

랭이 가만히 현실의 수를 돌아보자 수가 입을 가리고 소리 없이 울고 있었다. 소녀와 소년이 공기를 가르는 소음 속에서, 어린 수의 흐느낌이 들리는 것도 같았다. 어쩌면 현실의 수가 흐느끼는 소리일 수도 있었다.

한 소녀와 한 소년이 검은 고양이를 안고 드넓은 창공 속으로 떨어졌는데, 이번에는 그리 유유하게 나는 모습이 아니었다. 수직으로 공간을 가르듯이 떨어져 내렸다. 같은 공간을 지나는 그 어떤 멀티 크래프트도 소녀와 소년의 존재를 눈치채지 못했다. 쏴아아아, 하고 바람을 파고드는 듯한 강렬한 속도감에 현실의 수도 끝내, 더는 참지 못하고 손을 들어 귀를 막고 두 눈을 질끈 감았다.

소녀와 소년은 하늘에서 떨어져 내리는 별처럼 반짝거렸다. 둥근 아침 해가 그들을 비추고 있었다.

진실이 뭐가 중요하겠어, 행복하면 됐지

어린 수가 눈을 떴다. 수는 뜬 눈을 끔벅이며 현재 자신이 처한 상황을 가늠하는 눈치였다. 일찌감치 수의 기척을 눈치챈 반타가 누워 있는 수의 머리맡에 와 있었다. 반타가 까칠한 혀로 수의 이마를 핥자 수가 눈살을 찌푸렸다.

아파, 반타, 아파.

그러자 수가 누워 바라보던 천장 속으로 쑥, 주근깨투성이의 얼굴이 들어왔다. 어린 수가 깜짝 놀라 벌떡 일어났다. 수를 내려다보고 있던 무지개색 더벅머리 여자가 말했다.

할매, 꼬맹이 일어났는데?

그제야 어린 수는 자신이 있는 공간을 빠르게 훑으며 그곳이 어딘지를 살피기 시작했다. 낡은 기계들이 잔뜩 쌓인 창고 같은 곳이었다. 질서가 없는 것 같았지만, 한편으론 그 나름의 질서를 가진 것도 같았다. 어린 수의 표정으로 보아 그런 곳은 난생처음 보는 모양이었다. 현실의 수도 낯설었다. 반타가 수 옆에 앞발을 가지런히 모으고 앉아, 고개를 갸우뚱하며 수를 올려다보았다. 잠시 후 더벅머리 여자가 할매라고 부른 노파가 나타났다. 작달 막한 노파는 수가 아빠와 함께 찾아온 적이 있는 나무 대문 집 할 머니였다. 노파가 말했다.

일어났구먼. 어린 것들은 좋겠어. 뭔 일을 당해도 잠만 잘 자니 까. 나는 세상 평온해도 새벽만 되면 눈이 떠져서 오줌이 마려워.

어린 수가 중얼거렸다.

할머니는…….

노파가 말했다.

그래, 내가 그 할미다. 내가 애초에 네 아비한테 돈을 두 배로 받아먹을 때 이런 일이 벌어질 걸 예상했어야 했는데. 하이고 내 팔자야. 사실 예상하긴 했지. 이런 식으로 전개될지 몰랐다 뿐이 지. 이럴 줄 알았으면 두 배가 아니라 스무 배를 받았어야 하는 건데 말이지.

뒤에서 무지개색 머리 여자가 킬킬거리고 웃었다. 노파가 못마 땅하다는 듯 여자를 한 번 돌아보고는 수를 보며 말했다.

애야, 네가 여기 며칠 동안 누워…….

그러더니 다시 뒤를 돌아보며 물었다.

얘가 며칠 동안 잤지?

삼 일.

그래, 그랬단다. 대단하지 않니? 도대체 평소에 뭘 먹고 자라면 그렇게 삼 일을 내리 잘 수가 있는 거니? 비법이 있으면 이 할미한테도 좀 알려다오. 난 중간에 오줌이 마려워서 자꾸 깨.

여자가 말했다.

오줌이 마려워서 깨는 거야, 깨니까 오줌이 마려운 거야? 이랬다저랬다 하지 말고 정확히 하라고.

노파가 가만히 생각하더니 이내 짜증을 냈다.

그런 것까지 정확해야 하냐?

그럼 다른 거라도 좀 정확히 하든가.

하여간 저 말본새 봐라.

노파가 다시 수를 돌아보며 물었다.

그래, 기분이 어떠냐.

여자가 대신 대답했다.

자기가 왜 살아 있는지 궁금하겠지.

노파가 버럭 화를 냈다.

네가 얘야?

아, 뻔한 걸 물으니까 그렇지.

노파가 혀를 차고 수를 보고 말했다.

그래, 뭐가 어떻게 된 건지 궁금하긴 하겠지. 그런데 나도 너한테 궁금하다. 거기서 도대체 무슨 생각으로 뛰어내린 거냐? 죽을 생각이었냐?

이번에는 여자도 궁금했는지 아무 말 없이 수를 쳐다보았다. 수도 아무 말 없이 우울한 표정으로 가만히 앉아만 있자 노파가 말했다.

그래, 내가 요즘 것들이 뭘 묻는다고 바로바로 대답하는 꼴을 못 봤다. 너라고 왜 다르겠냐. 기대한 내가 미쳤지. 죽으면 늙어야지. 말해 뭐 해.

여자가 수를 보며 말했다.

적응해야 할 거다. 우리 할매가 좀 옛날 거에 무진장 집착해. 그래서 저런 이상한 소리도 곧잘 하니까 그러려니 해. 미쳤다고 생각하지 말고.

노파가 여자를 보며 혀를 찼다. 어린 수가 물었다.

오빠는……요?

노파가 말했다.

오빠? 아 그놈? 일 나갔다. 살았으면 밥값을 해야지. 어이구? 그 와중에도 그놈은 챙기네? 그놈은 애초부터 너무 건강해서 탈인 놈이었으니까, 신경 쓸 거 없어.

노파가 여자를 돌아보며 말했다.

애 밥이나 좀 먹여.

여자가 말했다.

어떻게 된 건지나 먼저 보여주지? 밥보다 그게 더 급할 텐데.

그러고는 수를 보며 물었다.

그렇지?

수가 고개를 끄덕이자 노파가 말했다.

그럼 노는 것들끼리 알아서들 하든가.

노파가 발걸음을 옮겼다. 문을 열고 어딘가로 사라지는 노파의 뒤통수에 대고 여자가 소리쳤다.

놀긴 누가 놀아! 내가 아침부터 정리해놓은 게 얼만데!

노파가 귀찮다는 듯 쳐다보지도 않고 손만 한 번 휘젓더니 문을 닫았다. 여자가 말했다.

일단, 네가 제일 궁금한 거부터 먼저 해결하자.

여자가 홀로그램을 열었다. 홀로그램엔 둥근 아침 해를 등에 지고 하늘에서 떨어지고 있는 수와 건이 있었다.

이거 맞지?

수가 고개를 끄덕였다. 여자가 홀로그램을 재생했다.

건이 수를 안고 수직으로 낙하하는 중이었다. 두 사람이 공기를 가르는 소리가 으스스할 정도로 강렬했다. 그 지점에서 수는 이미 정신을 잃은 듯 보였다. 바로 그때 어디선가 끝이 뾰족한 화살이 수와 건에게 날아들었다. 그 날카로워 보이는 물체가 자신들에게 날아드는지 건도 전혀 알지 못했다. 둘은 여전히 눈을 감고 서로 부둥켜안은 채 허공을 가르며 떨어져 내리는 중이었다. 화살은 간발의 차이로 수와 건을 빗나갔다.

솔리하! 야 이것아. 빗나갔잖아!

노파의 목소리였다.

아, 할매. 좀 기다려! 고새를 못 참고 잔소리냐. 내가 어련히 알아서 할까 봐.

이어 화살이 나타난 방향에서 멀티 크래프트……, 가 아니라 현재의 수가 보기에 뭐라고 정확히 명명하기 어려운 형태의 비행물체가 나타났다.

랭이 말했다.

"저건 모조 사회에서 허가받은 비행체가 아닙니다. 불법 개조한 거예요. 저런 걸 저렇게 벌건 아침부터 과감하게 몰고 다니려면 당연히, 원격으로 영상 데이터 소스를 교체하는 기술이 있어야 하는데, 일전에 노파가 준 칩에서 이미 그 기술은 충분히 검증이 됐죠."

현실의 수가 고개를 끄덕였다.

수직으로 낙하하는 두 사람에게 수평으로 날아오던 화살이 둘을 지나친 뒤 둥글게 반원을 그리며 다시 돌아오더니 수와 건이 떨어질 위치로 날아가 팡, 하고 터졌다. 커다란 낙하산 모양의 풍선이 만들어졌다. 두 사람이 곧 그 풍선 위에 펑, 하고 떨어졌다. 풍선이 두 사람을 감싸 안았다. 풍선이 줄어들어 두 사람의 몸피만 해졌다. 이윽고 그들 위로 날아온 불법 비행물체가 어떤 고리를 떨어뜨려 풍선을 순식간에 낚아채고 다시 수직으로 하강하기 시작했다. 여자의 목소리가 들렸다.

남자애는 아직 정신이 말짱한데, 기절시켜야 하는 거 아냐?

둬, 쟤는. 어디 가서 뭘 신고하고 그럴 처지가 아니다.

고양이도 멀쩡하네?

걔도 둬.

뭘 다 두래.

안 두면 어쩌게.

하긴 고양이가 보안대에 가서 신고하면 좀 웃기긴 하겠다. 그나저나 얘네 도대체 뭐 하는 애들이야, 새도가 데려가던 애들을 우리가 건드려도 돼? 자살골 아냐 이거?

그만 좀 닥치고 운전이나 똑바로 해라, 이것아.

아, 그렇게 겁나면 그냥 가만히 집에 있지, 뭐 하러 따라 나와 가지고 그래!

네가 이따위로 운전을 하니까 그러지, 제대로 하면 내가 무서워해?

비행물체는 현실의 수가 보기에도 살벌했다. 빌딩 사이, 얼기설기 얽힌 고가 다리, 다른 멀티 크래프트 사이를 종이 한 장 차이로 날며 질주하고 있었다.

아이고, 할매처럼 운전하면 휴가 나간 보안대 애들 복귀해서 밥까지 다 챙겨 먹고 출동해도 따라잡혀.

거기서 홀로그램이 딱 멎었다. 여자가 말했다.

들었지? 내 이름은 솔리하야. 할매 이름은 춘춘이고. 하지만 할매 앞에서는 그 이름 안 부르는 게 좋아. 쫓겨날 수도 있으니까. 우리 할매가 그 이름 싫어하거든. 나는 좋아하는데. 다른 촌스러운 건 다 좋아하면서 제일 촌스러운 당신 이름만 싫어해. 춘춘, 얼마나 좋아. 정감 있고. 그렇지 않니?

수가 멀뚱멀뚱 솔리하를 쳐다보고만 있자 솔리하가 그런 수를 가만히 내려다보다가 말했다.

넌 본래 그렇게 반응이 없니?

어린 수가 당황한 듯 말했다.

아니, 그게 아니라요…… 춘춘, 저도 좋아요.

솔리하가 피식 웃었다.

아무리 좋아도 할매 앞에서 부르면 안 된다. 그리고 에 또, 홀로그램은 더 보여주고 싶은데 여기서부터는 우리 집으로 들어오는 과정이라 보여줄 수가 없어. 너를 못 믿어서가 아니라……, 너를 못 믿어서 그런 거 맞아. 이해하지? 보안대가 우릴 별로 안 좋아하거든. 그렇다고 우리가 나쁜 사람이거나 그렇다는 건 아니야. 나쁜 놈들은 다 저 위……, 그래 네가 살던 데 거기 모여 살지. 여기 사는 사람들은 나쁜 사람들이 거의 없어. 있어도 가끔 있어.

수가 고개를 끄덕였다. 솔리하가 말했다.

자, 그럼 이제 두 번째 퀴즈. 우리가 어떻게 니들이 저기서 중력 실험 중인지 알았을까?

수와 반타가 멀뚱멀뚱 솔리하를 올려다보았다. 솔리하가 중얼거렸다.

목이 긴 것들이, 시꺼먼 게 둘이, 아주 똑같이 눈을 뜨고 쳐다보고 앉았네.

그러더니 딱, 하고 핑거 스냅 소리와 함께 벌집 모양의 홀로그램을 파노라마처럼 펼쳤다. 그곳에는 수와 수의 아빠가 노파의 집을 방문한 이후, 건과 함께 있었던 모든 장면이 담겨 있었다. 수가 아빠를 보고 눈물이 그렁그렁해지자 솔리하가 아이고, 하더니 재빠르게 홀로그램을 치웠다.

할매가 주고 간 거니까 날 원망하지 마. 아무튼 자, 잘 봤다시피 이게 뭐냐면 기록이야. 왜 이런 기록이 있는가 하면 우리 할매가 말이지, 말은 좀 막 해도 정이 아주 많은 사람이야. 그래서 여기서 사람을 데려간 인간들을 감시하는 거야. 여기 있던 사람들 각막 안에 아주 조그만 카메라를 넣어서. 특수 장비가 있어야 찾아낼 수 있는 그런 카메라지.

솔리하는 그걸 자기가 만들었다는 표정으로 손가락을 들어 자기 가슴을 가리켰으나, 수가 별다른 반응을 보이지 않자 입을 한 번 비죽이고 말을 이었다.

자, 그럼 그런 게 왜 필요하냐. 여기서 사람을 사 간 인간들은 대체로 자기들이 이 세상에서 제일 잘난 줄 알거든? 그래서 로봇을 안 쓰고 사람한테 슬레이브를 심어서 부려. 금액이 아주 비싸기 때문에 이급까진 턱도 없고 일급은 넘어야 간신히 살 수 있는데, 아무튼 그런 놈 중에서는 뭐랄까, 좀 변태 같은 놈들도 있고 그래. 슬레이브가 목적이 아니라 다른 짓을 하려는 미친 것들이 가끔 있단 말이야. 아주 비정상적이고 괴상한. 그럴 경우에 우리가 나서서 해결하곤 해. 일종의 애프터서비스지. 진짜 인간 이하의 짓까지는 못 하게 예방해주는.

수가 물었다.

슬레이브가 뭐예요?

슬레이브를 몰라? 얘도 아주 머리가 맑네.

솔리하가 다른 홀로그램을 올려 슬레이브를 설명해주었다.

그러니까 자율 의식은 그대로 있고, 강제 복종과 가사 노동 프로그램만 집어넣은 거야.

수가 중얼거렸다.

저런 걸 사람한테 그렇게 한다는 거 자체가 좀 이상한 것 같은데.

솔리하가 팔짱을 끼고 손가락을 입술에 대더니 수의 말에 동감

한다는 듯 말했다.

그래. 안 이상하진 않지.

수가 물었다.

그러면 언니랑 할머니는 왜 저 사람들이 저런 짓을 하게 사람들을 팔아요?

솔리하가 손가락으로 입술을 톡톡 두드리며 잠시 눈알을 굴리더니 말했다.

그건 말이지, 식민 구역에 내려가서 개고생 하는 것보다는 아무래도 저게 더 나으니까? 물론 그건 할매 생각이지만. 뭐라더라 똥통에서 뒹굴어도 거기보다는 여기가 낫다고 그랬던가?

식민 구역이 어딘데요? 식민 구역에 내려가면 개고생 해요?

식민 구역도 몰라? 할매는 네가 천재라고 하던데 천재가 아니라 바본데?

그러자 반타가 이야아오, 하고 알 수 없는 소리를 냈다.

솔리하가 중얼거렸다.

얼씨구.

수가 말했다.

몇 번 들어는 봤는데 잘 몰라요.

솔리하가 고개를 절레절레 흔들며 도시 미니어처처럼 보이는 홀로그램을 열었다. 도시는 마녀의 고깔 같은 모양이었다. 솔리하가 고깔의 꼭대기를 가리켰다. 여기 맨 위에서부터 여기까지가 최상급, 그다음 여기 구름이 띠처럼 둘려 있지? 여기까지가 일급, 구름 아래부터 이급, 삼급 이렇게 죽 내려가다가 여기 지상에서

백 층 정도 높이까지가 사급이야. 그리고 식민 구역은, 하며 홀로 그램에 나오지 않는 지하를 가리켰다. 여기. 오급. 여기서부터는 이제 시민이라고 보기 어렵지.

수가 마녀 고깔의 챙 부분을 가리키며 말했다.

우리는 사급 중에서도 가장 바닥에 있는 거네요.

솔리하가 깜짝 놀랐다.

네가 그걸 어떻게 알아?

전에 아빠랑 왔을 때를 기억해요.

하여튼 할매, 진짜. 조심성이라곤……. 그 급수는, 저 윗대가리 들이 자기들 마음대로 정한 거지, 우리가 합의한 게 아니야. 그러 니까 우리까지 사급이라고 부를 필요는 없어. 우리는 여기를 오 로라라고 불러. 내가 지금 사급이라고 한 건 쟤들이 그렇게 부른 다, 그걸 설명해주려고 그런 거고.

수가 식민 구역을 가리키며 물었다.

그러면 여기 사는 사람들을 시민이라고 보기 어려우면 뭐로 보 는데요?

솔리하가 고개를 갸웃했다.

그러게. 뭘까? 범죄자? 노동자? 부품? 여하간 이 사람들은 도 시에서 제공하는 아무런 혜택도 받지 못해. 저곳에서 평생 노동 이나 하며 살다가 그냥 거기서 죽는 거지. 하지만 뭐, 나는 할매랑 생각이 좀 달라서, 그것도 그리 나쁘지 않다고 생각해. 어차피 저 들은 저기서 자기들이 뭘 하고 사는지도 모르니까. 진실이 뭐가 중요하겠어, 자기만 행복하면 됐지. 안 그래?

수가 다시 물었다.

뭘 하고 사는지 왜 몰라요? 노동을 한다면서요.

솔리하가 당황했다. 그러더니 횡설수설하기 시작했다.

어, 그게…… 아 뭐지? 왜 얘기가 여기까지 왔지? 이건 할매가 아무 데서나 떠벌리고 다니지 말라고 했는데. 하지만 여기가 아무데는 아니지. 우리 집인데. 여기서 설명을 안 해주면 얘는 나를 잘 알지도 못하면서 아무렇게나 지껄이는 인간으로 알 텐데. 얘는 갑자기 왜 이렇게 질문이 많은 거야. 아, 어떡하지? 뭘 가르치는 직업을 가진 사람들은 도대체 어떻게 이런 애들을 상대하는 거야.

솔리하가 자신을 뚫어지게 쳐다보는 수를 힐긋 보곤 또 중얼거렸다.

아, 쟤 나 쳐다보는 거 좀 봐. 거기다가 고양이까지 난리야.

솔리하가 반타를 보고 말했다.

넌 내가 뭐라고 설명하면 알아? 뭘 그렇게 봐?

반타가 우우우웅, 하고 대답했다. 솔리하가 중얼거렸다.

나 미치고 팔짝 뛰겠네.

랭도 중얼거렸다.

"솔리하는 참 파로랑 비슷해. 생각이 짧은 거나, 혼잣말하는 거나."

파로가 항의했다.

"내가 아니라 대장이지!"

그때 솔리하가 말했다.

에이 모르겠다.

그러더니 또 다른 홀로그램을 띄웠다. 이번에는 인간의 뇌 모양이었다.

이게 뭔지 알지? 호두가 아니라 뇌야. 사람 뇌. 여기가 눈이고.

그때 사람 눈이라고 하는 부분이 반짝 빛났다. 음성 트래킹이 되는 홀로그램이라 말하는 부분이 반짝이는 거라고 랭이 설명했다.

여기다가 나노를 심어. 정확히는 망막 여기에다가 나노 입자를 심는 거야. 나노 입자는 뭔지 아니?

수가 고개를 끄덕였다. 솔리하가 말했다.

넌 주로 어려운 건 알고 쉬운 걸 모르는구나. 아무튼 이 나노 입자가 다른 나노랑은 차원이 좀 다른 게, 얘는 여기서 자라. 이렇게.

홀로그램 뇌의 안구 부분이 다시 한 번 반짝이더니 이윽고 그 빛이 어떤 방향을 향해 흐르기 시작했다. 빛은 뇌 안에서 모세혈관처럼 점점 퍼지며 확장되었다. 수가 말했다.

꼭 옆으로 자라는 나무덩굴 같네요.

솔리하기 반색했다.

그래 맞아, 바로 그거야. 그렇게 자라는 거야. 망막에서 시신경을 통해서 더 깊은 곳까지 침투한 다음에, 딥 러닝을 시작해. 이식된 주체의 뇌 환경을 분석하는 거야. 그리고 분석이 끝나면 저런식으로 신경망을 장악하는 거지. 저걸 나노 줄기라고 불러. 나노 줄기가 완성되면 저 사람은 더는 저 사람이 아니야. 저 사람의 모든 신경계를 이제 나노 줄기가 통제하게 되거든. 저걸 신경회로 컨트롤러라고 불러.

어린 수가 중얼거렸다. 신경회로 컨트롤러.

현실의 수도 중얼거렸다. 신경회로 컨트롤러.

어린 수가 물었다.

저 사람이 저 사람이 아니면 어떤 사람이 되는 건데요?

솔리하가 말했다.

저 사람이 저 사람이 아니면 그냥 저 사람이 아닌 거지, 뭘 그렇게 따져.

그러더니 어휴, 하고 한숨을 한 번 내쉬곤 다시 말했다.

야, 너 그런 식으로 자꾸 말꼬리 잡고 물어보면 한도 끝도 없…….

그때 문이 벌컥 열렸다. 할매야 깜짝이야, 놀란 솔리하가 뒤를 돌아보았다. 그곳엔 건이……, 아니라 건을 닮은 사람이 서 있었는데 잠시 후 얼굴에 노이즈가 발생하더니 건의 얼굴로 되돌아왔다. 건은 온몸이 땀범벅이었다. 솔리하의 눈이 커졌다.

야, 너 왜 그래!

건이 말했다.

저기, 그 까만 로봇을 본 것 같습니다.

그리고 그 자리에서 푹 쓰러졌다. 건의 등에 무언가가 꽂혀 있었다. 수가 비명을 질렀다.

이런 젠장, 할매! 하고 솔리하가 허공에 대고 외쳤고 펄쩍 뛰어 방 한쪽으로 달려가더니 어떤 기계장치를 만지기 시작했다. 이윽고 실내의 형태가 변형되었다. 내부의 수직 공간과 수평 공간이 엇갈리며 구조가 바뀌었고 그러는 동안 그곳에 정리되어 있던 기계 뭉치들이 다 쏟아져 내리고 엉켰다. 솔리하가 분통이 터진다는 듯이 소리를 질렀다.

내가 이걸 며칠을 정리했는데! 나 진짜 환장하겠네!

솔리하는 건이 들어왔던 문을 통해 외부로 뛰쳐나갔다. 노파가 어딘가에서 나와 빠른 걸음으로 건에게 다가왔다. 그 모습을 지켜보던 수가 저도 모르게 솔리하를 따라 나가려고 하자 노파가 말했다.

넌 나가지 마, 거기 있어.

수가 문간에 우뚝 서서 고개만 빼꼼 내밀고 밖을 바라보았다. 건물의 외부도 내부처럼 수직과 수평이 엇갈리며 모양이 바뀌고 있었다. 그러면서 건물 자체가 지하로 내려가는 중이었다. 수가 고개를 들어 위를 올려다보니 건물이 내려간 공간만큼 어디선가 다른 건물이 들어차고 있었다. 건물은 계속 내려갔고 땅속에 절반쯤 이르렀을 때, 솔리하가 다시 펄쩍 뛰어 들어왔다.

노파가 건의 등에 꽂힌 물건을 빼내고 어떤 통 속에 집어넣더니 뭔가를 바쁘게 조작했다. 솔리하가 노파에게 말했다.

그래서 할매, 내가 쟤도 건드리면 자살골이라고 했냐, 안 했냐.

닥치고 이리 와서 이거나 도와.

솔리하가 투덜거리며 다가와 노파가 하던 일을 이어받았다. 솔리하가 기계를 조작하는 동안 노파가 다시 건에게 다가가 눈꺼풀을 열어보고, 어떤 장치를 꺼내 목덜미에 연결하더니 홀로그램을 띄웠다. 능숙하게 홀로그램을 다루며 이리저리 살폈다. 그러는 와중에도 지하로 완전히 내려온 건물은 그르렁거리며 어딘가로 이동 중이었다.

어린 수도 이동하는 건물의 창밖을 보랴, 솔리하가 만지는 기계를 보랴, 노파 옆에 누운 걸 보랴 쉴 새 없이 바빴다. 반타는 움직이는 바닥의 느낌이 신기한지, 네 다리에 잔뜩 힘을 주고 바닥을 내려다보고 있었다.

솔리하가 통을 손으로 한 대 탕 치고는 제거했어, 라고 말하고 재빠르게 노파에게 다가와 노파가 조작하는 홀로그램을 들여다봤다. 홀로그램은 마치 땅속 나무뿌리들의 모습 같았다. 그 가운데 점멸하며 빠르게 이동하는 붉은 점 하나가 있었고 그 뒤를 더 빠른 속도로 따르는 또 하나의 점이 있었다. 노파가 홀로그램을 다루는 동작으로 보아 뒤따르는 점은 노파가 조작하는 것 같았다. 얼마 후 노파가 움직이는 점이 도망가는 붉은 점을 따라잡아 집어삼켰다. 솔리하가 외쳤다.

잡았다! 역시 할매. 우리 춘춘 여사는 앉아서 하는 건 뭐든 잘해.

노파가 솔리하를 돌아보며 말했다.

죽고 싶냐.

그러는 사이 노파가 조종하던 점이 거꾸로 흘러, 갔던 길을 되돌아왔다. 수가 물었다.

저게, 저 나무뿌리 같은 게 오빠 혈관인 거죠?

노파가 말했다.

얘 봐라, 넌 백만 년을 배워도 이해하지 못하던 걸 얘는 딱 보고 알잖아. 하여튼 유전자가 후져가지고.

솔리하가 외쳤다.

할매 유전자가 후진데 내 유전자라고 좋겠어!

노파가 혀를 찼다.

하여간 한마디를 안 져. 저 우라질 것은.

그때 건물의 움직임도 멈췄다.

에이 씨. 또 어디야, 여기는.

솔리하가 뭐라고 계속 툴툴거리며 문을 열었다. 그리고 잠깐 문밖을 살피더니 말했다.

선우도 에이 구역인 것 같은데? 젠장, 왜 이렇게 후진 동네로 온 거야?

수가 솔리하에게 물었다.

건물이 통째로 움직인 거죠?

솔리하가 한숨을 쉬었다.

또 시작이냐? 오늘은 이 정도로 하자. 지친다. 그러면서 엉망이 된 기계 너미를 손으로 가리켰다. 나는 저거 정리할 생각만 해도 벌써 이번 주 것까지 미리 다 지친다.

"저렇게 건물 자체가 이동할 뿐 아니라 모습도 수시로 바꾸는데요, 그건 모조 사회에 존재하는 모든 통신 신호가 퀸에게 잡히기 때문입니다. 하지만 통신을 사용하지 않을 순 없죠."

랭이 말하고 홀로그램 속의 홀로그램 광고판을 가리켰다.

"저런 광고판을 생각하시면 돼요. 수시로 계속 바뀌니까 바뀌는 게 너무 당연해서 의심하지 않게. 어쨌거나 바뀌어도 코드는 남으니까 퀸이 찾아내려고 마음만 먹으면 추적할 수 있거든요. 그러니까 굳이 추적해야 할 의심이 들지 않는 형태를 유지하는 거예요. 혹여 추적당해도 저렇게 자꾸 바뀌면 찾기도 어렵고요. 일거양득이죠. 의심도 피하고 추적도 피하고. 그래서 저 건물은 건물로 보일 때도 있고 저렇게 홀로그램 광고판처럼 보일 때도 있어요. 하지만 같은 곳이죠."

현실의 수가 그런 걸 어떻게 다 아느냐는 표정으로 랭을 쳐다보자 랭이 말을 이었다.

"우리 현장 사후 처리조 요원이나 첩보 요원들도 저기서 저런 식으로 생활하거든요."

현실의 수가 물었다.

"그럼 저 할머니에 대해서도 들어본 적이 있으시겠네요?"

랭이 잠시 망설였다. 파로가 알 수 없는 표정을 지었다. 랭이 할 수 없다는 듯 말했다.

"춘춘 할머니, 다인 사회에서 가장 유명했던 궁수십니다. 백발백중 보이는 건 말할 것도 없고 보이지 않는 것까지 맞히는 분이니까요. 아까 봤던 화살이 춘춘 할머니가 개발한 거예요. 곡선으로 휘어 목표물을 추적하는 화살이죠. 그 화살이 살상을 할 수도 있고, 아까 보신 것처럼 사람을 구할 수도 있는데, 우리가 모두 놀랐던 건 병기가 사람을 살릴 수도 있다는 사실이었어요. 그걸 우리에게 최초로 일깨워준 분이시죠. 우린 모두, 병기는 그저 살상

도구라고만 생각했으니까요. 아까 그 화살이 실은 두 사람을 맞히고 그 자리에서 풍선 형태로 감쌌어야 맞는데, 혹여 아까처럼 빗나가도 다시 목표물을 추적해서 임무를 완수합니다."

현실의 수가 그렇게 잘 알고 있으면서 왜 이제 그 말을 하느냐는 듯이 쳐다보자 랭이 말했다.

"저 시기는 춘춘 할머니가 이미 동맹 연합군 지휘관에서 은퇴하고 오로라에서 정보 상인으로 활동하시던 때예요."

그건 수가 생각했던 질문의 답이 아니었지만, 지금 랭이 한 말또한 너무 새로운 것이어서 현실의 수는 곧장 그 사실에 빠져들었다. 수가 중얼거렸다.

"동맹 연합군 지휘관."

랭이 말했다.

"다인 사회에도, 다인 사회의 모순된 사회 구조에 반기를 든 몇몇 동맹 세력이 있었습니다. 그리고 그들 동맹이 연합했던 적이 있었죠. 그들을 동맹 연합군이라고 부르고 춘춘 할머니가 한때 거기 지휘관이셨어요."

수가 놀랍나는 표정을 지었다.

"그런데 그 활동을 하다가 모조 사회로 바뀐 이후에, 섀도한테 딸과 딸의 반려자와 손자와 그 반려자까지 차례로 잃었습니다. 솔리하가 그 손자의 딸, 그러니까 증손녀예요."

수가 순간 어두워진 낯빛으로 물었다.

"그래서 은퇴하신 건가요?"

랭이 약간 일그러진 표정으로 고개를 끄덕였다.

"아마도요. 대의도 중요하지만, 계속해서 가족을 잃으니까 더는 견디기 어려우셨던 게 아닐까, 우리도 그렇게 짐작합니다. 하지만 혈연을 잃지 않았어도, 모조 사회로 바뀌고 퀸이 나타난 다음에는 동맹 연합군의 활동이 확연히 줄었으니까 어차피 은퇴하셨을지 몰라요."

수가 잠시 아무 말 하지 않고 묵묵히 앉아 있다가 중얼거렸다.

"그래도 가족을 잃지 않고 물러나셨으면 더 좋았을 텐데."

랭도 잠시 아무 말 하지 않고 있다가, 헛기침으로 목소리를 한번 가다듬고 덤덤하게 말했다.

"하지만 이 세상에 영원한 건 없으니까요."

수가 랭을 가만히 바라보자 파로가 말했다.

"이제 다시 갈까요?"

랭이 몰랐다는 듯 중얼거렸다.

"아, 멈췄었네?"

"네, 두 분 다 계속 보실 분위기는 아닌 것 같아서."

랭이 "그래." 하더니 계속 진행해도 되겠냐는 눈빛으로 수를 바라보았다. 수도 고개를 끄덕였다. 홀로그램이 시작되었다.

침대에 누워 있던 건이 눈을 떴다. 어린 수가 걱정스러운 듯 바라보고 있었고 반타도 비슷한 표정이었다. 노파가 물었다.

괜찮으냐?

솔리하가 대신 대답했다.

안 괜찮을 건 또 뭐야. 뭐 대단한 걸 맞았다고.

이번에는 노파가 들은 척도 하지 않고 중얼거렸다.

섀도가 어떻게 얘를 찾았지?

솔리하가 또 대답했다.

섀도잖아, 섀도. 괜히 섀도야? 그러니까 내가 섀도는 건드리지 말자고…….

노파가 갑자기 벌떡 일어섰다.

솔리하가 아 깜짝이야, 하고는 뒤로 펄쩍 도망갔다. 노파가 말했다.

아무래도 얘들한테도 뭘 가르쳐야겠어. 자기 몸 하나는 지킬 줄 알아야지.

저만치 물러났던 솔리하가 눈을 동그랗게 뜨고 물었다.

뭘?

뭐긴 뭐겠냐? 네가 천만 년을 배워도 당최 안 느는 거지.

뭐? 자기 몸 하나 지키는 거, 그게 내가 그렇다고? 아 나. 할매, 내가 머리가 좀 달려서 그렇지, 몸 쓰는 건 오로라에서 최고인 거 몰라?

너 혼자 최고겠지.

이래서 가족한테는 뭘 잘하는 걸 보여줄 필요가 없다니까. 아무리 잘하면 뭘 해? 성과를 인정할 줄 모르는데.

닥치고 얘들 훈련할 만한 장소나 찾아봐.

솔리하의 눈이 동그래졌다.

그걸 내가 왜?

그럼 이 나이에 내가 하리?

아니, 할매. 지금 내가 하는 일만 해도 얼마나 많은지 알아? 솔리하가 기계 더미를 가리켰다. 당장 저것만 해도 응? 저게 누구 때문에 저렇게 됐냐고 응? 거기다가 쟤들까지 나보고 가르치라는 거면 나는 못 한다. 이건 거의 아동 학대 수준이야.

네가 아동이냐?

아동에서 벗어난 지 몇 년 안 돼! 나도 아직 사랑과 관심이 필요한 나이라고!

노파가 솔리하에게 뭔가를 획 던졌다.

옜다, 사랑과 관심. 가서 꺼내 와.

할매 지팡이? 할매가 가르치게?

어이구 웬수.

솔리하가 아싸, 하고는 다른 문으로 뛰어 들어갔다.

노파가 수와 건을 돌아보며 물었다.

자, 보자. 너희들, 이제 환경이 바뀌었으니까 바뀐 환경에 적응해야 한다. 한동안 이 할미를 따라다니면서 동네 형편이 어떤지 좀 돌아보고, 그리고 이제 너희가 무엇을 해야 할지 찾아보자꾸나. 특히 꼬맹이 넌, 네가 살던 저 위하고는 많이 달라서 좀 힘들 수도 있겠다. 하지만 저 위에서 뛰어내릴 때 했던 그런 결심으로 살면, 하나도 어려울 거 없다.

가만히 바닥을 내려다보고 있던 수가 말했다.

저는 하고 싶은 게 있어요.

노파가 응? 하고 몸을 돌리다 말고 다시 수를 내려다보며 물었다.

뭐냐, 그게?

복수요.

복수?

네, 복수요.

누구한테.

아빠를 그렇게 만든 사람들 전부한테요.

노파가 숨을 한 번 크게 들이마시며 허리를 곧추 세우더니 고
개를 끄덕였다. 건이 수를 가만히 쳐다보았다. 노파가 말했다.

그래 복수 좋지. 이 할미도 그거 좋아한다. 복수. 그런데……,
그러기 전에 먼저 실력을 키워야지. 입만 가지고 복수를 할 순 없
지. 안 그러냐?

수가 고개를 끄덕였다.

실력을 키우려면 시간이 필요하다. 하루아침에 느는 게 아니야.

수가 물었다.

얼마나요?

노파가 가만히 벽 어딘가를 쳐다보다가 말했다.

못해도 십 년은 필요하지. 어쩌면 그 이상이 걸릴지도 모르고.

십 년이요?

그래. 그런 다음에도 계속 복수를 할 마음이 남아 있으면 그때
또다시 기회를 살피면 되니까.

저는 그렇게까지 기다릴 수 없어요.

왜.

네?

왜, 기다릴 수가 없냐고.

저는 빨리 아빠의 복수를 해야 해요.

왜, 네 아비가 그렇게 해달라더냐?

그건 아니지만…….

그게 아니면 왜 그렇게 빨리, 뭐로, 어떻게 복수를 할 거냐.

가만히 바닥을 바라보던 수가 그렁그렁해진 눈을 들고 말했다.

할머니가 도와주세요.

그래, 내가 도와주마. 대신, 십 년 후에 도와줄 거다. 어떻게 할래. 할미가 시키는 대로 할래, 아니면 지금 나가서 네 마음대로 해볼래.

한동안 바닥을 내려다보며 눈물만 뚝뚝 흘리던 수가 마침내 말했다.

시키는 대로 하겠습니다.

노파가 고개를 끄덕이며 말했다.

이 할미 눈을 보고 얘기해라. 약속은 상대의 눈을 보고, 네 마음에 얘기하는 거다.

수가 고개를 들고 노파의 눈을 바라보았다.

할머니가 시키는 대로 할게요.

좋아. 너는 어리지만 약속을 잘 지키는 아이라고 네 아비가 나한테 말했다. 네 아비의 말이 맞지?

정말요? 아빠가 그렇게 말했어요? 언제요?

언제가 중요한 게 아니야. 네 아비의 말이 사실이냐 아니냐가 중요한 거지. 사실이냐? 아니면 네 아비가 나한테 거짓말을 한 거냐.

　사실이에요. 아빠는 거짓말 안 해요.

　좋아. 그럼 넌 이제 이 할미와의 약속을 어기면 네 아비의 말도 거짓말로 만드는 거다. 알겠냐?

　수가 고개를 끄덕였다. 그 모습을 바라보며 노파도 고개를 끄덕였다. 건과 반타가 그런 두 사람을 번갈아가며 쳐다보았다.

　장면이 달라지면서 홀로그램이 파노라마처럼 바뀌었다.

　랭이 말했다.

　"지금부터는 반복되는 생활이 대부분이라 매칭 결과를 살펴야 하는 구간과는 큰 상관이 없습니다. 어차피 업로딩하면 다 아시게 될 부분이라 처음엔 그냥 뺐는데, 진의 생각으론 안 하실 수도 있으니까⋯⋯, 이유야 어쨌든 그래도 은수 씨 입장에서는 지난 삶이니까 궁금하실 수도 있을 거라고 판단했습니다. 짧은 기간은 아니니까요. 해서 파노라마 형식으로 편집했고요, 훑어보시다가 중간중간 궁금한 장면이 보이면 그때그때 따로 떼어 보시면 될 것 같습니다. 그동안 우리는 식사를 좀 하고, 은수 씨 식사도 이 방으로 보내겠습니다."

　수가 대답했다.

　"저는 식사는 괜찮고요, 어제 주셨던 그거⋯⋯."

　"아, 영양캡슐이요? 뭐, 그래도 상관은 없는데 제대로 된 식사를 하시는 게 먹는 기분도 나고 그러실 텐데."

　"지금은 그냥 여기에 집중하고 싶습니다."

랭이 고개를 끄덕이고 알약을 꺼내주었다. 두 사람이 나가고 물과 알약을 삼킨 수는 다시 파노라마 홀로그램에 집중하기 시작했다. 시험 삼아 랭의 말대로 파노라마의 맨 앞부분에 위치한 육각형을 하나 떼어 확대했다.

어느새 수와 건을 위한 침대가 만들어졌고 아래에는 수가, 위에는 건이 자고 있었다.

그 맞은편으로도 비슷한 모양의 침대가 놓여 있었고 아래에는 노파가, 위에는 솔리하가 있었다. 솔리하가 소곤거렸다.

할매, 자?

잔다.

쟤네들, 계속 우리가 데리고 있는 거야?

노파의 대답이 없자 솔리하가 다시 말했다.

그러면 새도가 우릴 계속 추적할 텐데. 그래도 괜찮겠어?

노파는 여전히 대답이 없었다. 맞은편에서 어린 수가 살짝 몸을 뒤척였다. 현실의 수가 보기엔 어린 수도 아직 잠들지 않은 것 같았다. 그 장면이 무엇을 의미하는지 가만히 곱씹어보던 현실의 수가 홀로그램을 다시 원래 자리로 되돌려놓았다. 그리고 빠르게 스킵하며 다른 장면들을 훑어보았다.

불법 개조 비행체에 솔리하와 수와 건이 앉아 있는 모습이 보였다. 빼내서 확대했다. 현실의 수는 그 홀로그램을 통해 불법 개조 비행체의 이름이 나루라는 사실을 알았다. 솔리하가 나루 다루는 법을 두 사람에게 가르치고 있었다. 세 사람은 나루의 뚜껑을 열고 유유히 하늘을 유영하는 중이었다. 운전석에는 수가 앉아 있었다. 솔리하가 말했다.

그런데 넌 왜 자꾸 얘한테 오빠라고 부르냐? 얘는 네 할아버지의 할아버지의 할아버지보다도 나이가 더 많은 호호 할아버지인데?

언니도 얘라고 부르잖아요.

아니 그건, 내가 얘가……, 그렇게 할아버지인 줄 몰랐을 때 얘기지.

지금은 알면서도 얘라고 그랬잖아요.

아 그건……, 입에 배서 그래. 그전에 하도 그렇게 불러서.

저도 그래요.

솔리하가 바람에 날리는 머리를 한 번 뒤로 넘기고 어이가 없다는 듯 수를 쳐다보더니 중얼거렸다.

내가 너랑 얘기하고 있으니 할매가 나랑 얘기할 때의 심정이 이해가 간다.

현실의 수가 저로 모르게 미소를 짓고 다른 홀로그램으로 넘겼다. 어린 수가 반타의 목걸이를 떼어내 줄을 바꾸는 중이었다. 블랙 오팔 빛깔의 큐브 목걸이였다. 건이 물었다.

그건 왜?

아, 반타가 좀 불편해하는 것 같아서. 내가 처음 반타를 봤을 땐 이 목걸이가 없었거든. 아빠가 달아주신 것 같은데, 반타도 불편해하고 그래서 그냥 내가 하려고.

수가 완성된 줄을 들어 보였다. 예쁘지?

건이 조용히 목걸이를 받아들고는 이리 와봐, 하더니 수를 돌려세우고 목걸이를 걸어주었다. 수가 평소 걸고 다니던 홀로그램 키보드 목걸이의 크기도 매우 작아져 있었다. 둥근 펜던트 바로 위에서 블랙 오팔 빛깔의 큐브가 반짝였다. 건이 말했다.

예쁜데?

어린 수가 뿌듯하다는 듯, 꼭 다문 입술의 양쪽 입매를 휘어 올리며 미소 지었다. 현실의 수도 미소 짓고 홀로그램을 바꾸었다.

노파가 너른 공터에서 수를 세워놓고 기마 자세를 취하게 하고 있었다. 어린 수는 커다란 쇠막대기를 양손으로 들고 팔을 앞으로 쭉 뻗고 있었다. 수가 매우 고통스러운 표정으로 팔과 다리를 달달 떨었다. 노파가 지팡이로 수의 팔을 탁탁, 치며 말했다.

자꾸 밑으로 떨어져. 그리고 옆에 선 건을 돌아보며 물었다. 얼마나 남았어.

건이 대답했다. 십 초요.

노파가 소리는 내지 않고 입모양으로만 말했다. 십, 초, 더.

건이 자기가 더 괴롭다는 듯 미간을 찡그리고 고개를 끄덕였다. 얼마 후 건이 시간이 되었다고 말하자 수가 그 자리에서 쇠막대기를 집어던지고 바닥에 드러누웠다. 건이 노파에게 물었다.

기마 자세까지는 안 해도 되지 않아요?

노파가 잘 아는 애가 왜 그러느냐는 듯이 건을 쳐다보며 말했다.

뭐든 지지대가 튼튼해야 해.

잠시 넋을 놓고 뻗어 있던 수가 정신을 차렸는지 노파에게 항의했다.

할머니! 나는 왜, 오빠가 안 하는 것까지 다 해요!

애는, 노파가 손가락으로 관자놀이를 톡톡 치며 말했다. 네가 하는 게 이미 머릿속에 다 들어 있다. 삼백 년 전부터. 그리고 몸도 벌써 너랑 차이가 나잖아. 너도 쟤처럼 만들면 그만하게 해주마.

수가 불공평해! 라고 소리를 지르고는 바닥을 뒹굴었다.

그제야 현실의 수도 건의 몸이 달라진 것을 느꼈다. 팔과 다리가 근육질로 변해 있었다. 어깨도 다소 넓어진 것 같았고 엉덩이도 봉긋했다. 가만히 보니, 마구 뒹굴며 온 바닥을 다 쓸고 있는 수도 자란 모습이었다. 그렇게 인식하고 보니 팔과 다리가 정말 눈에 띄게 길어졌다. 억울하면 바닥에 뒹굴기부터 하는 버릇이 여전히 있는 현실의 수가, 어처구니없어하며 홀로그램을 바꾸었다.

어떤 건물의 옥상이었다. 반타가 지붕 여기저기를 펄쩍펄쩍 뛰어다니고 있었다. 건과 수가 나란히 서서 반타를 바라보고 있었다. 건이 말했다.

나는 반타가 저러는 걸 보면 그제야 쟤가 다른 고양이랑 다르다는 걸 새삼 떠올린다니까. 저건 뭐 그냥 뛰는 정도가 아니라 거의 하늘을 나는 수준이잖아.

수가 말했다.

나도 그래. 그런데 나는, 유전자 조작이 됐든 어떻든 더 튼튼하다니까 내 입장에서는 좋지만, 가끔은 반타 입장에서도 좋을까? 그런 생각을 해.

건도 같은 생각을 하는지 묵묵히 반타를 바라보다가 말했다.

나는 쟤가 무슨 생각을 하는지 가끔 궁금할 때가 있어. 그래서 우리도 반려 동물 언어 번역 로봇이 있으면 어떨까 상상할 때가 있었지. 하지만 거기엔 너한테 안 좋은 기억이 있을지 몰라서 그냥 상상만 했어.

수가 대답했다.

오빠, 딱히 안 좋은 기억이 있는 건 아닌데……, 그보다는 그냥 오빠가 반타를 더 이해해보려고 하는 게 좋을 것 같아. 그럼 쟤가 무슨 생각을 하는지 중요한 건 거의 다 느낄 수 있어. 진짜야, 오빠. 번역 로봇은 있잖아, 쟤네랑 서로 소통하려는 것보다 '주인'으로서 바라는 바를 말했을 때 쟤들이 잘 이해하고 따를 의향이 있는지 그걸 확인하기 위해서 쓰는 사람이 더 많대. 할머니가 그랬어. 그렇지 않은 건 굳이 직접 대화를 나누지 않아도 얼마든지 서로 이해할 수 있다고. 난 할머니 말씀이 맞는 것 같아.

건이 고개를 끄덕였다.

그러네. 내가 생각이 짧았네.

수가 웃으면서 말했다.

아니야. 오빠가 생각이 짧은 게 아니라, 그냥 내가 그 문제를 좀 더 많이 생각해봐서 그런 걸지도 몰라. 그리고 또 깔깔 웃으며 말을 이었다. 참고로 솔리하 언닌 그때 옆에서 이랬지. 모르고 사는 게 약이야. 너무 많은 거를 알려고 그르지를 마.

수가 솔리하의 말투를 흉내 내자 건이 박장대소했다.

하지만 현실의 수는 다음 홀로그램에서 어린 수가 그렇게 말한 게 어쩌면 실수가 아니었을까 생각했다. 그 홀로그램에서 건은 반타를 안고 지붕 꼭대기에 앉아 도시를 내려다보고 있었다. 저

녁 무렵의 어스름이 도시의 거리를 차곡차곡 채워가는 중이었고, 붉게 번지던 하늘의 기운도 이제 거의 빛을 잃어 스러져가고 있었다. 뒤늦게 지붕으로 올라온 수가 오빠를 부르려다가, 어떤 기색을 느꼈는지 잠시 머뭇거리다 그냥 그대로 섰다.

건의 다리가 허공에서 교대로 흔들렸고 반타가 건이 보는 곳을 같이 바라보고 있었다. 건이 반타에게 하는 말이 들렸다.

너는, 네가 다른 고양이들하고 다르다는 걸 어떻게 생각하니?

반타가 아무 말 없이 건을 올려다보았다.

나는 널 보면 가끔 그게 궁금해. 나는 있지…….

건이 한동안 하늘을 바라보다 말했다.

나는 어떤 걸까? 어쩌면 나는, 내가 남과 다르다고 말하는 것부터 웃기는 일인지도 모르겠어. 나는 아예 내가 아닌 다른 사람의 몸에 들어와 있는데, 이 사람이 누군지도 모르고 내 몸이 어디 있는지도 몰라. 그런데도 다른 사람의 머릿속에 들어와 살고 있으면 이게 그냥 나인 건지…, 정말 잘 모르겠어. 박사님이 나를 무슨 코드로 바꿔서 이 몸에 넣었다고 말씀하셨는데, 그러면 그 코드는 내가 맞는 걸까? 예전의 내가 맞는 건가? 요즘도 가끔 자다가 일어나서 예전과 다른 내 몸을 보곤 깜짝깜짝 놀라. 웃기지? 웃긴다니까.

잠시 후 건은 긴 한숨을 내쉬고 공허함이 느껴지는 목소리로 중얼거렸다.

혹시 나는 지금 꿈을 꾸고 있는 게 아닐까…… 이곳은 나의 꿈속이 아닐까. 나의 실체는 여전히 어떤 물속에 잠겨 있는데, 이 모든 게 진짜라고 믿게 하는 꿈을 꾸고 있다면, 나는 살아 있는 걸까, 아니면 아무 의미 없는 걸까.

건이 반타의 콧잔등과 귀와 목덜미를 어루만지고 엉덩이를 두들기니 반타가 엉덩이를 추켜세웠다. 건이 물었다.

너는 어때? 네가 다른 고양이와 다르다는 생각이 들 때 무슨 생각을 하니?

이번에는 반타가 이야오와, 하고 대답했다.

다른 고양이들은 다들 잘만 야옹거리던데 넌 왜 만날 다른 소리를 내.

건은 말하고 소리 내어 웃었다.

그래, 너나 나나 남과 다르지만, 그래도 우리한테는 수가 있지. 그러니까 이게 만약 꿈이라면 나는 기분 좋은 꿈을 꾸고 있는 거야.

뒤에서 그 모습을 물끄러미 바라보던 수가 소리 없이 뒤돌아 사라졌다.

현실의 수도 잠시 홀로그램을 멈추고 두 손으로 얼굴을 감쌌다. 한동안 그 자세로 미동도 없이 그대로 앉아 있었다. 얼마간의 시간이 지나고 미안해, 오빠, 하고 현실의 수가 조용히 중얼거리고는 황급히 눈물을 닦았다. 내가 미안해.

수는 꼼꼼하게 눈물을 닦아내고 길게 숨을 들이마셨다가 내쉬고, 마음을 다잡으려다가 끝내 못 잡고 잠시 또 울다가, 황급히 눈물을 닦고 가만히 파노라마를 바라보았다. 이윽고 결심한 듯 다시 마음을 다잡고 홀로그램을 넘기기 시작했다. 그러나 보는 둥마는 둥 알 수 없는 표정으로 한동안 휙휙 넘기기만 했다. 그러다가 눈길을 확 사로잡는 지점에서 홀로그램을 멈췄다. 그곳에는 지금 자신과 같은 얼굴을 한 성인의 수가 있었다. 수가 눈물 콧물을 다시 한 번 닦아내고 그 홀로그램을 빼내 확대했다.

수는 굉장히 높은 건물 옥상에 서 있었다. 늘 그랬듯 새까만 흑발을 대단히 짧게 잘랐는데도, 머리칼이 바람에 날아갈 것처럼 흩날리는 곳이었다. 수는 민소매 티에 무릎까지 내려오는 반바지 차림이었다. 키가 훌쩍 큰 것은 말할 것도 없고 팔과 다리가 근육으로 뒤덮여 있었다. 등 뒤로는 커다란 활을 매고 있었다. 그곳에서 수는 저 멀리서 다가오는 어떤 멀티 크래프트를 바라보고 있었다. 한동안 바람을 맞으며 멀티 크래프트를 바라보던 수가 어느 지점에 이르자, 가만히 활을 꺼내고 화살을 걸어 시위를 당겼다. 그리고 쏘았다.

화살이 빠른 속도로 날아갔다. 멀티 크래프트가 화살을 감지했는지 급상승했다. 화살도 멀티 크래프트를 따라 직각으로 꺾이며 수직으로 상승했다. 이윽고 화살이 멀티 크래프트를 추적해 적중시켰고 멀티 크래프트에서 검은 연기가 치솟았다. 어디선가 반타가 나타나 수의 어깨에 펄쩍 뛰어 올라서서 추락하는 멀티 크래프트를 함께 바라보았다. 수가 말했다.

저건 무인 군사 크래프트야, 반타. 저런 게 우리 동네를 저렇게 휘젓고 다니는 걸 계속 보고만 있을 수는 없지. 안 그래?

반타가 송곳니를 드러내며 냐아아아, 하고 대답했다. 그때 추

락한 크래프트가 날아온 방향에서 무인 군사 크래프트 두 대가
더 날아왔다. 수가 활을 들고 옥상 난간을 달리기 시작하자 반타
도 어깨에서 뛰어내려 수를 따라 뛰었다. 무인 크래프트에서 발
사한 빔이 난간 몇 군데를 부쉈다. 얼마간 전력으로 달리던 수가
건물 난간에서 갑자기 공중으로 크게 뛰어올랐다. 뒤로 돌며 시
위에 화살을 걸고 당겼다. 화살은 총알같이 날아가 둘 중 앞선 크
래프트에 꽂혀 폭발했다. 수는 그대로 허공으로 추락했다.

반타도 펄쩍 뛰어 수가 떨어지는 지점으로 수직 낙하했다. 그
밑으로 나루가 빠르게 날아오고 있었다. 수와 반타가 나루 위에
펑 하고 떨어지자 건이 자리에서 벌떡 일어나 뒤로 물러나더니
허벅지에 걸린 총을 꺼내 쐈다. 붉은 광선이 쭉 뻗어 나가 두 번
째 크래프트를 섬광으로 변하게 만들었다. 운전석에 앉은 수가
건에게 물었다.

언니는?

건이 대답했다.

중간에 배 아프다고 내렸어. 화장실이 급한가 보던데.

하여간 땡땡이는 왕이야.

그때 랭과 파로가 들어왔다. 현실의 수가 홀로그램을 멈췄다.
랭이 홀로그램을 보더니 놀랐다.

"벌써 여기까지 보셨어요?"

그러더니 살짝 붉어진 수의 눈시울과 부어오른 눈두덩을 힐긋
보고는 무슨 일이 있었는지 짐작한 듯 더는 묻지 않았다. 랭이 홀
로그램을 보고 말했다.

"저 총, 류건 씨가 들고 있는 저 총 기억해요? 저 총 아버님 거예요. 아버님이 춘춘 할머니네 두고 가셨던 총."

현실의 수는 그러나 그 총보다 건의 모습이 먼저 눈에 들어왔다. 건은 이제 현실의 수가 기억하는 예전의 모습 그대로 돌아와 있었다. 수가 말했다.

"아, 저 총. 기억해요. 저 총이 그 총이었구나."

랭이 수의 표정을 살짝 살피더니 말을 이었다.

"여기까지 오셨으니 바로 이어서 갈까요? 어차피 이 구간에서부터 다시 매칭 결과를 맞춰봐야 하거든요."

랭은 수의 대답을 기다리지 않고 바로 홀로그램 파노라마를 접어 넣었다. 그리고 다른 홀로그램을 꺼냈다. 홀로그램은 달랐으나 조금 전까지 수가 보았던 장면과 이어지는 것 같았다.

수와 건과 반타가 나루를 타고 도시 어딘가를 날고 있었다. 수의 귓속에서 무언가가 반짝이더니 곧이어 솔리하의 목소리가 들렸다.

수야!

수가 대답했다.

언니 또 설사지? 아무렴, 왜 아니겠어. 이용당하는 설사도 이젠 지치겠어.

아니, 그게 아니라 빨리 집으로 돌아가! 지금 집에 할매 혼자 있는데 웬 놈들이 들이닥쳤어! 내가 가는 것보다 나루가 더 빠르다. 얼른 가 빨리, 지금!

알았어! 수가 대답하고 건과 자리를 바꾸며 홀로그램 키보드를 열었다. 키보드를 조작하자 집의 내부가 떴고 그곳에 노파와 정체를 알 수 없는 괴한 넷이 서 있었다. 수의 목울대가 크게 한 번 움직였다. 그런데 자세히 보니 괴한이라고 하기엔 노파의 태도가 너무 태평했다. 이미 오래전부터 알고 지내던 사람들 같았다. 수가 노파의 음성을 증폭했다.

돌아가.

춘춘, 지금이 기회야. 이때가 아니면 다신 이런 기회 안 와!

노파가 자신을 춘춘이라고 부른 남자를 돌아보았다. 얼굴의 절반 정도가 기계로 덮여 있었다. 그러고 보니 그쪽의 팔과 다리도 기계로 되어 있었다. 거구였다. 노파가 말했다.

내가 춘춘이라고 부르지 말라 그랬지. 먼지 나게 맞고 싶냐? 오래간만에 그 부품 다 털리게 한번 맞아볼래?

수가 말했다.

언니, 괴한이 아닌 것 같은데?

그러면 쟤들 뭐냐?

몰라, 지금 우리 다 왔는데 아무튼 괴한은 아닌 것 같아. 할매랑 잘 아는 눈치야.

이번에는 기계 남자 옆에 서 있던 여자가 한 발 나서며 말했다.

캡틴, 이 양반 말이 맞아. 지금 위에선 난리라고.

노파가 말했다.

지들끼리 치고 박고 싸우면 좋지, 뭘 그래.

여자가 다시 말했다. 그러니까…….

그때 수와 건이 벌컥 문을 열고 들어왔다. 방문자 일행이 동시에 뒤로 돌아서며 각자의 무기를 꺼냈는데, 무기의 종류가 가지각색이었다. 노파가 말했다.

아무튼 알았으니까 돌아가.

그러나 일행의 시선은 수와 건에게 꽂혀 있었다. 기계 남자가 말했다.

네가……, 개구나! 소문으로만 들었는데 사실일 줄은 몰랐어.

수가 네? 하고 반문했다.

노파가 말했다.

지금 당장 안 돌아가면 두 번 다시 내 얼굴 못 볼 줄 알아. 여기서 본 걸 다른 데 가서 나불거려도 마찬가지야.

여자가 기계 남자의 허리를 두드렸다. 그리고 노파에게 말했다.

캡틴, 그럼 연락 줘. 우리도 만반의 준비를 다 하고 기다릴게.

기계 남자가 나가며 수에게 말했다.

너도 복수해야 할 때가 됐지.

노파가 짧게 혀를 찼다.

내가 죽을 때 네놈 그 혀부터 뽑아서 부장품으로 가져갈 거야.

기계 남자가 뭐라고 투덜거리며 밖으로 나갔다.

수가 노파를 가만히 쳐다보았다. 노파가 말했다.

뭘 봐? 할미 얼굴 처음 봐? 들어왔으면 빨리 정리해. 집구석이 이게 뭐냐. 하여튼 이 우라질 것들은 내가 잠시만 자리를 비우면 집구석을 엉망으로 만들어놓는다니까.

할매, 저게 무슨 말이야?

무슨 말?

지금 저 아저씨가 한 말이 무슨 말이야.

쟤는 본래 개소리가 장기다. 하도 개소리를 해대니까 그걸 듣기 싫어하는 사람이 몸도 기계로 바꿔버렸어.

수가 발을 쿵쿵쿵 구르며 소리쳤다.

할매!

아 깜짝이야. 노파가 놀라고는 고함을 질렀다. 아 이것들이 오늘 돌아가면서 왜 이래! 이거 빨리 안 치워?

그때 솔리하가 들어오다 말고 치우라고? 라며 중얼거리더니 슬금슬금 다시 돌아 나갔다. 건이 수에게 말했다. 일단 정리부터 하자. 지금은 상황이 아닌 듯싶다.

홀로그램이 바뀌었다.

불 꺼진 침실에서 몸을 뒤척이던 노파가 끝내 잠들지 못하고 침대에서 일어나 앉았다. 잠시 그대로 앉아 다시 잠들기라도 한 것처럼 한동안 미동도 없더니, 이윽고 입을 열었다.

지금 네가 살던 동네에서 반란이 일어났다.

수도 마치 그 순간을 기다렸다는 듯이 스르르 일어나 침대 위에 앉았다. 건도 일어났다. 솔리하만 낮게 코를 골며 대자로 누워 자고 있었다. 노파의 말이 이어졌다.

정 박사라고 네 아비의 친구였던 자가, 자기 자식 놈하고 연구 끝에 두뇌 업로딩 기술을 성공했나 보더라. 그래서 지금, 그 기술을 서로 차지하겠다고 저 위의 것들끼리 치고받고 난리가 난 거야. 그런 와중에 그걸 막으려는 총수와 그걸 공개하지 않으려는 의장에게 반기를 든 세력이 나타났다. 그러다 보니 어쨌든 공개하면 안 된다고 생각하는 점에서는 의견이 같은 의장과 총수가 일시적으로 연합했고, 반란을 진압하는 중이야.

노파가 잠시 말을 끊었다가 다시 이었다.

반란은 곧 진압될 거다. 왜냐하면……, 그걸 일으킨 놈들이 하나같이 다 시원찮거든. 차기 권력자들과 예술한다는 치들, 종교 지도자랍시고 대중들을 현혹하던 놈들이 모여 동맹을 맺었는데, 내가 보기엔 죄다 오합지졸일 뿐이야. 그런 놈들이 언감생심…….

노파가 코웃음을 쳤다.

그래, 의장까지는 모르겠다. 그런데 총수한테 덤벼들다니, 걔들은 아직 총수가 어떤 사람인지 몰라. 조만간 알게 되겠지. 영생이란 게 그렇게까지 사람 눈깔을 돌게 하는 건지 나는 잘 모르겠다만, 저들은 전부 눈이 먼 상태라 자기들이 휘두르는 칼이 지금 누구 목을 베고 있는지, 누구 팔을 자르고 있는지 전혀 몰라. 심지어 자기가 자기 자신을 겨누고 있으면서도 모르는 놈까지 있다.

잠자던 솔리하가 커헉, 하고 숨을 한 번 멈추더니 저러다가 죽지 않을까 싶은 시점에 도로 내쉬고 이내 제 호흡으로 돌아왔다. 노파가 말을 이었다.

네 아비 그렇게 가고, 그 정 박사 무리가 디지털 업로딩을 시작했다. 자기도 의장한테서 살려면 그래야 했겠지. 그리고 십 년 안정화 주기가 이제 막 지나 생체 업로딩을 시도한 거야. 셋을 했는데, 그중 둘이 죽었다. 하나가 눈을 떴는데, 그게 멀쩡한 거야. 그래서 모두 성공했다고 믿었지. 왜냐하면 그러고 반년이 지나도록 아무 문제가 일어나지 않았거든. 그러는 사이에 저 사달이 일어나기 시작한 거다.

노파가 콧잔등을 손으로 두어 번 문지르고 말을 이었다.

문제는 말이야, 그 업로딩이 성공한 게 아니었다는 사실이지. 들어오는 정보에 의하면 이제 하나둘씩 문제가 발생하고 있는 모양이던데, 정 박사는 자기 살려고 그 사실을 필사적으로 감추고 있는가 봐. 그런다고 그런 일이 감춰지겠나. 알려지는 건 시간문제일 뿐이지. 애초에 그런 업로딩 자체가 말이 안 되는 얘기였다. 무의식의 조각들을 전부 끼워 맞춘다는 것부터가 애초에……

노파가 건을 잠시 올려다보고는 말했다.

저 녀석이 진짜 있을 수 없는 기적 같은 경우지. 저놈은 과학의 산물이 아니라 기적의 산물이다. 애초부터 그런 게 가능한 기술이 아니었어.

한동안 침묵이 그 공간을 메웠다.

랭이 불쑥 말했다.

"현재까지도 저 말은 사실입니다. 그런데 하나, 예외가 있어요."

수가 랭을 돌아보았다.

"업로딩을 다른 사람이 아닌 자기 자신에게 하는 경우에는 가능합니다."

수가 말했다.

"저 같은 경우겠군요. 랭 씨 말대로라면 기억을 잃은 사람을 제외하고 그럴 수 있는 상황이 있나요? 업로딩은 대개가 자기 육신이 이미 쇠했기 때문에 하려는 거 아닌가요?"

"자신과 똑같은 유전자를 가진 복제 인간이 있다면 얘기가 다르죠."

수가 번뜩 깨달은 듯 입을 벌렸다. 랭이 말했다.

"그래서 저건 인간의 선의를 믿고 맡길 게 아니라 강제적 법률로 규제하는 게 맞아요. 어차피 저들도 저 일이 있고 난 이후에 느끼는 바가 많았고, 아직은 저때의 공포가 남아 암묵적인 합의 형태로 업로딩 개발을 지양하고 있지만, 규제가 없다면 뭐가 언제 어떻게 바뀔지 알 수 없으니까요."

그때 건이 침대 위에서 침묵 속으로 펄쩍 뛰어내리며 말했다.

그래서 요즘 그렇게 온 사방에서 무인 군사 크래프트들이 돌아다녔던 거네요.

노파가 가만히 고개를 끄덕였다.

건이 물었다.

그럼 아까 오신 분들은…….

걔들은 신경 쓸 거 없다.

수가 물었다.

왜? 왜 신경 쓸 거 없는데?

없다면 없는 줄 알아.

왜, 왜, 왜! 나는 그분들을 만나볼 거야. 그 기계 아저씨 말이 맞아. 상황이 그렇다면 지금이 기회야.

노파가 말했다.

무슨 소리를 하는 거야, 지금?

반란군에 편을 먹겠다는 게 아니라, 혼란한 틈을 타서 나는 내일을 하겠다고!

말도 안 되는 소리 하지 마라. 해도 지금은 아니야.

왜? 왜 아닌데?

조금만 기다리면 더 좋은 기회가 올 거야.

언제? 어떻게? 더 좋은 기회가 언제, 어떻게 오는데?

때가 되면 더 많은 사람이 도와줄 거다. 어쨌거나 지금은 아니야.

누가! 언제! 어떻게! 더 많은 사람 누가! 왜! 왜 지금은 아닌데! 수는 그러면서 갑자기 울음을 터뜨렸다. 할매가 약속했잖아. 도와주겠다고! 십 년이 지나면 도와준다고 분명히 그랬잖아! 나는 이제껏 약속을 잘 지켰어! 그러면 할매도 이제 약속을 지켜야 하는 거 아니야? 나만 약속을 지키고 할매는 마음대로 해도 돼?

수야, 그게 아니다. 내 말은 그게 아니야.

그게 아니면 뭔데. 수가 눈물을 닦아내며 말했다. 총수가 그렇게 무서우면 할매는 여기 계속 숨어 살아. 안 도와줘도 돼. 내가 알아서 할 거야.

노파가 소리쳤다.

은수!

수가 지지 않고 말했다.

할매, 나는 정 박사가 누군지 잘 기억해. 수가 자기 관자놀이를 두드렸다. 총수, 의장, 정 박사 그 일당들의 모습이 여기 조금도 흔들림 없이 고대로 다 들어 있어. 심지어 그 사람 아들까지도. 알아, 할매? 수가 목에 걸린 원형 펜던트를 들어 보였다. 그리고 여길 열어보면 그날 판결실에 있었던 인간들이 누군지 하나하나 다 알아낼 수 있어.

노파가 잠시 수를 물끄러미 바라보다가 물었다.

그래서 지금 그들을 다 찾아가겠다고? 찾아가서 뭘 어떻게 하겠다고. 다 죽일 거야?

수가 이를 악물고 대답했다.

그래.

건이 말했다.

수야.

아니, 다 죽일 거야.

노파가 말했다.

너는 거기 없었냐?

수가 노파를 돌아보았다.

뭐?

니는 거기 없었냐고. 노파가 건을 가리켰다. 저놈 살리는 과정에 너는 아예 없었어?

수가 다시 소리를 지르기 시작했다.

나는! 나는 어렸어! 난 아무것도 몰랐다고. 그게 뭘 의미하는 건지! 왜 그걸 하는 건지! 그리고 자기 펜던트를 사정없이 두들 겼다. 하지만 여기 있는 사람들은 다 알고 있었어! 아니야? 다 알았잖아!

솔리하가 벌떡 일어났다.

아, 이 사람들 뭐야. 자다가 말고 뭐 하는 거야. 쟤는 왜 울고불고 난리야. 이 밤에.

어느새 반타가 다가와 수의 발밑에 앉아 수를 올려다보고 있었다. 수가 말했다.

할매가 안 도와줘도 되니까, 막지만 마. 내가 알아서 할 거야.

수는 짐을 챙기기 시작했다.

솔리하가 중얼거렸다.

뭘 도와달라는 거야, 대체. 쟤는 이 야밤에 어딜 가려고 저러는 거야, 지금.

노파가 수를 바라보다가 한숨을 크게 내쉬고 말했다.

너 혼자는 안 된다.

수가 돌아보지도 않고 대답했다.

알아. 그래도 할 거야.

노파가 말했다.

팀을 꾸려보자.

짐을 싸던 수가 허리를 펴고 노파를 돌아보았다.

모두 그러기를 바란다면 그렇게 해야지, 어쩌겠냐.

솔리하가 잠결에 웅얼거렸다.

아니지, 그거는 아니지. 모두가 그런 거는 아니지. 나는 밤에는 제발 좀 자는 거를 원하지, 이건 아니야. 뭘 꾸리는 건 내일 일어나서 해도 된다고 봐. 나는 뭐가 됐든 지금 이러는 건 아니라고 봐.

빛과 그림자

황혼이 도시의 빛과 그늘을 삼키고 있었다. 도시의 바닥을 움켜쥐고 버티던 모든 사물의 그림자가 더 깊은 어둠 속으로 빨려들어가 사라졌다. 도시는 그러나 저항했다. 도시가 깊은 어둠 속에 잠기기 시작하면서, 생존을 위한 불빛들이 하나둘씩 자신을 밝혔다. 그곳은 사급 시민의 도시였지만, 특이하게도 홀로그램 광고판이 전혀 존재하지 않았다. 괴괴한 외곽이었다. 노파의 건물이 그 외곽의 어느 외딴 자리에 서 있었다. 낡고 헌 건물들 속에 섞여 눈에 띄지 않게 숨을 죽이고 있었다.

노파의 건물 거실에—만약 그곳을 거실이라고 부를 수 있다면—평소 들르지 않던 방문자 네 명이 제각각의 자세로 앉아 있었다. 솔리하가 말했다.

뭐야, 뭔가 거창하게 팀을 꾸릴 것 같더니 고작 네 명이야? 아니 그리고 무슨 중년 게릴라부대야? 이 아줌마 아저씨 들이 지금 저 위로 같이 올라가겠다는 거 맞아?

감전이라도 된 사람처럼 붉은 색깔의 머리가 사방으로 뻗친 여자가 노파를 보고 말했다.

쟤는 크니까 제 아빠하고 말하는 게 똑같네?

노파가 대꾸했다.

그럼 그 유전자가 어디 가겠냐.

붉은 머리 여자가 일어서더니 수와 건과 솔리하를 보고 말했다.

나는 칼리사라고 한다. 캡틴 직속 부대에서 주로 첨병 혹은 첩보 수집을 담당했다.

칼리사가 허리에 말린 전자 채찍을 꺼내 한 번 휘둘러 보였다. 번갯불 같은 전기 파장이 허공으로 퍼졌다가 다시 돌아왔다. 칼리사의 머리카락에서 여전히 빠지직거리는 소리가 들리는 것 같았다.

이게 내가 주로 쓰는 무기이기는 한데, 나의 진짜 무기는 사실 날렵한 몸과 이 은신 패널이야.

정말로 뭐가 지나간 것 같은데 확실치 않은 느낌으로 거실 여기저기에서 약간의 바람이 일더니 다시 본래의 자리에서, 칼리사의 모습이 천천히 드러났다. 그러나 섀도가 모습을 드러내던 방식과는 달랐다. 투명했던 공간 속에서 전체의 윤곽이 먼저 나타나고 서서히 물결처럼 그 안이 채워지는 형식이었다. 솔리하가 말했다.

아줌마라는 말은 취소하겠습니다. 정정하시네.

칼리사는 솔리하가 아주 귀엽다는 듯이 빙그레 웃었다. 그러고 다시 일어서서 옆에 앉은 반인 반기계 남자를 내려다보았다. 칼리사는 서 있고 남자는 앉아 있는데도 눈높이가 비슷했다. 남자가 말했다.

꼭 일어나서 소개해야 하는 거야?

칼리사가 대꾸했다.

그게 우리 부대 전통이었어. 벌써 잊었어? 이제 우리랑 작전을 같이할 사람들인데 예의부터 갖추는 게 순서야. 잊었나 본데, 우리가 처음 작전에 투입될 땐 쟤들보다 훨씬 어렸어. 그러니까 그렇게 한심하다는 표정 짓지 말라고. 그 또한 등 뒤를 지켜줄 사람들에 대한 예의가 아니야.

아이고, 그놈의 잔소리, 하더니 남자가 기계음을 내며 거구를 일으켰다.

보시다시피 나는 반인 반기계야. 당연히 힘이 좀 다르겠지. 칼리사랑 다르게 내가 여기서 힘자랑을 했다가는 건물이 남아나지 않을 테니까, 그냥 좀 힘이 세다고 생각하면 돼. 또 당연히 내가 쓰는 에너지 개틀링은,

남자가 건의 광선총을 가리키며 말했다.

쟤가 허리에 차고 있는 저런 장난감 권총 같은 게 아니라 주로 군사 크래프트에 장착해서 사용하는 머신 건이야. 여섯 개의 빔을 거의 다발로 쏠 수 있고 표적을 전부 다르게 사격할 수 있다. 그것도 여기서 보여줬다간 다 날아가니까 생략한다.

솔리하가 물었다.

아저씨 이름은 뭔데요?

기계 남자가 응? 하곤 내 이름을 말 안 했나? 하는 표정으로 칼리사를 돌아보더니 다시 솔리하를 보며 근엄한 얼굴로 말했다.

내 이름은 릴리야.

솔리하가 대꾸했다.

예쁜 이름이네요. 그런데 굳이 그렇게 머신을 드러내고 다닐 필요가 있어요? 요즘 좋은 스킨도 많던데.

릴리가 대답했다.

뭐 하러. 요즘 로봇들은 구멍이 숭숭 뚫린 채로 잘만 돌아다니더구먼.

걔들은 로봇이고 아저씨는 아니잖아요.

나한테 외모를 강요하지 마.

강요한 건 아니지만, 알았어요.

나도 네 그 무지개떡 같은 머리 보고 아무 말 안 하잖아.

솔리하가 발끈했다.

무지개떡이라니요!

노파가 말했다.

칼리사와 릴리는 같은 침대를 써.

솔리하가 흥, 하더니 중얼거렸다.

어쩐지 두 분 사이가 좀 남다르다 싶더니.

랭이 홀로그램을 멈추고 말했다.

"은수 씨는 지금 부부로 이해하셨지만 엄밀히 말하면 저 두 분이 부부는 아닙니다. 춘춘 할머니 말씀처럼 그냥 같은 침대를 쓰는 사이일 뿐이죠."

현실의 수가 그 말을 퍼뜩 이해하지 못하자 랭이 덧붙였다.

"은수 씨가 겪었던 알파 구역의 모듈은 지금으로부터 삼백 년도 더 된 세계를 구현하고 있습니다. 그 시대가 정의했던 가정의 개념과 이 시대의 개념은 다릅니다. 환경을 떠나 사회 제도만을 두고 봐도 그때와 지금은 차이가 크죠. 시대는 차치하고, 모조 사회와 우리만 비교해보더라도 전혀 다릅니다. 가령 모조 사회는 여전히 성이 존재하지만 우리 공동체에는 성이 없거든요."

"성이요?"

"은수 씨의 '은'이 아버지로부터 이어받은 성이잖아요? 우리는 그게 없습니다. 필요성이 없으니까 자연히 사라졌습니다. 남녀가 만나 아이를 낳아도 그 아이는 그 순간부터 자기 삶의 독립된 주체로 살아가는 거지, 누구의 아들 누구의 딸 그런 식으로 이어지지 않아요. 우리가 아이를 키운다는 이유로 그 아이의 삶을 좌지우지하지도 않고요. 혈육이 강요의 울타리가 되지 않습니다. 그냥 하나의 가족으로서 연을 맺고 서로를 보살피며 사는 거죠."

"그럼 조상이니 선조 같은 개념도 없는 건가요?"

"그건 또 다른 문제입니다. 가문이란 개념은 사라졌지만, 성이 없다고 혈육이 사라지는 건 당연히 아니죠. 물론 혈육의 의미도 과거와는 좀 다르지만. 나중에 공동체 생활을 둘러보다 보면 자연히 다 아시게 될 겁니다."

랭이 멈춰 있는 홀로그램을 가리켰다.

"우리가 알아본 바에 의하면 칼리사와 릴리 저 두 분 사이에도 아들이 한 명 있었습니다. 그런데 섀도에게 목숨을 빼앗겼어요. 하지만 그 슬픔은 오롯이 저 두 분만이 감당해야 했죠. 그런 점에서도 모조 사회와 우리 공동체는 사뭇 다릅니다. 우리는 육아도 낳은 가정에서 도맡아 키운다기보다 그 사회에서 같이 키운다는 개념에 더 가깝거든요. 그래서 자식을 잃은 슬픔이 저들보다 덜하다는 건 아니지만, 그래도 그 큰 슬픔을 오롯이 부모만이 감당하지 않아도 된다는 점에서 조금 더 위로가 되는 면이 있습니다. 살아가며 같은 곳을 보고 함께 슬퍼할 수 있는 사람이 많다는 건, 분명히 큰 힘이 되니까요."

수의 표정을 잠깐 살핀 랭이 덧붙였다.

"익숙한 얘기들이 아니다 보니 지금은 약간 어리둥절하시겠지만, 나중에 다 이해하게 될 겁니다."

랭이 다시 홀로그램을 재생했다.

릴리가 솔리하를 보고 물었다.

우리 사이가 뭐가 남다르냐.

솔리하가 대답했다.

아저씨가 유독 칼리사 아주머니한테만 쪽도 못 쓰잖아요.

릴리가 발끈했다.

누가, 내가? 그럴 리가 있나! 말도 안 되는 소리를 하고 있어.

아니면 말고요.

그때 칼리사가 그만하라는 듯 릴리의 무릎을 탁 치고 릴리 옆에 앉은 남자에게 어서 이어가라고 손짓했다. 남자는 굉장히 머뭇거리며 자리에서 일어섰다.

제 차례인가요? 저는 잔더라고 합니다. 캡틴 직속 부대에서 저격을 담당했습니다. 물론 캡틴만큼은 아니었지만, 저도 망원으로 보이는 것만큼은 잘 맞혔던 거 같아요.

노파가 말했다.

겸손이야. 나보다 훨씬 나아.

잔더가 과찬이라는 듯 노파에게 머리를 한 번 숙이고 말을 이었다.

그러다 보니 당연히 은신도 제 주종이고요. 물론 칼리사만큼은 아닙니다만.

칼리사가 말했다.

겸손이야. 잔더의 은신을 능가하는 사람은 적어도 우리 부대 안에 없었어. 잔더가 우리한테 어마어마하게 중요한 인물이었던 건, 잔더보다 더 정확하게 우리를 엄호할 수 있는 사람이 없었다는 거야. 우리 눈에 안 보이는 적까지 속속들이 다 찾아 저격했으니까, 우리로서는 잔더가 생명줄이나 다름없었어.

릴리가 동의한다는 듯 묵묵히 고개를 끄덕였다. 잔더가 쑥스럽다는 듯 손가락을 비비적거리며 앉았다. 얼핏 얼굴도 살짝 붉어진 모양새였다. 잔더 옆에 앉은 여자가 일어섰고 수와 건을 보고 말했다.

나는 벤조야. 만나서 반가워. 릴리한테 너희 얘기 듣고 깜짝 놀랐다. 이렇게 실제로 만나게 되다니 아직도 믿기지가 않아. 섀도 한테 잡혔다가 탈출한 사람은 아마 너희밖에 없을 거야.

노파가 못마땅하다는 눈빛으로 릴리를 보았고 릴리는 먼 산을 보았다. 그러고 보니 벤조라는 여자는 며칠 전 노파의 집에 왔던 일행이 아니었다. 벤조가 말했다.

나는 전투 요원은 아니고 메카닉이야. 당연히 캡틴 직속 부대에 있었고, 뭐 뜯고 해체하고 붙이고 잇는 거 좋아해. 물론 만들기도 하지. 무기, 크래프트, 로봇, 기타 하드 테크 관련해서 못 고치는 거 빼곤 다 고쳐.

노파가 매우 즐겁다는 듯이 킬킬거리고 웃었다. 솔리하가 중얼거렸다.

하여튼 우리 할매는 저런 희한한 고대 유머를 미친 사람처럼 좋아한다니까.

노파가 말했다.

닥쳐, 이것아. 네가 게 맛을 알아? 그리고 칼리사한테 물었다. 그래서 라니는 안 한다니?

라니는 좀 고민 중인 것 같아. 라니는 큰애 일도 그렇지만, 작은애도 있어서. 만에 하나 사고라도 생기면 딱히 돌봐줄 사람이 없으니까.

그럼 그날은 왜 그렇게 씩씩거리면서 찾아온 거야?

그냥 오래간만에 우리 따라 캡틴 얼굴 보러 온 거야. 걔 별로 그렇게 씩씩거리지 않았는데?

솔리하가 말했다.

저 봐, 우리 할매의 허위 사실 유포는 진짜 타의 추종을 불허한다니까. 어떻게 저렇게 자연스럽게 진짜인 것처럼 아무도 의심하지 못하게 사실을 왜곡하는지 몰라.

랭이 말했다.

"저분들의 공통점은 모두 섀도한테 사랑하는 사람을 잃었다는 사실입니다. 잔더는 연인을 잃었고 벤조는 남편을 잃었습니다. 그리고 라니라는 분은……, 큰딸을 잃었어요."

칼리사가 시선을 돌려 수를 바라보자 수가 발딱 일어났다.

저는 활을 사용해요. 할매한테 배웠어요. 그리고 잘 뜁니다. 우리 반타는 저보다 더 잘 뛰고요.

반타가 그 말을 증명이라도 해 보이듯 이층 침대를 한 번에 훌쩍 뛰어 올라갔다. 그러고는 건너편 침대까지 펄쩍 뛰었다가 다시 제자리로 돌아와 이야오와, 하고 대꾸했다.

릴리가 중얼거렸다.

울음소리에 자신감이 빵빵하구먼.

잔더가 작게 손뼉을 쳤다. 반타는 앞발을 모으고 앉아 시크한 표정으로 무슨 일이 있었냐는 듯, 다른 곳을 보고 있었다. 수가 말했다.

그리고 저는 소프트웨어 관련된 걸 잘 다뤄요.

노파가 말했다.

잘 다루는 정도가 아니지. 니들도 소문 들어 알겠지만 얘는 니들하고 머리 구조부터 달라.

칼리사와 잔더가 묵묵히 고개를 끄덕였다. 벤조는 자리에서 벌떡 일어나 수의 손을 덥석 잡았다. 그러고는 환하게 웃으며 엄지를 한번 들어 보이더니 다시 자리에 앉았다.

릴리가 말했다.

얘는 작전에 참가한 건지, 쟤를 만나러 온 건지 구분이 안 가.

벤조가 대답했다.

둘 다야.

그때 솔리하가 일어서며 말하려고 하자, 칼리사가 끼어들었다.

얘, 넌 됐다. 넌 우리가 너무 잘 알아. 넌 어려서 우릴 잘 기억하지 못하나 본데, 내가 너 똥 기저귀도 갈아주고 그랬다.

솔리하가 항변했다.

똥 기저귀 같은 게 어디 있었다고 그래요? 할매 부대 아니랄까봐. 와 나, 진짜 날조. 와.

칼리사가 말했다.

날조 아니거든? 네가 하도 여기저기 똥을 묻히고 다녀서 내가 한동안 네 보모 노릇까지 했다고.

무슨 말씀을 하시는 거예요, 지금! 숙녀한테!

알았어, 알았어. 진정해. 어쨌거나 네 소개는 따로 안 해도 돼.

칼리사가 건을 바라보았고 건이 솔리하를 쳐다보며 일어섰다. 솔리하가 소리쳤다.

뭘 봐, 인마! 너 지금 상상하냐?

건이 항의했다.

아니, 그게 아니라 내 소개를 이어서 해도 되는지 몰라서 그런 거지.

칼리사가 해, 해, 어서 해, 하고 말했고 건이 눈치를 보다 말을 이었다.

저는 딱히 뭐라고 말씀드려야 할지 모르겠는데……, 저는 아직 제가 뭘 잘하는지 잘 모르는 것 같습니다.

노파가 말했다.

총 잘 쏴. 점발사격이 일품이야. 아주 빠르고 정확하고 어떤 동작에서도 흐트러짐이 없다. 총도 몸도 불필요한 에너지 낭비가 전혀 없어. 그리고,

노파가 자기 머리를 톡톡 두들겼다.

전략 전술에 뛰어나다. 순간적인 판단력이 아주 기가 막혀. 지휘관으로서는 그 이상의 재능이 필요치 않지. 그런데 그런 건 차치하고 진짜는,

노파가 이번에는 자기 가슴을 가리켰다.

여기 있어. 배짱이 좋아. 용기가 있어. 무모하지 않은 용기를 가진 사람은 정말 흔치 않다. 그런 사람만이 자기 팀원을 잘 이끌 수 있어. 그래서 우리 팀의 지휘는 얘가 맡을 거야.

릴리가 놀랐다.

으잉? 춘춘이 아니고?

노파가 발끈했다.

이게 죽을라고.

칼리사가 눈빛을 반짝이며 건을 바라보았다. 잔더와 벤조와 솔리하도 눈이 동그래져 건을 돌아보았다. 심지어 건도 눈이 동그래져 자기 자신을 손가락으로 가리켰다.

제, 제가요?

그래, 네가 할 거야. 노파가 팀원들을 돌아보며 덧붙였다. 믿어. 나 전성기 때보다 훨씬 훌륭해.

칼리사가 고개를 끄덕였다. 벤조가 중얼거렸다.

캡틴이 그렇게 말할 정도면.

잔더가 작게 손뼉을 쳤다.

현실의 수가 중얼거렸다.

"저분들은 오빠의 과거를 모르고 있나 보네요?"

랭이 대답했다.

"아마 그런 것 같습니다. 은 박사님의 업로딩 관련 이야기는 아무래도 개가 짖었던 게…… 워낙 강렬한 인상을 주었기 때문인지 다들 그것만 기억하는 것 같아요. 여전히 그 사실만 회자되고 있습니다. 그 덕이라고 해야 할지 어쨌든 류건 씨에 관한 비밀이 잘 유지되었던 것 같습니다. 은수 씨와 류건 씨가 동맹 연합군 출신 사이에서 소문이 난 부분은 섀도에게서 무사히 탈출했다는 사실과 그럴 수 있었던 게 은수 씨의 테크놀로지 때문이라는 사실 정도입니다. 그만큼 섀도의 존재가 위협적이고 또 그래서 은수 씨의 실력을 모두가 궁금해하는 거고요."

홀로그램이 바뀌었다. 노파의 건물이 이번에는 온갖 색의 빛으로 가득 채워진 도시 한복판에 서 있었다. 수가 그 길의 한구석에서, 바퀴 따윈 존재하지 않는 바이크 형태 기계 구조물 위에 앉아 있었다. 그 옆에 솔리하와 건이 서 있었고 벤조가 매우 환하게 웃

모조 사회 1

고 있었다. 벤조가 말했다.

네가 유난히 스피드를 즐긴다고 해서 만들어봤어. 전에 스캔해 간 네 신체 조건에 딱 맞춰서 제작했어. 어때, 앉으니까 몸에 착 감기지?

실제로 바이크는 수가 접촉한 부분의 형태가 약간 달라졌다. 수가 말했다.

다리 부분이 완전 장난 아닌데요?

응. 네가 뒤집혀서도 활을 쏠 수 있게 만들었다.

솔리하가 구시렁거렸다.

스피드는 나도 잘 즐기는구만.

벤조가 말했다.

알아, 하지만 넌 나루가 있잖아. 수도 수만의 머신이 있어야지. 그리고 수를 돌아보며 말을 이었다. 그 슈트와 헬멧은 일체형이 지만 헬멧 전체가 그래핀Graphene으로 만들어진 글라스라, 있는 지조차 모를 거야. 언제든지 개폐도 되고. 이 슈트와 헬멧은 고공 비행 모드에 들어갔을 때, 산소 공급은 물론이고 기압까지 다 맞춰주기 때문에 아무리 높은 곳을 날아도 큰 신체 변화를 느낄 수 없을 거야. 물론 체온도 잘 유지해주지.

솔리하가 다시 구시렁거렸다.

아주 조공을 바치시는구만.

벤조가 아랑곳하지 않고 설명을 이었다.

그 슈트 가슴에 있는 부분은 네 목걸이와 연결되어서 비행 중 에도 얼마든지 홀로그램을 이용할 수 있게 만들었어. 자동 비행

모드로 조작하면 안정감 있게 키보드를 다룰 수 있을 거야. 너한테는 그게 생명이니까. 그리고 혹시 몰라서 일부 음성 인식 기능도 넣었고.

솔리하가 투덜거렸다.

그러니까 내 말이 그 말이야. 아니, 전부 말로 하면 될 걸 왜 굳이 키보드를 두드려대는 거야? 너도 할매처럼 구식 기술에 집착하냐?

수가 대답했다.

아냐, 언니. 사람 뇌는 좀 이상한 면이 있어서 말로 해서는 형태가 잘 잡히지 않는 경우가 많아. 뭔가 떠올라도 연기처럼 금방 날아가버리는 식으로. 그런데 문자나 수식처럼 눈앞에 보이는 형태를 손가락으로 움직이면서 활용하면 생각도 빨라지고 기억에도 오래 남아. 정리도 더 잘 되고. 그래서 생각도 그냥 생각만 하는 것보다는 적으면서 하면 뭐랄까, 왜 그런 생각을 하게 되었는지부터 차근차근 정리가 잘 돼. 좋아, 언니. 언니도 해봐.

솔리하가 중얼거렸다.

내가 세상에서 제일 싫어하는 게 정리야.

언니가 싫어하는 그런 정리하고는 좀 다른 거지만 아무튼. 수가 깔깔 웃고 벤조가 만들어준 머신에 시종 감탄하면서 연신 고맙다는 인사를 되풀이했다. 그럴 때마다 벤조도 질세라 아니라고 반복했다.

아니야, 아니야, 내가 더 영광이지. 대신에 이 머신의 이름은 내가 지었어. 티아라. 어때? 특별히 마음에 안 드는 거 아니면 그렇게 불러주면 좋겠어.

솔리하가 기가 막힌다는 듯 건을 돌아보며 속삭였다.

티아라래. 그러더니 자기 머리를 마구 헝클어뜨렸다. 티아라가 이거 아냐? 이거 왕관? 닭벼슬같이 머리에다가 꽂고 다니는 거? 와 나. 할매 식구들은 전부 미쳤나 봐.

건이 조용히 중얼거렸다.

닭벼슬이라고 할 것까지는…….

벤조가 말했다.

무엇보다 이 티아라는 이번 우리 작전에 맞춰서 최상급 도시 상공까지 진입해도 검문에 안 걸리게 만들었어. 허가받은 비행체로 인식되도록 자동 변조 기능이 들어가 있어. 물론 그 외에도 남들 가지고 있는 건 다 있고.

벤조가 다시 솔리하를 돌아보며 말했다.

그건 나루에도 달았어. 나루한테도 필요할 것 같아서.

솔리하가 말했다.

가암사합니다. 작전을 같이하려면 나루도 올라가긴 해야 하니까요. 그리고 건에게 속삭였다. 이왕 달아주는 거 다른 것도 좀 달아주지. 그런다고 누가 잡아가는 것도 아니고. 치사한 아숨…….

그래, 그래서 다른 기능도 좀 더 넣었으니까 쓰면서 확인해.

솔리하의 표정이 확 바뀌었다.

아, 진짜요? 고마워요, 언니.

건이 중얼거렸다.

그렇다고 아줌마에서 바로 언니가 되냐.

벤조가 손뼉을 한 번 짝, 치고 말했다.

자, 그리고 마지막 하이라이트!

벤조가 티아라의 계기반 바로 아래를 두드리니 거기 반타가 들어가 앉기 딱 알맞은 공간이 생성되었다.

아무리 고속으로 날아도 반타가 공기 저항을 안 받아. 고공비행에 들어가도 투명 캡슐이 생성되어서 안전할 거고. 당연히 산소, 기압, 온도 다 조절되고 무엇보다 티아라가 뒤집혀도 반타가 떨어질 염려가 없어. 다리를 잡아줄 거야.

사실 애초부터 반타는 그런 것에 상관없이 그 높은 곳들을 잘 돌아다녔지만 벤조는 몰랐다. 어쨌거나 수도 대단히 감격한 듯 보였다. 필요를 떠나 그 정성에 실로 감동한 것 같았다. 수의 어깨에서 티아라를 가만히 내려다보던 반타도 거기가 자기 자리라는 걸 알았는지, 우아하게 뛰어내려 그곳에 들어가 앉았다. 그러더니 평가했다. 니야오와.

진짜, 진짜 너무 고마워요!

자 그럼 한번 타봐.

그 말과 동시에 수가 고개를 한 번 끄덕인 뒤 곧바로 출발했다.

솔리하가 말했다.

우리도 달구지 끌고 한번 따라가봅시다.

건이 놀랐다.

오, 달구지는 나 옛날 시대 때 쓰던 용어인데?

솔리하가 대꾸했다.

할매랑 오래 살다 보면 별 쓰잘머리 없는 것까지 다 알게 돼.

그리고 곧장 수의 뒤를 따랐다. 수정처럼 떠다니는 오색 빛의 알갱이들을 헤치고 사급 도시의 상공을 이리저리 휘저으며 비행하던 수가 이윽고, 삼급을 지나 이급 도시 상공으로 치솟아 올랐다. 벤조의 말대로 그 어떤 검문이나 제재에도 걸리지 않았다.

현실의 수는 막연하게 사급부터 상급까지의 도시가 전부 같은 건물들로 연결되어 있을 것으로 생각했는데 그렇지 않았다. 각 등급은 제각각 자기만의 대지 위에 건물을 세워 올린 것처럼 보였다. 간단하게 이해할 수 없는 구조이기는 했지만 한편으론 아주 간단해 보이기도 했다. 하급 도시를 가득 메운 빌딩의 꼭대기들이 상급 도시의 대지를 이룬다고 보면 그 또한 틀린 말은 아니었기 때문이다. 다만 그 얼개가 다소 복잡하고 직접적인 대지의 역할을 하는 것은 아니어서 난해하긴 했어도, 간단하게 보자면 그랬다. 어쨌거나 구역은 육안으로도 뚜렷하게 구분이 될 만큼 분명했다.

한 가지 독특했던 점은 하급 도시의 경우 외곽으로 벗어날수록 더 많은 하늘이 보인다는 사실이었다. 모조 도시는 전체적으로 유선형의 피라미드 형태를 갖추고 있었으므로, 하급 도시의 경우 가장 발전한 중심부일수록 하늘이 잘 보이지 않았다. 떠받치고 있는 것이 점점 줄어드는 외곽일수록 잘 보였고, 아무것도 없는 도시의 끄트머리 허허벌판일수록 더 잘 보였다.

이급 도시에 이르자 하늘이 훨씬 깨끗했다. 홀로그램으로 번쩍거리는 광고판 같은 것도 보이지 않았다. 도시 교통이나 건물의 모양도 월등히 잘 정돈된 모습이었고 조경도 달랐다. 수는 쾌속

질주하며 구름을 뚫고 더 높은 상공으로 치솟았다. 일급 도시 구역이 나왔다. 과연 그곳은 구름 위의 정원이라고 해도 과언이 아닐 만큼 아름답고 고즈넉했다. 만약 신선이 존재한다면 바로 이런 도시에서 살지 않을까 싶을 정도였다. 수는 그 풍경에 감탄하며 유유하게 구름 위를 가로질렀다. 그것은 말 그대로 운해 위를 떠다니는 항해였다.

그때 현실의 수가 작게 탄성을 내뱉었다. 랭이 돌아보자 수가 말했다.

"저 건물, 저 건물이 뭐죠?"

일급 도시 구역 메인 시가지 중심에 거대한 빌딩 세 동이 정삼각형 모양으로 서 있었다. 중간중간 세 빌딩이 이어지는 연결 부분이 있었고 그 때문에 한편으론 한 몸으로 묶인 형태의 건축물 같기도 했다. 거대하다는 수식만으로 군색할 만큼 거대한 빌딩이었다. 랭이 말했다.

"센트럴 타워예요. 저 타워는 계속 저대로 이어져 최상급 도시까지 올라갑니다. 그 꼭대기 한쪽에는 총수 공관과 집무실이 있고 다른 쪽에는 의장 공관과 집무실이 있어요. 남은 한쪽엔 의회가 있고요. 모조 도시를 관장하는 핵심 타워입니다."

빌딩은 직육면체의 조각들을 불규칙하게 쌓아 올린 모양이었다. 얼핏 보면 거대한 직사각형 유리 컨테이너를 한 무더기씩 무작위로 쌓아 올린 것처럼 보였지만, 좀 더 보면 훌륭한 조형미가 눈에 들어왔고 곧이어 세련된 구조가 마음을 사로잡았다. 또 빌딩의 어느 부분은 직육면체 모양으로 불쑥 튀어나오고 어떤 부분은 움푹 들어가 매우 형이상학적인 면도 있었다. 예술의 정점을 찍은 것은 그러나 모양이라기보다 구조물이 서로 겹쳐지지 않은 부분에 심긴 수목이었다. 숲과 빌딩이 한 몸으로 이루어진 건축물을 처음 본 것은 아니었지만, 이토록 거대하고 그처럼 완벽하게 조화를 이룬 풍경은……, 현실의 수가 꿈에서 보았던 그대로였다. 수가 말했다.

"이 건물을 본 적이 있어요."

랭이 깜짝 놀라며 물었다.

"네? 현실 기억엔 없는 내용인데? 어디서요? 모듈에서요?"

"네. 아, 모듈이요? 아……, 모르겠어요. 그냥 사고 이전에 제가 자주 꾸었던 꿈에 나오던 빌딩이에요. 저 세 개의 빌딩을 계속 따라 올라가다 보면 거기 어딘가에 커다란 원형 구조물이 있지 않나요?"

랭이 홀로그램을 멈추고 파로를 돌아보며 말했다.

"미스 매칭 구간이야. 따로 빼놔."

수가 물었다.

"미스 매칭이요?"

"아, 은수 씨의 업로딩 구간과 현재 은수 씨의 두뇌 사이에서 일치하지 않는 부분을 말해요. 현재 은수 씨의 대뇌피질 속엔 신경회로 컨트롤러에 의해 삭제된 의식, 가령 기억과 감정 같은 건 존재하지 않지만 그 의식이 존재했던 신경회로의 길은 나 있거든요. 이를테면 두 개의 같은 그림이 있는데 하나는 색이 다 채워져 있고, 다른 하나는 테두리만 그려져 있다고 보시면 됩니다. 자가 생체 업로딩이란 말하자면 이 테두리만 그려진 그림 위에 다른 하나의 그림을 고대로 겹쳐서 똑같은 색을 입히는 과정이라고 보시면 되는데요, 그 과정에서 일치하지 않는 부분이 있으면 엉뚱한 곳에 색이 묻거나 튀어나오거나 빈 곳이 생길 거 아니에요? 그런 부분이 얼마나 있는지를 확인하는 과정입니다."

수가 가만히 생각하더니 그 말은 이해하겠는데 그러면 저 건물을 본 게 왜 미스 매칭인지를 궁금해하자 랭이 말했다.

"은수 씨는 어린 시절 최상급 도시에서 늘 오가던 길만 다녔습니다. 원형 구조물은 일급 도시와 최상급이 갈라지는 딱 그 경계에 존재하기 때문에 보실 일이 전혀 없었고, 집도 그 반대편 방향을 바라보고 있으므로 내려다보아도 보이지 않는 위치입니다. 그리고 티아라를 타고 오르는 업로딩의 기억에선 저 건물의 하부와 측면만 보셨습니다. 다시 말해서 은수 씨는 그 원형 구조물을 알 수 없습니다. 그런 존재가 있는지조차 알지 못하는 게 맞아요. 보거나 들은 적이 단 한 번도 없으니까요. 그런데 지금 아신다니까 그게 어디서 튀어나온 기억인지를 확인해야 합니다."

수 또한 랭의 말이 매우 이상하다는 듯 의아해하며 중얼거렸다.

"하지만 저는 꿈속에서 그 원형 구조물 안에 들어간 적도 있는 걸요."

그 말에 랭이 매우 당황했다.

"들어가신 적이 있다고요?"

랭이 자기가 잘못 들은 건 아닌지 묻는 듯한 표정으로 파로를 돌아보았다. 파로도 약간 멍한 표정으로 중얼거렸다.

"이건 진짜 있을 수 없는 일인데. 어떻게 설명이 안 되는데."

랭이 다시 수를 돌아보며 물었다.

"그 안이 어땠는지 기억하세요?"

수가 대답했다.

"그럼요. 여러 번 꾼 꿈이어서 아주 생생하게 기억해요. 일단 굉장히 넓고 컸어요. 신비스러운 공간이었습니다. 천장은 분명히 둥글었는데 워낙 커서 둥글다는 걸 느낄 수 없었어요. 그리고 정말 깜깜했는데, 그 깜깜한 게 그냥 어두운 것과는 사뭇 달라서 말로는 표현이 어려워요. 가끔은 아주 먼 우주의 어느 공간처럼 느껴지기도 했고 또 어떤 때는 정말 깊은 심해 한가운데처럼 느껴지기도 했어요. 우주로 느껴질 땐 진짜 무수한 별의 무리가 보여서 마치 성운 속에 빠진 느낌이었어요. 오로라 같은 것도 본 적이 있고 또……, 아 그래요. 매우 추운 곳이기도 했어요. 그 냉기 때문에 푸른빛이 감돌았던 것도 같아요. 아 그런데……, 그건 어쩌면 바스키아 미술관이랑 헷갈리고 있는 건지도 모르겠네요. 아, 푸른빛은 바스키아 미술관에서 본 것 같습니다."

랭이 말했다.

"맞아요. 바스키아 미술관에 그런 푸른빛이 흐르는 공간이 있긴 합니다. 그러고 보니 말씀하신 내용이 바스키아 미술관하고 상당히 비슷한데요? 거기도 천장이 둥근데 공간이 매우 넓은 것처럼 느껴져서 둥근지 쉽게 분간이 안 가고 굉장히 신비스러운 곳도 많으니까요."

"아 그럼 실제로 그렇게 넓은 건 아닌가요?"

"물론 작은 공간은 아니지만 그렇게 막 광활하고 그런 건 아닙니다. 광학 기술로 그런 시각적 효과를 구현한 거예요."

파로가 말했다.

"바스키아 미술관도 오벨리스크 형상의 거대한 기둥이 세 개 있어요. 그리고 그 가운데 커다란 구슬 모양의 구조물이 있고요. 미술관은 그 구슬로 들어가면 나오는데, 은수 씨가 지금 거기하고 혼동하는 게 아닐까요? 반타한테 약간 맛이 가셔서……, 가 아니라 거길 너무 좋아했으니까요."

수도 그 부분을 명확하게 대답할 수 없었다.

"그런 건가? 아 그런데……, 저는 왜 저 건물을 본 것 같죠?"

랭이 바짝 조였던 긴장을 살짝 풀며 후, 하고 한숨을 내쉬었다.

"그러고 보니 센트럴 타워하고 바스키아 미술관이 비슷한 점이 많네. 왜 우린 여태 그 생각을 못 했지?"

파로가 대꾸했다.

"이전에는 굳이 그 둘을 비교해볼 이유가 없었으니까?"

"그렇지?" 랭이 수를 돌아보며 말했다. "저 안에 은수 씨가 들어가셨다는 사실은 아예 존재하지 않는 기록입니다. 어디에도 그런 기록은 없어요. 실제로 존재하지 않았던 일이니까 없는 게 너무 당연하고요. 사실 저 안에 들어가보셨다는 게 말이 안 되는 얘기이긴 해요. 왜냐하면 저곳은 우리도 아직 못 들어가봤거든요. 들어가는 입구가 있기나 한 건지 모르겠어요. 그래서 저기가 뭘 하는 공간인지, 우리뿐만 아니라 저 도시 사람들도 거의 모릅니다. 물론 우리야 알아내려고 백방으로 노력 중이지만, 누가 드나들기라도 해야 실마리라도 잡을 텐데 출입이 전혀 없어요. 저 도시 사람들은 아예 관심도 없고요. 자기들 삶에 아무런 장애도 되지 않으니까. 무슨 예술 조형물인 줄 아는 사람도 많더군요."

파로가 말했다.

"정말 그냥 조형물일 수도 있죠. 저긴 쓸데없는 짓 많이 하잖아요."

"그런 것치곤 보안이 너무 삼엄하지."

수가 물었다.

"보안이 삼엄해요?"

"따로 경비 로봇이 있다거나 한 건 아닌데, 내부에 뭐가 있는지 감지할 수 있는 기기들이 아무것도 통하지 않습니다. 그렇다고 정말 조형물이기만 한 건가 하면 또 그렇지는 않은 게, 근처에 뭔가 나타나면 그것을 인지하는 시스템이 작동되는 것 같다고 하더군요. 우리 요원이 파악한 바로는 그렇습니다."

"그럼 세가 바스키아 미술관하고 착각한 게 맞나 보네요."

"정말 그러셨을 수 있는 게, 실제로 바스키아 미술관에서 그런 행사를 가끔 합니다. 성운 전시회라든가 태초의 풍경을 테마로 한 전시회를 열기도 하고, 심해를 주제로 미술전을 열었던 건 저도 기억하거든요."

랭이 그 기억이 맞는지 잠시 검토해보는 듯하더니 말을 이었다.

"사실 그 비슷한 착오들이 종종 있긴 합니다. 두뇌와 관련된 것이다 보니 가장 흔한 사고가 머리 색깔이나 모양이 다르게 보이는 경우이고, 과거 기억을 꿈으로 꾸는 경우도 종종 있어요. 보통은 자기 두뇌와 신경회로 컨트롤러 모듈 영상이 뒤섞여 착오를 일으키는 건데, 은수 씨는 거기에 업로딩까지 저장되어 있으니 착오 확률이 더 높긴 합니다. 만약 그게 아니라 이게 통째로 다 미스 매칭 구간이라면 문제가 생길 수 있어요."

수가 물었다.

"문제가 어떻게 생기는데요?"

랭이 한동안 망설이다가 고개를 끄덕이더니 키보드를 조작해 다른 홀로그램을 하나 열었다. 홀로그램은 직소 퍼즐 모양이었다. 직소 퍼즐은 랭의 음성에 맞춰 춤을 추듯이 부지런히 움직였다.

"이를테면 이런 퍼즐을 맞추다가 그중 어떤 조각 하나를 잃어버려서 전체의 그림을 완성할 수 없게 되는 경우라고 보시면 됩니다. 어렵게 나머지를 다 맞춰도 그 부분은 뚫려 있게 되죠. 사실 잃어버린 부분만 뚫려 있다면 그리 염려할 게 없는 상황입니다. 문제는 그 한 부분 때문에 둘레의 다른 부분까지 맞출 수 없는 상황이 벌어진다는 겁니다. 그렇게 연쇄적으로 맞출 수 없는 영역이 얼마나 되느냐를 우리가 가늠할 수 없다는 게 가장 큰 문제고, 만약 잃어버린 조각이 하나가 아니라 여러 개라면 문제가 더 커지죠."

직소 퍼즐은 곧 뇌 모양으로 바뀌었는데 뇌의 군데군데가 시꺼멓게 뚫려 있었다. 설명을 듣고 봐서 그런지 굉장히 위협적으로 보였다. 수가 손을 들어 뇌의 뚫린 부분을 가리켰다. 랭이 말했다.

"맞습니다. 목숨이 위험하다거나 그런 문제는 아니지만, 온전한 정신이 아니게 될 확률이 생깁니다. 운이 좋으면 단순히 어떤 기억 몇 개만을 잃고 말겠지만, 운이 나쁘면 그 사람의 인격 자체가 변해버릴 수도 있어요."

랭이 뇌 홀로그램을 치우고 말했다.

"이런 점이 두뇌 업로딩을 여전히 미지의 기술로 남게 합니다. 뇌의 의식이란 체화된 인지를 바탕으로 하기 때문에 그 의식의 조각 하나하나를 다 떠올리려면, 그때의 의식을 연상할 수 있는 조건이 생성되어야 합니다. 그러려면 무의식까지 업로딩해야 하는데 꿈꾸는 시간까지 모두 수집해서 데이터를 만드는 건 시간도 많이 걸리지만, 무엇보다 완전성을 보장받기가 어렵습니다. 왜냐하면 뇌의 다이내믹한 활동을 백 퍼센트 모두 수집했다고 보기 어렵기 때문이죠. 만에 하나 그런 불완전성을 극복한다고 해도, 그렇게 업로딩한 영혼은 자기 자신이 아니라고 주장하는 사람도 꽤 많습니다. 물론 자가 생체 업로딩은 경우가 다르지만요."

파로가 넛붙였다.

"인격이 변하는 확률은 차치하고라도 반쯤은 바보가 될 수도 있어요. 생각보다 위험한 작업이죠. 그래서 왜 그런 위험부담까지 감수하면서 영생을 얻고 싶은 건지 저도 잘 이해가 안 가요. 영원히 바보로 살 수도 있는데 무섭지 않나?"

수가 물었다.

"그럼 저도 그렇게 될 확률이 있는 건가요?"

파로가 깜짝 놀라며 대답했다.

"아니요, 그럴 리가요. 우리 대장은 그런 짓은 하지 않아요."

랭이 어이없다는 표정으로 파로를 쳐다보았다.

"말이 뭐가 그래?"

그러고는 수를 돌아보며 말했다.

"앞서 말씀드렸듯이 자가 생체 업로딩은 경우가 좀 다릅니다. 그래도 아주 미세한 문제라도 있을 수 있으니 그걸 찾아내기 위해서 지금 이 과정을 거치는 거고요. 미스 매칭 테크가 그걸 잡는 거예요."

"그럼 이제 제게서 문제의 소지가 발견된 거네요."

"아직 그렇다고 확정할 순 없습니다. 일단 미스 매칭 부분을 처음 알았고, 이게 정말 미스 매칭인지도 확실치 않으니까요. 지금은 단지 은수 씨의 말만으로 판단하는 거라 정밀 검사가 필요합니다. 만약 미스 매칭이라고 해도 그 범위와 크기를 연산해보지 않고는 확정하기 어렵고요."

"문제가 없을 확률도 있나요?"

"아마도요. 없길 바라야죠." 랭이 말했다. 그리고 잠시 뭔가 생각하다 덧붙였다. "또 다른 변수도 하나 있고요."

수가 랭을 쳐다보자 랭이 말했다.

"아버님의 큐브가 남아 있습니다. 다른 뇌에 업로딩하는 건 신경회로를 완전히 다시 파고 들어가는 거라, 류건 씨의 성공 그 한 번을 성공이라고 말하기는 어렵습니다. 춘춘 할머니의 말씀처럼 과학에선 종종 기적이 일어나기도 하니까요. 그래서 과학자에겐 항상 더 많은 실험이 필요하죠. 박사님이 그걸 모르셨을 리 없습니다. 게다가 이 두뇌 업로딩 기술의 위험성도 충분히 인지하고 계셨으므로, 그 기술을 위해 큐브를 남겼다고 생각되지 않습니다. 큐브의 크기도 그렇고. 그래서 저는 거기에, 은수 씨의 자가 생체 업로딩 관련 알고리즘이 담겨 있을 거로 생각합니다. 식사 시간에 진과도 대화를 나눠봤는데 진도 같은 생각이었고요."

"왜, 저의……."

"일이 잘못되면 은수 씨가 식민 구역으로 내려가게 될 거란 것도 아셨으니까, 은수 씨의 정신을 어떻게 하면 보전할 수 있을지 생각하지 않았을 리 없다고 봅니다."

"하지만 아빠는 식민 구역이 사람의 기억을 지우는 곳인지 알지 못했어요. 할머니가 어린 수……, 저한테 그 말씀을 하셨을 때 황당한 얘기 하지 말라고 그러셨는데."

"아니요. 그건 모듈 얘기죠. 신경회로 컨트롤러를 모르셨을 뿐, 기억을 지운다는 사실은 적지 않은 시민이 알고 있습니다. 어쩌면 컨트롤러도 아셨을지 몰라요. 실제로 모조 사회에서 신경회로 컨트롤러의 존재를 아는 사람은 평의회 의원들 정도가 전부이긴 하지만, 춘춘 할머니 같은 예외도 있으니까 아버님도 완전히 배제할 수는 없다고 봅니다."

"그러면 그때 알게 된 걸까요? 춘춘 할머니 댁에서?"

"글쎄요, 그건 저도 잘 모르겠네요. 하지만 그때 아셨을 확률도 높긴 합니다. 박사님은 매우 주도면밀한 분이시라, 그런 용어를 허투루 듣지 않았을 확률이 매우 높긴 하죠. 그다음에 마음먹고 알아보자면 못 알아볼 것도 없고, 은수 씨가 주무실 때라든가 떨어져 있을 때 다시 할머니를 찾아가셨을 수도 있지요."

수가 뭔가 번뜩 떠오른 듯한 눈빛으로 말했다.

"아, 그럼 할머니가 저한테 했던 얘기가 거짓말이 아니었을 수도 있겠네요. 아빠가 절 두고 어리지만 약속을 잘 지키는 아이라고 말했다고 했을 때, 나는 그게 할머니가 지어낸 얘기라고 생각했는데 어쩌면 사실일 수도 있겠어. 그럼 진짜 나중에 또 찾아가신 건가?"

랭은 아무 대꾸도 하지 않았다. 가만히 어떤 생각에 잠겨 있던 수가 랭에게 묻는 것도 아니고 혼잣말도 아닌 애매한 말투로 중얼거렸다.

"그럼 목걸이는 애초부터 날 주지 왜 반타한테 줬지?"

"그건, 만약 그 큐브를 은수 씨에게 바로 줬으면 모조가 의심했을 수도 있었을 거라고 저는 생각해요. 그땐 바람에 먼지만 날려도 그 먼지에 뭐가 없는지 신경을 곤두세우고 관찰할 때였으니까요. 아버님도 주도면밀하신 분이지만 모조도 만만치 않은 인간이거든요. 아마도 저랑 같은 생각을 하시지 않았을까요?"

"그러면 할머니는 제 업로딩과 저 큐브에 대해서도 전부 알고 계셨던 걸까요?"

"그건 모르셨습니다."

수는 그 점에 관해 랭이 왜 그렇게 단언하는지는 생각해보지 않았다. 한동안 침묵이 흘렀다. 수는 떠오른 생각들을 부지런히 정리하는 표정이었다. 먼저 침묵을 깬 것은 수였다.

"그렇다면 아빠는 여기 공동체라는 곳의 존재도 알고 있었을까요?"

랭이 대답했다.

"글쎄요, 그것까지는 우리도 확인할 방법이 없습니다. 하지만 아마 모르셨을 겁니다. 우리 존재는 워낙 철통같은 베일에 싸여 있어서. 그렇지만 세상에 완전한 비밀은 없다는 말을 상기하자면 아셨을 수도 있겠죠. 그러나 모르셨을 거예요. 어떤 식으로든 그런 비밀이 새어 나갔다면 의장이나 노박이 몰랐을 리 없고 그러면 지금 같은 평화가 '절대' 유지될 리 없거든요."

그러더니 잠시 생각에 잠겼다. 그때 수도 퍼뜩 떠오른 장면이 하나 있었다. 바로 본부동에서 소회의실로 향할 때 일어났던 두 번의 공간 이동이었다. 그때 랭이 통신했던 내용을 수는 기억했다. 저들이 우리를 발견한 게 아니냐고 랭이 되물었고, 아니어도 알려지는 건 시간문제라는 대화를 나눴던 걸 수는 정확히 기억했다. 저들이 알면 평화는 '절대' 유지되지 않는다는 말. 그것이 전쟁을 의미하는 건지 생각하는 사이 랭이 다시 말했다.

"그보다는, 누군가 박사님의 큐브와 은수 씨의 업로딩을 발견해서 은수 씨를 본래의 모습으로 되돌려줄 거라고 막연히 기대하셨던 게 아닐까 싶어요. 실제로 그런 일이 벌어지든 벌어지지 않든, 기술을 가진 부모로서는 거기에 대비할 수밖에 없다고 생각하거든요. 저 역시 그렇고요."

수가 고개를 끄덕였다. 수 역시 그럴 수 있을 거라 생각했다. 수가 물었다.

"그럼 이 과정을 처음 시작할 때, 왜 저한테 다 보고 나면 다소 위험할 수 있는 결정을 내려야 한다고 말씀하신 거예요? 그게 업로딩을 말씀하셨던 게 아니었나요?"

"업로딩이 맞는데요, 그땐 블랙 오팔 큐브의 존재를 몰랐고 믿을 건 류건 씨의 신경회로 구조와 우리의 미스 매칭 테크 둘밖에 없었으니까요. 물론 미스 매칭 테크를 신뢰할 수 없는 것은 아닙니다. 하지만 은수 씨도 아시겠지만 오류 확률이 단지 일 퍼센트뿐이라고 해도, 그 일 퍼센트가 실현되는 순간 백 퍼센트가 되는 거니까 항상 모든 걸 장담할 순 없죠. 그러니까 미스 매칭 테크 연산에서 가능하다는 결과가 나오고 또 그 오차율이 매우 적다고 해도, 위험이 전혀 없다고 단정 지을 수는 없다는 얘기입니다. 은수 씨가 그걸 감당하겠다고 말씀하셔야만 생체 업로딩도 시도할 수 있다고 진은 생각하고요."

수가 중얼거렸다.

"진."

"네, 진."

랭이 다소 굳은 얼굴로 말을 이었다.

"하지만 저는 생각이 조금 다릅니다. 이 일은 약간의 위험을 감수하고라도 해야 한다고 생각합니다. 얻을 수 있는 가치가, 놓아버리기엔 너무 큽니다. 미스 매칭 테크는 오로지 은수 씨만을 위해 만든 기술입니다. 은수 씨의 디지털 업로딩을 자가 생체 업로딩으로 전환할 때 일어날 수 있는 모든 미스 매칭의 수와 범위와 크기를 찾아내서 연산하고 그 일 자체가 가능한지를 판단하기 위해 만든 겁니다. 그 과정에서 조금이라도 위험 요소가 발견된다면 당연히 시도하지 않을 계획이었고요. 그러니까 큐브를 구하지 못한다고 해도, 미스 매칭에서 안전하다는 결과가 나오면 소수점 이하의 오류 확률 정도는 감수해야 한다는 게 저의 생각입니다."

"잠깐만요, 그 미스 매칭 테크라는 걸 오로지 저만을 위해서 만드셨다고요?"

랭이 잠시 망설이다 대답했다.

"네."

"저만을 위해서라면……, 그게 그렇게 금방 만들어질 수 있는 기술인가요?"

랭이 단호한 목소리로 대답했다.

"당연히 아닙니다. 은수 씨를 위해서 오랫동안 준비한 기술이에요."

"하지만 저는 이 공동체에 온 지가……."

무슨 말인지 퍼뜩 이해하지 못하는 수를 바라보며 랭이 말했다.

"우리가 은수 씨를 구하러 갔던 건 우연이 아닙니다. 우리는 오랫동안 은수 씨의 행적을 추적하고 있었습니다."

인간의 양심

최상급 도시를 하늘에서 내려다보면 만개한 장미를 연상시켰다. 가장 중앙 저 아래쪽에 꽃의 씨방 같은 원형 구조물이 떠 있고 그 둘레로 세 개의 빌딩이 곧게 솟아 있었다. 그 세 개의 빌딩 주변을 그보다는 조금 낮은 높이로 다섯 개의 빌딩이 감싸고 있었다. 약간씩 사선으로 틀어진 곡선 형태의 오각형 모양이었다. 그리고 다시 그 다섯 개의 빌딩 둘레를 여덟 개의 빌딩이 그보다는 또 조금 낮은 높이로 에워쌌다.

각 빌딩의 상부는 바깥쪽으로 살짝 유선형을 그리며 휘어져 있어서 위에서 내려다보면 그 모습이 꼭 장미의 꽃잎들처럼 보였다. 앵글을 더 상부로 잡아 올리면 층층이 쌓아 올린 거대한 구조물들 위에 독야청청 장미 한 송이가 피어 있는 것 같았다. 그렇다고 현실의 수는 느꼈다. 그 모습은 수의 업로딩에 기록된 풍광이 아니었다. 최상급 도시의 전체적인 구조를 이해시키기 위해 공동체 자료 가운데 하나를 수에게 보여준 것이었다. 홀로그램은 다시 수의 업로딩으로 바뀌었다.

잔더의 망원 스코프가 장미의 두 번째 꽃잎 라인 중 하나인 건물을, 맞은편 건물에서 훑고 있었다. 그 옆에 수가 엎드려 있었다. 그 건물은 예술인 섹터라고 잔더가 수에게 알려주었다. 최상급 도시, 그것도 두 번째 라인에 예술인 구역이 있다는 점에 현실의 수가 의문을 품자 랭이 말했다.

"일급 도시에서는 거의 모든 상품을 포디 프린터로 자가 생산합니다. 가벼운 생필품은 물론이고 가정에서 생산하기 어려운 제품도 일반 프린터 숍에서 모두 생산 가능합니다. 모조 사회 상급 도시에서 가장 가치 있는 것은 과학 기술 관련 용역이고 두 번째가 식자재인데, 이 둘을 제외하면 거래하는 상품이 크게 셋으로 나뉩니다. 그중 하나는 프린팅을 위한 재료들이고, 남은 두 가지가 예술품과 수제품이죠. 일급 도시에선 프린터로 뽑을 수 있는 상품은 더는 가치를 갖지 못하기 때문에 그것으로 뽑을 수 없는 예술품들이 매우 고가에 거래됩니다. 또 프린팅된 물건이라도 손으로 공들여 후가공한 것들은 아주 높은 가격에 거래돼요. 인공 지능도 유사한 것들을 만들지만 가격 차이가 많이 납니다. 저기서는 인간이 만든 예술품을 누가 더 많이 소장하고 있느냐가 부의 척도가 되거든요."

수가 말했다.

"재미있네요. 제가 살던 곳에서는 머지않아 예술의 영역까지 인공지능이 잠식하게 될 테고, 그러면 가난한 예술가들은 모조리 멸종이라도 할 것처럼 예견하곤 했는데 오히려 그 반대의 세상이 되다니.”

랭이 말했다.

“글쎄요, 하급 도시 시민 중 절반 이상이 자칭 예술가라는 점에선 반대의 세상이 되었다고도 볼 수 있겠지만, 그래봐야 그들의 소득 수준은 시에서 지급하는 기본 소득에 준합니다. 간신히 먹고사는 정도죠. 그런 점에서 모조 사회에서의 예술은 구시대의 마약과 다르지 않습니다. 일하지 않아도 먹고살 수는 있다는 점에서 좋아진 세상처럼 보일 수도 있겠지만, 평생 삼시 세끼 밥과 깍두기만 먹고 살아야 한다면 얘기가 달라지겠죠. 일을 안 해도 먹고살 수 있다면 좋아하는 것만 하면서 살 수 있을 것 같지만, 좋아한다는 게 쉬워서 하는 것과 잘 구별이 안 되거든요. 정말 좋아하는 건지 그냥 쉬워서 하는 건지 잘 모르다 보니 나중에는 좋아하지 않는다는 걸 알아도 다른 일을 못 합니다. 쉽고 편한 것에만 길들여져서. 그렇게 무능한 중독자들처럼 살아가죠. 무기력하게.”

예술이 마약 같은 존재로 전락해버렸다는 말에 수가 랭을 돌아보자 랭이 고개를 한 번 끄덕여 보이곤 말을 이었다.

“그나마 대중성을 기반으로 한 예술 시장은 구시대의 예견대로 인공지능이 모두 잠식해버렸습니다. 대중이 좋아할 만한 요소들을 빅 데이터에서 추출해 알맞게 조합하는 건 인간보다 인공지능에 더 유리한 작업이니까요. 부가가치가 높은 상품성을 지니려면 순수 예술을 해야 하는데, 이 순수 예술이란 범주가 아주 추상적입니다. 그 순수한 예술성을 인정받은 예술가만이 상급 도시에 입주할 수 있는데, 누가 그걸 인정해주는가 하면 최상급 시민이 합니다. 다시 말해 그들에게 선택받은 예술가들만이 상급 도시로 진입할 수 있는 거예요. 아이러니한 건, 하급 도시에서 무기력하게 살아가는 그 많은 자칭 예술가들의 꿈이 바로 그들에게 선택받는 것입니다. 자신만의 예술을 한다기보다는 그것을 평가하는 사람들의 눈에 들기 위한 예술을 하죠. 거기서부터 이미 무엇이 순수 예술인지 의문이 생길 수밖에 없지만, 어차피 모조 사회라는 곳 자체가 궤변과 모순으로 가득 찬 곳이니 별로 놀라운 일도 아닙니다."

랭의 말을 곰곰이 되새겨보던 수가 물었다.

"예술을 하지 않는 사람은 어떻게 살아가나요?"

"하급 도시에선 이급은 되어야 간단한 생필품을 생산할 수 있는 프린터를 자가 소유할 수 있지만, 소유해도 생산 재료의 값이 만만치 않으니까 그것에 관련된 일을 하는 종사자들이 꽤 많습니다. 모조 사회에선 티브이나 각종 매체를 통해 상급과 하급 도시의 생활 수준을 극명하게 보여주는데, 자기 인생에서 깍두기가 아니라 샴페인과 캐비아를 전채 요리로 먹고 싶은 사람은 수단과 방법을 가리지 말고 돈을 모아 상급 도시로 진입해야 합니다. 물론 그것들을 상속받은 사람들은 제외하고 말이죠."

수가 그건 자신이 살았던 모듈과 비슷한 세상이 아니냐는 눈빛으로 쳐다보자 랭이 빙그레 웃고 말을 이었다.

"저 사회에선 과학 기술 관련자나 창의력이 요구되는 직업을 가진 자만이 그나마 상급 도시로 진입할 가능성을 가집니다. 일급 도시엔 당연히 일급에 걸맞은 실력을 갖춘 사람만이 진입할 수 있겠죠. 가령 요리사라면 인공지능과 차별화되는 일류 요리사가 되어야 합니다. 최상급 도시는 역설적으로 거의 모든 용역을 인간이 제공하는데요, 인간을 부리는 사람만이 진정한 권위를 가진다고 믿기 때문이죠. 그렇기 때문에 용역을 제공하는 사람의 실력 또한 최상급이어야 합니다. 인간으로서 최상위의 기술을 갖게 되면 최상급 도시에서 로봇을 대신한 용역을 맡을 수 있는 자격이 주어지는 거예요."

"그럼 그런 최상위 능력을 갖춘 사람을 부리는 최상급 시민이 되려면 뭘 해야 하는 건가요?"

"대다수는 뭘 하지 않습니다. 그냥 그렇게 태어나죠. 뭘 해서 최상급 시민이 될 수 있는 부류는 딱 한 종류입니다. 그 분야에서 유일무이한 존재."

거참 희한한 일이라는 듯 수가 눈을 끔벅거리자 랭이 다시 한 번 웃고 말했다.

"그래서 최상위로 분류될 여지가 그나마 많은 예술 영역이 하급 도시 시민들이 선호하는 직업이 된 겁니다. 물론 그들 대부분은 마약 중독자처럼 살아가지만."

수가 물었다.

"인간이 만든 건지 기계가 만든 건지는 어떻게 구별하나요?"

"대개의 작업이 보는 앞에서 이루어지거나 홀로그램으로 기록

되죠. 품질 보증서처럼. 그리고 그게 사실인지를 전문적으로 판단하는 인공지능이 있습니다."

수가 미처 그 생각은 못했다는 듯 고개를 끄덕이다가 물었다.

"그럼 그 최상급 시민이라는 자들에게 용역을 제공하는 사람들도 최상급 시민이란 말씀이죠?"

"대개는 일급 도시에서 출퇴근하거나 호출을 받고 올라갑니다. 지금 저 홀로그램에 보이는 빌딩에 사는 예술인들은 그중에서도 최상위, 영 점 몇 퍼센트에 해당하는 사람들입니다. 말 그대로 유일무이한 사람들이죠. 모듈 시대로 예를 들자면 누가 있을까요? 피카소나 앤디 워홀 혹은 바스키아 같은 사람들?" 랭이 덧붙였다. "그런데 그들 대다수가 지금 반란에 참여한 거예요. 아마도 자신들의 예술혼은 영원해야 한다고 믿기 때문이겠죠."

잔더의 망원 스코프 속에 가정집으로 보이는 거실 한 곳이 잡혔다. 초록색의 타깃 망이 형성되자 수를 비롯한 여덟 명의 글라스에도 모두 같은 장면이 생성되었다. 이윽고 거실이 확대되었고 그곳에 있은 네 명에게 다시 초점이 맞춰졌다. 잔더가 말했다.

저 중 소파에 앉은 남녀가 부부입니다. 칼리사와 제가 저 두 사람의 역할을 맡을 거예요. 그리고 바닥에 앉아 있는 남녀가 저들의 아들과 딸입니다. 그 두 명을 수와 건이 맡을 겁니다.

잔더의 말과 동시에 네 명의 신상이 글라스에 명시되었고 잔더 옆에서 수가 부지런히 홀로그램 키보드를 두드렸다. 수의 홀로그램에 기록되는 알고리즘은 사급 도시에서 노파가 보는 전자 공방 한구석의 홀로그램에서도 똑같이 진행되었다. 그 방에 방사형으로 서 있는 여덟 개의 사람 모양 홀로그램 중 네 개가 수의 코딩에 맞춰 형태를 갖춰갔다. 그 홀로그램은 각각 수와 건과 잔더와 칼리사였다.

그 과정이 여덟 명의 글라스 안에서도 그대로 재현되었다. 이윽고 네 명의 음성 파일이 생성되었고 파일은 곧바로 수의 홀로그램과 공방으로 전송되었다. 공방에선 네 명의 외모와 음성과 기타 유전자적인 특징까지 모두 복제 코딩 중이었다. 랭이 말했다.

"칼리사가 저 정보를 먼저 수집했습니다. 예술인 대다수가 반란에 참여했지만 당연히 그렇지 않은 반대 세력도 있었습니다. 이를테면 모조의 총애를 받는 사람들이죠. 지금 잔더가 추출하는 저 가족도 그들 중 하나입니다. 조경 예술을 하는 사람들인데, 인공지능은 흉내 낼 수 없는 창의력을 발휘한다고 되어 있더군요. 모조를 사로잡은 것은 물론이고 최상급 시민들의 눈도 대다수 사로잡았죠. 최상급 시민의 재력이 아니고는 저들에게 정원 조경을 맡기는 건 꿈도 꿀 수 없을 정도로 고가의 인력들입니다."

잔더가 말했다.

추출 완료. 다음 타깃으로 이동.

잔더와 수가 짐을 챙겨 들고 빌딩의 다른 지점으로 이동했다. 랭이 말했다.

"그렇게 예술인 두 가구, 여섯 명의 인력을 활용하자는 게 류건 씨의 생각이었습니다. 칼리사가 수집한 데이터들을 꼼꼼하게 살펴본 류건 씨가 모조 집무실을 비롯해 의회까지 가장 관대하게 처우하는 인력이 바로 예술인 부류라는 걸 알아낸 거죠. 무엇보다 저들에겐 의회 참관인 자격이 있다는 점이 중요합니다."

이윽고 다른 빌딩에 이른 잔더와 수가 조금 전과 똑같은 과정을 거치고 있었다. 이번에는 어머니와 아들이었고 화가였고 노파와 솔리하가 맡을 거라고 했다. 통신에서 솔리하가 투덜거리는 목소리가 들렸다. 성별에 관한 불만이었다. 칼리사가 솔리하에게 불편해도 어쩔 수 없다고 설득했다. 릴리가 말했다.

그렇다고 내가 이 덩치로 춘춘 아들 노릇을 할 순 없잖아.

노파의 목소리가 바로 뒤를 이었다.

너 이 우라질 것, 내가 이번 일 끝나면 남은 부분도 모조리 기계로 바꿔주겠어.

잔더가 말했다.

추출 완료. 이 조 대기.

잔더가 라이플의 어떤 버튼을 누르자 모양이 바뀌었다. 바뀐 라이플을 들고 잔더가 다시 신중하게 모자를 겨냥했다. 곧이어 두 개의 탄환을 쐈고 거의 동시에 다시 두 개의 탄환을 더 쐈다. 네 개의 탄환은 그 먼 거리를 날아 창문을 뚫고 들어갔다. 신기하게도 앞선 두 개의 탄환이 뚫고 들어간 자리를 두 번째 탄환이 그대로 따라가 막아버렸다. 창문은 아무 일도 없었던 것처럼 매끈한 모습 그대로였다. 그러는 사이 모자가 쓰러졌다. 어디선가 칼리사와 솔리하가 나타나 두 사람을 그 집의 비밀공간 한 곳으로 데려가 눕혔다. 그 모습도 모두 글라스로 재생되었다. 랭이 말했다.

"앞선 두 개의 탄환은 신경을 마비시켜 일정 시간 의식을 없애고 기억도 제거합니다. 탄환이 뚫고 들어간 상처 부위를 치유하기도 하고요. 모든 임무가 마무리되면 녹아 사라집니다. 저들은 깨어나면 자기들이 왜 저기 누워 있는지 알 수 없을 거예요."

파로가 재빠르게 끼어들었다.

"우리 공동체에도 신경 탄환이 있는데 저것보다 훨씬 우수해요. 비교도 안 되지. 장난 아니라 우리 탄……."

랭이 파로의 말을 끊었다.

"저 탄환도 엄밀히 말하면 춘춘 할머니의 철학이 들어간 무기입니다. 불필요한 살상은 되도록 피하자는 거죠. 우리 공동체에서 만든 군사 무기가 월등하기는 하지만 개발 자체를 잘 하지 않기 때문에, 사실 파로가 말한 신경 탄환도 저때의 동맹 연합군 기술에서 발전시킨 형태에 불과해요. 뭐 그리 자랑할 만한 일은 아니라고 생각합니다."

파로가 항변했다.

"나도 그렇게 말하려고 그랬다고!"

수가 파로를 보며 빙긋이 웃고 랭에게 물었다.

"여섯 명이면 다른 두 분은 작전에 참여 안 하시나요?"

"릴리와 벤조는 후방 지원을 맡을 겁니다. 안 그래도 후방을 맡기니 릴리가 길길이 날뛰기는 했지만, 류건 씨의 섬세한 작전에는 어울리지 않는 덩치 때문에 선택의 여지가 없었던 모양이에요. 둘은 작전 시간에 그 주변을 순찰하기로 되어 있는 보안대 인력 두 명을 대신할 예정입니다. 물론 보안 크래프트 탈취 계획까지 꼼꼼하게 아주 잘 수립되어 있습니다."

그러는 사이 잔더와 수와 칼리사와 솔리하가 조경 예술 가족에게 돌아가 화가 모자와 같은 상태로 만들고 비밀공간에 나란히 눕혔다. 그다음으로 이동한 곳은 보안대 인근의 꽃가게였다. 보안대 복장을 한 대여섯 명의 인원이 꽃가게 안에 앉아 커피인지 주스인지 알 수 없는 음료를 마시며 간단한 식사를 하는 중이었다. 잔더의 망원 스코프가 두 명에게 초점을 맞추었는데 그중 한 명이 아니나 다를까 거인이었다. 잔더가 그들에게 눈에 보이지 않는 레이저 빔을 쏘아 그들의 외모와 음성 신호를 전송했다. 그로써 노파가 있는 공방의 여덟 홀로그램이 모두 형태를 갖추었다.

보안대의 추출이 완료되고 나서도 수와 잔더는 한동안 그 자리를 지켰다. 이윽고 그들이 자리에서 일어나 보안 크래프트로 이동할 때 잔더가 두 발의 총을 쐈고, 탄환은 날아가며 껍데기가 하나씩 벗겨지더니 마침내 보안대의 목에 박힐 즈음에는 육안으로 보이지 않을 정도로 작아졌다. 랭이 말했다.

"저 탄환의 기능은 좀 진에 본 것과 같은데 다만 시차가 나타나는 차이가 있습니다. 저들은 당장 의식을 잃진 않지만 탄환에 내장된 시간에 맞춰 기절할 테고, 아마 그 시간에 딱 맞춰 릴리와 벤조가 작업에 들어갈 겁니다. 보안 크래프트를 탈취하는 것 정도는 벤조에게 하품하는 것만큼이나 쉬운 일일 테고요."

홀로그램이 바뀌었다. 티아라와 나루와 나머지 팀원들이 타고 있는 크래프트들이 최상급 도시 상공 외곽에서 정지 비행 중이었다. 그들은 기본적으로 스텔스 기능을 갖춘 커다란 보호구 안에 들어가 있었지만, 혹여 보안대에서 그들의 보호구와 크래프트를 발견하여 신원을 확인하다고 해도 의장의 추종 세력으로 분류되고, 반대로 반란군에서 그들의 신원을 확인하면 반란군 세력으로 검색된다고 랭이 설명했다.

그러나 그들은 그 어떤 전선에도 참여하지 않았다. 먼발치에서 도시 보안대가 반란군을 압도해가는 광경을 관찰하고 있었다. 누가 봐도 반란은 실패였고 실패가 확인되는 끝물이었다. 그때가 의장과 총수의 경호가 가장 느슨해질 시점이라고 건은 판단했던 모양이었고, 그 판단은 적확했다고 랭이 말했다.

반란이라고 해도 하급 도시를 비롯해 일급 도시 시민까지는 관여하지 않았다. 그들의 상공은 한산했다. 심지어 그들은 저 위의 도시에서 무슨 일이 벌어지고 있는지조차 몰랐다. 다만 자신들의 상공에 무인 군사 크래프트의 출몰이 잦아져 가끔 심리적 불안을 느꼈을 뿐인데, 그조차도 여러 매체에서 무인 크래프트 기동 훈련이라고 발표했으므로 대개는 신경 쓰지 않았다. 실제로 그들 대다수는 생활이나 환경에서 달라진 점이 없었으므로 그 사실을 믿었다.

최상급 도시로 출퇴근하는 일급 시민 가운데 몇몇만이 언론이나 매체에서 발표하는 내용과는 사뭇 다른 광경들을 목격했다. 그러나 그들은 함구했다. 최상급 도시에서 원치 않는 내용을 함부로 지껄였다가는 소리 소문 없이 사라질지 몰랐기 때문이다.

그들은 봐도 못 본 척했고, 심지어 그런 장면이 제발 자신의 눈에 띄지 않기를 바랐다. 그러므로 최상급 도시에서의 반란이 다른 도시로 새어 나갈 확률은 매우 희박했다. 첩보를 수집하는 전문가들 사이에서만 확인할 수 있었다.

이 반란이 특이했던 것은 사실 그렇게까지 커질 문제가 아니었는데 그렇게까지 커졌다는 점이었고, 그 때문에 잠시나마 아버지와 아들의 대결 구도가 형성되었다는 점이었다. 그러나 그 둘은 서로 자신의 총부리가 누구를 겨냥하고 있는지 알지 못했다.

의장은 영생을 날로 먹으려는 같잖은 무리를 솎아내는 데 목적이 있었고, 총수는 업로딩 기술과 그것을 노리는 무리의 희망 자체를 그 참에 뿌리 뽑을 작정이었으며, 의장의 아들인 노박은 반란 세력을 쿠데타군으로 만들 생각이었다. 노박은 반란 세력의 배후에서 자금과 용병을 지원한 인물이었다. 그러니까 판을 키운 사람이 다름 아닌 노박이었다. 노박의 목적은 모조를 총수 자리에서 밀어내는 데 있었다.

결론적으로 그 세 명 가운데 자신의 목적을 실현한 사람은 모조밖에 없었다. 그나마도 모조의 성과라기보다 정 박사와 인간의 이기심이 이룬 성과라고 봐야 한다는 것이 랭의 논평이었다. 반란이 실패한 가장 큰 요인은 화력에서의 열세가 아니었기 때문이다. 처음에는 반란군의 기세가 오히려 더 무시무시했다고 랭은 말했다.

영생을 얻기 위한 자신들의 타협이 의장이란 벽을 통과하지 못하자 마침내 무기를 꺼내든 그들은 마치 이미 영생을 얻은 사람들처럼 무소불위의 기세로 폭주했다. 거기에 노박이 배후로 편승해 자금과 무기를 대주니 반란은 거의 성공할 것 같은 분위기였다. 물론 그때까지는 모조가 크게 개입하지 않았고 직접 개입한 시점부터는 달라졌다. 하지만 그 개입의 계기가 참으로 치졸했다고 랭이 약간 이를 갈 듯이 덧붙였다.

"언제나 배신이 일을 그르치죠."

전세가 기울어진 것은 반란군의 지도자급 요인들이 하나둘씩 암살되기 시작하면서부터였다. 차기 권력자와 예술인과 종교 지도자 들 가운데 가장 핵심부인 정상급 인사들이 모조리 암살되었는데, 그 정보를 제공한 사람이 다름 아닌 그들의 심복이자 차기 주자들이었다.

반란이 거의 성공하는 분위기에 이르자 이인자들은 깨달았다. 자신이 모시는 인물이 영생을 얻으면 자신은 영원히 이인자의 자리를 벗어나지 못한다는 사실을. 그러므로 마지막 순간의 일인자는 자신이 되어야 한다는 사실을 불현듯 깨닫고는, 깊은 고뇌에 잠겼다가 이윽고 약속이라도 한 듯 하나둘씩 모조를 찾아갔다.

모조는 그들에게 일인자의 자리를—스스로 살아남는다면—유지하도록 해주겠다고 약속했다. 업로딩에 관한 이야기는 없었으나 그것은 당연한 사항이라고 믿었던 이인자들은 자기가 속한 단체의 주인을 밀고했다. 섀도는 사급 도시까지 도망쳐 숨은 요인들을 찾아 모조리 척살했다. 요인들은 하나같이 추락사한 것처럼 보였지만 그것이 누구의 솜씨인지 아는 사람은 다 알았다고 랭은 설명했다.

"어쩌면 그런 식으로 개입한 게 차라리 나았을지도 몰라요. 정보가 아닌 무력으로 모조가 개입하기 시작했다면 그야말로 대학살이 일어났을 수도 있었을 테니까요."

지금 홀로그램을 통해 수가 보고 있는 장면은 그렇게 기울어진 전세의 끝물에서, 패잔병들의 마지막 발악을 보안대가 추살하는 광경이라고 랭은 말했다. 그리고 의회에서는 잠시나마 폭발적이었던 반란의 피해를 어떤 식으로 재정비할 것인가부터 업로딩 기술의 폐해를 어떻게 규정할 것인가를 안건으로 다룰 예정이라고 했다.

이제까지의 설명이 모두 홀로그램에는 드러나지 않은 내용이었다. 그런데도 어떻게 그리 상세하게 알고 있는지, 자신이 보지 못한 장면들은 모두 편집된 것인지 수가 궁금해하자 랭이 말했다.

"물론 은수 씨 업로딩에서 편집된 지점도 있지만, 저때는 우리 공동체에서도 관련 첩보를 수집하는 중이어서 공동체 자체 자료가 많습니다."

랭의 말이 끝나자 최상급 도시 외곽의 상공이 열리기 시작했다. 쫓고 쫓기던 무리들의 수가 줄고 갈리면서 그곳으로 들어가는 길이 열렸다. 그쪽 방향에서 겹겹으로 치솟은 빌딩 숲 사이를 지나 커다랗게 우회해서 들어가야 센트럴 타워 북측 라인에 당도한다고 랭은 말했다.

"북측 라인에 의회 참관인 전용 통로가 있거든요."

건을 비롯한 팀원들이 서서히 몸을 풀기 시작했다. 홀로그램이 바뀌었다.

바뀐 홀로그램에 나타난 인물들은 수와 건이 아니었다. 그러나 수와 건이라고 랭이 수의 생각을 정정해주었다. 다시 보니 그들은 조경 예술가 집안의 아들과 딸이었다. 그 뒤를 엄마와 아빠가 따르고 있었다. 그렇다면 그들은 아마도 잔더와 칼리사일 터였다. 그들은 이제 막 화려한 전망을 자랑하는 엘리베이터에서 내린 참이었다.

엘리베이터는 센트럴 타워 가운데 하나의 꼭짓점 라인에 설치되어 있었다. 랭이 말한 북측 라인이란 수평이 아니라 수직선을 이르는 것이었다. 삼각형의 다른 꼭짓점, 모조의 공관과 집무실은 동남쪽 중앙, 시계로 치면 네 시에 위치했고 의장의 공관과 집무실은 서남쪽 중앙, 여덟 시에 있다고 랭이 말했다. 정확히 열두 시 방향에 위치한 의회가 있는 쪽의 풍광은, 북쪽이란 설명을 듣고 봐서 그런지 그야말로 절경이었다. 아름다운 눈꽃으로 가득했고 얼음으로 빚은 도시처럼 보였다. 랭은 그것이 인공적인 연출이라고 말했다.

"저 도시에 자연적인 풍광이 얼마나 존재할지 알 수 없네요. 해와 달과 별을 제외하면 아마도 없지 않을까 싶은데요?"

엘리베이터에서 내린 그들이 걷는 복도는 매우 크고 넓고 화려했다. 무엇보다 그 네 명의 외모가 경이로울 정도로 완벽했다. 현실의 수가 놀랍다는 듯이 중얼거렸다.

"정말 조금도 티가 나지 않는군요."

"저것과 비슷한 기술은 많습니다. 하지만 그것들은 거의 외모와 음성만 카피하는 정도에 불과하죠. 지금 보시는 저 기술은 저들의 외형적인 특질은 물론이고 유전자 지도의 일부를 확보해서 평소 저들이 하던 태도나 습관까지 그대로 재현해냅니다. 은수 씨나 류건 씨가 저 홀로그래피를 입은 상태에서 무슨 말이나 행동을 하더라도 본래 저 사람들이 하던 습관과 말투로 재해석해서 표현하죠. 그 사이에 딜레이가 일어나지 않는 것이 핵심 기술력인데 그것까지 해낼 수 있는 사람은 흔치 않습니다. 은수 씨가 그 흔치 않은 사람 가운데 한 명이고요."

네 사람이 걷는 복도 양편에는 정체를 알 수 없는 동상들이 잔뜩 늘어서 있었다. 랭은 그 복도가 참관인 전용 통로라고 말했다.

"의회로 들어가는 입구는 모두 네 곳입니다. 평의회 의장과 의원 그리고 그들의 경호와 보좌를 맡은 인원들이 출입하는 곳이 있고요, 총수가 출입하는 곳이 있습니다. 본래 역대 총수들은 평의회 의원들처럼 보좌관과 경호원을 대동했는데, 모조는 혼자 다닙니다. 하지만 모조가 어떻게 그럴 수 있는지 모두 알기 때문에 그 모습이 오히려 더 위협적으로 느껴지죠."

랭은 모조의 그런 모습을 잠시 생각하는 듯하다가 말을 이었다.

"다른 한 곳은 시의회 의원들과 그들의 보좌관과 의회 직원들이 출입하는 입구입니다. 시의원들은 경호원을 대동할 수 없습니다. 그들이 입장하기 전에 이미 직원들은 모두 출근해서 만반의 준비를 마치고요. 그리고 마지막 남은 한 곳이 참관인 전용 입구입니다. 여기만 이 층으로 통하고, 이곳만 안면과 형상 인식으로 신분 인증이 끝납니다."

그런 게 있었다는 걸 깜빡 잊었던 사람처럼 수가 중얼거렸다.
"아, 신분 인증."

"나머지 세 곳에서는 모두 동정맥 전신 혈관 스캐닝이 이루어
지고 실시간으로 혈액의 흐름을 체크해서 신분을 인증합니다. 그
런데 이 작업까지 카피하는 것은 쉬운 일이 아니라서 의원 혹은
직원을 대상으로 복제하지는 못한 겁니다. 그래서 반드시 북측
라인을 따라 들어가야 했던 거고요."

참관인실은 의회 이 층에 따로 마련되어 있었다. 의회를 참관
할 수 있는 자격은 당연히 최상급 시민으로 규정되어 있었고, 의
회를 관람한 최상급 시민은 각자 자신들이 가진 장점을 활용해서
의회의 의사 결정이 얼마나 민주적인 절차를 통해 이루어지는지
적극적으로 홍보해야 했다. 이 홍보의 내용과 효과가 그들의 시
민 등급을 탄탄하게 해주는 장치 가운데 하나였으므로, 참관인은
대개 상속받은 최상급이 아니라 자신의 능력으로 올라온 사람들
이었다. 당연히 의회 홍보에 매우 심혈을 기울였다. 조심스럽기
는 따로 언급할 필요도 없을 정도라고 랭이 덧붙였다.

수와 건의 일행이 참관인실로 들어섰다. 얼마 후 화가 모자가
그들을 따라 들어왔다. 화가의 아들은 분명 솔리하일 텐데, 그가
움직이는 몸짓 하나하나가 너무 낯설어서 현실의 수도 믿기지 않
았다. 의자에 앉는 모습도 너무나 정상적이었고 한편으론 격조까
지 느껴지는 마당이라 도대체 그 홀로그래피 속의 솔리하는 무슨
생각을 하고 있는지 묻고 싶을 정도였다. 의회는 이미 한창 의사

진행 중이었다.

의회의 구조도 센트럴 타워처럼 삼각 구도의 형상을 갖추고 있었다. 각자의 공관 방향으로 좌석이 마련되어 있었는데 특이한 점은, 천 명이 앉은 시의회 의원들의 공간과 열세 명이 앉은 평의회 의원들의 공간과 총수 홀로 앉은 공간이 모두 같은 크기라는 점이었다. 현실의 수는 그 모습이 참으로 기이하게 느껴졌다. 그 삼각 구도 중앙에 의회 회장이 앉아 각 파트의 의사를 진행하고 있었다.

참관인실에서는 그 모든 모습을 내려다볼 수 있었다. 육안으로 확인할 수는 없었지만 일 층과 이 층 사이엔 보이지 않는 막이 설치되어 있다고 랭이 설명했다. 의회는 이제 막 도시 재정비 안건을 마친 모양이었다. 곧이어 업로딩 기술에 관한 안건을 의결하겠다고 회장이 발표했다. 잠시 휴식한 뒤 의회가 재개되었다.

의회가 재개됨과 동시에 회장석 바로 한 단 아래 둥근 공간으로 세 명의 남자가 의회 보안대에 이끌려 나왔다. 자세히 보니 그들의 손은 어떤 기계로 포박되어 있었다. 그런데 그중 한 명이 매우 낯익은 모양의 수염을 기르고 있었다. 현실의 수는 곧 그가 정 박사인 것을 기억해냈다. 그러고 보니 그 옆의 남자는 아들이었다. 성인이 되어 달라지긴 했어도, 어렸을 때 바스키아 미술관에서 안절부절못하던 표정이 그대로 남아 있었다. 지금도 바로 그 표정이었기 때문에 수는 쉽게 알아볼 수 있었다. 그 표정이 아니었더라도 수는 이미 쇼핑몰이 무너지던 때의 그를 기억해냈다. 다른 점은 머리색과 스타일밖에 없었다. 그리고 남은 한 명은 모르는 사람이었다. 그 한 명의 태도가 매우 이상했다.

그는 의회에 입장하면서부터 계속 혀가 나와 있었다. 그가 혀를 내밀고 이리저리 둘러보다가 갑자기 마구 침을 내뱉기 시작했다. 욕설을 하는 것도 아니고 그냥 침만 무작정 뱉어대다가 또 가만히 앉아 자기가 내뱉은 침을 내려다보며 꿈쩍도 하지 않았다. 총수의 목소리가 낮게 울렸다.

지금 이 모습이 여러분이 한때 성공했다고 믿었던 두뇌 업로딩의 결과입니다. 두뇌 업로딩 삼백사 일 만에 자아가 무너지기 시작해서 현재는 인간으로서의 인격이 조금도 남아 있지 않습니다. 사실 정상이 아닌 걸 알게 된 건 그보다 훨씬 전이었겠죠. 우리의 위대한 뇌 과학자 두 분께서 이제껏 이 사실을 숨기느라 노고가 많으셨는데, 이 지경이 된 자를 누가 더 어떻게 숨길 수 있겠습니까.

시의원석 곳곳에서 탄식의 소리가 흘러나왔다. 정 박사는 침통한 표정으로 바닥만 내려다보았다. 평의회 의원석에서 의장의 심기 불편한 기침 소리가 났다. 그의 목소리가 이어졌다.

이걸 뭘 의결을 하니. 저새끼들 그냥 지하에 가져다 처박아.

그때 시의원석에서 누군가 비아냥거리는 말투로 말했다.

지하도 공간이 부족해요오.

현실의 수가 가만히 보니 그 사람도 낯익었다. 노박이라고 랭이 답변해주었다. 수가 물었다.

"의장 아들이 시의원이었어요?"

"음……," 하고 한동안 뜸을 들이던 랭이 말했다.

"모조가 아니었다면 지금쯤 총수를 하고 있었겠죠. 여태껏 총수도 상속되는 자리였거든요. 그 규칙을 최초로 깬 사람이 모조입니다. 그걸 피해라고 할 수 있다면 그 첫 번째 피해자가 노박인 셈이죠."

이제야 쿠데타의 전모를 이해할 수 있게 되었다는 표정으로 현실의 수가 고개를 끄덕였다.

총수가 말했다.

물론 이들은 당연히 식민 구역 노역장으로 가든 아니면 더한 징계를 받든 준엄한 법의 심판을 받게 되겠죠, 의장님. 다만 지금 이 자리에선 우리가 이 허위 사실에 경도되어 어떤 짓까지 벌였는지 그 사실을 규명해보고자 하는 겁니다.

랭이 풉, 하고 웃었다. 수가 쳐다보자 랭이 "아, 죄송합니다. 저도 모르게 그만." 하더니 그래도 계속 쳐다보자 말을 이었다.

"아니요, 저는 그냥 준엄한 법의 심판을 받는다고 하니까 저도 모르게 웃음이 튀어나왔습니다. 저렇게 말하니까 정말 무슨 구시대의 위엄 있는 법정처럼 들리는데, 저곳의 법원은 그냥 자판기 같은 거예요."

"자판기요?"

"흠……, 이를테면 구시대의 자동차 자동 세차장같이 생겼다고 보시면 됩니다. 그곳에서 자신의 죄를 판결 받는 데는 십 초도 걸리지 않습니다. 세차장에 들어갔다가 걸어서 나오는 정도의 시간인 거죠."

"어떻게 그런 일이 가능하죠?"

"저곳의 법은 모두 준칙에 의해 인공지능이 판별합니다. 감정적 예외 사항은 존재하지 않아요. 무슨 죄를 지어서 왔든 그 죄에 상응하는 규칙대로 판결이 떨어지기 때문에 판결은 신원 확인과 동시에 내려진다고 보면 될 것 같습니다. 그것으로 어떤 식민 구역으로 추방될지가 정해지는 거죠."

랭은 깜박 잊었다는 듯이 검지를 하나 들어 보이고 말했다.

"아, 단 하나의 예외 사항이 있긴 합니다. 의장이나 총수가 직접 명령한 건 법원 판결에 의존하지 않고 즉각 시행됩니다. 제멋대로죠."

그 얘기를 들으니 수는 문득 궁금했다.

"그럼 공동체는 여전히 과거의 법정 형태를 유지하고 있나요?"

랭이 "아." 하더니 말했다.

"물론 아닙니다. 우리도 인공지능의 도움을 받죠. 그런데 죄질의 경중을 판단하는 알고리즘 자체가 달라요. 우리는 결과도 중요시하지만 왜 그런 일이 발생할 수밖에 없었는지 그 원인도 매우 중요하게 판단합니다. 범죄를 저지를 당시의 심리적 상태까지 모두 추적해서 악의의 정도도 구분하죠. 여러 개의 인공지능이 그렇게 자신들의 전문 데이터를 산출해서 구형을 올리면 최종 판단은 인간이 합니다. 인간이 해도 모든 과정이 투명하게 공개되기 때문에 데이터와 동떨어지게 터무니없는 선고가 내려지지 않습니다."

랭이 수를 돌아보며 덧붙였다.

"언젠가 보실 기회가 있지 않을까요?"

그러는 사이 의회 중앙에서는 두뇌 업로딩이 성공적으로 이루어졌을 때 일어날 수 있는 오만 가지 나쁜 일들이 홀로그램 영상으로 연출되고 있었다. 이전에도 그 홀로그램과 같은 내용을 우려했던 시의원들이 있었다. 모조와 뜻이 같았던 이 시의원들은 그러나 반대편에서 주장하는 인간의 양심이란 항목 때문에 좀체 힘을 쓰지 못했다. 아직 벌어지지도 않은 일의 부정적인 사안만을 극도로 부각한다는 주장에 더 힘이 실렸기 때문이다.

그러나 이번 반란으로 그런 양측 주장의 판세가 정반대로 뒤집혔다. 근거 없는 주장이라고 지탄받았던 내용이 모두 사실로 낱낱이 밝혀졌고 업로딩 지지자들이 주장했던 인간의 양심이란 눈곱만큼도 발견할 수 없었으므로, 사실 이번 의회 안건은 협의가 아니라 검증의 자리나 다름없었다.

업로딩의 위험성에 대한 경고는 거의 법원의 선고만큼이나 명징하게 그곳 사람들의 심중을 뒤흔들었다. 연구와 그것을 후원하는 행위까지 모두 중범죄로 규정하는 방향으로 중론이 모이자 평의회 의석에 앉은 의장의 얼굴이 일그러지는 것이 수의 눈에도 보일 정도였다. 마침내 한 시의원이 발언하는 와중에 의장이 벌떡 일어나더니 자리를 박차고 나가버렸다.

그런 일이 처음은 아닌지 의회는 크게 동요하지 않았다. 평의회 의원들만 주르륵 한 실에 꿰인 단추처럼 딸려 나갔다. 일각에선 노인네들이 나가자 속이 시원하다고 속삭이는 사람마저 있었다. 당황한 것은 건이었다. 의장이 그렇게 갑작스럽게 행동하는 것까지는 미리 계산하지 못한 탓이었다. 그때 통신으로 수의 목소리가 들렸다.

괜찮아, 오빠. 일단 최우선은 총수야.

그런데 아주 기묘하게도, 벤조가 설계한 통신 대역을 절대 들을 수 없는 총수가 그때 고개를 들어 참관인실을 올려다보았다. 솔리하의 심박 수가 급격하게 올라갔다. 빌딩 외부 보안 크래프트에서 대기 중이던 벤조가 황급하게 솔리하의 홀로그래피를 조정했다. 너무 갑작스럽게 홀로그래피와의 차이가 급격히 벌어지면 일시적이나마 딜레이가 일어날 수도 있었기 때문이다. 다행히 솔리하의 심박은 금방 정상 수치로 내려왔다.

총수의 시선이 다시 의회로 돌아가자 수의 입술이 조그맣게 오물거렸다. 확대하지 않으면 보이지 않을 만큼 작게 움직였는데 그러고 보니 수는 아까부터 계속 그렇게 오물거리고 있었다. 랭은 그것이 벤조와의 통신이라고 말했다. 수가 홀로그램을 열수 없었으므로 통신으로 코드를 불러주었고 그것을 벤조가 그대로 받아 타이핑했다. 수의 명령어를 빠르게 받아 치던 벤조가 말했다.

뭔가 이상해. 새도 방화벽이 안 뚫려.

수가 가만히 생각하다가 말했다.

경로가 바뀌었을 수도 있어요.

벤조가 물었다.

갑자기?

수도 알 수 없다는 듯 작게 고개를 한 번 흔들고는 대답했다.

일단 두세요. 무리하게 접근하면 발각될 수도 있어요.

그때 다시 한 번 총수가 고개를 들었고 이번에는 수와 정확하게 눈이 맞았다. 수가 중얼거렸다.

총수가 날 알아보는 것 같은데.

릴리가 말했다.

알잖아. 총애하는 예술가시라며.

아니요, 그런 눈빛이 아니었어요. 진짜 저를 알아보는 것 같았어요.

벤조가 말했다.

그럴 리 없는데. 총수는 이 대역을 뚫을 수 없어.

칼리사가 물었다.

조금 전 그 새도 작업이 걸린 거 아냐?

벤조가 대답했다.

아니야, 그랬으면 이쪽에서도 알 수 있어.

잔더가 물었다.

홀로그래피가 해킹됐나요?

아니, 아직 아무도 뚫리지 않았어. 그런 시도조차 안 잡히는데.

칼리사가 말했다.

그럼 총수가 수를 알아볼 순 없잖아.

수가 대꾸했다.

아니요, 총수가 좀 전에 나를 봤던 눈빛은 우연이 아니야.

솔리하가 거들었다.

맞아. 나도 그렇게 느꼈어.

건이 지시했다.

작전 변경, 지금 바로 침투 개시. 벤조 제 홀로그래피는 깨주세요.

건이 자리에서 벌떡 일어나 참관인실 이 층 허공으로 뛰어내렸다. 그러는 사이 건의 홀로그래피가 사라졌고 슈트를 입은 건의 모습이 드러났다. 건은 일 층과 이 층 사이에 설치된 투명막에 떨어져 내렸다. 의원들의 비명이 이어졌다. 투명막 중간에 한쪽 무릎을 꿇고 앉은 건이 손바닥을 그 막에 가져다 댔다. 오빠 너무 위험해! 하고 소리치는 수의 목소리가 들렸지만 건의 행동에는 이미 망설임이 없었다.

의회 일 층에서 어디선가 섀도 넷이 나타나 둘은 총수를 경호하고 둘은 건을 올려다보았다. 그런데 총수는 곧바로 피하지 않았다. 섀도처럼 이 층을 올려다보았다. 다른 보안대도 모두 총을 꺼내 건을 겨누었는데, 그때 건의 손바닥 진동이 점점 커지면서 굉음과 함께 막이 부서져 내렸다.

동시에 건이 슈트에서 뭔가를 꺼내 터뜨렸다. 그곳에서 빛이 쏟아졌다. 쏟아진 빛은 수많은 투명막 조각에 부딪혀 난사되었다. 보안대의 빔이 사방에서 건에게 빗발쳤는데 허공은 온통 빛의 향연이었으므로 누구 하나 제대로 건을 보고 쏘지 못했다. 그 복잡한 와중에도 건의 목소리가 들렸다.

저는 바로 의장을 추격합니다. 솔리하가 내 엄호로 붙고, 수는 총수를 맡고 잔더는 수 엄호로 붙고, 나머지는 모두 섀도와 보안대에 집중하세요. 릴리, 지금 들어와주셔야 할 것 같은데요.

건의 말이 떨어지기 무섭게 의회 한 귀퉁이에서 폭음이 울렸고, 이어 에너지 개틀링의 빔 여섯 개가 거의 시간차를 두지 않고 휘어져 들어왔다. 시의원들은 혼비백산 뛰다가 넘어지거나 머리를 감싸며 제자리에 주저앉았다. 보안대 병력은 릴리의 포격에 속수무책이었다. 솔리하가 말했다.

나도 이거 꺼줘! 불편해! 동작 딜레이가 생기기 시작했어!

벤조가 응답했다.

홀로그래피 모두 제거하겠습니다. 어차피 저들의 사격이 사람을 가리지 않네요.

벤조의 말과 더불어 팀원들의 복장이 모두 슈트 차림으로 변했다. 동시에 헬멧 글라스 위로 의회 도면이 떴고 총수와 의장과 섀도의 위치가 각각 빨강 파랑 노랑 표적으로 표시되었다. 섀도는 이미 은신 모드로 들어갔으므로 글라스로밖에 위치가 확인되지 않았다.

특이한 것은 모조였다. 모조는 수의 홀로그래피가 깨져 모습이 드러날 때까지 수를 바라보다가, 깨지고 나서야 섀도의 경호를 받으며 물러났다. 이 층에서 뛰어내린 칼리사의 전자 채찍이 번갯불치럼 의회 일 층을 휘돌았다. 이 층 난간에 선 수의 손에는 활시위가 팽팽하게 당겨져 있었고, 화살은 이내 종수를 향해 날아갔다. 하지만 미처 총수에게 이르지 못하고 섀도에 의해 차단되었다.

이 층에서 수가 뛰어내려 사람들을 헤치며 총수를 추격했다. 잔더가 그 뒤를 따르며 수를 겨냥하는 보안대를 저격했다. 의회의 뚫린 구멍에서 릴리의 모습이 나타났다. 릴리의 오른손에는 거대한 에너지 개틀링이 감겨 있었고 그것은 형광등이 번쩍거리는 것처럼 빛을 뿜어냈다.

그 난장판의 와중에도 의회 이 층 난간에 다리 한쪽을 걸치고 선 노파는, 조용히 숨을 고르며 길게 활시위를 당기고 있었다. 마치 노파의 주변만 시간이 멈춘 것처럼 느껴졌다. 시위는 노파의 코와 입술과 턱을 누르며 팽팽하게 힘을 억제하고 있었다. 이윽고 시위가 풀렸고, 화살이 떠났다.

피아 식별이나 제대로 하면서 사격 중인지 의심스러운 보안대 병력 사이를 화살은 잘도 피해 날아갔다. 일 층에서 혼비백산하는 의원들 사이를 헤치고, 총수가 빠져나간 복도를 따라 휘어진 노파의 화살은 이윽고 잔더를 지나치고 수도 지나쳤다. 화살은 공기를 가르며 한 치의 오차도 없이 총수를 향해 곧바로 날아갔다.

화살이 총수의 뒤통수 바로 앞에 이르자 무언가 화살을 막았다. 화살의 충격에 섀도의 모습이 드러났다. 화살은 섀도의 미간 부위에 그대로 박혔다. 섀도의 몸이 뒤로 꺾여 휘어졌다. 그러나 바로 그 순간 화살의 촉이 쪼개지며 섀도의 머릿속에서 재차 동력을 추동하더니, 총알 같은 촉이 다시 발사되었다. 촉은 그대로 총수의 뒤통수로 날아가 꽂혔다. 총수의 몸이 허공으로 붕 떴다가 떨어졌다.

맞혔다!

수와 잔더의 목소리가 동시에 통신에서 울렸다.

복도 전체를 다 막고 있다고 해도 과언이 아닐 만큼 많은 의장의 경비대가 건과 솔리하를 향해 빛을 뿜어대고 있었다. 복도 벽과 천장을 휘돌아 뛰며 건도 응사를 멈추지 않았다. 건의 전면으로는 전자 방패가 설치되어 경비대의 총격을 방어했다. 건의 뒤에서 솔리하의 화살이 날아가 경비대를 포격했다. 솔리하의 화살은 말 그대로 포격이었다. 어디에 맞든 폭탄이 터진 것처럼 폭발했고 심지어 몇 개의 화살은 촉을 여덟 개로 분산해서 의장의 경비대를 두들겨 부쉈다.

경비대는 수가 줄면서 주춤주춤 밀리기 시작했는데, 그때 그들 사이의 복도에서 차단문이 떨어져 내렸다. 건이 벤조에게 소리쳤다.

차단문!

벤조가 건의 글라스로 뭔가를 전송했다. 건이 그것을 확인하더니 이어 정조준으로 그곳을 쏴 맞히자 차단문이 다시 올라갔다. 의장의 경비대들이 혼비백산하며 흩어졌고 바로 그 중간에 다시한 번 솔리하의 화살이 꽂혀 폭발했다.

연기기 걷히는 순간, 찰나이기는 했어도 의장의 얼굴이 드러났다. 건은 그 순간을 놓치지 않았다. 건의 일발이 곧바로 의장을 향해 뻗어 나갔고, 의장이 황급히 잡아당긴 평의회 의원의 뒤통수를 뚫었다. 그러나 그 화력이 의장에게까지 미치지는 못했다. 그러는 사이 또다시 그만큼의 경비대가 어디서 나타났는지 의장을 둘러쌌다. 솔리하가 가쁜 숨소리 섞인 목소리로 말했다.

어마어마하구먼.

그때 또 다른 목소리가 통신에서 울렸다. 목소리의 주인공은 노파였다.

함정이다.

의장과 경비대 앞으로 또 다른 차단문이 떨어져 내렸다. 건과 솔리하가 그 자리에 우뚝 섰다. 노파의 목소리가 이어졌다.

함정이야, 모두 퇴각해.

솔리하가 외쳤다.

할매, 무슨 소리야!

노파의 비명이 통신으로 울렸다.

할매, 할매!

현실의 수가 무슨 상황인지 이해하지 못해 어리둥절한 표정으로 넋을 놓고 있자, 랭이 수의 이해를 돕기 위해 홀로그램을 분할하여 펼쳤다.

첫 번째 홀로그램에는 수와 잔더가 섀도에 의해 제압된 장면이 떠 있었다. 섀도의 날카로운 병기가 잔더의 목을 겨누고 있었고 수가 그 앞에 무릎을 꿇고 있었다. 수의 뒤편으로 총수의 시체가 널브러져 있었다. 뒤집힌 것으로 보아 수가 총수를 뒤집은 모양이었는데, 총수의 뚫린 뒤통수와 부서진 입에서 전자기 불꽃이 일고 있었다. 현실의 수는 그 모습이 퍼뜩 이해되지 않았다. 랭이 조용히 말했다.

"로봇입니다. 모조와 똑같은 외피를 입은, 모조가 원격으로 조종하는 로봇이에요."

"어떻게 그런……."

"모조는 이미 이 작전에 관해 알고 있었습니다."

두 번째 홀로그램에서는 이 층 참관인실에 쓰러진 노파의 모습이 보였다. 랭이 두 번째 홀로그램으로 손을 뻗었다가 잠시 망설이더니, 수를 돌아보았다. 수가 아무것도 믿을 수 없다는 눈빛으로 랭을 바라보고 있었다. 랭이 두 번째 홀로그램을 약간 뒤로 돌린 다음 실행했다.

섀도가 팔목에서 튀어나온 유선형의 빔 하나를 허공으로 날렸다. 빔은 길게 곡선을 그리며 노파에게 날아갔고 노파가 황급히 몸을 피했음에도 다리를 뚫고 다시 섀도에게로 돌아갔다. 그 충격으로 노파가 쓰러졌다. 그러나 노파의 얼굴에 고통은 없었다. 빔에 맞고 부서진 노파의 오른쪽 다리는 기계였다. 그곳에서 불꽃이 튀었다. 그 모습에 칼리사가 이 층으로 뛰어올랐다. 동시에 반대편에서 몸을 다시 은신한 섀도도 이 층으로 뛰어올랐다. 그러나 칼리사는 섀도를 확인하지 못했다. 노파가 공격을 받은 것과 동시에 칼리사가 노파를 부르며 글라스를 제거했기 때문이었다.

안 돼, 칼리사! 노파가 길리시에게 소리쳤다. 노파를 부축하려고 달려오던 칼리사의 머리가 그대로 목에서 떨어져 나갔다. 노파의 입속에서 길고 긴 외침이 터져 나왔다. 심장을 뚫고 나오는 듯한 노파의 처절한 절규가 참관인실을 온통 뒤흔들었다. 노파는 오열하며 미친 듯이 바닥을 기었다. 노파의 왼쪽 다리가 곧 무언가에 쿡, 하고 눌렸다. 노파는 버둥거리며 칼리사에게 다가가려고 했지만, 정강이가 눌려 앞으로 나아가지 못했다. 오히려 그 무언가에 힘이 가해져 우지직, 하는 파열음이 났고 노파의 정강이가 부서졌다. 노파의 비명이 귀청을 찢었다. 노파의 정강이를 부순 섀도의 발이 다시 그 위 무릎을 밟고, 서서히 모습을 드러냈다. 섀도는 그대로 선 채 어딘가와 통신했다. 명령을 받는 모양이었다.

칼리사의 죽음으로 릴리 또한 글라스를 열었다. 벤조가 안 된다고 소리를 질렀지만 이미 이성을 잃은 릴리의 귀에 벤조의 목소리는 들리지 않았다. 릴리가 이 층으로 뛰어오르자마자 에너지 개틀링을 든 기계 팔이 잘렸고 뒤이어 반대쪽 다리도 잘렸다. 반대쪽 다리는 릴리의 제 몸이었다. 바닥에 쓰러진 릴리가 남은 한 팔로 총을 뽑자 그 팔마저 밟혀 부서졌다. 릴리의 비명이 이어졌다. 릴리는 피눈물을 흘리며 남은 기계 다리 하나로 몸을 밀어 칼리사를 향해 기었다. 그러나 몇 번 움직이지 못한 채 목이 꺾였다. 릴리의 견갑골을 무릎으로 찍어 누르고 있는 섀도의 모습이 나타났다.

랭이 세 번째 홀로그램을 끌어당겼다. 현실의 수가 소리쳤다.

"잠깐만!"

눈물로 그렁그렁한 수의 눈이 붉게 물들어 있었다. 수는 손으로 가슴을 쥐어짜며 간신히 말했다.

"잠깐만요."

파로와 랭도 하던 일을 멈추고 어금니를 힘껏 물고는 가만히 허공을 바라보았다. 한동안 울음을 참고 있던 수가 중얼거렸다,

"이건 미친 짓이야."

그리고 잠시 후에 말을 이었다.

"더는 못 하겠어요. 보고 싶지 않아요. 이건, 보고 싶지 않아요."

한동안 대답이 없던 랭이 크게 한 번 숨을 들이마셨다가 내쉬고 말했다.

"하지만 보셔야 해요. 확인을 해야……."

"아니, 싫어! 뭐가 됐든 상관없어요. 뭐든 확인하지 않겠어요. 업로딩이고 뭐고 다 필요 없어!"

수가 매우 격앙되어 있었으므로 랭도 더는 말을 잇지 않았다. 세 사람은 푸른빛이 은은하게 감도는 방 안에 고요하게 앉아, 그곳을 가득 메운 슬픔의 기운을 각자 감당하고 있었다.

(2권에 계속)

모조 사회 1
존재의 방식

초판 1쇄 인쇄 2019년 10월 10일
초판 1쇄 발행 2019년 10월 18일

지은이 도선우
펴낸이 이수철
본부장 신승철
주 간 하지순
디자인 오세라
마케팅 안치환
관 리 전수연

펴낸곳 나무옆의자
출판등록 제396-2013-000037호
주소 (03970) 서울시 마포구 성미산로1길 67 다산빌딩 3층
전화 02) 790-6630 팩스 02) 718-5752

페이스북 www.facebook.com/namubench9
인쇄 제본 현문자현

© 도선우, 2019

ISBN 979-11-6157-074-7 04810
       979-11-6157-073-0 (세트)